Jessica Wismar

ANICOR

Jenseits der Nebelbrücken

Drachenmond Verlag

Copyright © 2024 by

Drachenmond Verlag GmbH
Auf der Weide 6
50354 Hürth
https://www.drachenmond.de
E-Mail: info@drachenmond.de

Lektorat: Stephan R. Bellem
Korrektorat: Lillith Korn
Satz & Layout: Astrid Behrendt
Kartendesign: Francesca Peluso

Umschlagdesign: Christin Thomas – Giessel Design
Bildmaterial: Shutterstock

Druck: Booksfactory

ISBN 978-3-95991-894-7
Alle Rechte vorbehalten

*Ich widme dieses Buch
meiner wilden kleinen Tochter.*

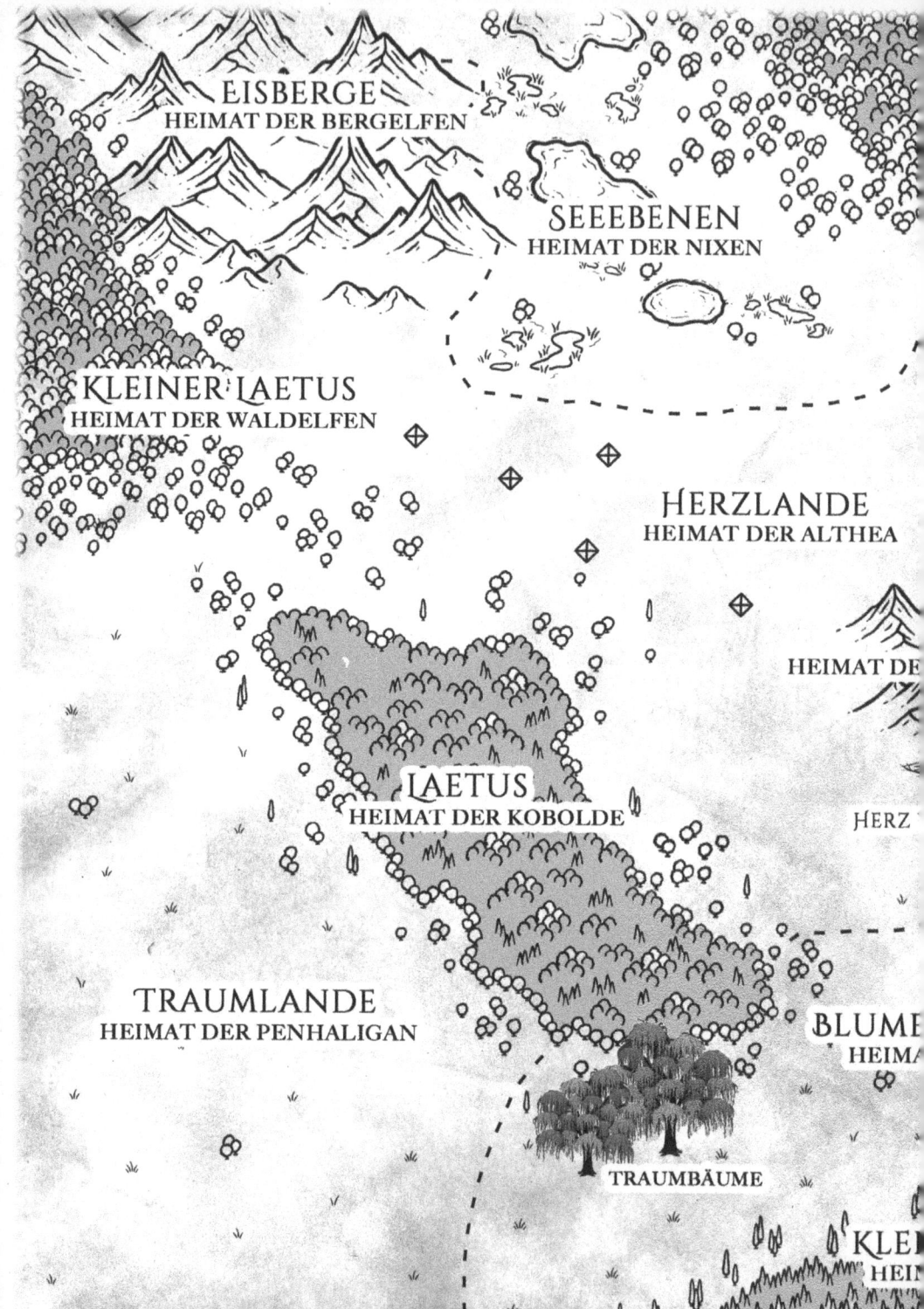

Forschungsbericht Keylam Warren

Mainz, 05. Juni 2023

Hinweis 43: Grimoire der Familie Beauchamp
Gefunden in der Familiengruft
Ausführlich gesichtet
Keine weiterführenden Hinweise, keine Erwähnung der Prophezeiung oder der Familie Warren.

Es ist jedes Mal dasselbe, ich weiß gar nicht, warum ich mich immer noch auf die Suche mache, nach so vielen Jahren. Jedem noch so kleinen Hinweise gehe ich nach, nur um wieder in einer Sackgasse zu landen. Vielleicht muss ich mich damit abfinden, dass es keinen anderen Weg gibt, Vanir aufzuhalten.

Ich habe den Eindruck, die Zeit wird knapp. Es sind inzwischen zu viele zerstörte Brücken, als dass es noch ein Zufall sein kann. Ganz zu Anfang habe ich mich gefragt, wie viele Jahre er ohne den Widerstand der Althea unsere Welt noch aussaugen kann, ehe sie stirbt. Vielleicht habe ich jetzt meine Antwort: 14.

Noch bin ich nicht bereit, meine letzte Reise zu beginnen, aber ich habe doch auch Angst, dass ich den Zeitpunkt verpasse. Wenn Anicor stirbt, bedeutet das nicht nur meinen Tod. Rational betrachtet ist es also sehr simpel, was bedeutet schon ein Leben im Vergleich zu Millionen? Ich wünschte, es wäre so einfach …

»Du hast *jetzt* ein Bewerbungsgespräch? Das ist nicht dein verdammter Ernst!«, zischte Taylor so leise wie möglich. Ihr Blick huschte flink über die Reihen schwarz gekleideter Menschen, als wollte sie prüfen, ob sie jemand gehört hatte. Dann funkelte sie mich wieder an. »Deshalb wolltest du hinten stehen!«

Erwischt. »Ich konnte ja nicht ahnen, dass es so lange dauert.« Gelogen. Aber Taylor begriff die Sinnlosigkeit dieser Ausrede nicht. Hätte ich wirklich nicht damit gerechnet, säße ich jetzt vorne neben meiner Mutter und müsste mich nicht auf Zehenspitzen recken, um einen Blick auf die aktuelle Rednerin zu erhaschen. Ich könnte in dieser brütenden Hitze sitzen, stattdessen rann mir von der kaum nennenswerten Anstrengung, einfach nur zu stehen, der Schweiß zwischen den Brüsten hinunter.

»Deshalb nimmt man sich ja auch den ganzen Tag frei, wenn man auf eine Beerdigung geht«, beharrte Taylor im Flüsterton.

Ich schnaubte pietätlos und zog sofort schuldbewusst den Kopf ein. Aber auch mich schien niemand gehört zu haben, oder sie waren so freundlich, es zu ignorieren. »Das ist die fünfte Beerdigung dieses Jahr und ich brauche wirklich dringend einen Job, wie soll ich sonst die Miete bezahlen?«

»Tante Libbie ist gestorben! Bezahl deine Miete wann anders.«

»Scht!«, zischte ein junger Mann schräg vor mir und warf uns einen vernichtenden Blick zu.

Mist. Er hatte ja recht. Bemüht lauschte ich den Worten der Frau in der weißen Robe. »... ihre Seele wird verbunden mit der Mutter ihren Frieden finden. Libbie ist zu Anicor gegangen.«

Alle neigten den Kopf und versanken in stummer Andacht. Ich kannte den Ablauf inzwischen schon auswendig. Dieser mir so fremde Glaube war allgegenwärtig in meinem Leben. Selbst meine Eltern folgten den Traditionen, die ich inzwischen selbst als Ungläubige gut kannte. Zum Beispiel war der etwa ein Meter lange Holzkasten, den wir gleich in das vorgegrabene Loch lassen würden, aus schnell verrottendem Holz, ohne Lasur, dafür mit aufwendigen Schnitzereien verziert. Statt eines Körpers war er gefüllt mit Muttererde, verschiedenen

Samen und Libbies Asche. Alles zielte darauf ab, den Körper so schnell wie möglich wieder mit der Natur zu vereinen. Dass wir dazu ein Loch auf dem Friedhof nutzten, lag nur an den strengen Regeln in Deutschland. Schließlich durfte man die Asche eines Menschen nicht einfach irgendwo verstreuen.

Alle anderen Details waren Teil dieses Glaubens, dessen Kern die Verbundenheit mit Mutter Natur war, Anicor nannten sie sie. Und auch wenn ich dieses Leitmotiv schätzen konnte, mit Glauben hatte ich nichts am Hut.

Nach einiger Zeit des stummen Gedenkens hoben alle wieder ihren Kopf und die Frau in der weißen Robe verließ die Kopfseite des Miniatursarges. Nun trat ein Mann an ihre Stelle, den ich gut kannte: Onkel Arnold. Innerlich stöhnte ich auf. O verdammt, noch eine Rede und wie ich diesen Mann, dessen Herz mindestens so groß war wie sein fülliger Bauch, kannte, auch nicht eben kurz. Ein schneller Blick auf die Uhr zeigte, dass jeder Puffer aufgebraucht war. Ich musste sofort los, wenn ich es noch schaffen wollte. Schweren Herzens und mit einer stummen Entschuldigung in Richtung Sarg wandte ich mich zum Gehen um, doch Taylor packte meinen Arm und sah mich eindringlich an. Ich spürte die Wärme ihrer Finger durch den Stoff meiner schwarzen Bluse. »Du weißt genau, dass du problemlos wieder bei deinen Eltern leben könntest. Und auch mein Sofa ist immer bereit für dich.«

Zögernd sah ich zu Onkel Arnold, der eine Erinnerung mit den Trauergästen teilte, um Libbie zu gedenken. Ich fühlte mich wirklich mies. Dennoch verkniff ich mir die Entschuldigung, um nicht schon wieder zu reden. Libbie hätte es verstanden. Sie war eine der Wenigen, die mich immer noch bestärkt hatte, auf eigenen Beinen zu stehen. Ich würde ihr sonniges Gemüt vermissen, sehr sogar, und ihren Rückhalt.

Mit einem eindringlichen Blick flehte ich Taylor an, Verständnis zu haben, oder wenigstens Akzeptanz. Dann wand ich mich aus ihrem beschwörenden Griff und kehrte der Trauergemeinde den Rücken. Mit jedem Schritt wurde mir das Herz schwerer. Tief in mir weinte ein Teil bitter um den geliebten Menschen. Dieser Teil machte mir die Glieder schwer. Es fühlte sich an, als würde ich mich durch kniehohen Morast kämpfen, jeder Zentimeter weg von Libbie kostete mich all meine Willenskraft. Was ich gerade tat, war ... falsch und richtig zugleich. Zu gehen nagte an mir und doch hatte ich ein tiefes Bedürfnis, dieses verdammte Bewerbungsgespräch zu führen. Es war meine Form von nicht aufgeben. Ich brauchte das, damit ich nicht vollkommen verzweifelt auf dem Sofa versackte, damit ich überhaupt wieder aufstehen konnte. Ich war so müde, so unendlich müde von diesem Mist, der sich mein Leben schimpfte, und genau das durfte ich nicht aussprechen, genau das musste ich in die hinterste Ecke meines Verstandes verdrängen.

»Okay, fein. Aber nur, weil Libbie es so wollen würde«, schnaufte Taylor plötzlich neben mir. Ich blieb wie angewurzelt stehen, sah über ihre Schulter zu der Trauergemeinde, von der ich mich inzwischen über hundert Meter entfernt hatte, und dann wieder in das zarte Gesicht meiner besten Freundin, die mich aus ihren giftgrünen Augen heiter anstrahlte.

»Ich dachte, du hast es eilig?« Sie schmunzelte, eindeutig zufrieden über meine perplexe Reaktion, und strich sich eine blonde Strähne keck hinters Ohr. Dann drangen ihre Worte zu mir durch und ich fiel ihr ganz kurz um den Hals. Beruhigend sog ich tief die Luft ein, wobei mir ihr frischer Duft in die Nase stieg und ein Gefühl von Geborgenheit auslöste. Nur ganz kurz erlaubte ich mir die Erleichterung und Dankbarkeit auszukosten, dann setzte ich meinen Stechschritt fort.

»Was tust du hier?«, fragte ich im Eilen, als sie mein Tempo hielt. Ich hatte so eine Ahnung, aber ich wollte es doch hören, ich musste sicher sein, dass ich ihre Geste nicht fehlinterpretierte.

»Das, was Freunde eben tun.« Sie zuckte mit den Schultern, was im Laufen etwas seltsam aussah. Ein Lächeln wollte sich in meine Mundwinkel stehlen, aber noch traute ich der Sache nicht.

»Gerade eben hast du noch -«

Taylor winkte ab. »Ja, ja. Erst habe ich dir gesagt, was ich von der Aktion halte. Du hast dich dennoch anders entschieden, daher stehe ich jetzt an deiner Seite. So macht man das doch.« Sie griff nach meiner Hand und drückte sie. »Außerdem muss ich jetzt dafür sorgen, dass es sich auch lohnt, wenn du schon Onkel Arnolds Rede schwänzt.«

Jaaa, also das ... »Entweder sie wollen mich oder eben nicht.«

»Nein, nichts da. Du brauchst gar nicht so zu tun, als läge es nicht in deiner Macht, diese Entscheidung zu beeinflussen. Zum Teil hast du das durchaus selbst in der Hand. Es kommt eben auch auf die Performance im Gespräch an. Also los, wir üben jetzt.«

Ich seufzte entnervt auf, vor allem, weil ich einsah, dass sie recht hatte. »Du weißt genau, wie schlecht ich darin bin«, beschwerte ich mich, gerade als wir durch das Eisentor traten und den Friedhof verließen.

»Ja. Und genau deshalb üben wir jetzt. Außerdem bist du ganz genial darin, deine Schwächen aufzuzählen, worauf es allerdings ankommt, ist, ein realistisches Gesamtbild zu liefern.«

Ich stockte im Gehen. »Ach?«, meinte ich ungläubig. »Nicht darauf, mich gut zu verkaufen?«

»Bitte«, ätzte Taylor. »Als könnte ich dich je zu so etwas Aufgesetztem bringen. Hör auf, mich zu beleidigen, indem du andeutest, ich würde dich so schlecht kennen.«

Punkt für sie.

»Meinetwegen, also ein realistisches Bild. Gebe ich das nicht, wenn ich immer ehrlich antworte?«

»Nein. Denn du, meine Liebe, gehst dermaßen hart mit dir selbst ins Gericht, dass es beim Zusehen wehtut.«

Verlegen schmunzelte ich, weil ich nicht wusste, wie ich darauf reagieren sollte, zumal ich nicht wirklich widersprechen konnte. Ich wusste, dass es in der Natur der Menschen lag, bei sich selbst einen härteren Maßstab anzulegen als bei anderen, dass man sich selbst viel weniger verzieh und mit Fehlern viel intoleranter umging. Diese Erkenntnis zu haben, war allerdings etwas ganz anderes, als auch danach zu handeln.

Wir kamen bei der U-Bahnstation an und flogen regelrecht die Treppen runter. Um nicht zu stolpern, hielt ich den Stoff meines knöchellangen schwarzen Rockes hoch und achtete penibel genau auf die Stufen. Auf dem letzten Absatz allerdings erinnerte mein Körper mich doch noch daran, weshalb ich mehr als fünf Minuten für diese Strecke eingeplant hatte.

Meine Ohren rauschten und meine Beine fühlten sich plötzlich wie Wackelpudding an. Routiniert griff ich nach dem Geländer, verharrte an Ort und Stelle und konzentrierte alles darauf, stehen zu bleiben. Von außen nach innen krisselte mein Sichtfeld, bis ich nichts mehr sah, das Rauschen der Autos über uns, das Stimmengewirr der strömenden Menschen auf der Treppe um uns herum und sogar die blechernen Töne des Saxophons, das direkt vor uns in der Unterführung gespielt wurde, verstummten in einer Welt aus weicher Watte.

Der Ablauf war mir so in Fleisch und Blut übergegangen, dass ich einfach nur abwartete, bis meine Sinne zurückkehrten. Angst verspürte ich schon lange nicht mehr, wenn mich mein Körper mal wieder im Stich ließ. Inzwischen schaffte ich es sogar regelmäßig, nicht tatsächlich umzukippen, und das hier war auch einer der schwächeren Anfälle, immerhin konnte ich ihn im Stehen aushalten.

Als mir heiß wurde, wusste ich, dass ich den Berg überschritten hatte. Kurz darauf kehrte mein Blickfeld zurück. Ich sah hinab auf Taylors Hand, die fest meinen Oberarm umfasste und die ich nun wieder spüren konnte.

»Danke«, brachte ich belegt heraus, als ich den Druck wahrnahm, der mich offensichtlich aufrecht gehalten hatte – von wegen alleine stehen geblieben. Ich lehnte mich aus ihrem Halt, dann lächelte ich meine Freundin matt an. Die Sorge in ihren Zügen war nicht zu übersehen, doch schnell war dieser Ausdruck hinter Taylors perfekter Sonnenscheinmaske verschwunden.

»Gehts wieder?« Kein Mitleid, kein sorgenvoller Ton, lediglich ein Erkundigen. Sie wusste genau, wie sehr ich es hasste, so schwach zu sein, und dass es für mich nichts Schlimmeres gab, als ein großes Ding aus meinen Anfällen zu machen.

»Ja, ja. Geht schon.«

Taylor nickte, ließ mich los und setzte den Weg die Treppe hinunter fort, langsamer jetzt allerdings.

Ich löste den Klammergriff um das Geländer und wurde mir der rauen und von der Sonne heißen Oberfläche bewusst. Ein kurzer Blick zeigte ein teils moosbewachsenes, teils undefinierbar verdrecktes Geländer. Das Moos hatte vermutlich verhindert, dass ich mir die Hand an dem Metall verbrannte, aber der restliche Belag. War das da … uäh, das war eindeutig Vogelkot. Ein schneller Blick zu der Stelle, an der eben noch meine Hand gelegen hatte, erleichterte mich.

Exkremente waren hier zum Glück nicht Teil der Patina. Ich widerstand dem Drang, meine Hand an meinem Rock abzuwischen, und folgte der zierlichen Silhouette, die sich gerade zwischen einer Gruppe Jugendlicher hindurchzwängte, die dermaßen langsam schlenderten, dass ich die nächste Bahn sicher auch noch verpassen würde. Die Luft unten im Gang war kühler als oben auf der Straße und mein Kreislauf dankte mir die erträglichere Temperatur.

Als die Masse an Menschen allzu dicht wurde, packte Taylor meine Hand mit überraschend starkem Griff für ihre schmalen Finger. Sie zog mich mit sich in schlängelnden Linien von Lücke zu Lücke, sodass wir tatsächlich rasch durch den vollgestopften Gang kamen und die Treppen hinunter zum Gleis nehmen konnten. Der barsche Wind, der uns entgegenschlug, gepaart mit dem charakteristischen Rauschen, trieb mich noch etwas mehr an, die U-Bahn musste gerade eingefahren sein.

Taylor war anscheinend zu demselben Schluss gekommen, sie beschleunigte ebenso ihre Schritte. Wir joggten beide die letzten Stufen und schlüpften gerade so noch durch die sich im Schließen begriffenen Türen.

Einfach, weil es so typisch für mich wäre, versicherte ich mich mit einem schnellen Blick hinauf zum Leuchtschild, dass wir im richtigen Zug waren, korrekte Linie und korrekte Richtung. Die Türen schlossen sich und ich seufzte erleichtert auf. Ein Blick auf meine Smartwatch ließ das Hochgefühl allerdings am Bahnsteig zurück, als der Zug sich in Bewegung setzte

»Dreck.«

»Zu spät?«

»Ja. Selbst wenn alles gut läuft, werde ich mindestens zwei Minuten zu spät kommen.«

»Wie viele Stationen?«

Taylor ruckte den Kopf in Richtung eines leeren Vierers und ich verstand die implizite Frage: Lohnt sich Hinsetzen?

»Fünf,« antwortete ich und machte mich bereits auf den Weg zu den freien Plätzen.

Erschöpft plumpste ich auf den Sitz am Fenster und lehnte die Stirn gegen die kühle Scheibe. Einen Moment lang schloss ich die

Augen und atmete einfach nur durch. Der Geruch von Feuchtigkeit und dem schwarzen Gummi der Fensterisolierung stieg mir in die Nase, doch ich war zu müde, den Kopf wieder anzuheben. Meine Atmung wollte sich nicht so recht beruhigen und das Stechen in meiner Brust war auch nicht ohne. Ich hatte es so satt.

»Wir waren beim realistischen Bild. Komm schon, Liv, nenn mir deine Stärken.«

Ich schnaubte.

Das penetrante Piepen meines Weckers ersparte mir, eine Antwort geben zu müssen. In Gedanken ging ich die Informationen durch, die ich gestern über die Firma ergoogelt hatte, während ich meine Handtasche öffnete, das Handy herausfummelte, den Wecker ausschaltete und dann eine der Tabletten aus dem Seitenfach griff. Ich prüfte schnell, dass es die Richtige war, ehe ich sie einwarf und das Riesenteil herunterzwängte.

Taylor verzog nur ganz leicht ihr Gesicht. Ich wusste genau, was gerade in ihr vorging. Sie hasste Tablettenschlucken und brachte das nur mit viel Wasser zustande. Aber würde ich zu jeder meiner Pillen ein ganzes Glas Wasser kippen, wie sie das tat, wenn sie mal ein Schmerzmittel oder so nehmen musste, wäre ich ein wandelnder Wasserkanister. Wobei ich zugeben musste, dass die Brummer von Eisentabletten mit ein wenig Wasser wirklich leichter zu schlucken wären.

Genauso schnell wie das Unbehagen sich auf Taylors Züge geschlichen hatte, verbannte sie es wieder und setzte eine geschäftige Miene auf, während sie die Beine überschlug. »Im Ernst. Du willst diesen Job doch. Immerhin bist du gerade frühzeitig von Libbies Beerdigung weg, du musst diese Stelle wirklich dringend brauchen.«

»Das tue ich«, murmelte ich. Taylor hatte nicht unrecht, wenn ich meine Prioritäten so setzte, wie ich es eben getan hatte, musste ich auch alles geben. Wenigstens dieses eine Mal. Egal, ob ich für die Stelle jeden Tag von Mainz nach Frankfurt pendeln musste. Immerhin war es ein Job in einer Tierklinik und damit einer der wenigen, die ich wirklich gerne machen wollte.

»Also dann, deine Stärken.«

Zunächst atmete ich tief ein, ließ alle Zweifel und Widerstände mit der Luft zwischen meinen Lippen ausströmen und hob den Blick ins Unbestimmte. Was war eine Stärke? Ich konnte schon das ein oder andere ganz gut, aber das als Stärke zu bezeichnen wäre ganz schön übertrieben. Vielleicht mein Durchhaltevermögen, immerhin war es das zirka hundertste Gespräch, das ich allein dieses Jahr führte. Man könnte es allerdings auch Wahnsinn nennen, dass ich es immer wieder versuchte und tatsächlich glaubte, das Ergebnis würde irgendwann ein anderes sein.

Selbst wenn ich Mal im Bewerbungsgespräch überzeugte, führte das doch nie zu der Festanstellung, die ich so dringend brauchte. Wie oft das Arbeitsverhältnis noch in der Probezeit beendet worden war, früher auch von mir aus, aber seit einem Jahr nur noch vom Arbeitgeber. Meinen Zustand hatte ich mir kaum ausgesucht und ändern konnte ich ihn auch nicht, dennoch kostete er mich regelmäßig meine Beschäftigung.

»Liv?«

»Ich denke ja nach!«, beschwerte ich mich pampig.

Taylor seufzte schicksalsergeben auf und warf die Hände in die Luft. »Wie wäre es mit deiner Auffassungsgabe.«

»Was?«

Taylor fixierte mich tadelnd aus ihren giftgrünen Augen, als hätte ich mich absichtlich begriffsstutzig gegeben. Sie lehnte sich zurück und entspannte ihre Züge. »Du begreifst neue Aufgaben unglaublich schnell und kannst dich in so ziemlich jeden Job einarbeiten. Das zeugt übrigens auch von Flexibilität und einer aufgeschlossenen Weltanschauung.«

Wow, so dachte sie von mir? Ich zog erstaunt die Augenbrauen hoch und konnte meine Freundin nur anstarren.

»Denk doch mal nach. Egal, was du anpackst, du findest eine Lösung. Das Fest im Karateverein deiner Cousine, das Theaterstück in der Schule meiner Schwester, dann das Dachfenster im Haus von Libbie, das du mit ihrem Mann zusammen ausgetauscht hast. Von Handwerk über Organisation, selbst bis hin zu künstlerischen Dingen, du bekommst es immer alles irgendwie hin, ganz ohne irgendeine Ausbildung, einfach weil du dich schnell und gut in die Dinge einarbeiten kannst.«

»Ich kann googeln, das ist aber auch schon alles.«

»Nein, ist es nicht. Ich kann auch googeln und würde mir nie zutrauen, ein altes Fenster aus der Wand zu stemmen und dann auch noch ein neues einzubauen. Wenn ich es recht bedenke, kannst du beherzt mit auf die Liste setzen.« Sie lehnte sich vor, umfasste meine Hände und sah mir direkt in die Augen. Ich entdeckte in ihrem Blick, wie sehr sie an mich glaubte und wie überzeugt sie davon war, dass ich diese Stärken besaß.

»Meinetwegen«, lenkte ich ein und erwiderte den Druck ihrer Hände. »Aber was bringt mir das für eine Stelle als Assistentin in einer Veterinärklinik?«

»Das bringt in jedem Job was. Bei uns in der Firma motzen immer alle, wie unselbstständig die Leute sind, die von der Uni kommen, und dass man die eigentlich alle komplett neu anlernen und ausbilden müsste. Da hätte jemand mit deinen Stärken schnell die Nase vorn.«

Ich zuckte mit den Schultern und schaute aus dem Fenster. »Ihr sucht nicht zufällig gerade jemanden?«, bemerkte ich tonlos und meinte es auch gar nicht ernst. Mochte stimmen, was Taylor sagte, aber in eine Firma wie ihre kam ich doch überhaupt gar nicht erst rein, so ganz ohne Abschluss. Als ob eine der größten Unternehmensberatungen Deutschlands jemand Ungelernten einstellte. Die vorbeirauschenden Lichter in der Tunnelwand verschwammen zu einem orangegelben Streifen. »Ich weiß gar nicht, warum ich dahinfahre.«

»Na, mit irgendwas wirst du sie neugierig gemacht haben, sonst hätten sie dich wohl kaum zu einem Gespräch eingeladen.«

»Oder sie haben die Unterlagen nicht mal richtig gelesen, wie der Zoo.«

Taylor verzog das Gesicht. »Ja, das war nicht gerade professionell.«

»Leicht untertrieben«, murmelte ich und betrachtete gedankenverloren das verschwommene Grau der Tunnelwand. Immerhin hatten die komplett meine Zeit verschwendet und dann auch noch die Frechheit besessen, sich bei mir zu beschweren, warum ich mich überhaupt bewarb, wenn ich den nötigen Abschluss gar nicht hatte. Sie waren es doch gewesen, die meine Bewerbung nicht gelesen hatten. Aber sich aufzuregen, brachte nichts. Es war wichtiger, den Fokus auf das anstehende Gespräch zu richten. Ich drehte mich wieder Taylor zu und straffte entschlossen die Schultern. »Also Auffassungsgabe.«

»Ja!«, bekräftigte Taylor, lehnte sich zurück und hob die Finger, um meine Stärken daran abzuzählen. »Und Flexibilität. Außerdem einen unbändigen Willen.«

Jetzt schmunzelte ich. »Wow, ich bin ja ein echter Hauptgewinn.«

»Das bist du«, bestätigte Taylor ganz ernst und mir wurde der Hals eng.

Einen Moment lang genoss ich das warme Gefühl, das ihre inbrünstige Parteinahme in mir weckte. Dann holte ich tief Luft und versuchte, noch ein wenig mehr Zweifel loszulassen, als die U-Bahn in eine Haltestelle einfuhr.

»Okay, ähm. Vielleicht noch teamfähig und lösungsorientiert?«, schlug ich unsicher vor. Doch noch ehe Taylor Zeit hatte zu reagieren, fiel mir schon das Gegenargument ein. »Na ja, aber das sagen bestimmt alle von sich.«

»Nein, sag das. Es stimmt, es ist ehrlich und sie werden schon sehen, dass du bei diesen Punkten besser bist als andere.«

»Sofern sie mir eine Chance geben.«

»Ja.«

Ruckelnd setzte die Bahn sich wieder in Bewegung und verließ den Untergrund. Überrascht, dass ich so in das Gespräch mit Taylor vertieft war, dass mir der Großteil der Fahrt entgangen war, schaute ich auf die Uhr. »Verdammt, in genau vier Minuten müsste ich in der Klinik sein.« Bis zur nächsten Haltestelle fuhren wir noch zwei Minuten und ich war noch erschöpft von dem schnellen Marsch zur U-Bahn.

Kurz wägte ich ab, ob ich das Risiko eingehen und die dreihundert Meter joggen sollte, aber direkt umzukippen, war vielleicht nicht der beste Start in ein Bewerbungsgespräch. Dabei fiel mir ein ... wieder öffnete ich meine Tasche und frohlockte, als ich den kleinen Inhalator entdeckte. Ich nahm eine Dosis Asthmaspray und sog tief die Luft ein.

»Willst du echt in dem Outfit gehen?«, fragte Taylor leicht pikiert.

Ich sah an mir herab und bemerkte den schwarzen knöchellangen Rock, den ich zur Beerdigung getragen hatte. »Was? Nein. Ich ziehe mich noch um.« Was ich hatte auf der Toilette vor Ort machen wollen. »Aber Moment ... Kurzentschlossen stand ich auf, streifte den Rock ab – ignorierte die gaffenden Blicke – und krempelte die Hosenbeine der Jeans, die ich darunter getragen hatte, herab. Perfekt, zwei Minuten weniger, die ich zu spät kommen würde.

Als ich hochblickte, nachdem ich den dünnen Rock in meine kleine Handtasche gezwängt hatte, grinste mich meine Freundin breit an. »Typisch!«

»Was?«

»Füg einfach *pragmatisch* und *organisiert* zur Liste hinzu.«

Widerwillig zog ich die Augenbrauen zusammen. »Ich kann kaum *organisiert* als Stärke nennen, wenn ich zu spät komme.«

Taylor wiegte den Kopf. »Na gut, Punkt für dich.«

Die Bahn bremste ab und ich positionierte mich schon mal vor der Tür. Auch wenn ich es vermutlich bereuen würde, ich wusste jetzt schon, dass ich gleich losjoggte. Ich konnte doch nicht in die Klinik geschlendert kommen, wenn ich unpünktlich war, wie sah das denn aus? Außerdem konnte ich so die Zeit minimieren, die ich tatsächlich zu spät kam.

Die Bahn hielt, ich drückte auf den Türöffner, sagte über die Schulter: »Wünsch mir Glück.« Dann klappte die Tür auf und ich rannte los.

Taylors: »Du brauchst kein Glück!«, scholl mir über den Bahnsteig hinterher.

※ ✣ ※

»Und, wie lief es?« Taylors Stimme aus dem Handy an meinem Ohr war unangenehm laut und ich stellte den Ton flink etwas leiser.

»Ich kaufe mir gerade einen Pott Eis. Ben and Jerrys. Den größten, den sie haben. So lief es!«, knurrte ich und schob die Abdeckung der Kühltruhe mit mehr Schwung auf als nötig. Ich war so wütend, so verdammt wütend.

»Oje.«

»Ja, genau.«

Ich griff nach einem Becher *Cookie Dough* und wollte gerade schon die gläserne Abdeckung wieder schließen, da blieb mein Blick an den Preisschildern über der Truhe hängen. Einen Herzschlag lang war es mir egal, dass vor dem Komma eine fünf stand. Ich schmeckte quasi schon die Mischung aus Vanille, Schokolade und Cookieteig auf meiner Zunge. Dann schloss ich die Augen und hatte alle Mühe, gegen den Kloß in meinem Hals anzuschlucken. Wut, Scham und der pure Frust ließen meine Schultern herabsacken. Ich stellte den Eisbecher zurück, schloss die Abdeckung wieder und starrte hinab auf das Sortiment. Heiße Tränen sammelten sich in meinen Augen.

»Was ist passiert?«, fragte Taylor leise nach, als ich einige Momente nur geschwiegen hatte.

Ich kehrte der Kühltruhe den Rücken zu und stapfte unverrichteter Dinge in Richtung Kasse. »Wir sind gar nicht erst bis zu meinen Stärken gekommen. Bei dem Gespräch war auch eine Ärztin aus dem Klinikteam anwesend und die kannte mich schon aus der Praxis am Römer.«

»Die Praxis, die dich noch in der Probezeit wieder entlassen hat, weil du so oft krank warst?«

»Das haben sie so nie gesagt.«

»Natürlich nicht, da hättest du dich dann ja einklagen können. Aber allen war klar, warum«, echauffierte Taylor sich.

Ich schwieg. Dagegen konnte ich nichts sagen.

Auch sie sprach nicht sofort weiter und das verstand ich sogar. Was sollte sie auch sagen? Das war einfach Mist und es fühlte sich so dermaßen unfair an.

»Scheiße«, murmelte sie mitfühlend.

»Du sagst es.« Meine Kehle wurde immer enger, das war alles so ... gemein. Warum war mein Leben so? Den Kampf gegen die Tränen verlor ich etwa auf Höhe der Kassen und die letzten Schritte aus dem Laden heraus musste ich halb blind hinter mich bringen. So fest ich konnte, presste ich das Handy an mein Ohr. Dieses Gefühl, sich nicht einmal das Frustessen leisten zu können, das war so ...

»Das Gespräch war nach drei Minuten vorbei. Ich bin schon fast wieder zu Hause. Ganz ehrlich, ich bewerbe mich in Frankfurt einfach auf keine Stellen mehr. Das ist bisher nur schiefgelaufen. Erst das unfaire Feuern in der Praxis am Römer, dann der Mist im Zoo und jetzt das.«

»Soll ich vorbeikommen? Wir könnten einen Film schauen. Oder gegen die Ungerechtigkeit wettern oder was immer du brauchst, Süße.«

Gerade so verkniff ich mir ein Schluchzen. »Nein«, brachte ich mit brüchiger Stimme heraus. »Ich will nur allein sein.« Mich unter der Bettdecke verkriechen und alles hinausbrüllen. Es war ja nicht nur das Gespräch oder die Enttäuschung darüber, nicht einmal eine Chance bekommen zu haben. Das Schlimmste war, dass ich für den Mist Libbies Beerdigung früher verlassen hatte, dabei war Libbie mir wirklich wichtig gewesen.

Dazu kam Mamas Enttäuschung. Natürlich hatte sie mein Fehlen bemerkt und mehrmals versucht anzurufen. Als ich sie nach dem Gespräch zurückgerufen und es ihr erklärt hatte, war mir die geballte Enttäuschung durch das Telefon bis in die Knochen gesickert. Sie hatte sich zuvor Sorgen gemacht, dass ich verschwunden sei, weil es mir so schlecht ginge, doch als sie den wahren Grund erfahren hatte … den Ton, in dem sie *fein* gesagt hatte, hatte ich schon lange nicht mehr gehört und gegen die vernichtende Kritik am Ende unseres sehr kurzen Telefonats konnte ich nichts einwenden. *Du weißt ganz genau, wie selbstsüchtig diese Entscheidung war, sonst hättest du mir vorher davon erzählt und dich nicht klammheimlich weggeschlichen.* Und damit hatte sie dann auch aufgelegt.

Immer mehr Tränen trübten mir die Sicht und bahnten sich schließlich ihren Weg meine Wangen hinab. Verzweifelt wischte ich sie mir mit dem Handballen weg und wünschte, ich wäre nicht so ein Haufen Mist. Eine Fehlentscheidung nach der nächsten über die letzten zwei Jahre hinweg und nun stand ich inmitten meiner Grube aus Versagen und musste angekrochen kommen, um nicht obdachlos zu werden.

Ein eiskalter Klumpen in meinem Magen drückte mir die Galle die Kehle hinauf bei der Vorstellung, meine Eltern um Geld anbetteln zu müssen. Ich wusste, sie würden keine Sekunde zögern, darum ging es nicht. Sie liebten mich, taten alles für mich und hielten mir den Rücken frei, wann immer ich sie ließ. Aber genau das war das Problem, ich war abhängig, nicht in der Lage, auf eigenen Beinen zu stehen, und dabei hatte ich das so gewollt.

»Bist du noch da?«, riss Taylors Stimme mich aus dem Abwärtsstrudel meiner Gedanken. Ich hatte tatsächlich vollkommen vergessen, dass ich noch das Telefon an mein Ohr gepresst hielt.

»Ja.«

»Ach Mensch. Ach Liv, ich würde dich gerade so gerne in den Arm nehmen.«

Ich schniefte. »Das wäre schön«, gestand ich leise.

»Gut, dann treffen wir uns gleich an deiner Wohnung. Keine Widerrede.« Und ehe ich die Chance hatte, nein zu sagen, legte sie auf.

Ich sah hinab auf das Handy und lächelte matt. Sie wusste immer, was ich brauchte und wonach ich gleichzeitig doch nie fragen würde. Womit hatte ich nur eine Freundin wie sie verdient?

Ich setzte mich wieder in Bewegung und dachte darüber nach, ob ich von Taylor immer nur nahm, oder ob ich ihr auch etwas gab? War unsere Freundschaft eine Einbahnstraße? Ich hoffte nicht, doch mir fiel gerade keine Szene ein, bei der ich mal angerannt gekommen war. Wozu auch? Ihr Leben schien perfekt. Aber konnte das stimmen? Konnte irgendjemandes Leben perfekt sein? Irgendwie glaubte ich das nicht und daher nahm ich mir vor, sie gleich zu fragen. Vielleicht hatte sie mir in letzter Zeit aufgehört, von ihren Problemen zu erzählen, weil ich so viele eigene hatte, aber das wollte ich so nicht. Ich wollte für sie da sein.

Erst nach diesem Entschluss nahm ich wieder bewusst meine Umgebung wahr und stockte. »Moment mal.« Irritiert sah ich mich um, suchte bekannte Punkte, um mich zu orientieren. Wo zur Hölle war ich? Also es passierte mir ja oft, dass ich wie auf Autopilot lief, wenn ich in Gedanken versank, aber mein Körper fand dann jedes Mal zielsicher heim. Der Rewe war nur drei Straßen von meiner Wohnung entfernt und den Weg beherrschte ich im Schlaf. Also warum war ich jetzt ... Ah, da vorne, den Kiosk erkannte ich. Wow, ich war zwei Straßen zu früh abgebogen.

Erstaunt sah ich mich genauer um, an dieser Gasse war ich bisher immer nur vorbeigelaufen. Sie war schmaler als meine Straße und obwohl die Autos dicht an dicht standen, war außer mir keine Person in Sicht. Es kribbelte in meinem Nacken und ich rollte mit den Schultern, um die plötzliche Gänsehaut zu vertreiben. Schnell heim. Was war ich froh, dass gerade später Mittag und nicht Nacht war. Trotzdem trieb das mulmige Gefühl mich vorwärts. Ich wollte mich gerade in Bewegung setzen, als etwas im Augenwinkel meine Aufmerksamkeit erregte.

Ohne es zu merken, war ich direkt vor dem Schaufenster einer Buchhandlung stehen geblieben. Wow, da lebte ich jetzt seit fast drei

Jahren zwei Straßen parallel von dieser und wusste nicht einmal, dass hier eine schnuckelig anmutende Buchhandlung existierte. Durch das Glas sah ich dunkle Regale, einen alten Ledersessel und so ein Globusteil, in dem häufig Whisky versteckt war. Und im Gegensatz zu der Buchhandlung in der Fußgängerpassage lagen im Schaufenster keine Kinderbücher oder Bestseller. Ich entdeckte eine uralt aussehende Karte, auf der noch Seemonster eingezeichnet waren, ein uriges Regal mit einer alten Brockhaussammlung, die so wirkte, als könnten es tatsächlich Bücher der ersten Auflage sein. Kurz davor, die Hand an die Scheibe zu legen, um so nah wie möglich herantreten zu können, ohne mit der Nase ans Glas zu stoßen, entdeckte ich das weiße Rechteck, das zwischen all den Brauntönen meine Aufmerksamkeit geweckt hatte und auf einer Staffelei stand:

Vollzeitkraft gesucht, ab sofort!
Bei Interesse am Tresen melden.

Für eine geschlagene Sekunde starrte ich das Stück Leinwand einfach nur an und fragte mich, ob es so etwas wie Schicksal nicht doch gab. Direkt voller Hoffnung huschte ich zum Eingang, drückte die Glastür an ihrem großen Messinggriff auf und vernahm ganz stilecht das helle Bimmeln einer Glocke. Ein Schmunzeln entspannte meine Züge und als der Duft von Büchern und Holz mich begrüßte, fühlte ich mich sofort wohl hier. Die Tür fiel hinter mir zu und sperrte die vielen kleinen Geräusche der Stadt aus, die ich erst durch ihre Abwesenheit wahrnahm. Ich wurde mir der angenehmen Temperatur bewusst, die hier drinnen herrschte, atmete tief durch und spürte ein ungebetenes Kribbeln in Beinen und Händen. Nicht jetzt!

Entschieden trat ich weiter in den Laden. Ein kurzfloriger Teppich schluckte die Geräusche meiner Schritte und hätte ich nicht ein ganz klares Ziel gehabt, hätte dieser Ort mich zum Verweilen und Stöbern eingeladen. Mein Blick glitt über all die Regale aus dunklem Holz mit den Verzierungen, denen ich glatt zutraute, handgeschnitzt zu sein.

»Ja, bitte? Kann ich Ihnen helfen?«, erklang eine tiefe Stimme von rechts. Zwischen den beiden hüfthohen Sideboards hier vorne direkt im Eingangsbereich kam ein Mann auf mich zu. Er ließ gerade eine goldene Uhr in die Tasche seiner perfekt sitzenden Weste gleiten. Das filigrane Goldkettchen an der Uhr baumelte noch leicht, als er vor mir stehen blieb. Einen Moment musste ich einfach starren, ich hatte noch nie einen so perfekt gekleideten Mann in einer Buchhandlung gesehen, schon gar nicht so einen jungen. Lederschuhe, dunkelblaue Stoffhose, Gürtel in demselben Braunton wie die Schuhe, dazu ein weißes Hemd mit hochgekrempelten Ärmeln und darüber diese marineblaue Weste mit goldenen Knöpfen.

»Brauchen Sie ein Telefon? Soll ich jemanden für Sie anrufen?«, fragte er und verlagerte sein Gewicht, als wäre ihm mein Starren unangenehm. Himmel, was machte ich hier gerade für einen ersten Eindruck?

»Nein, danke.« Was waren das denn für seltsame Fragen?

»Sicher? Ich dachte nur …« Er ließ den Satz unvollendet und sah mir auf eine Weise ins Gesicht, die mich stutzig machte. Dann griff er in seine Hosentasche und förderte ein Taschentuch zutage. Ein Stofftaschentuch, so eines von der alten Sorte, mit eingestickten Initialen, ein K und ein W, die ineinandergriffen. Das Stück sah wirklich schick aus und irgendwie passte es zu ihm. Süß, dass er so etwas heutzutage tatsächlich noch benutzte. Und ein winziges bisschen schrullig, auf die gute Art. Moment mal, wieso reichte er mir ein Taschentuch?

»Danke, aber das brauche ich nicht.«

»Eine Kundentoilette befindet sich oben im ersten Stock, falls Sie sich frisch machen wollen«, bemerkte er leise, als würde er mir den Tipp geben, nach dem ich begehrlich gesucht hatte.

»Wie bitte?« Und gerade, als er den Blick betreten senkte, fiel bei mir der Groschen. Ich hatte geweint, nicht eben wenig und ich war geschminkt gewesen. Dreck! »Erster Stock, sagten Sie?«

»Ja, die Treppe ist dort hinten am Ende der Regalreihe«, beschrieb er mit unüberhörbarer Erleichterung in der Stimme.

Meine Wangen glühten vor Hitze. Was für ein peinlicher Auftritt! Ich huschte zwischen Reiseromanen und englischer Literatur hindurch und kam an den Fuß einer Wendeltreppe aus schwarz lackierten Eisenstäben. Bei jedem Schritt erklang ein sanft schwingender Ton und das heimelige Gefühl dieses Ortes wurde nur noch verstärkt.

Jetzt wollte ich diesen Job noch mehr. Irgendwie musste ich meinen katastrophalen ersten Eindruck geraderücken.

Oben auf der Galerie angekommen, empfing mich eine offene Fläche mit roten Lesesesseln und kleinen Tischchen. Dahinter entdeckte ich eine Tür mit zwei Figuren in Gold, die wohl eine Frau und einen Mann symbolisieren sollten. Ich huschte über den grauen Teppichboden, der den Lesebereich farblich vom Rest abtrennte, und schlüpfte in ein kleines Badezimmer, dessen Armaturen und Kacheln auf Alt gemacht waren. Schwarz und Gold zwischen weißen Kacheln in sechseckiger Form. Es sah stilvoll und altertümlich zugleich aus.

Im ovalen Spiegel über dem eckigen Waschbecken sah ich dann das ganze Ausmaß der Katastrophe. Die Wimperntusche bildete schwarze Ringe unter den Augen und deutlich sichtbare Spuren meine Wangen hinab, der strenge Pferdeschwanz hatte auch schon bessere Zeiten gesehen, woran vermutlich mein kleiner Sprint von der U-Bahn zur Klinik schuld war, und die Bluse war unanständig weit aufgeknöpft. Nach diesem Desaster eines Gesprächs war ich immer noch ganz schön erhitzt gewesen von der kleinen Sporteinlage zuvor und hatte die obersten zwei Knöpfe geöffnet. Irgendwie hatte der dritte Knopf sich aber inzwischen auch gelöst und im richtigen Winkel lugte der Spitzen-BH darunter hervor. Wow, schlimmer ging es ja kaum.

Rasch schloss ich die Bluse höher, rubbelte das verlaufene Schwarz von den Wangen und bemühte mich, aus den Klecksen unter meinen Augen Linien zu formen, indem ich die Farbe von innen nach außen wegstrich. Ich kniff mir in die Wangen, um etwas Farbe unter das ungesunde Kalkweiß zu bekommen, und band den Pferdeschwanz neu, um die verirrten Strähnen wieder in die gebändigte Masse aus rotbraun einzupflegen.

Auf dem Weg hinunter rief ich mir noch mal das Gespräch mit Taylor in Erinnerung und betete meine Stärken herunter. Auf jeder Stufe fiel mir ein anderer möglicher erster Satz ein, doch keiner wollte mich so recht überzeugen. Plötzlich stand ich vorm Tresen und musste mich für einen entscheiden.

»Hi, ich bin Liv.«

Er hob den Blick von dem Bildschirm, an dem er zu arbeiten schien. Noch ehe er antworten konnte, fuhr ich fort.

»Ich habe das Schild im Schaufenster gesehen. Suchen Sie noch jemanden?«

Er zögerte einen Moment lang. Ich erwartete regelrecht, dass er mich herablassend musterte, eine Augenbraue hochzog und *nein, danke* sagte. Stattdessen sah er mir so intensiv in die Augen, dass ich zurückweichen wollte.

»Erfahrung?«, fragte er knapp.

»Im Buchhandel? Keine.«

Sein Mundwinkel zuckte. »Warum wollen Sie die Stelle?«

Ich war kurz davor, eine ganze Kanonade an fadenscheinigen Gründen abzufeuern, mich eben gut zu verkaufen, doch ein leises Stimmchen hielt mich davon ab. »Ganz ehrlich? Ich brauche dringend einen Job. Ich muss Miete zahlen und bin langsam verzweifelt.«

Erwartungsvoll hielt ich seinem strengen Blick stand. Dann schlich sich ein zartes Schmunzeln in seine Mundwinkel, nur ganz kurz, aber es weckte Hoffnung.

»Ich weiß nicht, ob ich diese Direktheit schätzen soll oder der Mangel an Anstand mich ärgert.« Da war sie auch schon, die hochgezogene Augenbraue. Aber auch er war hier gerade vollkommen ohne scheinwahrende Maske. Das gefiel mir.

»Mal im Ernst, ich könnte Ihnen jetzt all meine Stärken aufzählen, erklären, weshalb ich diesen Job gut machen werde, und Ihnen einen frisierten Lebenslauf unterjubeln. Aber das bringt keinen von uns weiter. Sie werden mir einfach eine Chance geben müssen und ich werde Sie selbstverständlich überzeugen, denn ich lerne schnell. Was haben Sie schon zu verlieren?«

»Zeit?«, schlug er vor.

»Stimmt. Aber wenn ich gut bin, gewinnen Sie eine Arbeitskraft und sind die lästige Suche los.« Nun musste ich selbst schmunzeln, so verwegen zu sein, machte überraschend viel Spaß. Wohin Verzweiflung einen führen konnte, erstaunte mich doch.

»Keylam«, meinte er und hielt mir die Hand entgegen. Es brauchte zwei Herzschläge, ehe ich begriff und freudestrahlend seine Hand packte. »Liv!«

Er schmunzelte und ich hätte wetten können, dass unter den getrimmten Bartstoppeln Grübchen versteckt waren. »Also dann, ich würde sagen, wir fangen direkt an, dich einzuarbeiten. Der Stundenlohn wäre für den Anfang dreizehn, Urlaubstage insgesamt dreißig, du würdest in einer Fünf-Tage-Woche arbeiten und außer den offensichtlichen Anforderungen, gehört zu deinen Aufgaben die Assistenz für den Buchclub. Solltest du die Stelle besetzen, wird Zack dich diesbezüglich einweisen. Eine Probezeit von zwei Monaten, in der wir beide das Arbeitsverhältnis jederzeit beenden können, ist Teil des Vertrags. Beginnen werden wir mit dem Ordnungssystem. Ich erwarte in einer knappen Stunde eine Gruppe Touristen und heute Abend findet eine Lesung statt. Der perfekte Tag, um mich ... Wie sagtest du? Ach ja, zu überzeugen.« Er funkelte mich erwartungsvoll an. »Noch Fragen?«

Amüsiert musterte ich seine Züge ganz genau. Er testete mich doch gerade. Seltsamerweise machte mir das Spaß. Er warf mir eine Herausforderung vor die Füße, und ich war so was von bereit, sie anzunehmen. Ich hatte nicht mal Angst zu versagen oder einen schlechten Eindruck zu machen. Vielleicht war das die Atmosphäre hier drin oder ich hatte inzwischen so viele Klatschen vom Leben bekommen, egal wie sehr ich mich bemühte, es diesem oder jenem potentiellen Chef recht zu machen, dass ich schlichtweg meinem Bauchgefühl folgte. Oder aber die Tatsache, dass ich mir wirklich alles gemerkt hatte, was er mir gerade um die Ohren gehauen hatte, fütterte mein Selbstbewusstsein. »Nein, keine Fragen.«

Er zog skeptisch eine Augenbraue hoch.

Das ließ mich nun ganz offen grinsen. »Na los, das Ordnungssystem. Wenn ich nur eine Stunde habe, will ich so viel wie möglich lernen, damit ich hilfreich sein kann.«

Sein Gesicht hellte sich in Erheiterung auf. »Kluge Antwort.«

»Ja, gell. Dachte ich mir auch.«

Ein leises Lachen entschlüpfte seinen Lippen und ich hatte große Mühe, weiterhin zu übersehen, wie attraktiv ich ihn fand. Den Gedanken schob ich schnell beiseite. Ich musste glänzen, nein, ich musste herausragend sein. Dieser Job war mein letzter Funken Hoffnung.

Forschungsbericht Keylam Warren

Mainz, 28. Juni 2023

Zwischenbericht

Es bleibt mir gerade weder Zeit noch Kraft, Hinweisen nachzugehen. Zwei weitere Brücken sind zerstört. Das nimmt Ausmaße an, die ich nicht mehr abfangen kann. Durch den Bann kann ich pro Monat zwei, maximal drei Brücken erschaffen. Mainz ist einfach zu groß, als dass das ausreichen würde, weshalb wir bisher auf bereits bestehende Brücken zurückgegriffen haben. Doch allein diesen Monat wurden zwölf Brücken zerstört. Ich versuche, Kontakt zu den Penhaligan aufzunehmen, kann sie jedoch nirgendwo aufspüren. Und selbst wenn, weiß ich nicht, ob sie die Zusammenarbeit nicht immer noch an unerfüllbare Bedingungen knüpfen. Ich hoffe, dass ich sie bald aufspüren kann, Mainz braucht Hilfe. Dabei weiß ich nicht einmal, wie viele von ihnen noch leben, aber ich weiß, dass ich ohne Hilfe das Sterben nicht mehr aufhalten kann, solange die Tenebris jede Brücke zerstören, die sie finden. Zack hat es durch Zufall beobachtet, die kaputten Brücken sind nicht Anicors Verfall geschuldet, sondern ein mutwilliger Akt. Vanir ist wahnsinnig.

Das helle Klicken des Türschlosses erklang. Mit einem bereits halb ins Regal geschobenen Buch in der Hand sah ich hinüber und konnte es kaum glauben. Der Tag war schon rum?

Keylam kam zwischen den hüfthohen Regalen hindurch auf mich zu und strich gedankenverloren über die kleine Taschenuhr, ehe er sie wieder in seine Weste gleiten ließ. »Neunzehn Uhr, Feierabend.«

»Ich räume die nur noch schnell ein«, entgegnete ich und hob das Buch in meiner anderen Hand leicht an. Und danach musste ich bei Taylor zu Kreuze kriechen, die ich vollkommen vergessen hatte. In einer schnellen Nachricht hatte ich mich zwar schon entschuldigt und ihr knapp erklärt, weshalb ich nun doch nicht nach Hause gekommen war, um mich von ihr trösten zu lassen, aber heute Abend musste ich es auch wieder gut machen, immerhin war sie den ganzen Weg quer durch die Stadt gekommen und ich hatte sie einfach versetzt. Aber zuerst brachte ich meine Schicht hier zu Ende und hoffte, dass ich einen guten ersten Tag hingelegt hatte.

Keylam lehnte sich mit der Schulter an das massive Regal und beobachtete, wie ich das Buch nun vollends zwischen seine Nachbarn schob. Unter seinem Blick wurde mir warm und ein Knoten bildete sich in meiner Brust. Hatte ich mich gut geschlagen oder wenigstens gut genug? Eigentlich hatte ich ein recht optimistisches Gefühl, aber wer wusste schon, was für Ansprüche dieser Mann hatte? Mit gereizten Nerven scannte ich das Regalbrett, fand die Markierung am Regalboden, die ich suchte, und ging dann in die Hocke, um im untersten Fach die Lücke für das nächste Buch in meinen Händen zu finden. Starrte er immer noch?

»Wie hat es dir gefallen?«

Ich stutzte, runzelte die Stirn und sah kurz hinab auf das Buch in meiner Hand. »Was?«

Seine unbewegte Miene wurde unter einem erheiterten Funkeln weicher. »Dein erster Tag«, half er mir auf die Sprünge.

Ach so, ja, das ergab viel mehr Sinn. Ich hatte schon angenommen, er meinte das Buch in meinen Händen, das ich keineswegs je gelesen hatte. »Gut.«

Er wartete lange genug, dass mir klarwerden konnte, wie aussagelos meine Antwort war, ehe er etwas erwiderte. »Aha.«

»Sogar sehr gut«, beeilte ich mich zu sagen. »Ich glaube, dein Ordnungssystem habe ich weitestgehend durchblickt, an der Kasse komme ich zumindest mit den grundlegenden Bedienungen gut klar und das Ambiente liebe ich ziemlich.«

Seine Augenbrauen schnellten in die Höhe. Dann ließ er seinen Blick langsam schweifen, als betrachtete er den Verkaufsraum zum ersten Mal. »Die Einrichtung ist mehr historisch gewachsen.«

Heißt? Wie gerne würde ich nachfragen, aber war das angemessen? Und wenn ich nicht nachfragte, glaubte er dann, ich hätte zu wenig Interesse?

Keylams Blick fand zu mir zurück. Er stieß sich vom Regal ab und trat noch einen Schritt auf mich zu. »Du hast mich nicht enttäuscht, was schon mehr ist, als die meisten vor dir geschafft haben. Du kannst also morgen wiederkommen. Wir öffnen um zehn, aber sei bitte schon um halb da.«

Pure Freude durchströmte mich, doch statt sie zu genießen, hing mein Verstand sich an der vorherigen Aussage auf. Was meinte er mit historisch gewachsen? Gab es zu jedem dieser teils sehr alten Einrichtungsdetails eine eigene kleine Geschichte? Ich wettete, er war ein spannender Diskussionspartner. Wie gern ich das genau jetzt testen würde, aber heute war nicht der Tag dafür. Wenn alles gut ging, hatte ich noch genug Zeit, um herauszufinden, ob er nur intelligent und belesen wirkte oder es tatsächlich war.

Stattdessen schob ich schnell das Buch an seinen Platz, erhob mich und kam auf ein anderes Thema zurück. »Du meintest vorhin, der Buchclub käme heute zusammen.« Doch ehe er antworten konnte, strafte mein Körper mich für diese unbedachte Handlung. Ein allzu vertrautes Bitzeln jagte durch meine Beine und ich spürte den Moment, an dem sich entschied, ob ich gleich umkippte oder nicht. Das anschwellende Kribbeln warnte mich, entweder ich setzte mich sofort hin oder ich verlor den Kampf um mein Bewusstsein. *Also was soll es sein, Liv?* Die gut sozialisierte Version meiner selbst gewann die spontane Entscheidung und noch, während ich die Zähne zusammenbiss und gewappnet das Kinn reckte, mit dem festen Entschluss einfach willensstark genug zu sein, begriff ich, wie dumm diese Entscheidung gewesen war.

Ich verlor das Gefühl für meinen Körper, hörte seine Antwort nicht mehr und so fest ich auch auf seine sich bewegenden Lippen starrte, das Sichtfeld wurde von außen nach innen durch verzehrende Schwärze immer kleiner, bis ich nichts mehr sah, hörte oder fühlte.

Ich riss die Augen auf, das erleichternde Ende eines harten Kampfes gegen diesen so verhassten Zustand. Das Gute war, ich hatte inzwischen Übung darin, gegen die alles dämpfende Weichheit der Bewusstlosigkeit anzukämpfen und mich durch den zähen Morast zurück zur Oberfläche durchzuboxen. Jedes Mal war das Erwachen wie das erste Luftschnappen nach einem langen Tauchgang. Und jedes Mal kamen nach den Sinnen erst mein Verstand und dann auch die Gefühlswelt zurück.

Heute wurde ich von einer Welle aus den verschiedensten Emotionen begrüßt. Als Erstes kam Erleichterung, dass ich wieder sehen konnte. Dann Irritation, ob es wirklich so still war oder mein Gehör noch nicht wieder funktionierte. Doch das leise Rascheln von Stoff war mir Antwort genug. Aber klar war es leise, immerhin war ich in einer geschlossenen Buchhandlung. Nach dem Begreifen, was passiert war, wo ich mich befand und wer bei mir war, kamen Sorge, Frustration und schließlich Resignation.

Wie konnte mir das nur passieren? Wieso diese unüberlegte Entscheidung, stehen zu bleiben. Ich wusste es doch eigentlich besser. Hätte ich mich nur unter irgendeinem Vorwand hingesetzt, ich hätte ja noch mal eines der Bücher in der unteren Reihe prüfen können. Aber nein, ich hatte die dämliche Entscheidung einer Anfängerin getroffen. Wieso nur? Und diese Frage leitete meine Verwirrung ein. Mir war es heute so gut gegangen, ich war schlicht nicht davon ausgegangen, dass es so schlimm um meinen Kreislauf bestellt war. Aber vermutlich war das bloß ein Trugschluss gewesen, weil mich die Arbeit abgelenkt hatte.

Eine Hand huschte durch mein Sichtfeld, griff nach etwas, das sich als kühler Stoff auf meiner Stirn entpuppte, als es wieder zurück auf meine Haut gelegt wurde, vermutlich mit der anderen Seite, denn nun spürte ich ganz deutlich kühle Feuchtigkeit. Automatisch griff ich danach und wollte mich aufsetzen, als starke Hände mich an der Schulter zurückdrückten. »Nicht so schnell.«

Und damit wurde mir dann auch das ganze Ausmaß der Situation bewusst. Ich war ohnmächtig geworden; an meinem ersten Tag, direkt vor meinem Chef. Wow.

Heiße Tränen der Scham füllten meine Augenwinkel. Ein Gedanke jagte den nächsten, während ich die Tränen bekämpfte. Jetzt auch noch loszuflennen, kam überhaupt nicht infrage. »Das war's dann wohl mit der Stelle«, entschlüpfte es mir. Die Enttäuschung wurde schnell von verzweifeltem Frust abgelöst. Ich konnte *nichts* dagegen tun. Egal wie engmaschig ich kontrolliert wurde, wie viele ätzende Eisenpräparate, Vitamine und andere Ergänzungsmittel ich auch brav einnahm, es änderte nichts. Kein Arzt hatte bisher eine echte Antwort, geschweige denn eine Lösung gefunden. Ich konnte nichts tun und jetzt würde mir mein Zustand, der für sich schon belastend genug war, schon wieder einen Job nehmen.

Sein Gesicht erschien plötzlich in meinem Blickfeld und ich sah ihn direkt an. Er war unfassbar nah und Hitze stieg in mir auf.

»Geht es dir besser?«

»Ja, klar«, kam die automatische Lüge über meine Lippen. Ruckartig setzte ich mich auf und wäre fast mit ihm zusammengestoßen, wenn er nicht flinker, als ich ihm zugetraut hätte, aus meiner Reichweite gewichen wäre. Erstaunt sah ich ihn an, doch dann schälte sich langsam das feuchte Tuch von meiner Stirn und plumpste in meinen Schoß. Betreten griff ich danach und wollte schon aufstehen, da berührte er mich sachte am Arm und fragte: »Soll ich jemanden anrufen?«

»Was? Nein! Alles gut. Das passiert mir häufiger«, beeilte ich mich zu sagen und begriff zu spät, dass ich ihm in dem Versuch zu demonstrieren, dass ich gut mit der Situation umgehen konnte, verraten hatte, dass er dabei war, ein körperliches Wrack einzustellen.

»Also ich meine ... Ich will nicht sagen ... Das war nicht so schlimm, weil ...« Schließlich brach ich ab, ließ die Schultern sinken und kam auf die Beine. Jetzt noch zurückzurudern, war lächerlich.

Keylam folgte mir direkt, eine Hand in meine Richtung erhoben, als wäre er bereit, mich aufzufangen. Womöglich sogar mich *schon wieder* aufzufangen. Wie sonst war ich in die liegende Position gekommen? Und überhaupt, wo hatte er so schnell den Lappen herbekommen? Ich starrte auf das feuchte Stück Stoff in meiner Hand und erkannte das Taschentuch, das er mir heute Mittag schon angeboten hatte. Auf dem Tresen hinter ihm entdeckte ich eine offene Wasserflasche und so setzte sich das Bild zusammen.

»Danke«, meinte ich geknickt und reichte ihm das Taschentuch zurück, das von meiner Stirn inzwischen aufgewärmt war.

»Nichts zu danken.«

Ich sog tief die Luft ein und stieß sie anschließend wieder aus. Aufschieben brachte ja doch nichts. Müde sah ich auf in sein Gesicht. Er wirkte nachdenklich, vermutlich weil er darüber nachsann, wie er mir freundlich absagte. Nun, das konnte ich ihm ersparen. »Schon klar«, brummte ich und mein Unmut gewann den Kampf. Ich hätte zwar lieber Größe gezeigt, aber ehrlich gesagt war ich das alles so leid, für Größe hatte ich einfach keine Energie mehr. Mürrisch schob ich mich an ihm vorbei in Richtung Tresen.

Es dauerte einen kurzen Moment, ehe er nachhakte: »Was ist klar?«

Ich trat um den Tresen herum und griff nach meiner kleinen, aber durch den Rock sehr vollgestopften Handtasche, die ich dort deponiert hatte, und richtete mich mit so viel Würde, wie ich erübrigen konnte, auf. Dennoch war mein Ton gereizt, aber wer konnte mir das schon verdenken? »Es tut dir leid, aber dir ist klar geworden, dass du doch keine Hilfe benötigst. Oder du kannst es dir nicht leisten. Oder, oder, oder. Glaub mir, ich habe schon jede Ausrede gehört.«

Keylams Augen weiteten sich, bis er mich anstarrte wie ein Reh im Scheinwerferlicht. Dann fing er sich sichtlich, legte eine glatte Miene auf und bemerkte in kühlem Ton: »Ich weiß nicht, wovon du sprichst.«

Mir klappte die Kinnlade herunter. Kurz war ich versucht, das blanke Ignorieren dessen, was gerade passiert war, hinzunehmen, doch etwas in mir wollte das nicht. Sei es Stolz, Trotz oder ungesunde Neugier, aber ich hakte tatsächlich nach: »Ich soll immer noch morgen früh um halb zehn zur Arbeit erscheinen?«

»Natürlich.«

»Obwohl ich gerade umgekippt bin?«

»Ich verstehe nicht, was das eine mit dem anderen zu tun hat.«
Ich schnaubte. »Blödsinn.«
Er zog die Augenbrauen hoch.

»Ach komm, du willst mir doch nicht allen Ernstes vormachen, du wärst der letzte ehrenhafte Arbeitgeber in dieser gottverdammten Stadt.«
Stille.

Puh, da hatte sich wohl eine Menge in mir angestaut. Ich hatte wirklich alles versucht: Ernährung umstellen, Schlafhygiene, Meditation, Yoga, Sport in allen anderen Varianten, hatte zahllose Ärzte konsultiert und trotzdem war ich keinen Schritt weiter als vor drei Jahren, als die Anfälle begonnen hatten.

»Nur um das richtig zu verstehen, du verlierst *häufiger* dein Bewusstsein?«

Wozu jetzt noch leugnen. »Hundert Punkte für den Herrn in der Weste«, rief ich, als wäre ich die Moderatorin einer Gameshow.

Sein Mundwinkel zuckte. Er schob eine Hand in die Hosentasche und hob leicht das Kinn. »Und wenn ich deine Worte richtig interpretiere, hast du deshalb schon Mal einen Job verloren?«

»Einen?«, schnaubte ich sarkastisch.

Er nickte bedächtig. »Deshalb gehst du automatisch davon aus, dass ich jetzt, da ich das von dir weiß, ebenso entscheide.«

»Natürlich. Ich kann das ja sogar nachvollziehen. Im Ernst, welcher Chef will schon eine tickende Zeitbombe, die bei jeder möglichen Situation einfach umkippen könnte?«

»Zynisch«, bemerkte er.

Ich zuckte mit der Schulter und zeigte dann einen winzigen Abstand mit Daumen und Zeigefinger. »Vielleicht ein wenig.«

Keylam trat auf mich zu, kam so nah, bis er kurz davor war, in meinen persönlichen Raum einzutreten, und sah mit einem intensiven Blick auf mich herab, sodass unweigerlich eine Gänsehaut meine Arme und meinen Nacken eroberte, und ich war mir nicht sicher, ob es die gute oder die schlechte Sorte Gänsehaut war.

Mit leiser und leicht rauer Stimme sagte er: »Du könntest mir noch bei den Vorbereitungen für den Buchclub helfen. Auf lange Sicht wird das komplett in deinen Aufgabenbereich fallen, da kannst du das auch direkt schon heute lernen.«

Ungläubig starrte ich ihn an. Seine eisblauen Augen huschten hin und her, sein Blick so eindringlich und seine Nähe ... alles zusammen fühlte sich wie eine Umarmung an, als würde er mich von der unfairen Welt abschirmen wollen, die bisher mein Leben gewesen war, als verspräche er mir, dass es von nun an anders werden würde. Und auch wenn ich ihm das nie geglaubt hätte, wenn er es mir *gesagt* hätte, so schaffte es seine Handlung durch die zynischen Mauern meines Selbstschutzes hindurch und säten eine zarte Pflanze der Hoffnung. Er zeigte mir eine weitere Aufgabe, eine die *auf lange Sicht* ganz mir zufallen würde.

»Wollen wir?«, fragte er leise.

Ich nickte lediglich. Mehr brachte ich nicht heraus. Ahnte er auch nur im Entferntesten, was er mit dieser Reaktion in mir bewegte? Wie könnte er, wenn doch selbst mir erst nach und nach bewusst wurde, was diese eine freundliche Geste in mir auslöste.

»Nun gut. Dann zeige ich dir jetzt mal das Buchclubzimmer und erkläre dir deine Aufgaben.«

Kein Mitleid, keine übergriffige Schonung, nichts von dem, was gute Samariter mir sonst entgegenbrachten. Im Leben waren mir zwei Sorten von Menschen in der Arbeitswelt begegnet, jene, die mich vor jedweder Anstrengung bewahrten, natürlich nur zu meinem eigenen Schutz, und jene, die mich so schnell wie möglich loswerden wollten, mehr zu ihrem eigenen Schutz. Was fing ich nur mit diesem Mann an, der in keine dieser beiden Kategorien passen wollte?

Zack kam exakt um halb acht. Das Buchclubzimmer entpuppte sich als quadratischer Raum mit einem alten Perserteppich und einem eigenen Zugang zur Straße, durch den ein auffallend breitschultriger Mann eintrat. Er streifte sich eine nasse Kapuze vom Kopf und schüttelte sich leicht, ehe er ganz eintrat. Verdammt, es regnete? Ich linste über seine Schulter durch die Tür nach draußen und bemerkte den grauen Schleier herabfallender Tropfen. So ein Mist, ich hatte keinen Schirm dabei. Zack schien mich erst jetzt zu bemerken, denn er stockte im Gehen und starrte mich einen kurzen Moment lang fassungslos an. Ohne eine Begrüßung sah er über meinen Kopf hinweg Keylam an, der hinter mir gerade den Wasserkocher auf dem kleinen Tischlein an der Wand platzierte. »Wer ist das?«

Charmant.

»Das ist Liv, meine neue Mitarbeiterin. Liv, dieser Charmebolzen ist Zack. Keine Sorge, der ist immer so ein Sonnenschein.«

Ich schmunzelte über den trockenen Ton in seiner Stimme.

»Mieses Timing, Key. Richtig mieses Timing«, knurrte Zack.

»Du hast doch so darauf beharrt, dass ich Hilfe benötige. Und für deinen kleinen Club jeden Donnerstag alles herzurichten ist auch etwas, worauf ich gerne verzichte«, bemerkte Keylam kühl und schob eine Hand lässig in die Hosentasche.

»Das ist nicht witzig. Ich habe dafür keine Zeit.«

»Ich muss nicht bleiben. Ich kann das auch nächsten Donnerstag lernen«, beeilte ich mich, zu sagen.

»Ja, geh.«

»Nein, sie bleibt.«

Die beiden Männer starrten sich fest an. Irritiert schaute ich von einem zum anderen und zurück. So wie Keylam mir gerade eben noch von Zack und dem Buchclub erzählt hatte, wäre ich nie darauf gekommen, dass die beiden sich nicht verstanden. Das hier schien sich zu einem Streit auszuwachsen, wie löste ich nur diese Situation?

»Fein, bleib. Aber verschwinde mal für fünf Minuten, ja?«, wandte dieser Zack sich an mich und wedelte mit einer prankenartigen Hand in Richtung Verkaufsraum.

»Klar.« Ich ließ den Stapel Bücher, die ich eigentlich gerade austeilte, einfach auf den nächstbesten Stuhl plumpsen und huschte zur Tür in den Laden rüber. Ich hörte noch Keylam hinter mir sagen: »Ich finde, du solltest dich später für so viel Unhöflichkeit bei ihr entschuldigen.« Dann fiel die Tür ins Schloss und ich sah mich im dunklen Verkaufsraum um. Was jetzt?

Die Regale waren schon wieder alle aufgefüllt, die herausgezogenen Bücher einsortiert, der Tresen abgewischt und die Kasse sogar schon geschlossen. Hier gab es nichts mehr für mich zu tun. Nach einer Beschäftigung suchend ließ ich meinen Blick schweifen. Da entdeckte ich vorne links im Laden den alten Ledersessel mit diesem Globustischlein daneben.

Ich zuckte mit den Schultern. Es gab nichts Sinnvolles mehr zu tun und hier neben dem Tresen hörte ich die Stimmen der beiden

Männer noch gedämpft durch die Tür. Natürlich war ich neugierig, inwiefern meine Anwesenheit mieses Timing für Zack war oder was er so Dringendes mit Keylam zu besprechen hatte, doch weder das eine noch das andere ging mich etwas an.

Ehe ich der Versuchung erlag, dem Gespräch zu lauschen, huschte ich auf Zehenspitzen hinüber und befingerte ganz vorsichtig den Globus. Das ganze Konstrukt stand auf drei parallel zueinander laufenden Beinen aus dunklem, glattem Holz. Sie endeten eine Handbreit unter Hüfthöhe in einem Ring, in den der Globus eingelassen war. Meine Finger fanden einen kleinen Metallhaken, den ich zur Seite schob und dann konnte ich die obere Hälfte öffnen. Wie von selbst hatte meine Vorstellungskraft Whiskyflaschen in das Innere gezaubert, doch stattdessen lag darin ein grober Stein auf schwarzem Samt. Ich dachte sofort an einen Bergkristall und diverse esoterisch angehauchte Vorurteile ratterten durch meine Gedanken. Doch dann bemerkte ich, dass der Stein *pulsierte*. Im Innern glomm etwas Blauviolettes, das definitiv heller und matter im Wechsel wurde. Automatisch streckte ich die Finger danach aus, wollte den Stein genauer untersuchen, ob das blauviolette Glimmen wohl batteriebetrieben war? Da hörte ich die Stimmen lauter werden und eine Tür, die geöffnet wurde.

Aufgeschreckt eilte ich weg von dem Tischlein, hätte fast vergessen, den Globus wieder zu schließen, hechtete noch mal zwei Schritte zurück, klappte den Deckel so leise, wie ich konnte, zu und eilte dann zu den Regalen hier vorne links hinter dem Schaufenster. Alibimäßig zog ich willkürlich ein Buch heraus und tat, als würde ich den Klappentext lesen.

»Es reicht jetzt«, knurrte Keylam und lief mit ausholenden Schritten in den Verkaufsraum.

»Das geht nicht. Wir brauchen eine Brücke!«

»Ich kann dir nicht helfen.«

»Kannst du nicht oder willst du nicht?«

Keylam wirbelte herum und starrte den anderen Mann mit so viel Zorn in den Zügen an, dass ich zusammenzuckte, obwohl ich an die zehn Meter weit weg stand.

Zack ging einen Schritt auf Keylam zu, die Hände flehend erhoben. »Bitte. Es ist Vollmond!«, insistierte der große Mann, der immer noch seine nasse Regenjacke trug und sicher auf den Teppich tropfte.

Halt mal, was hatte er gerade gesagt?

In diesem Moment sah Keylam zu mir herüber, mit undeutbaren Zügen. Zack folgte seinem Blick und fluchte leise. Er ballte die Hände zu Fäusten und meinte dann leiser, aber auf eine Weise, als müsste er die Worte um jeden Preis aussprechen: »Gäbe es einen anderen Weg, würde ich dich nicht fragen. Das weißt du.« Wie als würde er aufgeben, sanken seine Schultern herab und mit eingezogenem Kopf drehte er auf dem Absatz um und ging wieder zurück in den Nebenraum.

Keylam und ich standen in dem dunklen Laden und bewegten uns für einige Momente keinen Zentimeter. Es verstrich so viel Zeit, dass ich langsam daran zweifelte, dass er mich überhaupt gesehen hatte, obwohl er genau in meine Richtung starrte. Etwas an seiner steifen Haltung weckte mein Mitleid, dabei wusste ich gar nicht so recht, wieso. Das Licht der Straßenlaterne strahlte sein Gesicht an und schnitt scharfe Kanten in sein Profil. Es sah aus, als presste er seine Kiefer fest aufeinander. Ein schweres Seufzen erklang, dann setzte er sich in Bewegung.

Erst als ich realisierte, dass er zu mir herüberkam, nahm ich meine verkrampfte Haltung bewusst wahr. Schnell rollte ich mit den Schultern und verlagerte mein Gewicht. Ich stellte noch eben das Buch zurück ins Regal, dann war er schon bei mir. Ich hatte so viele Fragen, aber er war schneller. »Französische Literatur?« Er legte forschend den Kopf schief.

»Wie bitte?«

Keylams Mundwinkel zuckte, dann deutete er mit dem Kinn auf das Regal hinter mir.

Vollkommen unnötig drehte ich mich um und starrte auf all die Bücher mit den fremdländischen Titeln. Ich kannte inzwischen das Ordnungssystem im Laden und ich Heldin hatte mich vor das Regal mit den französischen Büchern gestellt. Dabei war ich in Fremdsprachen sowieso nicht gerade die Überfliegerin gewesen und besonders Französisch war so gar nicht meins. »Ach so, ja. Ich dachte ich schaue mal, wie viel aus der Schule noch hängen geblieben ist.«

»Soso. Und, konntest du schon einen ersten Eindruck gewinnen?«
»Jupp.«
Auffordernd nickte er mir zu.
Ich grinste. »Wenig, sehr wenig.«
»Wenig ist besser als gar nichts.«
»Wirklich?«, fragte ich in sarkastischem Ton. »Also ich würde sagen, dieser Satz schreit nach einem Euro fürs Phrasenschwein.«
Keylam runzelte die Stirn. »Phrasenwas?«
Übertrieben schockiert klappte ich die Kinnlade runter und griff mir theatralisch an die Brust. »Ich bin entsetzt. Du kennst das Phrasenschwein nicht? Dabei wette ich, jemand wie du füttert das Phrasenschwein täglich mehrmals.«
Amüsiert neigte er den Kopf und schob eine Hand in die Hosentasche. »Jemand wie ich?«, raunte er.
Ich sah den Schalk in seinen Augen lauern und konnte mir nur mit Mühe ein fettes Grinsen verkneifen. Seine Erscheinung umfassend wedelte ich mit der Hand vor ihm herum. »Mit dem Outfit, dann ein Buchhändler und diese Uhr. Das schreit einfach nach einer Ausdrucksweise, die ein Phrasenschwein gut ernähren kann.«
»Wir sind ja gar nicht durch Vorurteile geprägt.«
»Punkt für dich. Aber ich lasse mich immer gerne eines Besseren belehren. Denn so ganz unter uns ...« Ich lehnte mich vor und bedeutete ihm mit einem lockenden Finger, es mir nachzutun. Dann raunte ich: »Stereotypen kommen ja nicht von ungefähr.«
Schmunzelnd schüttelte er den Kopf. »Und ich dachte, dieses Schubladendenken hätten wir als Gesellschaft hinter uns.«
»Pah«, rief ich lachend aus. »Wo denkst du hin? Das menschliche Gehirn funktioniert nur mithilfe von Schubladen. Wir benutzen sie quasi immer. Stell dir nur mal vor, wir würden dieses kategorisierende Denken ganz aufgeben. Ich könnte dir nicht einmal so einfache Sätze sagen wie: *Der Baum ist grün*. Denn sowohl der Begriff Baum als auch der Begriff grün sind Schubladen, Kategorien, die es unserem Gehirn ermöglichen, all die tausenden Eindrücke zu verarbeiten.«
Mit jedem meiner Worte weiteten sich seine Augen ein kleines bisschen mehr. Und kaum, dass ich geendet hatte, bereute ich auch schon meine Aussage. Nicht, dass ich davon nicht überzeugt gewesen

wäre, aber das war doch etwas viel für einen ersten Arbeitstag, erst recht nach meinem genialen Umkippen vorhin. Außerdem konnte er das auch ganz falsch verstehen. Ich war absolut gegen vorverurteilendes Schubladendenken, wie er es ohne Zweifel gemeint hatte. Ich wusste schon, warum ich so über die Stränge schlug, die Szene von gerade eben warf viel zu viele Fragen auf, die ich sicher nicht stellen sollte, jetzt jedenfalls noch nicht. Also plapperte ich und redete mich dabei um Kopf und Kragen. Genial, Liv, total genial.

»Interessanter Gedanke«, räumte er schließlich ein und erleichterte mich mit dieser Reaktion ungemein. Seine gedämpfte Stimme klang tiefer, als ich erwartet hätte. Meine Nervenenden summten und die Haut in meinem Nacken prickelte. Er war verdammt nah. Dazu die Dunkelheit in diesem Raum, die nur vom Licht der Straßenlaternen gemildert wurde, ich vibrierte innerlich, als ich sein halb im Dunkeln liegendes Gesicht betrachtete. Er wirkte jung für einen Ladenbesitzer und attraktiv.

»Nicht meiner«, räumte ich ein. »Ich hatte die Diskussion erst vor ein paar Tagen mit meiner Mitbewohnerin.«

Keylam lehnte sich zurück und ich ahmte es sofort nach, etwas beschämt davon, wie nah wir uns gewesen waren, ohne dass ich es bewusst wahrgenommen hätte.

»Mal sehen, vielleicht finden wir ja irgendwann die Zeit, dieses Thema zu vertiefen. Das könnte spannend werden«, sinnierte er etwas abwesend, was seinen Worten Authentizität verlieh. Hätte er es aus Höflichkeit gesagt oder mit Hintergedanken, hätte er mir beim Aussprechen viel mehr Aufmerksamkeit geschenkt, so wirkte es allerdings wie ein Gedanke, der ihm mehr unbewusst über die Lippen geschlüpft war. Das Bild, das sich durch seine Worte malte, gefiel mir richtig gut.

»Jetzt allerdings kommen bald die Mitglieder des Buchclubs und wir haben noch ein paar Aufgaben bis dahin zu erledigen.«

»Na klar«, sprudelte ich hervor. Keylam ging voran und ich folgte ihm dichtauf. Ein letzter Blick in den verlassenen Kaufraum weckte ein mulmiges Gefühl. Beinahe hätte ich über das Geplauder mit Keylam vergessen, was zuvor geschehen war. Ein pulsierender Stein in einem Globus, ein Mann, der einen anderen um eine Brücke anflehte und das mit dem Argument, heute sei Vollmond ... Ich konnte gar nicht verhindern, an all diese Fantasyromane zu denken, aber welches Fabelwesen brauchte bitte an Vollmond eine Brücke? Und überhaupt, *Brücke* musste ein Codewort sein. Viel wahrscheinlicher war doch, dass ich gerade einen Junkie und seinen Dealer belauscht hatte und Brücke und Vollmond Codewörter für den Stoff waren. Ich blieb wie angewurzelt stehen. War es das, was ich gerade mitangehört hatte?

Keylam drehte sich mit fragendem Gesichtsausdruck zu mir um. »Alles in Ordnung?«

»Hm? Was?«

Er wandte sich mir ganz zu und seine Finger glitten wie von selbst in die kleine Tasche seiner Weste, in der die goldene Uhr versteckt war. Sein Blick war musternd, nachdenklich, als versuchte er, etwas herauszufinden.

»Geht es dir gut?«, fragte er schließlich mit gerunzelter Stirn.

»Ja, klar. Sorry, bin nur eben in Gedanken abgeschweift.« Schnell setzte ich mich in Bewegung und scheuchte ihn dann mit wedelnden Händen vorwärts in den kleinen Nebenraum.

Keylam zögerte nur kurz, ehe er vorging und mich anwies, den Stuhlkreis zu vervollständigen und anschließend die Bücher fertig auszuteilen. Die Zeit verflog geradezu. Bald schon trudelten die Ersten ein und ich wurde den Eindruck nicht los, dass das ein ganz eigener Haufen an Charakteren war.

Sofort poppte der Gedanke von eben wieder auf. Wenn Keylam wirklich ein Drogendealer war und Zack sein Kunde, was war dann dieser Buchclub? Schnell schüttelte ich den Kopf. Keiner dieser Leute sah aus, wie ich mir einen Drogenabhängigen vorstellte, ich musste auf dem Holzweg sein.

Als Erstes kam eine zierliche Frau mit kupferrotem Haar. Sie tänzelte geradezu über den Teppich, doch Zack begrüßte sie mit einem überraschend kräftigen Händeschütteln, bei dem ihre unzähligen Ketten und Armbänder heftig klimperten. Sie schwebte über den Perserteppich zur Kaffeemaschine und summte dabei die ganze Zeit vor sich hin. Wie als letzter Beweis war die milchig-weiße Haut ihrer Ellenbogenbeugen unversehrt und ich zwang mich, diese Interpretation endgültig zu streichen. Wobei ja einige Drogen gar nicht injiziert wurden ...

Trotzdem, das konnte einfach nicht die Erklärung für das sein, was ich gehört hatte. Überhaupt ging mich das alles sowieso nichts an. Und sollte es sich um irgendwas Illegales handeln, würde ich sicher im Laufe meiner Arbeit hier noch häufiger in fragliche Szenen stolpern, da war ich sicher.

Kurz nach der Frau mit dem kupferroten Haar betrat ein hochgewachsener Mann, der ungewöhnlich dünn war, den Raum durch die Tür zur Straße. Seine Haut wirkte in diesem Licht ungesund blass.

»Wir sind hier fertig.«

»Himmel!«, rief ich erschrocken auf und griff mir an die Brust. Keylam stand plötzlich direkt neben mir und bedachte mich abschätzig ob meiner Reaktion, die mich eindeutig verraten hatte. Er grinste wissend und schüttelte direkt tadelnd den Kopf in kleinen Bewegungen. Schuldbewusst zog ich den Kopf ein. Dabei hatte ich gar nicht so starren wollen. Aber irgendwie assoziierte mein Gehirn blass und hager mit Vampiren. Na herrlich, war mein verdammter Verstand also wieder beim Fantasyroman angekommen, da waren mir die Drogen fast lieber.

»Möchtest du bleiben ... und noch ein wenig weiterstarren?«, bemerkte Keylam süffisant.

»Nein!«, zischte ich und kniff die Augen leicht zusammen.

»Gut, Miran steht da auch überhaupt nicht drauf. Du ahnst nicht, wie übergriffig Leute sein können. Letztens wurde er auf der Straße angesprochen, er solle sich doch mal Hilfe holen, das sei keine Schande. Magersucht sei eine behandelbare Krankheit.«

Meine Augen wurden groß vor Ungläubigkeit. »Ist nicht dein Ernst!«, stieß ich aus. Ich war fassungslos. Wieso waren Menschen so?

»Mein voller Ernst«, bekräftigte er und runzelte im nächsten Moment die Stirn, als wunderte ihn etwas. Sofort spürte ich dieses Gefühl selbst. Das hier, dieses Gespräch, das war seltsam. Er war oder würde hoffentlich von nun an mein Chef sein. Dafür gingen wir irgendwie zu ... eng miteinander um. Ich zuckte innerlich mit den Schultern. Das war deutlich mehr mein Ding als irgendwelche gekünstelte Professionalität. Siezen war auch überhaupt nicht meins und hatte für mich nichts mit Respekt zu tun, sondern lediglich mit Distanz. Von daher war es vielleicht gar nicht so überraschend, dass ich mich mit ihm so offen unterhielt, im Gegenteil, ich fand es eher schön, dass er da auf derselben Ebene agierte.

»Jedenfalls solltest du nicht so starren«, griff er den ursprünglichen Gedanken wieder auf. »Das könnte falsch ankommen.«

»Klar. Merk ich mir.«

»Gut.« Er zupfte seine Weste gerade und stieß vernehmlich die Luft aus. »Du bist fertig für heute und deine Leistungen sprechen für sich. Also dann morgen halb zehn?«

Ich strahlte über das ganze Gesicht. »Sehr gerne.«

»Prima. Ich mache den Vertrag fertig und stelle dir eine Liste an Unterlagen zusammen, die ich von dir benötige.«

Eifrig nickend ergriff ich die Hand, die er mir als Besiegelung dieses mündlichen Vertrags entgegenstreckte. Seine Haut war weich und warm, die Finger schmaler, als ich erwartet hatte, und doch hatte er einen ordentlichen Griff. Unweigerlich sah ich auf in seine blaugrünen Augen und verfing mich in dem offenen Blick, mit dem er mich bedachte. Es war, als könnte ich in das Türkisblau eintauchen und einen Eindruck dessen erhaschen, was dahinter wartete.

Das *Bing* einer eintreffenden Nachricht auf meinem Handy schreckte mich auf und ich riss mich von diesen Augen los. Schnell zog ich die Hand zurück und nahm erstaunt die Kälte wahr, die nun über meine Haut streifte. Ich fummelte das Telefon aus der Gesäßtasche meiner dunklen Jeans und überflog die angezeigte Pushnachricht.

Emily:
Bin daheim. Wo bist du? Alles okay?

Ich sah zu ihm auf, während ich das Handy schon in beide Hände nahm, um eine Antwort zu tippen. »Wir sind hier fertig, hast du gesagt?«

»Sind wir.«

»Perfekt«, murmelte ich und antwortete Emily.

Liv:
Ja, alles okay. Habe einen Job und war bis eben Probearbeiten. Komme jetzt heim. Hol schon mal das Eis raus, wir feiern!

Sofort wurden die Haken hinter der Nachricht blau und oben unter Emilys Namen erschien der Hinweis: *schreibt …*

Emily:
Ja, cool. Ich komm dich holen. Habe einen Parkplatz vor der Tür bekommen. Wo muss ich hin?

Ich grinste breit.

Liv:
Ich bin in der Buchhandlung zwei Parallelstraßen von daheim.

Die blauen Haken erschienen. Dann tat sich nichts mehr. Kurz zog ich die Augenbrauen zusammen, doch dann schob ich das Telefon einfach zurück in die Tasche meiner Jeans und sah wieder auf. Wahrscheinlich holte sie tatsächlich schon das Eis aus dem Kühlfach.

»Dann bis morgen?«

Keylam sah hinab auf das Handy und dann wieder auf in meine Augen. Er trat einen Schritt zur Seite und gab so den Weg zur Tür in den Laden frei. »Ich bring dich eben raus und schließe hinter dir zu.«

Ich war schon drauf und dran zu fragen, warum ich nicht einfach hinten rausgehen konnte, immerhin stand die Tür zur Straße offen, da weitere Mitglieder des Buchclubs eintrafen. Doch dann kam mir der Gedanke, dass genau das vielleicht der Grund war, weshalb ich vorne hinaussollte. Ich bekam den Eindruck, dass er und ich mehr so das unsichtbare Personal für den Buchclub sein sollten. Immerhin waren sowohl er als auch Zack augenscheinlich erpicht darauf, dass wir verschwanden.

Innerlich setzte ich mir *möglichst unsichtbar für den Buchclub sein* auf die Liste der Dinge, die ich heute gelernt hatte.

Gerade, als Keylam die Tür hinaus auf die Straße aufschloss, kam Emily an und winkte grinsend durch die Scheibe. Ich rollte mit den

Augen über diese peinliche Aktion, grinste doch aber auch und freute mich, dass sie gekommen war.

»Meine Mitbewohnerin«, erklärte ich leicht verlegen Keylam.

»Aha.«

Er zog die Tür auf und Emily griff direkt meine Hand, zog mich raus und wandte sich dann grinsend an Keylam. Doch was auch immer sie hatte sagen wollen, erstarb ihr auf den Lippen. Ihre Augen weiteten sich einen Moment, dann kniff sie sie zusammen und mahlte hörbar mit den Kiefern.

Ähm, okay. Mein Blick huschte zurück zu Keylam, dessen Miene ähnlich düster aussah.

»Kennt ihr euch?«

»Was? Nein, Quatsch. Wie kommst du denn darauf«, sprudelte Emily los. Noch ehe ich meine Zweifel anmelden konnte, wandte sie sich an Keylam. »Toll, dass Sie Liv eine Chance geben. Sie ist die Beste, arbeitet hart und jeder Chef kann sich glücklich schätzen, sie als Angestellte zu haben.«

»Emily«, raunte ich ihr zu. »Du bist peinlich.«

»Ist das so?«, bemerkte Keylam gedehnt und sein Blick glitt von Emily zu mir. Er schien ernsthaft nachzudenken, was mich irritierte. »Nun, das war auch mein Eindruck. Ich bin gespannt, ob du den Standard halten kannst, den du heute gesetzt hast.«

Perplex starrte ich ihn an. Na, das grenzte ja an ein echtes Lob, aber warum auf einmal so förmlich und distanziert? Oder war die eigentliche Botschaft seiner Worte eine subtile Drohung? Eigentlich bezweifelte ich es, doch ein weiterer Blick in seine abweisende Miene schürte die Zweifel.

Schon spürte ich Emilys spitzen Ellbogen in meinen Rippen. Autsch! Wütend funkelte ich meine Mitbewohnerin an, ehe ich mich wieder Keylam zuwandte. »Ich bin optimistisch. Bis morgen dann.«

»Bis morgen.« Er schenkte Emily ein knappes Nicken, ehe er die Tür zumachte und abschloss. Das Klicken begleitete einen letzten Blick in meine Richtung, dann verschwand er in den Schatten zwischen den Regalen.

Forschungsbericht Keylam Warren

Mainz, 03. September 2016

Nebelbrücken

Es hat sich herausgestellt, dass alle Kinder Anicors stammspezifisch in regelmäßigen Abständen zurückkehren müssen, zumindest für einige Stunden, sonst sterben sie in der Menschenwelt. Hätte ich das früher gewusst, hätte ich länger darüber nachgedacht, meine Fähigkeiten zu bannen. Nur Magier können Brücken erschaffen und von den drei großen Magiergeschlechtern, dienen die Tenebris Vanir und ich bin der letzte Warren. Es bleiben also nur die Penhaligan. Ich werde herausfinden müssen, ob ich noch, und wenn ja, wie viele, Brücken erschaffen kann. Die Kinder Anicors einfach sterben zu lassen, war nie ein Preis, den ich bereit war zu zahlen, um meinem Schicksal zu entkommen.

Mainz, 29. Juni 2023

Ein Experiment

Es ist Vollmond und Ende des Monats. Mein Kontingent von drei Brücken habe ich diesen Monat schon erreicht. Ich habe keine Kraft mehr für eine weitere Brücke, doch Zack findet keine Alternative. Wir haben 23:40 Uhr, ihm bleiben also nur noch zwanzig Minuten. Seit ich die neue Aushilfe verabschiedet habe, bin ich alle Brücken abgegangen, die ich in den letzten drei Monaten erschaffen habe. Überraschung, zwei sind verbraucht und die restlichen zerstört. Seit ich begriffen habe, dass etwas die Brücken angreift, habe ich diesen Moment gefürchtet.

Nun, ich bin Forscher und bemühe mich um eine nüchterne Herangehensweise. Gehe ich jetzt über die Grenze, um Zack zu retten, könnte das mein Ende sein. Wie hoch die Wahrscheinlichkeit für dieses Szenario ist? Dafür habe ich nur wenige Anhaltspunkte, die Aufzeichnungen zum Bann enthielten allerdings die deutliche Warnung, diese Grenze, an die ich mich in den letzten Jahren Stück für Stück herangetastet habe, niemals zu überschreiten. Also nüchtern betrachtet wäre es absolut unverantwortlich, mein Leben zu riskieren, um nur einen zu retten. Wenn ich das schon tue, dann doch für ganz Anicor. Bloß bleibt mir nicht genug Zeit, um dieser verdammten Prophezeiung gerecht zu werden, nicht einmal den Bann kann ich in diesen zwanzig Minuten lösen. Daraus folgt: Zack stirbt, wenn ich bis Mitternacht keine Brücke erschaffe. Und da reden wir nicht von Wahrscheinlichkeiten, sondern von Endgültigkeiten.

Warum ich diesmal meine Gedanken aufschreibe, statt der Ergebnisse? Das ist wohl offensichtlich, denn nach diesem kleinen Experiment gibt es mich vielleicht nicht mehr. Egal, wie viel Forscher in mir steckt, Zack kann ich unmöglich einfach sterben lassen. Nicht, wenn es die Hoffnung gibt, dass ich ihm helfen kann, ohne selbst mein Leben dabei zu lassen.

Ich hoffe wirklich, dass ich morgen über diesen Eintrag lachen kann und eine knappe Notiz hinzufügen werde, dass ich in Ausnahmefällen auch eine vierte Brücke im Monat hinbekomme. Zumal mein Forscher-Ich ein neues interessantes Gebiet entdeckt hat. Meine Aushilfe. Sie scheint ein Mensch zu sein, jedenfalls habe ich keinerlei Anzeichen für die gegenteilige Annahme entdeckt, aber normalerweise zieht es Menschen nicht in meine Buchhandlung, und ihre Mitbewohnerin, ist ebenfalls ein Teil Anicors. Also was ist sie? Und wenn sie ein Mensch ist, wieso hat es sie in meine Buchhandlung verschlagen? Seit ich den Bann gewoben habe, ist mein kleiner Laden immerhin verflucht, sodass ich magische Wesen anziehe und menschliche abstoße.

Die vielleicht vierhundert Meter von unserer Wohnung zu dem Buchladen reichten kaum aus, um meine Nervosität niederzuringen, dafür aber problemlos, um einen feinen Schweißfilm über meinen ganzen Körper zu ziehen. Die Temperatur war unerträglich und dabei war es noch früh am Morgen. Wie sollte das erst im Laufe des Tages werden?

Den staubigen Smog, der über dem heißen Teer unserer schmalen Nebenstraßen lag, ignorierend, fokussierte ich mich auf den heutigen Tag. Ja, ich hatte ganz offensichtlich einen ziemlich guten ersten Eindruck gemacht, aber das war mir schon mehrmals geglückt, nur um dann in der Probezeit zu fliegen. Jeder Tag musste mindestens *gut* werden, wenn ich es endlich zu einer Festanstellung bringen wollte. Und ich hatte eine Scheißangst, wieder zu versagen.

Neben der Tatsache, dass ich dann unmöglich weiter Miete zahlen konnte, gefiel mir der kleine Buchladen auch ausgesprochen gut und ich wollte bleiben dürfen. Diese Erkenntnis erhöhte allerdings den Druck nur noch. Mein Herz raste und die Aufregung trieb immer mehr Schweiß auf meinen Körper. Ich atmete tief die trockene Luft ein und stieß sie durch den Mund wieder aus. Das hier war ein Marathon, kein Sprint. Wow, jetzt war ich an der Reihe, einen Euro ins Phrasenschwein zu stecken. Ich hätte meine morgendliche Sporteinheit nicht ausfallen lassen sollen, das hätte vielleicht gegen den Stress und die Nervosität geholfen, aber gestern hatte mich doch geschlaucht und so war ich ausnahmsweise eine Stunde länger im Bett geblieben.

Im Augenwinkel erregte etwas in der Auslage des Kiosks meine Aufmerksamkeit, in dem ich bisher nur einmal sonntags eine Cola gekauft hatte. Ich blieb stehen, schaute genauer hin und grinste breit. Ein schneller Blick auf die Uhr zeigte mir, dass ich sehr gut in der Zeit lag und ein kleiner Abstecher kein Problem sein sollte.

Flink huschte ich in das eiskalt klimatisierte Räumchen, in dem der Deckenventilator ein permanentes Surren von sich gab. Die Luft roch modrig feucht und ich sehnte mich beinahe wieder nach draußen. Die Cola damals hatte ehrlich gesagt auch nicht mehr wirklich lecker geschmeckt und seitdem hatte ich den Laden nicht noch mal betreten, aber was ich heute plante zu kaufen, hatte zum Glück kein

Verfallsdatum und eine ununterbrochene Kühlkette brauchte das gute Stück auch nicht.

Keine fünf Minuten später stand ich grinsend mit dem Porzellantierchen unterm Arm vor der Glastür des Buchladens und wartete auf den Besitzer. Ich konnte gar nicht mehr aufhören zu grinsen. In Gedanken malte ich mir verschiedene Möglichkeiten seiner Reaktion aus und freute mich diebisch darauf, das Mitbringsel zu platzieren. Dann kam mir jedoch der Gedanke, er könnte den Witz missverstehen. Ich sah hinab auf das Sparschwein mit den lächerlich rosa Wangen und dem kleinen Ringelschwanz. War es nicht absolut aufsässig und schlug sogar ein wenig über die Stränge, ihm ein *Phrasenschwein* mitzubringen? Mann, wie war ich nur auf diese dämliche Idee gekommen? *Genau durch solche Impulsaktionen verlierst du immer wieder deine Jobs!* Ich lernte aber auch nicht dazu.

Grummelnd sah ich mich um. Ich musste das Ding loswerden, nur wo? Weder die Straße rauf noch hinunter entdeckte ich einen Mülleimer. Nach einem Blick auf die Uhr war auch klar, dass ich keine Zeit hatte, das Teil zurückzubringen, nur was fing ich jetzt damit an? Vielleicht musste ich mir nur eine gute andere Erklärung ausdenken, weshalb –

Etwas verzögert wurde mir klar, was meine Uhr gerade angezeigt hatte. 09:37 Uhr. Er war zu spät. Hm, so hatte er gar nicht auf mich gewirkt. Erst recht nicht mit dieser Taschenuhr, die er immerzu bei sich trug.

Ich trat näher an die Glasscheibe heran, schirmte mit einer Hand meine Augen gegen die Spiegelung der Morgensonne im Glas ab und versuchte, in den Laden zu spähen. Leer, zumindest was ich so halb geblendet zu sehen bekam. In dem Raum war keine Tasche oder sonst irgendein Anzeichen dafür, dass jemand da war. Hatte ich mich vertan? Keylam hatte doch gesagt halb zehn. Neun Uhr dreißig war halb zehn. Kurz zweifelte ich, konnte er zehn Uhr dreißig gemeint haben? Ein Blick auf die Öffnungszeiten und ich schüttelte den Kopf. Der Laden öffnete um zehn und das hatte er auch gesagt, als er mich für halb herbestellt hatte.

Ich schaute noch mal auf meine Uhr. 09:40 Uhr. Weder die Straße hinauf noch hinunter war er in Sichtweite. Ich drehte mich um die eigene Achse, suchte auch die andere Straßenseite ab und entdeckte mehrere Parkplätze, daran, dass er keinen fand, konnte es also auch nicht liegen. Verdammter Mist, wir hätten Nummern austauschen sollen. Wenn sich etwas am Plan geändert hatte, hatte er ja nicht einmal die Möglichkeit gehabt, mir das irgendwie zu sagen. Aber dann hätte er doch eine Notiz geschrieben, oder nicht?

Ich suchte die Fensterfront und die Tür nach einem versteckten Hinweis ab. Für einen Moment verschwand das grelle Sonnenlicht, vermutlich hatte sich eine vorwitzige kleine Wolke vor den Feuerball geschoben, doch nun spiegelte das Glas nicht mehr so extrem und ich sah weiter in den Laden hinein. Mein Herz setzte einen Schlag aus. Lugten da Schuhe hinter dem Tresen hervor?

Mit angehaltenem Atem trat ich näher, presste mein Gesicht an die Hand, mit der ich weiteres Licht abschirmte, und war mir dennoch nicht sicher. Ich stellte das verdammte Schwein ab und benutzte beide Hände als Sonnenschutz. Doch zwischen den hüfthohen Regalen im vorderen Bereich des Ladens hindurch erhaschte ich nur einen kleinen Ausschnitt. Der Winkel war falsch.

Kaum hatte ich das erkannt, verließ ich den Eingangsbereich und ging am Schaufenster entlang, bis ich einen besseren Blick hatte. Da! Das waren tatsächlich die braunen Schuhe und so wie die Schuhspitzen zur Decke ragten, mussten sie an den Füßen einer liegenden Person stecken. Scheiße.

»Keylam!«, rief ich und klopfte gegen das Glas. Das Gefühl von Peinlichkeit kam kurz in mir auf, doch die Panik drängte es schnell zurück. War mir doch egal, wie ich gerade wirkte.

Ich klopfte erneut gegen das Glas, stärker diesmal. Dann wiederholte ich es mit der flachen Hand. »Keylam!«, schrie ich nun. Doch die Schuhe bewegten sich nicht.

»Scheiße«, keuchte ich und spürte Tränen in meine Augen steigen. Ich musste ihm helfen. Irgendwie. So viele Tote begleiteten mein Leben inzwischen und noch immer hatte ich mich nicht daran gewöhnt. Allerdings war ich auch noch nie die Erste bei einer Leiche gewesen. Doch wenn das die Schuhe von gestern waren, lag er schon eine ganze Weile da.

»Bitte nicht«, flehte ich.

Dann endlich setzte mein Verstand wieder ein. Mein Handy! Ich musste Hilfe rufen. *Mann, du Depp, das hätte dir ja mal früher einfallen können!*, schalt ich mich stumm, während ich es aus der Hosentasche fummelte. Mit zitternden Fingern wählte ich 112.

»Notruf. Hallo? Wie kann ich Ihnen helfen?«

»Hi. Ich bin Liv, ich bin gerade zur Arbeit gekommen, doch mein Chef war nicht da. Ich habe mich gewundert und –«

Herrje, hör auf zu plappern!

»Entschuldigung, das ist unwichtig. Da liegt jemand im Laden, denke ich. Und ich glaube, es ist mein Chef und er ist bewusstlos.«

»Welcher Laden?«

»Äh.« *Im Ernst, Liv?* Schnell trat ich einen Schritt zurück, hob den Blick und las das Schild. »*Booklight*. In der Mainzer Neustadt.«

Ich hörte Tippen im Hintergrund, während die Frauenstimme direkt weiterfragte. »Die Adresse?«

Hektisch sah ich mich nach links und rechts um, suchte verzweifelt nach einem Straßenschild, gleichzeitig plapperte ich drauf los. »O Mann, ich weiß es nicht genau. Ich war gestern das erste Mal hier. Die Straße liegt parallel zur Kurfürstenstraße, zwei Straßen weiter. Es müsste eine rote Straße sein. Am Ende ist ein Kiosk.«

»Ich habe es. Lessingstraße 9«, bemerkte die Frau geschäftig. »Eine Person bewusstlos. Ein Krankenwagen und der Notarzt sind unterwegs. Kommen Sie irgendwie rein?«

»Nein, der Laden ist noch zu. Ich weiß nicht, wie lange er da schon liegt.« Ein Schluchzen stieg meine Kehle hinauf und meine Stimme brach. »O Gott, was, wenn er tot ist?«

»Ganz ruhig. Kommen Sie irgendwie sonst in den Laden? Gibt es eine Hintertür?«

O wow, ich Esel. »Ja!«, rief ich beinahe euphorisch aus und rannte bereits los. Ich schlüpfte zwischen den beiden Backsteingebäuden hindurch und fand die Hintertür, durch die gestern die Mitglieder des Buchclubs gekommen sein mussten.

»Bitte, bitte«, murmelte ich manisch vor mich hin, packte den Knauf und ruckte an der Tür. »Verdammt«, knurrte ich und zog und zerrte an dem Metall.

»Zu?«, fragte die Frau.

»Ja, das ist so ein runder Knauf.«

»Manchmal kann man die drehen oder sogar runterdrücken«, schlug die Frau erwartungsvoll vor.

Zweifelnd verzog ich den Mund, versuchte aber trotzdem mein Glück und schrie vor Freude auf, als sich der Knauf wie eine normale Türklinke herunterdrücken ließ und ich die Tür aufziehen konnte. »Offen!«, rief ich und stürmte hinein.

»Sehr gut. Sagt Ihnen ABC etwas? Oder BAP?«

»Was?«

»Egal. Sehen Sie ihren Chef? Ist er bei Bewusstsein?«

Ich hetzte durch den quadratischen Raum, stürzte durch die Tür und stolperte beinahe über Keylam, der mit geschlossenen Augen auf dem Rücken lag, das Hemd offen. Auf der nackten Brust prangte eine kreisförmige Narbe, die wie ein rituelles Symbol wirkte. Was zur Hölle?

»Hab ihn«, flüsterte ich zwischen zwei heftigen Atemzügen. Mein Herz pochte wie verrückt.

»Ist er ansprechbar?«

»Keylam?«, fragte ich.

»Nicht so zaghaft. Rütteln Sie an seiner Schulter, schreien Sie zur Not. Wenn er nicht ansprechbar ist, sofort Atmung und Puls kontrollieren. Wissen Sie, wie?«

»Ja.« Das wenigstens wusste ich noch aus einem Erste-Hilfe-Kurs, den ich für einen meiner Jobs hatte absolvieren müssen. Und ihre Anweisungen erinnerten mich auch wieder an die Bedeutung von BAP: Bewusstsein, Atmung, Puls.

Flink schaltete ich die Lautsprecherfunktion an, legte das Handy auf den Boden neben mich, während ich mich hinkniete und beide Schultern umfasste. »Keylam?« Ich rüttelte. »Hörst du mich?«

Er schwieg.

»Keylam!«, schrie ich nun lauter und dann noch einmal und noch einmal, bis mein Hals kratzte.

»Atmung!«, erinnerte mich die Frau am Telefon.

Mit Argusaugen fixierte ich seine Brust. Ich meinte, ein minimales Senken und Heben zu erkennen, war mir aber unsicher. Ich hielt meinen Zopf fest, brachte mein Ohr ganz nah über seinen Mund und horchte. Meine eigene Atmung, die immer noch ob der Aufregung mehr einem Keuchen glich, überlagerte jedes Geräusch. Ich fluchte innerlich, hielt die Luft an und lauschte wieder.

Bitte.

Nicht tot sein.

Ein leises Geräusch, so fein wie das Flügelschlagen eines Vogels erklang, gefolgt von einem kaum merklichen Kitzeln warmer Luft über meine Ohrmuschel.

»Ich denke, er atmet«, berichtete ich laut, während ich schon Zeige- und Mittelfinger seitlich seines Kehlkopfs platzierte und leicht in die stoppelige Haut drückte. Das unerwartet kräftige Pulsieren ließ mich erleichtert auflachen. »Ein Puls. Da ist ein Puls!«

»Sehr gut«, meinte die Frau am Telefon und in ihrer Stimme klang das erleichterte Auflachen durch, das auch meinen Lippen entkam. »Dann jetzt den Mundraum prüfen, ob die Atemwege frei sind, und anschließend bringen Sie ihn in die stabile Seitenlage.«

Jetzt war ich unendlich froh, dass dieser Teil des Erste-Hilfe-Kurses mein Interesse geweckt hatte. Ich hörte noch die Stimme der Kursleiterin, wie sie uns erklärte, wie der Mund zu öffnen war und dass man von außen mit dem Daumen die Wange des Patienten zwischen die Zähne drücken musste, damit dieser einem nicht die Finger abbiss, sollte man in den Mund greifen müssen, um Erbrochenes oder Dinge herauszuholen, die die Atemwege blockierten. Ich legte meine Handfläche auf sein Kinn und drückte nach unten. Die spröden Lippen öffneten sich anstandslos. Ich schaute mir die Mundhöhle genau an, nichts drin. »Atemwege frei«, berichtete ich.

»Gut, dann jetzt den Hals überstrecken, damit das so bleibt und in die stabile Seitenlage bringen.«

In diesem Moment klopfte es vorne an der Ladentür. »Oh, Gott sei Dank.« Ich sprang auf die Beine und rannte vor, nur um vor der verschlossenen Tür zu stehen. Kurz rüttelte ich am Griff, befingerte den Teil unter dem alten Messingknauf und fand nicht einmal einen Schließmechanismus. Er hatte mir gestern nicht gezeigt, wie die Tür aufging, und so auf die Schnelle fand ich das offensichtlich auch nicht allein heraus.

»Hintenrum. Einmal links ums Haus. Also von Ihnen aus rechts!«, brüllte ich durch die geschlossene Tür und sah durch das Schaufenster, wie die Sanitäter um das Haus herumgingen. Aber warum rannten sie denn nicht?

Ein Stöhnen erklang hinter mir. Ich wirbelte herum und rannte zurück zu Keylam, der sich tatsächlich träge bewegte. Sein Kopf rollte von rechts nach links und ich plumpste neben ihm auf die Knie. Schnell berührte ich seine Schulter. »Alles wird gut, Hilfe ist gleich da«, versicherte ich ihm und hörte die erleichterten Tränen in meiner Stimme, ebenso sehr wie ich sie mein Sichtfeld trüben sah.

»Was?«, stieß er mit rauer Stimme aus und griff sich an den Kopf.

»Hallo?«, rief jemand.

»Hier sind wir!«, entgegnete ich in Richtung Hinterausgang, wobei ich mich um die Tür herumlehnte, die in den Buchclubraum führte, damit die Sanitäter mich sehen konnten. Die beiden schlenderten regelrecht zu mir, was mich sofort ärgerlich die Stirn runzeln ließ. Wieso zur Hölle beeilten die sich nicht?

Keylam drehte sich auf die Seite und richtete den Oberkörper auf einen Arm gestützt etwas auf.

»Was tust du da?«, fragte ich verdattert.

Keylam hob den Kopf und sah mir unter schweren Lidern direkt in die Augen. Seine Iriden waren so intensiv blau, dass es aussah, als würden sie strahlen. Mitten in dem Bemühen, sich weiter aufzurichten, verharrte er regungslos und starrte mich an. Unsere Blicke verfingen sich ineinander und für einen Herzschlag oder mehr, stand die Zeit still.

»Interessant«, murmelte er. »Dich hätte ich hier nicht erwartet.«

Was?

»Hallo.« Die freundliche Stimme riss mich aus meinem Fokus und anscheinend auch Keylam, denn er zuckte zusammen. Ich konnte ihm regelrecht beim Realisieren zusehen. Er schaute träge auf, dann runzelte er die Stirn, kniff die Augen zusammen und Klarheit trat in seinen Blick, gefolgt von Erkennen und schließlich glätteten sich seine Züge in einen würdevollen und abweisend kühlen Gesichtsausdruck. »Meine Herren, danke, für Ihr Erscheinen, doch Sie werden nicht gebraucht.« Damit rappelte er sich hoch und kam auf die Füße.

Fassungslos starrte ich hinauf zu ihm, der sein Hemd wie nebenbei zuknöpfte, doch ich hatte das sichere Gefühl, er wollte vor allem den beiden Männern vom Rettungsdienst den Blick auf seine Brust nehmen.

Wie in Trance sah ich dabei zu, wie die drei Männer einige Worte wechselten, wobei Keylam keinesfalls stehen blieb, er lief hinüber zu dem Stuhl hinter der Kasse, klaubte die dort abgelegte Weste auf und zog sie sich an. Er kam zurück zu uns dreien und schmiss die Männer vom Rettungsdienst dann freundlich, aber bestimmt hinaus.

Keylam fischte einen kleinen Schlüsselbund aus der Hosentasche und eskortierte die Männer in Grellrot und Weiß zur Vordertür, öffnete sie an einem Schloss auf Kopfhöhe und verabschiedete sich, als wären sie Kunden oder Besucher. Die Glocke über der Tür bimmelte, kurz drang das ferne Rauschen der Hauptstraße um die Ecke in den Verkaufsraum, dann hörte ich die Tür zufallen und das Schloss klicken. Draußen knallten Autotüren und mit dem Aufheulen des Motors fuhr der Rettungswagen wieder weg.

Perplex und vollkommen überfordert starrte ich auf Keylams Rücken. Er stand immer noch vorne an der Tür, eine Hand am Türrahmen, doch kaum, dass die Sanitäter die Straße herunterfuhren, sackten seine Schultern herab und sein Kopf kippte nach vorn, als wäre er zu schwer für ihn. Die Hand am Rahmen schien das Einzige zu sein, was ihn noch aufrecht hielt.

»Was tust du da?«, fragte ich schließlich tonlos. Wow, die Frage wäre ein wenig früher angebracht gewesen, als die Sanitäter noch hier gewesen waren. Es ging ihm eindeutig nicht gut, egal wie sehr er bis eben die Haltung bewahrt hatte. Doch jetzt waren die Profis weg und sie würden auch sicher nicht noch mal herkommen, wenn ich sie anrief. Nicht nach diesem deutlichen Rausschmiss.

Keylam seufzte vernehmlich, ehe er sich wortlos umwandte und auf mich zukam.

»Wieso hast du die beiden weggeschickt?«

»Ich brauchte sie nicht.«

Ich schnaubte zynisch auf. »Oh, ja, stimmt. Was habe ich mir nur dabei gedacht, den Notruf abzusetzen? Du bist das blühende Leben. Wieso solltest du dich auch untersuchen lassen, du warst nicht wer weiß wie lange bewusstlos!«, zeterte ich mit vor Sarkasmus triefender Stimme.

Auf meine Worte hin fischte Keylam die goldene Taschenuhr aus seiner Weste und ließ sie aufklappen. »Zehn Stunden«, murmelte er und seine Augenbrauen schnellten in Überraschung hoch.

»Wie bitte?«, stieß ich eine Oktave höher als üblich hervor.

Die Uhr klappte zu, verschwand in der Westentasche und Keylam stellte die Dinge, die er in der rechten Hand gehalten hatte, umständlich auf dem Tresen ab.

»Deines, nehme ich an?«

Nur kurz flog mein Blick zu meiner Handtasche und dem Porzellanschweinchen mit den rosa Wangen, ehe ich ihn wieder anfunkelte. »Ja«, knurrte ich. »Lenk nicht ab. Du warst bewusstlos und solltest dich untersuchen lassen.«

»Sollte ich das?«, fragte er herausfordernd. »So wie du gestern?«

Schnaubend verschränkte ich die Arme vor der Brust. Na schön, eins zu null für ihn, aber das war ein billiger Punkt gewesen. »Ich war auch keine Stunden bewusstlos!«

»War ich auch nicht«, konterte er.

»Ach nein?« Ich glaubte ihm kein Wort.

Er kniff die Augen zusammen und starrte mich nieder. »Weißt du es?«

Ich öffnete den Mund zu einer patzigen Erwiderung, schloss ihn dann aber wortlos. Nein, ich wusste es natürlich nicht. Mit dieser Frage hatte er mir für einen Moment den Wind aus den Segeln genommen, doch dann holte mein Verstand auf.

»Es waren mindestens fünfzehn Minuten. Das ist verdammt lang.«

»Gerade eben bist du noch von Stunden ausgegangen«, erinnerte er mich auflachend. »Was sind dagegen fünfzehn Minuten?«

»Sag mal, ist das ein Witz für dich?«, fuhr ich ihn an und trat einen zornigen Schritt auf ihn zu.

Alle Erheiterung wich aus seinen Zügen. »Das ist meine Sache.«

»Mag sein. Aber ich stand da draußen vor der Tür und habe deine Füße entdeckt. Verdammt, ich dachte, du wärst tot!«, schrie ich am Ende plötzlich und wusste nicht, wann mir die Beherrschung so entglitten war.

Diesmal war es an Keylam, den bereits geöffneten Mund unverrichteter Dinge wieder zu schließen. Sein Blick wurde weich. Er trat einen letzten Schritt auf mich zu, lehnte sich leicht vor und sagte dann mit sanfter Stimme: »Danke für deine Sorge. Ehrlich. Und es tut mir leid, dass ich dir so einen Schrecken eingejagt habe. Das wollte ich nicht. Aber mir geht es wirklich gut.«

Meine Gedanken überschlugen sich. Ich sog Zeit schindend die Luft tief durch die Nase ein und stieß sie sogleich wieder aus. Unsicher presste ich die Lippen zusammen und fragte mich, wie ich reagieren sollte.

»Mir geht es gut«, wiederholte er und setzte nuschelnd hinzu: »Sie hätten mir sowieso nicht helfen können.«

»Dir geht es nicht gut!«, beharrte ich. »Du kannst dich ja kaum auf den Beinen halten und kreidebleich bist du auch«, schimpfte ich, packte ihn kurzerhand am Arm und bugsierte ihn zu dem Stuhl hinter dem Tresen.

Keylam ließ sich anstandslos mitziehen und sackte mit gebeugtem Rücken auf den Stuhl. Erwartungsvoll sah er zu mir auf. »Und jetzt, Frau Doktor?«

Ich schürzte die Lippen und krauste die Nase. »Bitte, dann tu eben so, als wäre alles in Ordnung. Aber wehe, du kippst noch mal um. Die Kerle kommen bestimmt kein zweites Mal heute her, nachdem du sie so entschlossen rausgeworfen hast.«

Er verzog schelmisch die Mundwinkel. »Ich fand mich eigentlich sehr höflich.«

Verzweifelt rollte ich mit den Augen. Ich wollte nicht schmunzeln, ehrlich. Mein Wutlevel war kein bisschen gesunken und die Sorge hatte ihre scharfen Krallen noch immer in meine Brust geschlagen. Dennoch konnte ich mich nicht dagegen wehren, dass meine Mundwinkel zuckten.

Er sah es, das war mir sofort klar, als ein Lächeln seine Züge erhellte. »So, jetzt wird es allerhöchste Eisenbahn, den Laden zu öffnen.« Er sah schnell zur Uhr hoch, die über der Tür in den Buchclubraum hing. »Schon fünf nach zehn.« Sofort war er wieder auf den Beinen, griff nach seinen Schlüsseln in der Hosentasche und … verharrte mit blickleeren und weit aufgerissenen Augen in genau dieser Position.

Als alter Hase in diesem Thema wusste ich sofort, was los war. Sanft, aber bestimmt umfasste ich seinen Oberarm und gab seinem minimal schwankenden Körper Halt. Kurz darauf klärte sich sein Blick wieder und er blinzelte, ehe er mich ansah.

Demonstrativ zog ich die Augenbrauen hoch. »Oh, ja, du bist topfit. Wie bin ich nur auf den Gedanken gekommen, du könntest eine Pause gebrauchen?«

Keylam knirschte hörbar mit den Zähnen. Ich hob meine Hände in Unschuldsgeste und trat sogar einen Schritt zurück. Ohne ein weiteres Wort ging er an mir vorbei und schloss den Laden auf. Unschlüssig sah ich ihm hinterher. *Sie hätten sowieso nichts tun können.* Diesen Satz hatte ich einfach übergangen, aber nur, weil der es in sich hatte und uns auf eine Ebene gebracht hätte, die ein Chef und seine frischgebackene Angestellte einfach nicht hatten. Was immer ihn zu dieser Aussage getrieben hatte, es saß tief und löste eine Resignation aus, die mir nur allzu bekannt und nicht mit einfachen Floskeln, wie ich sie hätte anbringen können, wegzureden war. Solche Sätze hatten den Beigeschmack von Aufgeben und das wiederum, konnte ich wirklich gut nachempfinden. Ich würde den Teufel tun und in dieses Wespennest stechen. Jedenfalls nicht, solange wir uns kaum kannten und er das Thema mied.

Keylam kam zurück zum Tresen und wirkte schon viel fitter. Er lächelte, aber irgendwas flüsterte mir zu, dass das nur eine perfekte Maske war.

»Bereit für den Tag?«, fragte er.

»Klar«, brachte ich glaubwürdiger heraus, als ich gedacht hätte. Im Grunde war ich bereit, bloß kreisten meine Gedanken ununterbrochen um das gerade Erlebte. Eine Spekulation jagte die nächste und der neugierige Teil von mir war versucht weiterzubohren. Doch als jemand, der gerade erst gestern vor seinen Augen umgekippt war, schluckte ich diesen Impuls runter und ließ das Thema ruhen.

Auf die Unterarme gestützt lehnte er sich auf den Tresen und funkelte mich an. »Es steht also eins zu eins. Was meinst du, wer erzielt den nächsten Punkt?«

»Wie bitte?«

Ein ansteckendes Grinsen breitete sich auf seinen Zügen aus und feine Lachfältchen verliehen seinen Augen eine überraschende Wärme. »Du bist einmal ohnmächtig geworden und ich jetzt auch. Eins zu eins.«

Jetzt rastete das Zahnrad ein. »Ah. Ach, das meinst du.«

Mitspielen oder weiter die sauertöpfische Angestellte sein, die mit der Situation nicht wirklich klarkam? Ich trat an den Tresen, umfasste die Kante und zog meinen Körper heran, sodass wir nah voreinander standen. »Mich schlägst du nicht«, flüsterte ich siegessicher. »Ich bin Profi in dem Spiel. Der nächste Punkt geht definitiv auf dein Konto.«

Das Schmunzeln vertiefte sich zu einem echten Lächeln, bei dem seine weißen Zähne aufblitzten. »Ganz schön große Worte für jemanden, der seinen Gegner noch nicht kennt.«

»Irrelevant. Ich weiß, was ich kann.«

»Soso?«, raunte er und die Tiefe seiner Stimme jagte mir einen angenehmen Schauer den Rücken hinunter.

Ich lehnte mich noch ein wenig vor und hauchte: »O ja. In mir findest du deine Meisterin.«

»Das könnte ich mir sogar vorstellen«, murmelte er und sein Blick glitt zu meinen Lippen. Mein Herz überschlug sich in einer Mischung aus Vorfreude und Nervosität. Flirtete er gerade mit mir oder bildete ich mir das ein?

Forschend blickte ich in seine Augen und für einen Herzschlag schienen wir beide im anderen zu versinken.

Keylam bewegte sich als Erster, richtete sich abrupt auf und ruckte mit dem Kinn nach rechts. »Was ist das eigentlich?«

Ich folgte der Geste und entdeckte neben uns meine Handtasche und das Porzellanschwein. Ich erinnerte mich an heute Morgen, meine Idee und auch an meine Zweifel, ob dieselbe so glorreich war, wie sie mir zunächst erschienen war. Das alles fühlte sich an, als läge es Tage zurück und nicht weniger als eine Stunde. Doch wenn ich bedachte, was alles seither passiert war, dann konnte er sicher mit der Wahrheit umgehen.

»Das ist dein neues Haustier.«

Keylam richtete sich ganz auf. »Mein was?«

Ich griff nach dem rosa Tierchen, hob es hoch, sodass es zwischen uns auf meinen Handflächen balancierte und streckte ihm die Arme entgegen. »Dein neues Haustier. Es ist ein Phrasenschwein. Daher habe ich auch keine Sorge, dass es verhungern könnte. Ich bin sicher, du fütterst es ausgiebig.«

Erwartungsvoll sah ich zu ihm auf.

Keylam starrte auf das kleine Schweinchen nieder, dann nahm er es mir vorsichtig ab, als wäre es tatsächlich ein knuffiges kleines Lebewesen. Er hob es auf Augenhöhe und meinte: »Ich taufe dich Wilbur.«

Ich konnte nicht anders, ich lachte los.

Forschungsbericht Keylam Warren

Mainz, 30. Juni 2023

Ergänzung

Also ich lebe noch. Und doch bin ich auch gestorben. Ich weiß nicht, ob ich mir je werde erklären können, was passiert ist, daher notiere ich es jetzt, da es noch frisch ist. Vielleicht finde ich irgendwann eine Antwort.

Ablauf:
23:40 Eintrag in mein Forschungstagebuch
23:45 Vorbereitungen zum Erschaffen einer Brücke
23:55 Zack trifft ein, ich erschaffe die vierte Brücke diesen Monat und weiß zwar, dass ich erfolgreich war, kann mich aber nur noch in den Laden schleppen und breche dort zusammen.

Im zeitlosen Raum begegnete ich unserer großen Mutter. Sie war körperlos, daher weiß ich nicht, wieso ich mir so verdammt sicher bin, dass sie es war. Im Grunde war alles weiß und hell und gedämpft, nur ihre Stimme war klar und deutlich. Es könnte ebenso gut eine Halluzination gewesen sein, doch etwas in mir ist felsenfest davon überzeugt, dass es Anicors Stimme war. Sie sagte sinngemäß, ich dürfe noch nicht gehen, das könne sie leider nicht zulassen. Ich hätte mein Schicksal noch nicht erfüllt. Ich müsse erst der Bestimmung meines Namens gerecht werden, ehe ich mich ihr anschließen dürfe.

Ich würde es als Wahnvorstellung abtun, nur war das so real. Randnotiz an mich: Nachforschungen anstellen zu ›Bestimmung meines Namens‹; außerdem Prophezeiung noch mal sichten, ob irgendetwas auf meinen Namen hindeutet. Ich bin nicht sicher, ob sie auf die Prophezeiung angespielt hat, oder sie ein anderes Schicksal meint, das ich erfüllen muss.

Ca. 9:50 Ich erwache mit höllischen Kopf- und Gliederschmerzen. Kurz dachte ich, ich wäre tot, doch meine neue Assistentin war da und sie hat den Notarzt gerufen, den ich natürlich abgewimmelt habe.

<u>Fazit</u>: Egal wie oft ich die Tatsachen durchlese, ich komme immer wieder zu demselben Schluss: eine vierte Brücke zu erschaffen, tötet mich, zumindest, solange ich den Bann nicht löse. Dass ich noch lebe, liegt nur daran, dass Anicor meinen Tod verhindert hat.

Aus diesen Erkenntnissen resultierende ToDos:
1. Die Penhaligan kontaktieren und mit ihnen die Übergänge strukturieren, damit ich nie wieder eine vierte Brücke schaffen muss, irgendwie muss ich sie von ihren Bedingungen abbringen.
2. Nachforschungen wie oben beschrieben.
3. Zack berichten und mit ihm die neusten Erkenntnisse durchsprechen, denn ehrlich, ich drehe durch. Verdammte Scheiße, ich war tot!

Ein tiefer Atemzug, ehe ich das Gewicht auf die Fußballen vorverlagerte, die Kante des Sprungblocks losließ und auf einen imaginären Schuss in meinem Kopf hin die Muskeln anspannte, um abzuspringen. Der Bruchteil einer Sekunde, in dem ich durch die Luft flog, war atemlose Vorfreude. Alle Muskeln in meinem Körper spielten perfekt zusammen, um meinen Körper lang zu strecken. Hier war ich in meinem Element, in diesem winzigen Augenblick völliger Körperbeherrschung bis hin zu Perfektion, um auch die letzte Millisekunde in einem Wettkampf herauszuholen.

Wie ein Wimpernschlag verging der Moment und mein Körper tauchte pfeilgerade in das kühle Nass ein. Von den Fingerspitzen bis zu den Fußzehen überzog das gechlorte Wasser jeden Zentimeter Haut und dann glitt ich durch die wunderbare Stille, die mir jede Sorge, jedes Zweifeln, ja sogar jeden vorwitzigen Gedanken nahm, der mich ablenken wollte. Unter der Oberfläche war ich ganz bei mir, spürte meine Muskeln ackern, meine Lunge haushalten, meinen Fokus sich schärfen. Ich war. Nicht mehr, aber auch nicht weniger.

Von all den Dingen, die ich ausprobiert hatte, um meine körperliche Schwäche in den Griff zu bekommen, hatte mir das Schwimmen am besten gefallen und so praktizierte ich diesen Sport, so oft ich Zeit fand ... und es mir leisten konnte. Mit kräftigen Zügen durchschwamm ich das Becken, vollführte eine Rolle unter der Oberfläche und stieß mich kräftig vom gegenüberliegenden Beckenrand ab. Erst als ich die Bahn auf dem Weg zurück zur Hälfte hinter mich gebracht hatte, durchbrach ich die Wasseroberfläche und nahm den ersten Atemzug. Das letzte Stück kraulte ich, ehe ich den Beckenrand abklatschte, mich am Sprungblock festhielt und schließlich aufsah zu der Person, die am Beckenrand stand.

Eine voll angezogene Taylor tippte mit dem Fußballen auf dem Boden und funkelte mich mit vor der Brust verschränkten Armen an. »Das zweite Mal! Du hast mich jetzt innerhalb weniger Tage das zweite Mal versetzt!«

Entsetzt riss ich die Augen auf. »Was? Nein. Waren wir verabredet?« Kleinlaut zog ich den Kopf ein. Dabei konnte ich mich gar nicht erinnern, dass wir etwas ausgemacht hätten.

In der Bahn neben mir tauchte Emilys krausige Lockenmähne auf. Sie sah ebenfalls zu Taylor auf, die komplett angezogen irgendwie fehl am Platz wirkte, auch wenn der Effekt in einem Hallenbad noch schlimmer gewesen wäre als hier draußen. »Hi Taylor. Seit wann kommst du denn zu unserem Morgenschwimmen mit?«

Meine beste Freundin zog eine perfekt gezupfte Augenbraue hoch und neigte das Kinn in einer vernichtenden Geste.

»Ooooh.« Emily klang, als würde ihr siedend heiß etwas einfallen. »O verdammt, entschuldige!«

Emily wandte sich irritierenderweise an mich. Ihr verlegenes Lächeln wurde von den hochgezogenen Schultern untermauert. »Ähm, ja, also Taylor hat gestern Mittag angerufen und vorgeschlagen, dass wir heute zusammen frühstücken könnten. Ich fand das 'ne super Idee und habe versprochen, es dir zu sagen.«

Ich öffnete den Mund, wusste aber nicht so recht, wie ich reagieren sollte. Seufzend blies ich die Luft aus und sah hinauf zu Taylor. »Das tut mir leid, ehrlich. Frühstück wäre 'ne tolle Idee gewesen. Aber ich muss gleich zur Arbeit.«

Taylor schürzte die Lippen. »Schon gut. Du kannst ja offensichtlich nichts dafür.«

Emily zog den Kopf ein und wirkte ernsthaft zerknirscht.

Taylor seufzte auf. Wir beide kannten meine leicht verpeilte Mitbewohnerin zu gut, um zu befürchten, es wäre Absicht gewesen. »Ich habe die Brötchen auf den Tisch gelegt, ihr könnt die ja heute Abend essen.«

»Danke«, sagte ich schnell. Es wunderte mich nicht, dass Taylor einfach in unsere Wohnung gegangen war. Zwischen uns herrschte das unausgesprochene Gesetz, dass sie das immer und zu jeder Zeit durfte. Vor allem, weil es sein könnte, dass ich Hilfe brauchte, weil ich mal wieder umgekippt war. Emily hatte das nie thematisiert, wirkte aber auch nicht allzu gestört von dem Umstand, dass meine beste Freundin kam und ging, wie es ihr passte.

Taylor sah auf ihre Uhr und bemerkte dann: »Na komm, kleine Wassernixe, du musst wirklich gleich zur Arbeit und da ich schon mal hier bin, begleite ich dich einfach. Wollte eh noch ein Buch für deine Mutter besorgen.«

Meine Mutter ... Im Moment war es etwas unterkühlt zwischen uns, aber das würden wir am Wochenende klären, wenn ich meine Eltern besuchte. Dabei kam mir eine Idee. Ich stemmte mich aus dem Becken, stand weniger elegant als geplant auf und verabschiedete mich schnell von Emily, die sich noch ein letztes Mal entschuldigte und auf Taylors Abwinken hin zurück ins Wasser glitt und weiter ihre Bahnen zog.

»Was für ein Buch?«, erkundigte ich mich bei Taylor, den Faden wieder aufnehmend, während ich hinüber zu der Dusche am Beckenrand ging, um das chlorige Wasser loszuwerden.

Taylor winkte ab. »Etwas, das unseren Glauben betrifft.« Dazu sagte ich nichts. Wir beide sprachen nicht über die Kinder Anicors. Auch wenn ich den Gottesdiensten der Religion meiner Eltern meine Freundschaft zu Taylor zu verdanken hatte, hatte ich mich im Teenageralter losgesagt, während Taylor eine echte Anhängerin geworden war.

»Ah, ach so. Na, jedenfalls fahre ich Samstagabend zu meinen Eltern und wollte fragen, ob du mitkommen magst. Ich bleibe Sonntag da und ich könnte dann auch gleich bei dir zu Kreuze kriechen, während wir wandern gehen.«

Um Taylors Mundwinkel zuckte es. Ich stellte das eiskalte Wasser an und duschte mich schnell ab, während Taylor den Kopf schief legte und fragte: »Und wie genau stellst du dir dieses zu Kreuze kriechen vor? Dass du noch mal bei einer Wanderung zu meinen Füßen liegst, darauf kann ich gut verzichten.«

Ich knuffte Taylor mit dem Ellbogen in die Seite.

»Ey! Ihh. Jetzt bin ich ganz nass!«, beschwerte sie sich spitz und hielt ihr rotes Slimshirt mit der Aufschrift ›*Früh aufstehen – ist der erste Schritt in die falsche Richtung*‹ von sich. Der dunkle Fleck war kaum nennenswert.

Erst jetzt schob ich mit meinen Händen den größten Teil des Wassers von Armen und Beinen und schlug den Weg hinüber zu der Bank ein, auf der ich meine Sachen deponiert hatte. »Wir nehmen das Satellitentelefon mit und ich verspreche, ich mache Pausen, wenn ich spüre, dass ich eine brauche.«

»Wer's glaubt«, schnaubte Taylor.

Das ließ ich unkommentiert, ich konnte nicht beschwören, dass ich vernünftig war. Zu viele Situationen, in denen ich stur oder trotzig gehandelt hatte, würden mich eine Lügnerin strafen, wenn ich jetzt schwor, dass ich Pausen machen würde. Ich schnappte mir mein großes Mainz-Handtuch – ein Werbegeschenk – von der Bank, rubbelte mich ab, schulterte meinen Rucksack und marschierte Richtung Umkleiden davon, den Blick immer auf das Gras unter meinen Füßen gerichtet. Aus Mangel an Aufmerksamkeit auf eine Biene zu treten wäre so typisch für mich.

Taylor seufzte theatralisch auf. »Manchmal geht mir dein Bewegungsdrang so dermaßen auf den Keks.«

Ich lachte auf. »Außer wenn es darum geht, durch den wunderschönen Wald hinter dem Haus meiner Eltern zu wandern. Der perfekte Ort für uns beide. Wald für dich und steile Trampelpfade über felsigen Untergrund für mich. Es kommt Bergen wenigstens halbwegs nah. Näher jedenfalls als diese mickrigen Hügel im Mainzer Sand.«

»Du hast gewonnen. Ich komme mit und wir nehmen eine Tour, die uns an diesem niedlichen kleinen Teich vorbeiführt.«

»Deal«, bekräftigte ich und schlüpfte in die Umkleidekabine. Ich freute mich schon jetzt aufs Wochenende.

Während ich mich schnell umzog, fertigte ich eine mentale Liste an, was ich am Wochenende alles erledigen wollte. Da war zum einen die Wogen mit Mama glätten. Sie war zurecht enttäuscht und ich war froh drum, dass sie mir den Spiegel vorhalten konnte, dass wir so offen und ehrlich miteinander sein konnten. Was mich wiederum zu der Frage brachte, wieso ich ihr verschwiegen hatte, dass ich zu einem Bewerbungsgespräch weggemusst hatte. Ich wollte das in Ruhe mit ihr auseinandernehmen und freute mich genauso sehr auf das Gespräch, wie mir davor graute. Aber ich wusste, dass sie mich liebte, bedingungslos, selbst wenn ich Mist baute. Und sie akzeptierte auch, wenn wir unterschiedlicher Meinung waren. Deshalb gab es eigentlich gar keinen Grund, Angst vor dem Gespräch zu haben, dennoch konnte es unangenehm werden.

Der zweite Punkt war meine Wiedergutmachung bei Taylor. Auch das musste ich ganz offen ansprechen, wobei ich nicht glaubte, dass dieses Gespräch genauso intensiv werden würde. Aber ich wollte sie auch fragen, wie ihr Leben so lief, also wirklich. Und das konnte sehr wohl ein intensives und emotionales Gespräch werden. Puh, ich hatte so einiges vor.

Als ich aus der Kabine trat, zog Taylor beide Augenbrauen hoch. Sie stemmte einen Arm in die Seite und fuchtelte mit dem anderen Zeigefinger vor meiner Nase herum. »Das, dieses Gesicht, welche Grübeleien gehen dir mal wieder durch den Kopf?«

Ich zuckte nichtssagend mit den Schultern. Lügen wollte ich nicht, sie mit Halbwahrheiten abspeisen auch nicht und für die ganze gesamte Wahrheit hatte ich jetzt keine Zeit.

»Aha, es geht um deinen neuen Job.«

»Nein«, lachte ich auf. »Wirklich nicht.«

»Keine Angst zu versagen? Oder dass er dir kündigt, wenn er mitbekommt, wie es dir geht?«

Ich blieb wie angewurzelt stehen, starrte sie aus großen Augen an und lachte einfach los. »Mir war nicht klar, dass ich dich überhaupt nicht upgedatet habe.« Und genau das holte ich auf dem Weg durch die Neustadt bis zum *Booklight* nach. Taylor reagierte in etwa so ungläubig, wie ich mich gefühlt hatte, dass er mich nicht direkt am ersten Abend nach meiner Ohnmacht abgewimmelt hatte. Über viele Details, die für mich Fragen aufwarfen, stolperte sie allerdings nicht. Das Bücken-an-Vollmond-Thema tat sie ab mit: Bücherwürmer lebten eben in einer ganz eigenen Welt. Es könne um ein Theaterstück gehen oder ein Buch, das der Buchclub am Lesen wäre oder, oder, oder. Das würde ich noch vertiefen, keine ihrer Ideen erschien mir besonders wahrscheinlich. Schnell setzte ich es auf meine Liste fürs Wochenende, dann waren wir auch schon angekommen.

Ich zog die Tür auf und betrat den Laden und wie jedes Mal fühlte ich mich innerlich ruhig, als die Tür hinter mir zufiel. Geborgenheit und das Gefühl von Zuhausesein durchströmten mich und brachten das permanente Grübeln meines sorgenreichen Lebens zum Verstummen.

»Ah, Liv, da bist du ja.« Mit gesenktem Blick auf einige Papiere in seiner Hand kam Keylam auf mich zu, in einem ähnlichen Set wie jeden Tag, nur dass seine Weste heute mit silbernen Stickereien verziert war. »Es ist eine Lieferung angekommen und –« Er brach in dem Moment ab, als er den Kopf hob und Taylor neben mir erblickte.

Ich stockte, verunsichert durch seine Reaktion. Die bis eben vollkommen entspannte Miene wurde aalglatt und seine ganze Körperhaltung abweisend. Er richtete sich merklich auf, schob eine Hand in die Hosentasche und ließ die Hand mit den Papieren neben sein Bein sinken.

»Ähm, Keylam, das ist Taylor, meine beste Freundin. Sie sucht ein Buch.« Irgendwie klang das total lächerlich, aber so war es ja.

Erfüllt von dem Bedürfnis, mich für das Verhalten meines Chefs zu entschuldigen, öffnete ich bereits den Mund, um Taylor zu besänftigen, da entdeckte ich das herausfordernde Glitzern in ihren Augen, ihr Beschützer-Glitzern. Wie bitte? Was zur Hölle plante meine heißgeliebte, aber auch nervtötende Beschützer-Taylor?

»Hi«, bemerkte sie in einem bitchy Ton, anders konnte ich das nicht nennen. »Ich habe schon viel von dir gehört.«

Meine Wangen begannen zu glühen und ich sah hektisch zu ihm. Um Gottes willen, was musste er jetzt denken?

Keylam musterte allerdings nur wortlos Taylor. Sie streckte ihm die Hand entgegen, die er einen Herzschlag lang ansah, als würde er lieber in ein Wespennest greifen, als sie zu schütteln, doch dann zog er seine Finger aus der Hosentasche und ergriff Taylors Hand.

Sie machte es noch schlimmer, als sie an seiner Hand zog, sodass er vorstolperte und ihn derart fest fixierte, dass mir ein entsetztes Quieken entkam. »Taylor!«

Sie ignorierte mich und zischte stattdessen. »Liv bedeutet mir *wirklich viel*. Sie ist vielen von uns *sehr wichtig*. Also wehe –« Sie unterbrach sich mit einem kurzen Seitenblick zu mir, dann wiederholte sie: »Wehe!« Aber diesmal drohend betont.

Mir klappte die Kinnlade herunter. Also das war doch … Kurzentschlossen packte ich die Schultern meiner Freundin, zerrte sie von Keylam weg, drückte gegen ihren Rücken und schob sie vor mir her zur Tür zurück. »Kauf dein Buch in einem anderen Laden. Darüber reden wir noch Fräulein. Ich fasse es nicht. Oh, ich bin ja so was von nicht die Einzige, die am Wochenende zu Kreuze kriecht. Du hast eine Menge zu erklären, junge Dame!«, wetterte ich und bugsierte sie schließlich aus dem Laden. Vor ihrer Nase schloss ich die Tür und funkelte sie durch das Glas drohend an. Sie sollte nur wagen wieder

reinzukommen. Doch Taylor warf mir nur einen zufriedenen Pustekuss zu, deutete dann mit Zeige- und Mittelfinger erst auf ihre Augen und dann auf Keylam, ehe sie beschwingten Schrittes davonhopste.
Unglaublich.
Pure Fremdscham überrollte mich, als ich mich wieder Keylam zuwandte. »Es tut mir so leid«, sprudelte ich direkt hervor. »Ich weiß wirklich nicht, was in sie gefahren ist.«
»Schon gut, Taylor beschützt dich nur. Das ist so ihre Natur.«
Ich horchte auf. »Ihr kennt euch.« Das war eine Feststellung und so überraschte sein Nicken mich nicht.
Aber woher? So wie er über sie sprach, kannten sie sich sogar näher. Hätte Taylor mir nicht davon erzählt, wenn sie einen attraktiven Buchhändler kennengelernt hätte? Doch, natürlich! Das bedeutete, es musste schon länger her sein. Und dann rastete das Zahnrad ein. »Ist nicht wahr, du gehörst auch zu denen?«, fragte ich ernsthaft schockiert. Wie konnte eine so kleine Splittergruppe eines Glaubens einfach überall in meinen Alltag eindringen. Das war doch ein schlechter Scherz.
»Zu denen?«
Ich wedelte genervt mit den Händen. »Den Kindern Anicors.«
Er musterte mich derart intensiv, dass ich mich fragte, ob plötzlich ein Tattoo auf meiner Stirn erschienen war. Was hatte er denn?
»Du nicht?«, fragte er schließlich nach.
Ich schüttelte sofort den Kopf, fragte mich dann aber direkt, ob das klug war. Wir kannten uns noch nicht gut genug, um über Themen wie Religion zu sprechen. Vielleicht war ihm das auch klar und deshalb hatte er so lange gezögert, bevor er nachgefragt hatte. Doch jetzt hatte ich diesen Pfad schon eingeschlagen. »Meine Eltern sind Kinder Anicors. Ich bin allerdings eher nicht gläubig.«
Weiterhin dieses intensive Mustern. Er starrte mir so fest in die Augen, als könnte er darin die Antwort auf eine stumm gestellte Frage finden. Schließlich meinte er: »Religion ist eben nicht für jeden etwas.«
Wie als hätte es diese ganze seltsame Szene eben nicht gegeben, entspannten sich seine Schultern wieder, seine Züge wurden offen und weich und er hob die Papiere wieder zwischen uns hoch. »Wir

haben eine Lieferung bekommen, bitte prüfe, ob alles da ist, was auf der Liste steht, und sortiere dann ein.«

Ich wusste nicht so recht, was ich sonst tun sollte, und war auch ehrlich gesagt froh um den Themenwechsel, denn auf ein Gespräch über Glauben war ich nicht vorbereitet, auch wenn die Neugier mir unter den Fingernägeln brannte. Die beiden kannten sich? Woher und wie lange schon und was war passiert, immerhin wirkten sie nicht gerade wie alte Freunde. War er auch ein Kind Anicors? Früher mal gewesen? Doch ich schluckte alle Fragen herunter, nahm die Zettel entgegen und meinte locker-flockig: »Stehen die Kisten schon im Lager?«

Er nickte. »Ich denke, du wirst einige Stunden brauchen. Ich bestelle Mittagessen bei *da Bruno*, wenn du auch was magst, sag Bescheid. Geht auf mich.«

Mir lagen tausend Erwiderungen auf der Zunge. *Nein, danke. Ich brauche nichts. Das meinte Taylor sicher nicht.* Und noch viele mehr. Stattdessen sagte ich: »Meinst du den Italiener? Comolario da Bruno?«

Er nickte.

»Gern, danke.« Immerhin hatte ich einen Wettkampf gegen ihn zu gewinnen und nichts zu essen, steigerte das Risiko, dass ich zuerst wieder umkippte. Besonders, wenn ich mich in eine Arbeit vertiefte. Da passierte es ganz leicht, dass ich die Bedürfnisse meines Körpers ausblendete.

»Alles klar. Ich suche gleich mal die Speisekarte raus und bringe sie dir ins Lager.«

Ich zückte mein Smartphone aus der Gesäßtasche und wedelte damit. »Internet macht's möglich.«

Er rollte mit den Augen. »Meinetwegen. Dann sag mir einfach gleich, was du willst. Und bitte mach das Einräumen gründlich. Ordnung ist das halbe Leben.«

»Ha!«, rief ich aus und zeigte triumphierend auf ihn. »Einen Euro ins Phrasenschwein!«

Durch meine wilde Geste war er zusammengezuckt, jetzt presste er abwägend die Lippen zusammen. »Für Ordnung ist das halbe Leben?«

»O ja, ganz genau.«

»Fein!«, murrte er, zückte einen Euro aus der hinteren Hosentasche seiner Chino und warf die Münze klimpernd ins Sparschwein.

Ich bekam große Augen. »Hast du immer einfach so einen Euro in deiner Hosentasche?«

Er fuhr zu mir herum und grinste breit wie ein Honigkuchenpferd. »Ich musste mich doch vorbereiten. Immerhin hast du mir Wilbur anvertraut, da darf ich ihn doch nicht verhungern lassen, und ich habe durch etwas Recherche herausgefunden, dass er am liebsten Ein-Euro-Münzen nascht.«

Vollkommen überrascht sah ich ihn an und spürte, wie Erheiterung meine Züge nach und nach zu einem Grinsen verzog. »Genial!«, lobte ich und bekam ein zufriedenes Lächeln.

Mit diesem Gefühl positiver Überraschung wandte ich mich schließlich ab und steuerte die schwarze Eisentreppe an, die mich hochführte, wo das Lager im hinteren Bereich lag. Ich konnte immer noch nicht glauben, dass er sich extra Münzen mitgebracht hatte. Keylam war vielleicht der beste Chef, den es überhaupt gab.

Es kostete mich gute drei Stunden, bis ich alle Kisten geprüft und einsortiert hatte. Hinter einige Titel hatte Keylam einen Vermerk gesetzt, dass ich sie nicht in die Regale hier im Lager einräumen sollte. Wenn ich das Symbol dahinter richtig deutete, hatte er vor, ein Book-Tok-Regal zu bestücken, was ich ziemlich cool fand. Vielleicht durfte ich das ja sogar selbst gestalten. Das würde mir echt Spaß machen.

Ich nahm einen der Titel ›Glutmädchen‹ in die Hand und strich über das tolle Cover. Ich hatte erst heute Morgen einige Reels dazu gesehen und freute mich selbst schon, diese Geschichte zu lesen. Nur leider gab es da erst eine ganze Liste an Rechnungen und Schulden, die ich zu zahlen hatte, ehe ich mir wieder Bücher leisten konnte.

Aber Moment mal, ich arbeitete doch jetzt in einer Buchhandlung. Und Fragen kostete schließlich nichts. Kurzentschlossen marschierte ich aus dem Lager durch die Leseecke und spähte, mit ›Glutmädchen‹ noch in der Hand, über die Balustrade hinunter in den Verkaufsraum. Vielleicht bekam ich ja Mitarbeiterprozente oder durfte mir sogar ein gewisses Kontingent an Büchern ausleihen, immerhin war es von Vorteil im Verkauf, wenn ich so viele dieser Bücher wie möglich selbst gelesen hatte.

Von hier oben sah der Laden einfach toll aus, all die Regale und die Bücher, dazwischen Sessel, alte Lampen, die uralten Landkarten an den Wandbereichen, an denen mal kein Regal stand, es war einfach ein Traum, mein Traum. Der perfekte Job für mich.

Nur Keylam war nirgendwo zu sehen. Dafür streiften drei Kunden durch die Reihen. Seltsam. Wo war er nur? Ich wartete einige Momente, ob er wieder auftauchte. Aber irgendwann wurde mir die Zeit zu lang.

Flink huschte ich die Stufen hinunter und glitt zwischen zwei Regalen entlang zur Kasse. Ich wollte nicht auffallen, auch wenn mir nicht ganz klar war, wieso eigentlich. Irgendwie hatte ich das Gefühl, es würde professioneller wirken, wenn jemand hinter der Kasse stand und es so aussah, als wäre ich schon die ganze Zeit da gewesen.

›Glutmädchen‹ verschwand schnell im Regalfach unter der Kasse, als ich schon einen der drei Kunden auf mich zukommen sah, eindeutig mit einem Fragezeichen im Gesicht. Dabei stellte ich mich allerdings so ungeschickt an, dass mehrere Blätter und ein ledergebundenes Buch zu Boden fielen.

Bemüht, mir nichts anmerken zu lassen und nicht in das Chaos am Boden zu treten, lächelte ich dem Mann entgegen, der seine beige melierte Flachmütze abnahm und sie sich unter den Arm klemmte. Als er am Tresen ankam, legte er ein Prospekt etwas umständlich auf die Fläche zwischen uns, blätterte es auf und schob es mir dann direkt unter die Nase. »Habt ihr das da?«

Ähm, ja. »Einen schönen guten Tag wünsche ich«, sagte ich scheißfreundlich. Mein Unmut hielt sich angesichts seines eindeutig hohen Alters und seiner etwas fahrigen Art in Grenzen. Die Unhöflichkeit war keinesfalls Absicht gewesen, er wirkte eher abgelenkt, vielleicht auch ein wenig überfordert. »Lassen Sie mal sehen, sicher kann ich Ihnen helfen.«

Er bemerkte meine Spitze überhaupt nicht, sondern sprudelte gleich weiter: »Ich war schon in zwei Buchhandlungen und niemand hatte das Buch.«

Mit gerunzelter Stirn sah ich hinab. Selbst wenn das stimmte, konnten doch quasi alle Buchhandlungen ein Buch über Nacht bestellen. »Brauchen Sie das Buch heute noch?«

»Was? Nein, nein«, winkte er zerstreut ab und tippte dann mit einem faltigen Finger auf die kleine Abbildung im Prospekt. Ich sah hinab und las den Titel laut vor. »Brückenbau in der Geschichte Deutschlands.«

Erwartungsvoll musterte er mich.

»Ich glaube nicht, dass wir den Titel vorrätig haben. Ich werde schnell mal im System nachsehen.« Und während ich schon in die Tasten schlug, ergänzte ich noch: »Aber sonst könnte ich den Titel auch schnell für sie bestellen.«

Er kniff die Augen zusammen und sah sich verschwörerisch um, ehe er sich vorlehnte. »Man sagte mir, ich könnte hier Hilfe finden«, murmelte er mit gesenkter Stimme. »Jemanden vom Fach ... der sich mit Brücken auskennt. Man sagte mir, ich müsste einen jungen Mann suchen, dem das *Booklight* gehört.« Noch ein verstohlener Blick zu beiden Seiten, dann fixierte er mich. »Das hier ist doch das *Booklight*.«

Fragen, so viele Fragen! Und für den Bruchteil einer Sekunde war ich versucht, zumindest einige davon zu stellen, aber dann siegte die brave kundenorientierte Mitarbeiterin in mir, die ihren Job unbedingt behalten wollte.

»Suchen Sie vielleicht Keylam?«

»Wenn das der Besitzer ist, dann ja.«

Lächelnd nickte ich. »Ist er. Ich sehe mal nach, wo er steckt.«

»Danke.« Die endlose Erleichterung in der Stimme des betagten Mannes brachte mich dazu, doch wieder an Drogen zu denken. Was sonst sollte eine derartig selige Erleichterung auslösen? Aber dieser Mann war meinem Empfinden nach viel zu alt für einen Drogensüchtigen, die hatten doch eher kurze Lebenserwartungen, oder war das auch nur ein Vorurteil, das sich hartnäckig hielt?

Als ich mich umdrehte, raschelte es unter meinen Füßen, was mich an den Papierhaufen erinnerte, den ich zu Boden gefegt hatte. Ich bückte mich schnell danach und schob gerade alles zurück in das Regal unter der Kasse, als mir ein Wort ins Auge sprang: Anicor.

Mit rasenden Bewegungen meiner Augen überflog ich die Seite. Fand einzelne Worte und Namen, die ich gut kannte, und wollte am liebsten bleiben und alles genauer lesen, doch in diesem Moment räusperte sich der Mann und ich schreckte auf. »Ja, entschuldigen Sie. Ich gehe schon.«

Flink schob ich den Haufen ganz ins Fach und eilte in den hinteren Bereich, der unter der Empore verborgen lag, denn überall sonst hatte ich Keylam ja gerade eben nicht gesehen. Doch mir fiel es schwer, bei meiner Suche klug vorzugehen, denn was ich eben gelesen hatte, warf noch so viel mehr Fragen auf. Das Lederbuch war ein Forschertagebuch von Keylam Warren. Aber wonach forschte er oder *woran*? Und was verdammt noch mal hatten die Kinder Anicors damit zu tun und wieso um alles in der Welt fand ich Tante Libbies Familiennamen in diesem Buch?

Taylor kannte ihn, irgendwoher. Sie musste doch einige meiner Fragen beantworten können, oder nicht? Zufall konnte das alles jedenfalls nicht mehr sein. Und wenn ich hier irgendwie in eine kriminelle Geschichte hineingeschlittert war, wollte ich das wissen. Kein Job der Welt war es wert, dass ich womöglich im Gefängnis landete oder schlimmer. Was hatte ich zu Anfang noch gedacht, wenn es wirklich irgendwas Illegales war, würde es mehr merkwürdige Szenen geben? Tada, hier waren wir, nur drei Tage später, herrlich.

Ganz hinten, vor dem Regal mit der Überschrift ›Historisches‹, hockte Keylam und fuhr die unterste Reihe der Einbände mit dem Finger ab, während er etwas leise vor sich hinmurmelte.

»Keylam?« Meine Stimme klang schroffer, als ich wollte. Aber ich war es langsam leid. So viel also zum besten Chef. Das stank doch alles ganz gewaltig.

Er fuhr herum und musterte mich wachsam. Ihm war mein Ton nicht entgangen. »Da ist ein Mann am Tresen, der explizit nach *dir* gefragt hat. Ich habe den Eindruck gewonnen, dass er eine Brücke von dir möchte, so wie Zack letztens!«, spie ich aus und sah genüsslich zu, wie seine Augen sich überrascht weiteten. Keine Fragezeichen in seinen Zügen, nur die Mimik eines Ertappten, Sorge jagte unverkennbar über sein Gesicht und ich wollte schreien. Er wusste ganz genau, was dieser alte Kerl am Tresen wirklich wollte, und fragte sich vermutlich gerade, wie viel ich verstanden hatte.

Aufsässig verschränkte ich die Arme vor der Brust und zog herausfordernd die Augenbrauen hoch.

»Danke«, brachte er schließlich heraus und kam geschmeidig wie eine Katze in den Stand – ohne das geringste Anzeichen für eine drohende Ohnmacht. »Ich kümmere mich darum«, bemerkte er und lief mit langen Schritten an mir vorbei, als wäre nichts gewesen.

Mit Argusaugen verfolgte ich jeden seiner Schritte, wie er den Platz hinter der Kasse einnahm, einige Worte mit dem Kunden wechselte und dann eine Visitenkarte mitgab. Der Mann wirkte nicht ganz zufrieden, nickte aber und nahm den dämlichen Prospekt wieder mit, als er den Laden verließ. Kaum dass die Türglocke läutete, fand Keylams Blick zielsicher meinen. Mit einer Kopfbewegung gab er mir zu verstehen, dass wir uns im Hinterzimmer treffen sollten, ehe er ein ›Bitte klingeln‹-Schild und eine kleine Glocke auf den Tresen stellte. Kurz wägte ich ab, ob mich nun ein Drogenbaron zum Schweigen bringen wollte, aber ich glaubte ehrlich nicht, dass ich ernsthaft in Gefahr war. Sonst hätte ich auch nicht durchblicken lassen, was ich alles schon mitbekommen hatte. Außerdem waren noch zwei weitere Kunden im Laden, die gemütlich durch die Reihen stöberten, für einen Mord suchte sich selbst ein frisch ertappter Dealer sicher einen günstigeren Zeitpunkt aus. Davon abgesehen, jemand, der über Leichen ging, besorgte sich keine Ein-Euro-Stücke, um ein Phrasenschwein namens Wilbur zu füttern.

Allerdings hatte ich mal wieder nicht zu Ende gedacht. Ich hatte ja gar nicht vorgehabt, Keylam jetzt schon mit meinen Beobachtungen zu konfrontieren. Eigentlich hatte ich doch Taylor erst über ihn ausfragen wollen. Nun, der Drops war gelutscht, jetzt konnte ich nicht mehr kneifen.

Ich folgte Keylam ins Buchclubzimmer, dessen Tür er schloss, sobald ich eingetreten war. Kurz sah ich auf die geschlossene Tür, bekam doch noch ein ungutes Gefühl und weigerte mich, weiter in den Raum zu treten und mich so von der Tür zu entfernen.

»Du hast offensichtlich Fragen.«

Ich riss den Blick von der verschlossenen Tür los und musterte ihn. In meinem Kopf raste ein Gedanke nach dem nächsten vorbei und ich wusste wirklich nicht, wie ich mich verhalten sollte. Zeit schindend zuckte ich mit den Schultern.

Auffordernd hob er das Kinn und trat einen Schritt zurück, um etwas Abstand zwischen uns zu bringen. Erst als ich deutlich näher an der Tür stand als er, sprach Keylam erneut. War ihm unsere Positionierung im Raum ebenso bewusst wie mir? Und wenn ja, wieso agierte er dann so? Wollte er, dass ich mich sicher fühlte?

»Du hast das ein oder andere aufgeschnappt und dir dein eigenes Bild zusammengereimt, wie es mir scheint. Bevor irgendwelche Missverständnisse zwischen uns entstehen, möchte ich dir lieber die Fragen beantworten, die du ohne Zweifel hast, also bitte, frag!«

Ich zog meine Unterlippe zwischen die Zähne, meinte er das ernst? Zutrauen würde ich es ihm, so wie er bisher aufgetreten war. Aber der Mann, den ich kennengelernt hatte, konnte nicht die ganze Geschichte sein, sonst hätte Taylor nicht diese Aktion heute morgen gebracht. Verdammt, ich hätte zuerst mit ihr reden sollen. Ganz toll gemacht, typisch ich. Viel zu impulsiv. Erst quasseln, dann denken. Wieso nur lernte ich nie dazu? Ich wusste doch genau, wie bescheuert das war. Immer wieder brachte meine verbale Inkontinenz mich in Schwierigkeiten. Dreck!

Keylam lachte leise auf. »So schlimm?«

»Was?«, fragte ich verdattert.

»Das, was du dir selbst aus den Puzzleteilen zusammengereimt hast, ist es wirklich so schlimm?«

Mein Mundwinkel zuckte ertappt. »Du bist also kein Drogendealer?«

Keylams Augen wurden groß, dann lachte er los, laut und schallend. »Nein, natürlich nicht«, antwortete er immer noch lachend. »Wie kommst du darauf?« Er wischte sich sogar eine Lachträne aus dem Augenwinkel. Dieses Lachen war echt und so fühlte ich mich wie ein naives kleines Kind, kein sehr schönes Gefühl. Aber ich lag definitiv vollkommen daneben. Nur was blieb sonst?

»Alle wollen Brücken von dir und der Kerl war heute richtig übertrieben erleichtert, dass er dich gefunden hat. Es ist ja wohl klar, dass keine echten Brücken gemeint sind, also muss es ein Codewort sein.«

Immer noch tanzte das erheiterte Funkeln in seinen Augen. »Und da dachtest du, Brücken wäre ein Codewort für Drogen.«

»Ja«, gestand ich leicht trotzig. Ich fand das immer noch eine wenigstens plausible Erklärung, wenn auch absolut nicht wünschenswert.

»Ist es nicht«, versicherte er mir, erklärte aber auch sonst nichts.

Hielt er mich hin? »Was ist es dann?«

»Die Brücken?«

Er hielt mich eindeutig hin. »Ja!«
Keylam legte den Kopf leicht schräg und musterte mich prüfend. »Aber du darfst nicht lachen.«
Ich runzelte die Stirn. Was kam denn jetzt?
»Sagt dir Geocaching was?«
»Diese Art Schnitzeljagd für Erwachsene?«
»So in etwa, ja. Was wir tun, ist gar nicht so weit davon entfernt. Wir suchen bestimmte Orte, die uns ... weiterbringen. Brücken eben.«
»Also ist es ein Spiel. Diese Erleichterung nur wegen eines Spiels?«, fragte ich zweifelnd.
Er schmunzelte. »Du kennst Buchmenschen aber schon, oder? Manche von uns gehen komplett in solchen Dingen auf. Ich sage nur Cosplay.«
»Ein Spiel«, murmelte ich und versuchte abzuschätzen, ob ich ihm das glaubte.
»Und du spielst auch mit?«
Er zögerte. »Kann man so sagen.«
»Führst du deshalb ein Forschertagebuch? Über die Aufgaben des Spiels?«
Für den Bruchteil einer Sekunde erstarrte er. Dann schob er eine Hand in die Hosentasche und gab sich betont lässig. »Dafür, dass du erst seit vier Tagen hier arbeitest, hast du aber ganz schön viel mitbekommen.«
Ich konnte nicht einschätzen, ob er seine Worte als Vorwurf meinte oder nicht. Unsicher zuckte ich mit den Schultern. Es war schließlich nicht so, dass ich aktiv geschnüffelt hätte. »Wenn du nicht willst, dass ich was mitbekomme, solltest du deine Notizen nicht so offen herumliegen lassen.« Und als mir bewusstwurde, dass meine Worte klangen, als hätte ich aktiv in das Buch gesehen, schob ich schnell nach: »Ich habe das Buch und die Blätter unter der Kasse aus Versehen auf den Boden geschmissen und beim Aufheben ein paar Worte gelesen. Ich habe nicht genau gelesen, das schwöre ich. Nur als da Anicor stand, ist mein Blick einfach automatisch an der Seite hängen geblieben.«
Mir wurde bewusst, dass ich den Kopf leicht eingezogen hatte und tatsächlich fühlte ich mich etwas unwohl bei der Erkenntnis, dass ich doch irgendwie geschnüffelt hatte.

Er rührte sich nicht, fand aber auch dafür eine plausible Erklärung. »Die meisten Spieler sind Kinder Anicors. Alle eigentlich, die ich kenne.«

Ich presste die Lippen zusammen und nickte. »Es tut mir leid, ich hätte deine Privatsphäre respektieren sollen.«

Keylam winkte ab. »Das kann ich verstehen. Es war ja mehr aus Versehen.«

Ich nickte groß, als er schon wieder auf die Tür zuging. Keylam griff gerade nach der Klinke und auch ich setzte mich in Bewegung. Er öffnete mir und ich trat über die Schwelle, wandte mich dann aber noch mal zu ihm um und fragte: »Worum spielt ihr eigentlich?« Mir stockte der Atem, weil ich durch die Drehung plötzlich furchtbar dicht vor ihm stand. Seine Körperwärme hüllte mich ein. Die Muskeln, die das weiße Hemd leicht spannten, sprangen mir regelrecht in die Augen und ich hatte Mühe, einen klaren Gedanken zu fassen, als ich in dieses attraktive Gesicht aufsah. »Also, ähm, was ist der Preis?«

Keylams Züge verzogen sich zu einem Lächeln, das seine Augen nicht erreichte. »Das Schicksal, der heilige Gral, das Leben, eine signierte Erstausgabe von ›Herr der Ringe‹.« Er zuckte lässig mit den Schultern. »Such dir etwas aus.«

Seine leicht gesenkte Stimme streichelte über die nackte Haut meines Halses und ich musste ein Schauern unterdrücken. »Interessante Aufzählung«, bemerkte ich mit rauchiger Stimme und trat mir innerlich auf den Fuß. Er war mein Chef! Ich musste mich zusammenreißen, die plötzliche Trockenheit in meinem Mund bekämpfen und vor allem aufhören, mir vorzustellen, wie ich die Muskeln unter diesem Hemd mit federleichten Berührungen erkundete.

»Eine signierte Erstausgabe von ›Herr der Ringe‹? Bist du ein Fan?«

Das Schmunzeln, das nicht nur seinen Mundwinkel verzog, sondern diesmal auch die Haut um seine Augen in Falten warf, entfachte die warme Glut in meinem Innern zu einem echten Feuer. Dreck, verdammter. Chef! Chef! Chef! Chef!

»Bist du etwa kein Fan?«

Abwägend legte ich den Kopf von einer Seite zur anderen.

Seine Augenbrauen schnellten in die Höhe, ehe er die Augen zusammenkniff, sich vorlehnte und leise raunte: »Wähle mit Bedacht, die Antwort ist kriegsentscheidend.«

Die Erheiterung rang mit dem heißen Kribbeln, das einen Knoten in meinem Bauch entstehen ließ. Dann beging ich den Fehler, auf seine Lippen zu sehen, und besagter Knoten sank tiefer, bis die Glut meinen Schoß prickeln ließ. Mein Atem beschleunigte sich von ganz allein und ich war drauf und dran zu fliehen, damit er nicht bemerkte, was seine Nähe in mir auslöste, da hüpfte sein Kehlkopf in einem schweren Schlucken und seine verräterische Zunge glitt über seine Lippen.

Ihm wurde offensichtlich im selben Moment wie mir klar, welche Folgen die plötzliche Nähe bei uns beiden auslöste. Zeitgleich wichen wir zurück, brachten Abstand zwischen uns und konnten doch nicht wegsehen. Ein wissender Blick, Begreifen und zugleich Entsetzen.

»Entschuldigung?«

Wir zuckten gleichermaßen zusammen, als eine Kundin uns ansprach. Keylam war blitzschnell wieder in der perfekten Rolle, gefasst und höflich. »Ich komme sofort.«

Dennoch warf er mir einen Blick zu, der es in sich hatte, glühend und mit einem Funken Sehnsucht. Erkenntnis lag darin und zugleich etwas, das ich als Hoffnung benennen würde. Doch der Moment währte kaum einen Herzschlag und als Keylam sich entfernte, hinterließ er eine überraschende Kälte, auf die prompt Zweifel folgten. Wie kam ich denn bitte dazu, so verdammt viel in einen einzigen Blick hineinzulesen? Es war allerhöchste Zeit für einen Plausch mit einer guten Freundin, die mir diese Flausen wieder ausredete.

Meine Fassung wiederzugewinnen, dauerte unerhört lang. Die Kundin verabschiedete sich bereits, als ich endlich zu Keylam hinter die Kasse trat. Dabei ließ ich all die gewechselten Worte Revue passieren und versuchte herauszufinden, ob ich ihm glaubte. War tatsächlich alles bloß ein Spiel, eine Schnitzeljagd für Erwachsene? Warum denn nicht? Es könnte Aufgaben geben, die bis zu einem bestimmten Zeitpunkt erfüllt werden mussten, wie zum Beispiel bis Vollmond, was das Gespräch am ersten Abend erklären würde. Und je nachdem, wie komplex die Aufgaben waren, die es zu lösen galt, ergab ein Forschertagebuch ja sogar Sinn. Je länger ich es hin- und herwälzte, desto überzeugter war ich, dass diese Erklärung passte, jedenfalls deutlich besser als die Drogentheorie und sie war definitiv plausibler als ein wahrgewordener Fantasyroman.

Keylam tippte gerade eine Bestellung, die über die Homepage reingekommen war, ins System ein, als ich neben ihn trat und meinte: »Also suchst du die Penhaligan, um eine Aufgabe für diese Schnitzeljagd zu erfüllen?«

Keylam fuhr zu mir herum, seine Züge voll wilder, widerstreitender Gefühle. Wow, wie wichtig war ihm dieses Spiel? Auch wenn ich das etwas befremdlich fand, bestärkte es mich doch erst recht in meinem Entschluss.

»Kann man so sagen«, brachte er mit belegter Stimme heraus.

»Geht es um jemand Bestimmtes mit diesem Namen?«

»Nein, wieso fragst du?«

Ich zuckte mit den Schultern und fischte das Handy aus meiner Hosentasche.

Die Hoffnung in seinen Zügen verpuffte augenblicklich und er schürzte vernichtend die Lippen. »Im Internet wirst du die Antwort nicht finden. Glaub mir, sogar ich habe inzwischen zu diesem plumpen Mittel gegriffen.«

Das Handy schon vor meinem Körper, hielt ich inne und klappte theatralisch die Kinnlade herunter. »Plump? Nur weil du geistig zu alt bist, um dieses Wundermittel, das man Internet nennt, richtig zu nutzen, musst du es doch nicht gleich verteufeln.«

»Geistig alt?«, fragte er spitz.

»Uralt. Ein echter Greis!«

Keylam beugte den Rücken, zog die Lippen über die Zähne und sagte dann mit kehliger Stimme: »Imma diese Jugend.«

Ich lachte los und bekam von Keylam ein strahlendes, zufriedenes Lächeln, das die eben erst eingedämmte Glut neu entfachte. Um es zu überspielen, öffnete ich noch im Lachen mein Adressbuch und scrollte hinunter.

»Nein, im Ernst. Wenn es um irgendeinen Penhaligan geht, kannst du dir einen aussuchen.« Ich kam bei P an und hielt ihm die aufgerufene Liste unter die Nase.

Keylam gefror zu einer Salzsäule und starrte gefühlte Ewigkeiten einfach nur auf mein Smartphone. So lange, dass der Bildschirm dunkler wurde und sogar in den Schonmodus schaltete.

»Ähm, Keylam?«

Er ruckte hoch, Tränen glitzerten in seinen Augen. »Mann«, entfuhr es mir. »Das muss wirklich ein toller Preis sein.«

Er blinzelte rasch. »Du ahnst nicht, wie toll.«

Ich entsperrte schnell meinen Bildschirm und hielt Keylam das Handy wieder unter die Nase. Diesmal ergriff er es und schnappte sich einen Notizzettel vom Tresen und kramte einen Kuli aus der Schublade unterm PC hervor.

Ich spähte über Keylams Schulter und zeigte direkt auf die erste Nummer. »Ich würde Onkel Arnold anrufen. Der ist jedenfalls der Umgänglichste, auch wenn er wirklich viel redet.« Beim Scrollen stach mir Libbies Name ins Auge. »Ähm ... ja, ruf Onkel Arnold an. Viele der anderen sind ... tot.«

Keylam fuhr zu mir herum und sah mich voller Wärme und Trauer im Blick an. »Das tut mir sehr leid.«

»Danke«, brachte ich heraus. »Aber die meisten kannte ich bloß flüchtig. Nur Libbie ...«

Er drehte sich mir ganz zu, vergessen war die Nummer und das Glück, das er eben noch so offenkundig empfunden hatte. »Einen geliebten Menschen zu verlieren, ist mit nichts zu vergleichen. Ich wünschte, du hättest diesen Verlust nicht erleben müssen.«

Ich lachte zynisch auf. »Ich kann gar nicht mehr zählen, wie oft ich ihn schon gefühlt habe, diesen Verlust«, flüsterte ich rau.

Keylam schwieg. Als ich aufsah, nickte er und ich sah in seinen Augen, dass er ihn auch kannte, diesen Schmerz, die Verzweiflung und diese unglaubliche Hilflosigkeit. Es gab kein Verhandeln, keine zweite Chance, kein Bitten, Flehen oder Hoffen. Es war unumstößlich, für immer.

»Jetzt schreib dir schon diese Nummer auf«, beharrte ich und griff an ihm vorbei, um das Handy erneut zu entsperren. Der Kloß in meinem Hals war ein wenig kleiner geworden, als ich begriffen hatte, dass er in dieser Hinsicht wie ich war, dass er wusste, wie ich fühlte und schwieg, weil es das Einzige war, was man tun konnte. Da gab es keine Floskel, die half, keine Worte, die wirklich trösten konnte. Stoisches Schweigen dagegen, den Blick nicht abzuwenden, wahrhaft hinzusehen ... das half, ein wenig.

Keylam schrieb sich schnell die Nummer auf, notierte sich den Namen und reichte mir dann mein Telefon zurück. »Danke.«

»Schon gut. Dieses Spiel scheint dir wirklich wichtig zu sein.« Und weil ich einfach gerade keine Antwort hören wollte, schnappte ich an ihm vorbei das Buch, das ich vorhin mit heruntergebracht hatte: »Wolltest du damit was Bestimmtes tun? Also mit den Büchern, die ich nicht einsortieren sollte.«

Er zögerte, hielt kurz meinen Blick, als wägte er ab, ob er den Themenwechsel zulassen sollte. Erst dann antwortete er mir.

»Ich möchte damit einen BookTok-Tisch etablieren, um auch jüngere Kundschaft anzusprechen.«

»Ha!«, rief ich aus. »Ich wusste es!«

Er grinste.

»Darf ich mich daran versuchen?«

Keylam lächelte warm. »Wie es der Zufall so will, habe ich auch schon an dich gedacht.«

»Ja!«, jubelte ich. »Danke!« Ich vollführte einen kleinen Hüpfer, ehe mir klar wurde, dass ich vollkommen über die Stränge schlug. Schnell räusperte ich mich, richtete mich möglichst würdevoll auf und sagte in gesetztem Ton. »Natürlich meine ich: Danke für diese Chance. Ich gebe mein Bestes.«

Keylam lehnte sich an den Tresen und schmunzelte. »Davon bin ich überzeugt.«

»Ich mache mich gleich an die Arbeit!«, entschied ich, wedelte mit dem Buch und wandte mich um. Dann fiel mir noch etwas ein, ich drehte mich zurück, lief zwei Schritte rückwärts und zeigte süffisant auf ihn. »Das macht übrigens wieder einen Euro für Wilbur.«

»Was?«, beschwerte Keylam sich und stieß sich vom Tresen ab. »Ach komm schon, das kann nicht dein Ernst sein. Wofür denn bitte?«

»Wie es der Zufall so will, ist genau das eine Phrase auf der Liste. Habe ich in dieser neumodischen Erscheinung namens Internet gelesen. Ich habe mich nämlich auch vorbereitet!« Lachend vollendete ich die Drehung und verschwand hinter den Regalen, während ich Keylam hinter mir grummeln hörte: »Das recherchiere ich erst selbst noch mal.«

Kurz darauf vernahm ich zufrieden das Klingen einer Münze im Sparschwein.

Forschungsbericht Keylam Warren

Mainz, 07. Januar 2013

Penhaligan

Die Penhaligan sind neben den Tenebris das zweite noch lebende große Magiergeschlecht Anicors und die stärksten Verbündeten der Freiheitskämpfer. Sie haben seit Jahrzehnten einen engen und freundschaftlichen Kontakt zu den Althea und waren die große Widerstandsbewegung gegen Vanir und seine Tenebris. Jetzt, nach der großen Flucht, haben die Althea und die Penhaligan eine eigene Subkultur unter den Menschen aufgebaut.

Inzwischen habe ich begriffen, dass sie auf mich gewartet haben wie auf einen Messias. Sie kennen die Prophezeiung und sehen mich als ihre Erfüllung. Sie waren so verdammt erleichtert, als sie mich heute aufgespürt haben. Ihnen ist gar nicht in den Sinn gekommen, dass ich mich weigern könnte ›mein Schicksal zu erfüllen‹.

Der Bann, den ich sprechen muss, sollte mich nicht nur vor Vanir verbergen, sondern auch vor ihnen. Ich muss erst selbst recherchieren und herausfinden, ob ich glaube, was sie über die Prophezeiung sagen, was auch Vanir denkt. Ich brauche Zeit und vor allem brauche ich Ruhe und keine fanatischen Gläubigen, die bereit sind, einen Vierzehnjährigen zu opfern, um einen unsterblichen Tyrannen zu besiegen. Es muss andere Wege geben und wenn diese arroganten Magier sich zu fein sind, nach Alternativen zu suchen, muss ich den Kontakt eben abbrechen und mich vor ihnen verbergen.

Mainz, 03. Juli 2023

Ich habe sie gefunden, nach so langer Zeit. Also irgendwie hat ein faszinierendes kleines Rätsel uns zusammengeführt. Es sind Momente wie dieser heute, die mich dazu bringen zu hoffen. Wieder daran zu glauben, dass es etwas wie Schicksal gibt, dass da draußen etwas oder jemand ist, der über mich wacht und dass all diese Jahre, in denen ich nach einer Alternative gesucht habe, nicht verschwendet waren, nicht bloß das verzweifelte Hoffen eines Teenagers, der sich lediglich nicht der Wahrheit stellen wollte. Vielleicht war all das nötig, um mich heute hierherzubringen, an diesen Punkt, damit ich ihr begegnen kann, diesem kleinen Wunder, diesem einzigen Fragezeichen, das nirgendwo hineinzupassen scheint und doch überall mitmischt.

Ich habe gerade mit Arnold Penhaligan telefoniert und er wird jemanden schicken, der mit mir in Verhandlung tritt. Sie waren genauso froh, von mir zu hören, wie ich, sie endlich wieder zu finden. Es scheint, dass die Tenebris Jagd auf sie machen, denn ihre Zahl ist inzwischen deutlich dezimiert. Mein Vorschlag, sich bezüglich der Brücken zu koordinieren, wurde positiv aufgenommen, auch wenn direkt durchkam, dass sie die Hoffnung immer noch nicht aufgegeben haben, dass ich mich opfere, um die Prophezeiung zu erfüllen. Aber ein Punkt nach dem anderen.

Vielleicht lasse ich das kleine Wunder mal auf die Prophezeiung schauen, mit ihrem ungetrübten Blick und dem scharfen Verstand. Es mag Verzweiflung sein oder auch schon Wahnsinn, aber etwas in mir ist der festen Überzeugung, dass alles in meinem Leben auf diese Begegnung hinausgelaufen ist. Dabei ist sie bloß ein Mensch, was sollte sie schon verändern? Und dennoch ...

Schnaufend stellte ich den schweren Bottich auf der Türschwelle ab. Beim Aufrichten ächzte jeder Muskel in meinem Rücken und die Nadeln der Thuja schabten über meine Haut. Der eigentümliche Duft kitzelte in meiner Nase und ich musste niesen.

»Gesundheit«, bemerkte Taylor mit einem fetten, zufriedenen Grinsen, als sie den messingfarbenen Klingelknopf in der weiß lackierten Vertiefung drückte.

Das melodische Klingeln schnitt meine gepampte Antwort ab. Wenn ich so an meine körperliche Belastungsgrenze kam, gab es keinen Raum mehr für Einsicht, Verständnis oder gar Größe. Ja, ich hatte was gutzumachen. Nein, diesen verdammten Baum mit den öffentlichen Verkehrsmitteln bis in den tiefsten Taunus zu schleppen, fand ich nicht adäquat als Wiedergutmachung.

Die weiß gestrichene Tür wurde aufgezogen und das freundliche Gesicht meiner Mutter erschien. Sie erfasste die Szene mit einem einzigen Blick, dann grinste sie süffisant und trat zur Seite, um uns einzulassen.

»Deiner Thuja geht es wieder gut«, bemerkte Taylor, die den Baum seit zwei Monaten zur Pflege bei sich gehabt hatte. Sanft streichelte sie über einen Zweig und lächelte dem Baum zu.

Beim Eintreten schloss meine Mutter meine beste Freundin in die Arme, drückte sie herzlich wie eine eigene Tochter und murmelte »Danke.«

Ich packte den schwarzen Bottich, holte tief Luft und wuchtete den Baum hoch. »Ums Haus in den Garten nehme ich an«, bemerkte ich abgehackt.

Meine Mutter musterte mich mit einem langen Blick, dann trat sie wortlos zu mir raus, packte den Bottich ebenso und sah mir einen Moment lang tief in die Augen. Ja, wir hatten uns gestritten, aber ein Streit war niemals wichtig genug, um zwischen uns zu stehen. Sie war nicht der Typ, der das so aussprechen würde, aber sie hatte mich gelehrt, ihre Handlungen zu lesen. Meine Augen wurden feucht, als ich begriff.

Schweigend schleppten wir den Baum den schmalen Steinweg entlang und nicht nur der Baum selbst wog jetzt deutlich weniger in meinen Händen, sondern auch die Last auf meinem Gewissen und meinem Herzen.

»Da rüber«, bemerkte Mama, als wir hinten angekommen waren, und ruckte mit dem Kinn in Richtung Terrassenumrandung. Sie lenkte uns mit wenig Ziehen und Drücken, bis wir den Baum an einer Lücke in ihrer Thujahecke abgestellt hatten, die die ausladende Holzterrasse von der perfekt gepflegten Rasenfläche abtrennte.

Seufzend richteten wir uns auf. Mama klopfte sich die Hände an der Jeans ab und ich musste grinsen, als ich mich bei der exakt identischen Geste erwischte. Unsere Blicke trafen sich und auch in ihren Augen tanzte die Erheiterung.

»Na, komm her, du Chaotin.« Sie packte mich an den Schultern und zog mich an sich. Die Umarmung war fest und länger als zur schlichten Begrüßung. Ich brauchte kaum einen Herzschlag, bis ich ihren so vertrauten Duft wahrnahm, bis er mich und meine Anspannung durchdrang und ich mich in ihren Armen entspannte. »Es tut mir leid«, murmelte ich in ihre Schulter.

Ihre Hände streichelten über meinen Rücken. »Das weiß ich doch, mein Schatz.«

Mama ließ mich aus ihren Armen, aber nur ein Stück weit. Sie hielt meine Schultern weiterhin fest, musterte mich eingehend und runzelte die Stirn. »Du siehst nicht besser aus«, entschlüpfte es ihr und ich wusste, dass sie nicht auf mein schlechtes Gewissen anspielte, sondern meinen körperlichen Zustand meinte.

Ich senkte den Blick. »Taylor hat gepetzt?«

Sie lachte. »Natürlich. Wir hatten alle Hoffnung, weil du ja nun schon seit vier Tagen nicht mehr das Bewusstsein verloren hast und du wieder morgens schwimmen warst. Ich dachte einfach ...«

»Hör auf, Mama«, bat ich leise und sie presste ihre Lippen zusammen. Es gab nichts Schlimmeres an der ganzen Situation als das hier, diese Hoffnung in ihrem Blick.

Wir hatten diese Diskussion schon so oft geführt. Sie war der Ansicht, ohne Hoffnung könnte ich nicht wieder gesund werden. Ich dagegen konnte mit Hoffnung und der ständigen Enttäuschung derselben morgens nicht mehr die Kraft aufbringen, aufzustehen. Es war eine Frage des Mindsets. Ich wusste, was ich zu erwarten hatte, was ich konnte und was eben nicht, dass es jederzeit zu Ende gehen konnte. Und nur mit diesem Bewusstsein schaffte ich es, zu leben. Nicht dank der Hoffnung, sondern dank der Nüchternheit. Sie erlaubte es mir, wahrhaft zu leben. Mich nicht in der Sehnsucht auf eine bessere Zukunft zu verlieren, sondern das Hier und Jetzt zu genießen, solange es noch ein solches gab.

»Lass uns reingehen«, lenkte meine Mutter schließlich ein, legte ihren Arm um meine Schulter und zog mich mit sich.

»Danke«, murmelte ich. Danke dafür, dass du deine Meinung für dich behältst und mir den Kampf ersparst. Danke, dass du meinen Standpunkt tolerierst, auch wenn du ihn nicht akzeptieren kannst. Danke, Mama.

Sie wusste es, kannte meine Gedanken, verstand all die Worte hinter diesem einen. Sie wusste es. Mama drückte mir einen Kuss auf die Wange und raunte: »Ich liebe dich.«

»Ich dich auch«, brachte ich mit brüchiger Stimme heraus und legte im Gehen meinen Kopf an ihre Schulter. Nur kurz, weil so zu laufen echt unbequem war, aber ich brauchte diese Geste und sie vermutlich auch. Dann erinnerte ich mich an unseren Brauch, hakte mich bei ihr unter und flüsterte: »Ich liebe dich bis zu den Sternen und zurück.«

Sie lachte leise und warm, lehnte ihren Kopf an meinen und antwortete: »Und ich liebe dich unendlich, mein Schatz.«

Jetzt war alles wieder gut.

Arm in Arm traten wir durch die offene Balkontür in das weitläufige Wohnzimmer. Ich blieb wie angewurzelt stehen und lachte auf. »Streuner?«

Meine Mutter grinste mich spitzbübisch an. »Könnte sein.«

Ich liebte es, liebte alles daran, das angeregte Geplauder der Menschen in diesem Raum, das, was dahinterstand. Ich hatte keine Ahnung, wo meine Mutter immer all die Streuner fand, aber nie würde sie einen Hilfesuchenden abweisen. Meine Kindheit war geprägt gewesen von Menschen, die Neuanfänge gestartet und anfangs etwas Unterstützung gebraucht hatten, von Menschen, die zu Hause einfach mal rausgemusst oder einen Tapetenwechsel nötig gehabt hatten. Und all diese Menschen hatten zu meiner Mama gefunden, die sie herzlich aufgenommen hatte.

»Dann stell mich mal vor.« Die Wärme dieses Ortes und all dessen, was hinter diesem Anblick stand, sickerte in meine Knochen und legte sich als sanfte Decke über mein aufgeriebenes Inneres. Momente wie dieser waren Leben. Pures Leben. Geborgenheit, Zufriedenheit und Glück. Es war alles, es war genug.

Ich sog alles ein, den mir so bekannten Raum, den vertrauten Geruch nach Blumen, Erde und Holz und auch alles, was neu war. Die sieben fremden Menschen, die sich auf der Couch und am Esstisch aufhielten, mit Taylor und meinem Vater plauderten, eine kleine Familie, wie mir schien, zwei junge Männer und zwei Menschen im ungefähren Alter meiner Eltern und jeder lachte oder unterhielt sich entspannt. Es war vollkommen.

Grinsend nahm meine Mama meine Hand und zog mich mit sich zuerst hinüber zu der riesigen hellgrauen Couch, wo die kleine Familie saß.

Das sanfte Zwitschern der Vögel vermischte sich mit dem Klang unserer stetigen Schritte. Der leise Laut, wenn meine profilstarke Sohle auf den weichen Boden traf, war pure Heimat. Tief sog ich den Duft des Nadelwaldes ein, blieb einen Moment stehen und reckte das Gesicht den zarten Sonnenstrahlen entgegen, die sich vorwitzig durch das dichte Dach des Waldes stahlen. Die Wärme streichelte meine Haut und ich schloss genießend die Augen.

»Ich liebe es hier auch«, bemerkte Taylor, die neben mir stehen geblieben war. Ein schneller Seitenblick zeigte, wie sie meine Haltung nachahmte und ebenfalls einen tiefen Atemzug nahm.

»Es ist aber auch einfach schön hier.«

»Ist es.«

Eine Zeit lang standen wir nur so da, ließen uns die Haut auf dem kleinen Flecken Sonne wärmen und atmeten einfach. Nach und nach klärte sich mein Geist. Die Fragen und Listen wurden leiser, die Sorgen verstummten und schließlich kehrte Ruhe ein. Dann erst wandte ich mich meiner Freundin zu und wappnete mich für das Gespräch. Doch zunächst holte mich das lange In-den-Nackenlegen ein, die Muskeln meines Halses waren steif geworden und ächzten etwas bei der Bewegung. Bemüht, die schmerzhafte Härte weg zu massieren, rieb ich mir den Nacken.

»Ja?«, fragte Taylor, die immer noch mit geschlossenen Augen die Sonne anbetete.

»Geht es dir gut?«

Nun bewegte sie sich doch, sah mich an, mir direkt in die Augen, forschend, unsicher.

»Klar, wieso fragst du?«

Ich zögerte. »Das sagst du immer. Dir geht es immer gut, dein Leben läuft immer und alles bei dir scheint perfekt. Aber ich frage mich, ob das überhaupt geht. Kann irgendein Leben perfekt sein? Eigentlich glaube ich, das ist nicht möglich. Aber das würde bedeuten, etwas zwischen uns ist … Ich sag mal … in Schieflage geraten. Ich habe lange nachgedacht, wollte erst sauer sein, dass du mir offensichtlich nicht mehr vertraust. Doch dann habe ich mir gedacht, was für ein Schwachsinn. Ich weiß, dass du mir vertraust. Wir sind beste Freundinnen. Es muss einen anderen Grund haben, dass du mir nicht mehr erzählst, wenn etwas bei dir schiefgeht. Also habe ich mir vorgenommen, dich einfach darauf anzusprechen, und hier bin ich.«

Puh, was für ein langer Monolog, nur um sie zu fragen, wie es ihr wirklich ging. Aber es funktionierte. Taylors Blick wurde warm und die perfekte Maske der immer lächelnden Taylor verschwand, endlich. Und sie offenbarte, was ich so vermisst hatte, meine beste Freundin, echt, wahrhaftig, ungeschminkt. Die pure ganze Wahrheit und da war Müdigkeit, Sorge und noch etwas mehr.

»Ich weiß nicht, wie«, flüsterte sie schließlich und ihre Unterlippe bebte.

»Wie was?«

Tränen füllten ihre Augen. »Ich weiß nicht, wie ich dir sagen soll, dass mein Date mies war, wenn ich sehe, dass es dir immer schlechter geht.«

Ich schluckte. »Mir geht es doch gar nicht –«

»Doch, Liv!«, beharrte sie. »Du wirst immer dünner, deine Augenringe immer dunkler, Emily hat erzählt, dass du dich seit Neuestem häufiger übergeben musst, dein Körper …« Sie brach ab und Tränen quollen ihr aus den Augen.

Ich zog etwas Haut meiner Wange zwischen die Zähne und biss darauf. Den unbewusst angehaltenen Atem stieß ich aus und schluckte schwer. »Wir hatten einen Deal«, erinnerte ich sie.

»Ich weiß«, schluchzte sie. »Aber das ist nicht fair.«

»Was ist nicht fair?«, wurde ich lauter.

Sie funkelte mich an. »Es ist nicht fair, dass ich kein Mitleid haben darf, mir keine Sorgen machen soll. Das geht nicht!«

»Klar geht das!«

»Nein!«, schrie Taylor. »Ich verliere meine beste Freundin und niemand kann dagegen etwas tun!«

Eine Vogelschar stieß aufgeschreckt neben uns aus einem Gebüsch auf und erhob sich krächzend in den Himmel. Wir starrten einander an und ich wusste nicht, ob ich Wut, Verzweiflung oder Verständnis empfand. Ich schluckte die erste impulsive Antwort hinunter, jene, bei der es wieder nur um mich und meine Perspektive ging, dann zählte ich bis drei, gab meinen Gedanken Zeit aufzuholen, meinem Verstand Zeit, sie zu sehen, wirklich zu sehen. Und dann sagte ich: »Es tut mir leid. Ich habe gefragt und dich dann doch wieder nicht ausreden lassen.« Suchend ließ ich den Blick schweifen, fand einen umgekippten Baumstamm und forderte sie mit einem ›Komm‹ auf, sich ebenso Zeit zu nehmen wie ich.

Schweigend stapften wir durchs Unterholz und setzten uns auf den Stamm. »Von vorne: Wie geht es dir?«

Taylor musterte mich von der Seite, abschätzend.

Ich seufzte. Das hatte ich ein wenig verdient. »Tun wir so, als wäre ich nicht ich, sondern nur jemand, der dir zuhört. Eine unbeteiligte Dritte.«

Taylor kämmte sich mit den Fingern durch ihr seidenglattes, erdbraunes Haar. Die Strähnen fielen ihr sofort wieder ins Gesicht, doch sie faltete die Hände zwischen ihren Knien und sah hinab auf den Boden. »Nimmt man die unwichtigen Dinge, ist mein Leben perfekt. Betrachte ich nur mich, bin ich zufrieden und glücklich. Aber ich bin nicht dazu gemacht, nur mit mir allein zu sein. Ich brauche wildes Chaos um mich herum, bunte Wesen, faszinierende Charaktere. Ich bin süchtig danach und ohne das ist ein Teil von mir leer.«

Ich lächelte. »Stimmt«, gab ich zu. Sie war vollkommen frei und zufrieden, wenn es wild und chaotisch um sie herum war. Vermutlich hatte es sie deshalb so oft ins Haus meiner Mutter gezogen. Das mit den Streunern war schon so, als ich erst zehn Jahre alt gewesen war, und das würde vermutlich auch in zwanzig Jahren noch so sein.

»Ich vermisse es, wie es mit Sam war, zumindest, als wir noch glücklich waren. Ich weiß, dass mein Glück und meine Zufriedenheit nicht davon abhängt, ob ich in einer Beziehung bin, aber die Beziehung hat mir damals so viel gegeben, anfangs.«

Überrascht, wohin sie abbog, brauchte ich einen Moment, ehe ich reagieren konnte. »Ich glaube, ich weiß, was du meinst. Du hast mit ihm alles geteilt, konntest bei ihm jede Version von dir sein, einfach du, ungetrübt, ungefiltert. Du warst frei.«

»Ja«, hauchte sie.

Ganz kurz flammte Neid in mir auf. Derselbe Neid, den ich vor drei Jahren gespürt hatte, als ich begriffen hatte, dass meine beste Freundin bei ihrem Freund einen Teil von sich auslebte, den sie mir gegenüber nicht auslebte. Aber wie damals verpuffte das Gefühl, als ich mich daran erinnerte, dass es umgekehrt genauso war. Es gab Facetten, die man nur einem einzigen Menschen gegenüber zeigte. Dabei war es irrelevant, ob dieser Mensch nun die beste Freundin oder der Partner war, jeder bekam eine andere Nuance Taylor.

»Ich glaube, man entdeckt Teile von sich erst mit dem richtigen Menschen an seiner Seite. Mit Sam hattest du plötzlich eine ruhige, verkuschelte Seite. Das gab es vorher nicht und seitdem auch nicht mehr. Da finde ich es nur logisch, dass du diese Zeit vermisst, egal, was danach passiert ist.«

Taylor sah auf. »Ich habe immer gedacht, du hasst Sam. Für mich hat es so ausgesehen, dass mein Glück dich unglücklich gemacht hat.«

»Nein!«, widersprach ich schnell mit abwehrend erhobenen Händen. »Das war es nicht, wirklich nicht. Es könnte mich nie unglücklich machen, wenn du glücklich bist.«

»Was war es dann?«

Unbeholfen zuckte ich mit den Schultern. »Ich war neidisch. Eine neue Facette an sich entdecken und so unendlich frei sein, das hätte ich einfach auch gerne gehabt. Aber ich war unendlich froh, dass du es erleben durftest. Ich könnte dir gegenüber nie missgünstig sein, neidisch schon, aber ich gönne dir immer dein Glück.«

»Das passt auch viel besser«, räumte sie ein. »Ich dachte wirklich, es liegt daran, dass ich nicht mehr so viel Zeit für dich hatte. Vielleicht hätte ich es damals einfach ansprechen sollen«, bemerkte Taylor in Gedanken.

»Ja!«, bekräftigte ich. »Du solltest alles ansprechen können. Wir sind beste Freundinnen. Jedenfalls bist du meine beste Freundin und ich wünschte, ich wäre das auch für dich.«

»Bist du!«

»Wirklich?«

Taylor schwieg und sah mich aus großen Augen an.

»Das ist kein Vorwurf, ehrlich nicht. Ich möchte nur, dass du das mal hinterfragst. Wenn du Dinge zurückhalten musst, bei mir nicht wirklich du sein kannst, bin ich dann deine beste Freundin oder überhaupt eine Freundin?«

Taylor presste die Lippen zusammen und tat mir den Gefallen, nicht unreflektiert herauszuplatzen. Sie musterte mich eingehend, ehe sie leise, aber ernst antwortete: »Bist du.«

»Das ist schön zu hören.« Aufgewühlt riss ich einen Grashalm von einem einsamen Büschel inmitten des nadelbedeckten Waldbodens ab und wickelte ihn um eine Fingerkuppe.

»Na gut, von mir zur unbeteiligten Dritten«, seufzte sie. »Also, ich habe da eine Freundin, einen Menschen, der unglaublich ist. Sie ist mein kleines Wunder. Bevor ich sie kennengelernt habe, war mein Leben ... dunkel.«

Ich richtete mich unweigerlich auf, harsch daran erinnert, wie Taylor war, als wir uns kennengelernt hatten. Eine narbenübersäte, gebrochene Fünfzehnjährige, die entweder verbal in alle Richtungen austeilte oder auf Partys gnadenlos über die Stränge schlug.

»Dank ihr habe ich Stück für Stück zu mir gefunden, meinen Frieden mit mir gemacht und das Leben entdeckt, das Licht gefunden und ich bin glücklich.«

Mein Hals wurde eng und ich wickelte den Grashalm fester um den Finger. Mir war nie klar gewesen, dass ich zu ihrer Heilung beigetragen hatte. Natürlich hatte ich es irgendwann bemerkt, diesen schleichenden Prozess weg von der wütenden, kratzbürstigen Jugendlichen hin zu dieser glücklichen jungen Frau. Aber einen Anteil daran zu haben, wäre mir nie in den Sinn gekommen, obwohl dieser Schluss doch irgendwie nahelag.

»Seit ich sie kenne, geht es ihr nicht supergut. Aber es wurde über die Jahre immer schlechter. Ich habe sie zu zahllosen Ärzten begleitet, bin mit ihr alle Alternativen durchgegangen und musste zusehen, wie jede noch so kleine Hoffnung wieder zerschlagen wurde, während ihr eigentlich so junger Körper immer weiter verfallen ist. Ich ...« Zitternd holte sie Luft. »Ich kann nichts tun.« Ihre Stimme brach. »Ich kann ihr nicht helfen.« Ein Schluchzen entkam ihren bebenden Lippen und Tränen kullerten zur Antwort über meine Wangen.

»Aber sie ... sie ist wie immer mein Wunder. Sie hat alles versucht, wirklich alles. Und als klar war, dass es keine Antwort gibt, dass niemand erklären kann, warum ihr Körper stirbt, da hat sie es einfach akzeptiert und seither beschlossen, die Zeit zu genießen, die sie hat. Als gute Freundin gehe ich da natürlich mit, bin bei ihr und obwohl ihr Leben ihr ständig den Mittelfinger zeigt, gibt sie nicht auf. Das macht mich ehrfürchtig und wütend zugleich. Warum kann ihr nicht wenigstens eine perfekte Zeit geschenkt werden, wenn sie schon nur noch wenig davon hat? Und warum muss bei mir alles gut laufen? Wie unfair ist das bitte? Ich habe nicht dafür gekämpft, habe es mir überhaupt nicht verdient, nicht so wie sie. Aber mein Leben läuft super und ihres ...«

Taylor brach in Schluchzern ab, verbarg ihr Gesicht in ihren Händen und weinte bitterlich.

Ich zog sie in die Arme und hielt sie fest. Ineinander verschlungen weinte sie eine Zeit lang, ließ alles raus und ich schaffte es irgendwie auszublenden, dass wir da von meinem Leben sprachen, denn ich wurde gebraucht, von ihr, meiner besten Freundin und das war alles, wofür gerade Platz in mir war. Die Tränen, die sich schließlich auch in meine Augen stahlen, entsprangen dem Mitgefühl mit ihrer Situation. Diese Hilflosigkeit und Verzweiflung, das konnte ich so gut nachempfinden, und dieses Gefühl, dass das alles furchtbar unfair war.

Schließlich richtete Taylor sich auf und wischte die Tränen auf den Wangen mit dem Saum ihres T-Shirts weg. »Wenn ich also nicht über schlechte Dinge rede, dann liegt das nicht an dir, sondern an mir. Ich habe das Gefühl ich hätte kein Recht mich über ein mieses Date zu beschweren, verglichen mit dem, was du alles mitmachst.«

Ich nahm ihre Hand und drückte sie. »Erzähl mir von schlechten Dates, von miesen Tagen oder was sonst gerade ätzend ist. Du hast sehr wohl ein Recht darauf, mal mies gelaunt zu sein oder dich über ein schlechtes Date zu ärgern. Du hast das Recht auf jedes Gefühl und du solltest nie zögern, mir davon zu erzählen, nur weil es jemand anderem vermeintlich schlechter geht. Es ist für dich in diesem Moment ganz real und schlimm und das ist das Einzige, was im Grunde zählt. Es wird immer jemanden geben, dem es schlechter geht, davon geht es dir aber nicht besser und es macht das, was du fühlst, auch nicht weniger intensiv oder gar weniger wichtig. Mal ganz davon abgesehen, dass du mir damit sogar einen Gefallen tust, weil ich das Gefühl bekomme, gebraucht zu werden, und das ist ein tolles Gefühl.« Beim letzten Satz zwinkerte ich, um die Stimmung etwas aufzulockern und ihr zu helfen, meine Worte anzunehmen.

Taylor lachte leise auf, ein trauriger Laut und doch kehrte etwas von der Leichtigkeit zurück in ihre Züge. Sie stand auf, reichte mir die Hand und lächelte auf mich herab. Es war nicht alles gut, würde es vielleicht nie wieder sein, aber es war okay. Das hier war dennoch leben und es gab wunderschöne Momente. Das war weit mehr, als andere bekamen.

Ich ließ mir hochhelfen, verschlang meine Finger mit ihren und zog sie in eine kurze Umarmung. Gemeinsam schlenderten wir den Weg entlang und genossen die Tiefe des Moments. Es war, als wäre eine Wand zwischen uns eingerissen, die sich wie von selbst Schicht für Schicht gebildet hatte. Jetzt war da nichts mehr, das uns trennte, und das fühlte sich richtig an wie Heimat.

»Letzten Donnerstag war ich auf einem Date und du ahnst nicht, was passiert ist«, meinte Taylor plötzlich in einem neckenden Ton, als würde eine lustige Geschichte auf mich warten.

Ich schmunzelte und spielte sofort mit: »Was!?«

Auffordernd, gespannt, einfach nur zwei junge Frauen, die ein wenig Gossip austauschten. Leichtigkeit schmolz etwas von der dicken Eisschicht, die sich um mein Herz gebildet hatte, seit mir klar geworden war, dass meine Zeit knapp wurde. Ich konservierte diesen

Moment; die sommerliche Wärme, das Zwitschern der Vögel, den Duft des Nadelwaldes und das Gefühl dieses Augenblicks. Ein weiterer goldener Tropfen im Glas der Erinnerungen eines erfüllten Lebens und verdammt noch mal, mein Glas war halb voll!

Taylor erzählte von einem schrecklichen Date und bald schon brannten meine Wangenmuskeln von dem vielen Grinsen und Lachen. »Und bei dir? Gibt es an der Männerfront was Neues?«

Immer noch erheitert dachte ich keine Sekunde darüber nach, etwas zurückzuhalten. »Ja und nein.«

Taylor blieb prompt stehen und sah mich aus großen Augen an.

Verlegen senkte ich den Blick und zog sie weiter. »Es ist im Grunde nichts. Es kommt auch gar nicht infrage und er gibt mir mehr Rätsel auf, als vermutlich gut ist.«

»Super, nachdem du jetzt das Nein penibel ausgeführt hast, würde ich gerne noch was zum Ja hören.«

Ich lachte leise auf. »Er ist heiß, total. Belesen und ich brenne darauf, mit ihm eine ordentliche Diskussion zu führen, ich glaube, das würde mir richtig Spaß machen.«

Taylors fettes Grinsen war ansteckend. »Klingt wirklich gut.«

Nichtssagend zuckte ich mit den Schultern. »Keine Sorge, er hat auch seine Macken. Er ist stur, und wie stur«, brummte ich, als mir die Szene mit den Sanitätern einfiel. »Und er hat einen Klamottenspleen, definitiv.«

»Das macht ihn irgendwie nur noch interessanter.«

Ich seufzte auf, als ich daran dachte, wie verdammt gut er in Hemd und Weste aussah. Die Sachen saßen jedes Mal so perfekt und körperbetont, sicher waren sie maßgeschneidert. Und wieder erstaunte es mich, dass ein Mann mit einer äußeren Schale wie der seinen ein Phrasenschwein Wilbur taufte und es brav fütterte, wann immer ich behauptete, er hätte wieder eine Phrase benutzt. Er musste einen Haken haben, sonst wäre er viel zu perfekt für mich. Belesen, humorvoll, wacher Verstand und auch noch körperlich heiß. Das Leben war nicht so gut zu mir.

Zynisch wühlte sich ein ungebetener Gedanke an die Oberfläche. Vielleicht passte es doch zu der Ironie des Lebens, diesen für mich perfekten Kerl vor die Nase gehalten zu bekommen, wenn das Ende in Sicht kam. Das wäre doch passend, nicht wahr?

»Erde an Liv?«
»Hm? Hast du was gesagt?«
Taylor lachte. »Ja, ich habe gefragt, wie er heißt?«
»Keylam.«
Sie erstarrte.
»Dein Chef?« Tonlos.
»Also jetzt musst du doch rausrücken. Du kennst ihn doch. Du warst komplett ... seltsam. Und übergriffig. Los, pack es aus. Was ist es? Ist er ein Mörder, Vergewaltiger, Drogenbaron oder was hat er getan?«

Meine beste Freundin bekam große Augen. Ich konnte zusehen, wie ein Gedanke nach dem nächsten herunter ratterte, ehe sie mir antwortete. »Vielleicht habe ich etwas über die Stränge geschlagen. Er war noch viel jünger und ich auch. Er hat eine Entscheidung getroffen, die ich unmöglich fand. Aber fairerweise muss ich sagen, dass es eine harte Entscheidung war und ich ihn nie nach seinen Motiven gefragt habe. Wir haben uns auch im Grunde nicht wirklich gekannt. Es war mehr ein Hörensagen und so gesehen habe ich eigentlich kein Recht, ihn zu verurteilen.«

»Ist dir klar, dass du nur lauter Andeutungen machst!«, beschwerte ich mich.

Sie lachte leise. »Du sagst doch immer, ich soll dich mit dem Kram von den Kindern in Ruhe lassen.«

Ich presste die Lippen zusammen. Das hatte ich tatsächlich gesagt, mehr als einmal. »Fein. Dann anders: muss ich irgendwas auf der Nein-Liste hinzufügen?«

Taylor schürzte die Lippen.

»Muss ich?«, verlangte ich ungeduldig zu erfahren.

»Jetzt lass mich doch mal nachdenken.«

»O Gott«, jammerte ich.

Sie schüttelte milde den Kopf. »Nein, musst du nicht.«

Ich stockte, starrte sie ungläubig an.

»Wirklich nicht. Versprochen.«

Ihre Worte, so unerwartete, sprengten den Damm, hinter dem ich alles zurückgehalten hatte, und die Schwärmerei für ihn brach sich in ganzer Kraft Bahn. Verdammter Mist, was machte ich denn jetzt?

»Du magst ihn wirklich, nicht wahr?«

»Woher soll ich das wissen? Wir kennen uns gerade erst eine Woche, aber er ... zieht mich an. Und er macht mich neugierig.«

Sie grinste breit. »Das hört sich ziemlich gut an.«

»Ermunterst du mich gerade?«

»Wieso denn nicht?«, lachte sie lauthals, nahm mich in einen vorsichtigen Schwitzkasten und verwuschelte mir das Haar. »Manchmal denkst du zu viel, mein kleines Wunder.«

»Ey!«, beschwerte ich mich und schob sie weg, musste sie aber doch angrinsen. »Das ist nicht fair«, hauchte ich.

»Was?«

»Er ist mein Chef. Ich habe so versucht, es zu ignorieren.«

Sie lachte. »Sind das nicht die heißesten Spice-Geschichten in deinen Büchern, die Beziehungen, die einen Hauch Verbotenes haben?«

Mir klappte die Kinnlade herunter. »Ich ... das ... Du kannst doch nicht?«

»Hmm, zwischen zwei hohen Bücherregalen, der unnahbare Kerl, der von der neuen Mitarbeiterin hingerissen ist und sich kaum noch unter Kontrolle hat ...«, sinnierte sie und ich knuffte meine Freundin etwas heftiger als nötig gegen die Schulter. Ihre Worte hatten Bilder heraufbeschworen, bei denen mir heiß und mein Schritt prompt feucht wurde. Dreck, die musste ich in die hinterste Ecke verbannen, wenn ich Montag bei der Arbeit nicht durchdrehen wollte.

»Danke für diese bildhafte Idee«, maulte ich und Taylor lachte aus vollem Hals.

Meine Schritte wurden vom hochflorigen Teppich im Flur geschluckt. Weiter vor mir drang das warme Licht kegelförmig aus der Küchentür und trug die lachenden Stimmen mit sich in den Flur. Ich hielt inne, sah rechts von mir durch den Holzbogen ins Esszimmer und wurde von der Stille des Raumes angezogen, der schon so viele Gesichter gesehen hatte.

Beinahe lautlos trat ich über die Schwelle auf den langen Holztisch zu, dessen Rillen, Macken und Flecken die Geschichte eines vollen

Lebens erzählten. Im Grunde die Geschichten so vieler Leben. Mama hatte die Verlängerungsstücke eingebaut, sodass zwölf Plätze an der Tafel entstanden. Zwischen zwei Stuhllehnen trat ich an den Tisch und legte meine Hand auf das abgenutzte Holz. Wie das Echo ihrer Leben glitten die Erinnerungen an meinem inneren Auge vorbei, zu schnell, um sie wirklich zu fassen zu bekommen, aber doch langsam genug, um ihre Atmosphäre zu fühlen, die Empfindungen von jenen Augenblicken noch einmal zu spüren. Momente mit so vielen Streunern, solchen, mit denen ich nur einen einzigen Abend voller Lachen, abenteuerlicher Geschichten und wilder Diskussionen verbracht hatte. Aber auch Erinnerungen an jene, die so viele Male an diesem Tisch gesessen hatte, dass es unmöglich war, sie zu zählen. Ich hatte gelebt und ich lebte noch immer. Es war gut so. Libbie kämpfte sich in meine Gedanken und die Trauer schnürte mir die Brust zu.

»Ich liebe diesen Tisch.«

Aufgeschreckt fuhr ich herum und sah meine Mutter lächelnd im Türrahmen lehnen, die Arme vor der Brust verschränkt, der Blick weich und ebenso erinnerungsgeschwängert, wie meiner ohne Zweifel sein musste.

»Er ist wie ein Kunstwerk«, flüsterte ich und drehte mich zu einem kreisrunden schwarzen Ring, den ich mit der Fingerkuppe nachfuhr. »Die Leinwand all der Abende, die wir hier verbracht haben. Diese ganzen Rillen und Furchen, wie ein alterndes Gesicht, dessen Falten durch tausende Lacher und ebenso viele trauernde Mienen gemeißelt wurden.«

Ein leises Lachen erklang hinter mir, dann Schritte. Die warmen Hände meiner Mutter legten sich an meine Oberarme. Im nächsten Moment spürte ich das Gewicht ihres Kopfes auf meiner Schulter und sie schlang die Arme um meine Mitte. »Ich mag diese Vorstellung.«

Ich legte meine Hände auf ihre und schmiegte meine Wange an ihre. »Ich wollte nicht respektlos sein«, flüsterte ich. Sofort bildete sich ein Kloß in meinem Hals. Libbies Beerdigung zu verlassen, hatte sich nicht übertrieben schlimm angefühlt. Es waren genug Leute da gewesen und irgendwie war ich inzwischen von all diesen Abschieden so abgestumpft, dass es mir nicht einmal wichtig vorgekommen war.

»Das weiß ich doch.«

»Libbie hat mich immer unterstützt.«

»Ich weiß, mein Schatz. Sie wäre dir bestimmt nicht böse gewesen. Im Gegenteil. Sie hätte vermutlich lachend auf ihrem Sarg gestanden und dich mit wedelnden Händen weggescheucht. Weißt du, dass sie mir bei jeder Beerdigung gesagt hat, ich solle dich nicht immer mitschleppen?«

»Nein, das wusste ich nicht.«

Mama drückte mich fester an sich. »Sie hat mir immer wieder gesagt, wenn du schon weniger Zeit hast als wir anderen, solltest du die nicht auf Friedhöfen verschwenden, die Toten bekämen doch eh nicht mit, wer sich an ihren Gräbern die Augen ausweint.«

Ich lachte erstickt auf. Das war typisch Libbie.

»Ich glaube, ich war vor allem sauer, weil du es mir nicht gesagt hast. Du hast mir früher alles erzählt. Es hat sich angefühlt, als wärst du mir entglitten und das … das war ein schreckliches Gefühl«, flüsterte Mama rau. Wir lagen einander schneller in den Armen, als ich das hätte bewusst entscheiden können. So fest ich konnte, presste ich mich an sie und vergrub mein Gesicht in ihrer Halsbeuge, wie ich es als Kind immer getan hatte.

»Du bist meine Mama, du wirst mich nie verlieren«, murmelte ich erstickt.

»Ach Schatz«, brachte sie mit belegter Stimme hervor. »Ich wünschte, das würde stimmen.« Tonlos gesprochene Worte, getränkt mit Hilflosigkeit und Verzweiflung.

Ich stockte. Manchmal, so mitten im Gespräch, da vergaß ich es einfach. Verdrängte die Zeit vor vier Jahren, als erst ein Arzt und dann noch einer und noch einer uns alle Hoffnung genommen hatte. Sie hatten immer dasselbe gesagt, nur mit unterschiedlichen Worten und unterschiedlich behutsam: Mein Körper starb. Keiner konnte erklären, wieso, und keiner hatte eine Idee, wie man es stoppen könnte.

Seither war ein Prozess des Verlangsamens eingetreten. Operationen, die Menschen in meinem Alter nicht haben sollten. Teile des Darms, die Gallenblase, eine Niere, meine Schilddrüse und einen Teil der Leber hatte man in dem Versuch entnommen, meinem Körper zu helfen. Zysten sowohl im Gehirn als auch an anderen Stellen im Körper waren entfernt worden und all das, ohne eine Ursache zu finden oder irgendeinen Zusammenhang zu entdecken.

Vor drei Jahren war ich das erste Mal umgekippt und vor etwas über einem Jahr waren die Kreislaufprobleme außer Kontrolle geraten und schließlich die Blutwerte stetig abgestürzt. Das war der Anfang vom Ende, der mir und meinen Eltern zu Anfang prognostiziert worden war. Wenn der Körper mit seinen Erhaltungsmechanismen nicht mehr funktionierte und das Repertoire an Operationen ausgeschöpft war, dann wäre es nur noch eine Frage von Wochen, vielleicht Monaten.

Ich hatte bisher noch niemandem von meinen letzten Werten erzählt. Das würde es so real machen, so unumstößlich. Davor hatte ich solche Angst.

Aber es war unfair, sie nicht vorzuwarnen. Im Grunde stand außer Frage, dass sie davon erfahren mussten. Schon mit geöffneten Lippen brachte ich es doch nicht über mich. Ein Ende zu akzeptieren, das irgendwann auf einen wartete, war das eine. Die Zahlen schwarz auf weiß zu sehen, die einem einmal prognostiziert worden waren, etwas ganz anderes. Irgendwann war plötzlich zu bald geworden und dafür war ich einfach noch nicht bereit.

In diesem Moment strömte eine ganze Schar in das Esszimmer, beladen mit Schüsseln, Tellern und Besteck. Die lachende Stimmung schwappte über mich hinweg und nahm die Worte mit sich. Meine Mama löste sich direkt und packte mit an. Ein wenig nostalgisch sah ich dabei zu, wie sie den Tisch deckten und alle einen Platz an der Tafel fanden. Taylor trat an meine Seite, zog mich mit sich und setzte sich neben ein junges Mädchen, das mit ihren Eltern ein paar Tage hier unterkam. Ich wusste bis heute nicht, wo meine Mama all diese Streuner immer wieder aufgabelte, von reisenden Kleinfamilien bis hin zu eremitischen Obdachlosen war alles schon dabei gewesen, und nie gab es Probleme. Wie auch immer Mama und Papa das machten, sie bekamen es hin. Auf Taylors andere Seite setzte sich ein Junge, vielleicht fünfzehn Jahre alt.

»Du musst Dayan sein«, bemerkte ich und streckte ihm an Taylor vorbei meine Hand entgegen. »Ich bin Liv.« In einem ruhigen Moment vorhin hatte mein Papa mir erzählt, wer ihre aktuellen Gäste waren, und es hätte mich weniger überraschen sollen, dass einige Kinder Anicors darunter waren.

Erst starrte der Junge regelrecht pikiert auf meine Finger, nachdem er jedoch meinen Namen gehört hatte, erstrahlte sein Gesicht. Sofort ergriff er meine Hand und sagte: »Hi.« Er sah schnell zu Mama hinüber, die sich mit zwei Männern in mittlerem Alter unterhielt, die eindeutig ein Paar waren.

»Elli hat schon gesagt, dass du dieses Wochenende kommst. Machst du bei der Weihe mit?«

Ich presste die Lippen zusammen. »Nein. Ich ... bin kein Kind Anicors.«

Seine Augen weiteten sich. »Echt?«

Taylor zwischen uns räusperte sich. »Echt.« Sie warf ihm einen mahnenden Blick zu und ganz entgegen dem, was ich von einem Teenager erwartet hätte, zog er den Kopf ein.

»Dann war das wohl ein Missverständnis.«

»Kein Problem«, winkte ich schnell ab. »Alle um mich herum sind Kinder Anicors, aber Religion ist einfach nichts für mich.«

Seine Augen weiteten sich, als hätte ich was ungeheuer Überraschendes gesagt und ich zog mich sofort in mich zurück. Ein Fanatiker offensichtlich und das schon so jung. Von dem würde ich mich fernhalten.

»Mir war nicht klar, dass dieses Wochenende eine Weihe stattfindet. Magst du hin?«, murmelte ich Taylor zu.

Sie runzelte die Stirn und hätte ich es bis vor Kurzem noch gekonnt übersehen, fragte ich mich jetzt, ob sie sich gerade eine Ausrede zurechtlegte oder darüber nachdachte, ehrlich zu antworten.

Taylor musterte meine Züge intensiv und so gewann das Gefühl, dass sie zögerte, mir die Wahrheit zu sagen. »Das wäre kein Problem. Sei einfach ehrlich.«

Ihr Gesicht hellte sich auf und Milde sprach aus ihrem Blick. Eine Milde, die so viel älter wirkte als ihre zwanzig Jahre. »Elli hat mich vorhin gebeten zu kommen. Von daher ja, ich würde gerne hin.«

Ich nickte, spießte eine Kartoffel auf, die allerdings dabei zerbrach. »Klar«, brummte ich und pikte noch einmal in eines der Stücke, doch Mama hatte sie so weich gekocht, dass die blöde Kartoffel sich wieder nur in zwei Stücke auseinanderschob. Mürrisch schob ich schließlich eines der Stücke mit dem Messer auf die Gabel und dann in den Mund.

Taylor schmunzelte. »Stört dich das?«
»Hm?«, machte ich.
»Stört es dich? Wenn ich zur Weihe gehe?«
»Was? Nein! Wieso sollte es?«
Taylor hob vielsagend die Augenbrauen und deutete auf die malträtierte Kartoffel.
Seufzend ließ ich die Schultern sinken. »Nein, es stört mich nicht, ehrlich. Es ist ein dummer Gedanke gewesen. Ich habe ja wirklich nichts dagegen, dass ihr alle gläubig seid. Es ist nur das Alleinsein, darin bin ich nicht so gut.« Besonders jetzt nicht, wenn die Zeit plötzlich doch irgendwie knapp wurde.
»Es ist ja nur für zwei oder drei Stunden.«
»Ich weiß. Das schaffe ich schon«, ermutigte ich sie. Wahrscheinlich sollte ich mich eh mal damit auseinandersetzen, was die neuen Blutwerte bedeuteten, wie ich damit umgehen wollte und vor allem, wie ich es ihnen sagen sollte.
»Klar schaffst du das. Und danach komme ich zu dir und du erzählst mir von deinem heißen Chef.«
Ich verschluckte mich an dem Stück Bohne in meinem Mund, hustete und starrte entsetzte zu Taylor, die süffisant grinsend auf meinen Rücken klopfte.
»Ein heißer Chef?«, vernahm ich natürlich prompt die Stimme meiner Mutter von schräg gegenüber.
Ich spürte meine Wangen feuerrot anlaufen.
»Oh, oh«, brummte mein Vater und plötzlich lag die gesamte Aufmerksamkeit auf mir.
»Ich bringe dich um«, zischte ich Taylor zu, die breit grinste.
»Dieser junge Buchhändler?«, erkundigte sich Mama.
»Woher wisst ihr von ihm?«, platzte ich erschrocken heraus und merkte erst an dem triumphierenden Lächeln in Mamas Zügen, dass ich mich damit verraten hatte.
»Emily hat ihn erwähnt.«
»Verräter. Alles Verräter.«
»Was nuschelst du da vor dich hin, Schätzchen?«, wollte Papa jetzt auch noch wissen.
Schnaubend legte ich das Besteck neben meinen Teller. »Verräter!«

Er faltete seine Finger und linste über die Brille hinweg zu mir herüber. Das erheiterte Funkeln, das in seinen Augen tanzte, dämpfte die Angepisstheit, die in mir hochkochte.

Ich reckte dennoch trotzig das Kinn. »Mein Liebesleben und das Fehlen desselben geht niemanden etwas an. Daher ist die Frage, ob ich einen heißen Chef habe, vollkommen irrelevant und um dem gleich vorwegzugreifen: Es ist auch unwichtig, ob ich ihn mag, ob wir uns gut verstehen, er mich zum Lachen bringt oder ob er vergeben ist.«

Der erheiterte Ausdruck in den Augen meiner Mutter kratzte an meiner Beherrschung, beinahe hätte ich gelächelt. Stattdessen fragte ich sie kühl. »Habe ich was vergessen?«

»Ob er starke Hände und einen wachen Verstand hat«, half sie mir auf die Sprünge und nun zupfte das Lächeln doch an meinen Mundwinkeln. Sie kannte mich zu gut. Leise knirschte ich mit den Zähnen. Hatte er, beides. Und sie sah es, las die Antwort in meinen heiß glühenden Wangen, meinem verräterischen Lächeln, das ich einfach nicht zurückhalten konnte und sicher auch in meinem Blick. Vor Mama konnte ich nichts verbergen.

»Dann ist ja gut«, meinte sie, als hätte sie in meinen Gedanken gelesen wie in einem offenen Buch. »Ich würde ihn gerne Mal kennenlernen.«

»Oh, ich glaube du kennst ihn bereits. Ihr Chef ist Keylam Warren.«

Noch mit der irritierenden Betonung beschäftigt, die Taylor nutzte, wurde ich allerdings von der plötzlichen Stille regelrecht erschlagen. Meine Mutter wurde von einer Sekunde auf die nächste kreidebleich. Ganz kurz nur erhaschte ich einen Schnappschuss ihres Gedankenkarussells, dann war ihre Miene wieder vollkommen entspannt, die perfekte Gastgeberin. Sie wechselte das Thema und überall am Tisch setzten die Gespräche wieder ein. Aber was war das gewesen? Und überhaupt, alles an der Szene war seltsam. Warum hatte Taylor es angesprochen? Warum hier in dieser Runde? Kurz sah ich zu meiner Freundin und hatte das Gefühl, dass das volle Absicht gewesen war, dass sie mir etwas hatte zeigen wollen.

Meine Gedanken rasten. Sie alle waren verstummt. Eine Weihe fand statt, vermutlich waren sie also alle Kinder Anicors. Und sie alle schienen zumindest von Keylam gehört zu haben. War dieses Spiel, das er spielte, so groß? War er so gut darin, dass sie ihn daher kannten? Aber die Stimmung war eher angespannt gewesen. Nur wenn es doch ein Problem bezüglich Keylam gab, wieso hatte Taylor mich dann im Wald vorhin ermutigt? Fragen über Fragen und ich bekam das sichere Gefühl, dass ich keine Antworten bekommen würde.

Forschungsbericht Keylam Warren

Mainz, 13. Dezember 2012

Hinweis 1: Prophezeiungen der Semona
Gefunden in der Bibliothek Vanirs
Kladde mit einigen ihrer Waissagungen, die ich nach und nach sichten werde, um weitere Anhaltspunkte für meine Suche zu finden.

Dies ist mein erster Eintrag und ich weiß auch noch gar nicht, ob das hier überhaupt sinnvoll ist. Aber allein in dieser einen Woche, seit ich die Kladde gefunden und gestohlen habe, habe ich so viel erfahren, dass ich es irgendwo aufschreiben muss. Ich brauche Ordnung in meinen Gedanken und diesem Wust an Informationen. Vielleicht hätte ich dann auch früher begriffen, dass ich in der Menschenwelt nicht sicher bin. Er kann meine Macht irgendwie finden, so was hat der Tenebris heute preisgegeben. Wieder ein Körnchen in diesem Haufen an Puzzleteilen. Ich muss einen Weg finden, unsichtbar für die Tenebris zu werden, sonst ist mein Plan schon jetzt zum Scheitern verurteilt.

Zitternd betätigte ich die Klospülung, eine Hand an den Kacheln über dem Porzellan abgestützt, hing mein Kopf erschöpft auf meiner Brust, Tränen rannen die Wangen herab und jeder Muskel schrie vor Erschöpfung.

Ein leises Klopfen erklang an der dünnen Badezimmertür. Ich wollte nicht reagieren. Aus Tränen einer rein körperlichen Reaktion wurden Tränen der Verzweiflung und mentaler Erschöpfung.

»Liv?«, klang Emilys zaghafte Stimme durch die Tür. »Geht es dir gut?«

Was für eine dämliche Frage.

Und doch hatte ich die letzten Tage darauf ein lächelndes Ja zustande gebracht. Aber dieser Rest Würde, dieses Quäntchen lebensbejahende Kraft, fehlte mir heute Morgen. Es war diesmal irgendwie schlimmer. Mein Körper fühlte sich schwerer an, meine Muskeln schwächer und meine Akkus leergesaugt.

»Liv?« So viel Sorge lag in diesem einen Wort.

»Ja?«, krächzte ich und mein Hals tat so weh von all der Magensäure.

»Soll ich reinkommen?«

Die Tränen rannen meine Nase hinab und tropften in die nun blitzblanke Schüssel unter mir. Schniefend brachte ich den letzten Funken Kraft auf und riss mich verdammt noch mal zusammen. Mit zitternden Fingern schloss ich den Klodeckel, drückte mich unter Aufbringung meines gesamten Willens von der Wand ab und tapste mit tränenverschleiertem Blick hinüber zu dem schlichten kleinen Waschbecken.

»Nein, alles gut.« Wow, bei all den Floskeln, die ich in den letzten Tagen heraushaute, würde ich Wilbur heute vermutlich mehr füttern als Keylam.

Irgendwie war der Gedanke tröstlich und gab mir etwas Kraft.

»Wirklich? Soll ich nicht lieber bei der Arbeit für dich absagen?«

»Nein!«, rief ich entschieden und war überrascht, woher ich die Kraft für so viel Nachdruck nahm.

»Sicher?« Es klang deutlich durch, welche Meinung Emily dazu hatte.

»Ja!« Ich wischte mir mit dem Ärmel meines Hoodies die Augen trocken, stützte mich auf dem Waschbecken ab und sah mir durch den

Spiegel in die Augen. »Ganz sicher«, murmelte ich nur mir selbst zu. »Ich habe mir geschworen, bis zum letzten Moment zu leben. Ich werde mich also nicht – hörst du? – *nicht* im Bett verkriechen und auf das Ende warten!«, ermahnte ich mein Spiegelbild mit erhobenem Finger.

»Was hast du gesagt?«

»Nichts!«

Ich stellte das Wasser an, drehte den Hahn auf eiskalt und wusch mir den Mund aus. Zum Schluss spritzte ich noch einige Tropfen in mein Gesicht und kniff mir in die Wangen. Nur weil ich offensichtlich bald eine sein würde, musste ich ja nicht auch aussehen wie eine Leiche. Kaum, dass mir dieser Gedanke gekommen war, schnappte ich mir mein Schminktäschchen vom Schrank und putzte mich sogar ganz dezent heraus. Je mehr mein Zustand sich in den letzten Tagen verschlimmert hatte, desto häufiger hatte ich mich in der Depressionsphase der Trauerbewältigung wiedergefunden, gespickt mit wütenden Gedanken à la: wieso ich?

Gestern Abend dann war ich derart erschöpft gewesen, dass ich vollends in diese Phase geglitten war. Seither erschien mir alles zu schwer, um den Kampf anzutreten. Aufstehen, Essen, Duschen. Ich hatte keine Ahnung, was das hier jetzt war. Einige in der Selbsthilfegruppe, die ich diesen Winter besucht hatte, würden behaupten, ich wäre bei Akzeptanz angekommen, aber zu einem Teil hatte ich mein Schicksal längst akzeptiert. Vielleicht war der heutige Tag ein letztes Aufbäumen, ein letztes Mobilisieren meiner Kraftreserven, damit ich meinem Vorsatz treu bleiben konnte.

Libbies Stimme flüsterte mir ins Ohr: »*Wenn wir gehen, mein Herz, dann hoch erhobenen Hauptes und bildhübsch, damit diese verdammte Welt begreift, was sie gerade verliert.*«

Zufrieden warf ich einen letzten Blick in den Spiegel, reckte das Kinn und weigerte mich schlicht, dem Protest meiner zitternden, ausgelaugten Glieder nachzugeben. Ich freute mich tatsächlich auf einen ganzen Tag im Buchladen, mit Keylam. Vielleicht würde ich heute mal das ein oder andere Thema anschneiden und sehen, ob er wirklich so ein spannender Diskussionspartner war. Wenn mein Körper mich nicht sehr aufs Glatteis führte, war ich auf der Zielgeraden, dann konnte ich auch unangebrachte Themen mit meinem Chef diskutieren.

Als ich die Tür aufriss, taumelte Emily zurück, die eindeutig daran gelauscht hatte. Unsere Blicke trafen sich und ich legte alle Entschlossenheit in meinen.

»Du willst wirklich arbeiten gehen?«

»Ja.«

Sie zögerte.

Ehe sie mehr sagen konnte, hob ich eine Hand. »Spar es dir. Ich hatte jetzt zwei Tage frei, in denen ich im Bett lag, Serien geschaut und Bücher gelesen habe und es ging mir immer schlechter. Anfang der Woche war ich deutlich fitter, als ich gearbeitet habe! Ich gehe also jetzt los.«

Emily schloss den Mund wieder und die Entschlossenheit wich aus ihren Zügen. Ich hatte gewonnen.

»Na gut. Auch wenn ich immer noch finde, du solltest das Wochenende lieber deine Eltern besuchen, als Inventur in diesem Laden zu machen.«

»Ja, und das hast du mir auch erst ungefähr fünfhundertmal gesagt. Ich war letztes Wochenende schon bei meinen Eltern und fahre nächstes wieder hin. Also lass es gut sein.«

»Fein«, brummte sie, trat zur Seite und ließ mich durch. Es kostete mich jeden Funken Willenskraft, hoch erhobenen Hauptes in den Flur zu treten, meine Sneaker überzustreifen, den Schlüssel aus der Schale auf dem abgewetzten Sideboard zu greifen und dann die Wohnung zu verlassen. Mein Körper rebellierte bei jedem Schritt die Stufen hinunter, ich hatte mich in den letzten Tagen so oft übergeben, dass ich einfach müde war, so, so müde.

»Wird spät heute«, verabschiedete ich mich von meiner Mitbewohnerin, als ich schon den ersten Treppenabsatz erreicht hatte.

»Pass auf dich auf«, kam die erwartete Antwort. Sie meinte es ja nur gut, schon klar. Aber ich hatte es so satt. Genau deshalb scheute ich davor zurück, ihnen allen von den letzten Blutwerten zu erzählen. Fairness hin oder her. Ich wusste, dass es egoistisch war, aber ich hatte einfach nicht mehr die Kraft, gegen sie anzukämpfen. Und ich würde kämpfen müssen, für jede einzelne Entscheidung, weil jeder verdammte Mensch in meinem Leben zu glauben schien, er oder sie wüsste besser, was ich brauchte, als ich selbst. Und bisher war das okay gewesen, bisher hatte es mich nicht so viel gekostet, trotzdem zu machen, was ich wollte. Aber jetzt ... Ich hatte nicht erwartet, dass ich mich gegen Ende so erschöpft, so unendlich müde fühlen würde.

Ich schleppte mich die Straße entlang, war der Laden schon immer so weit weg gewesen? Kalter Schweiß sammelte sich auf meiner Stirn und im Dekolleté. Ich stolperte über eine kleine Unebenheit am Rand eines Gullis und starrte auf den Boden, der gespickt mit Kippenstummeln und zertretenen Kaugummis war. So kurz vorm Ende ... Das blanke Entsetzen legte sich eiskalt um mein Herz. Da war er wieder, einer dieser Momente, in denen das wahrhafte Realisieren kam.

So schnell ich konnte, verdrängte ich die allumfassende Wahrheit, die Endgültigkeit, auch wenn ein Teil des Entsetzens direkt hinter meinem Bewusstsein lauerte.

Doch als ich die Tür des *Booklight* am großen Messinggriff aufdrückte und die kleine Glocke erklang, als der frische und inzwischen vertraute Duft des Ladens mir entgegen schwappte, vertrieb das einen großen Teil meiner Müdigkeit und vor allem das Entsetzen. Ich tauchte in die ganz eigene Akustik zwischen Büchern und Teppich ein, als die Tür hinter mir zufiel und war zu Hause.

»Ah, Liv, da bist du ja schon. Du kannst gerne deine Sachen im Buchclubzimmer ablegen. Da sind auch die anderen. Ich komme gleich alle einweisen«, ratterte Keylam herunter, die Nase in ein aufgeschlagenes Buch vergraben, dessen Seiten mit handgeschriebenen Listen gefüllt waren, vermutlich für die Inventur.

»Die anderen?«, fragte ich erstaunt, während er in die Aufzeichnungen vertieft an mir vorbeimarschierte.

Erst jetzt hielt er an, hob den Kopf und schenkte mir mehr als nur einen flüchtigen Blick. Den Mund schon zu einer Antwort geöffnet, erstarrte er. Seine Augen weiteten sich und für einen winzigen Moment fühlte es sich an, als könnte er den Blick nicht von mir abwenden. Sein Kehlkopf hüpfte deutlich, als er die Lippen schloss. Ich konnte nicht verhindern, dass ein Lächeln sich in meine Züge schlich.

»Hi«, hauchte er.

Das Lächeln vertiefte sich und ich spürte, wie meine Wangen unter dem aufgetragenen Rouge erglühten.

»Die anderen?«, half ich ihm auf die Sprünge.

Er klappte das Buch zu, wandte sich mir ganz zu und musterte mich einmal von oben bis unten. »Das mit der bequemen Kleidung hast du sehr ernst genommen, wie ich sehe.« Die Erheiterung in seinem Blick weckte den Schalk in mir und ich legte den Kopf schief, um ihn ebenso demonstrativ zu mustern.

»Du dagegen überhaupt nicht.«

»Wieso? Ich bin sehr legere gekleidet.« Er deutete auf seine Unterarme. »Ich habe die Ärmel hochgekrempelt und der oberste Hemdknopf ist offen.«

Ich lachte auf, befreit und so viel leichter als die gesamten letzten drei Tage. »O ja, wie konnte mir das entgehen?«

»Das weiß ich auch nicht«, bemerkte er trocken und mir wurde noch etwas leichter ums Herz. Dann erst betrachtete ich den geöffneten Knopf und spürte prompt, wie mein Mund trocken wurde. So war es schon die ganze Woche, jedesmal, wenn ich ihn ansah, wirklich ansah, wurde mir heiß, so verdammt heiß, und das Stimmchen, das mich fragte, was ich bitte zu verlieren hatte, war kaum noch still zu stellen. Es war doch ganz einfach, ich hatte rein gar nichts zu verlieren, überhaupt nichts mehr. Aber er ...

Den kurzen Moment der Stille zwischen uns beendete er mit belegter Stimme. »Ich hätte nie gedacht, dass ich die Kombination aus Hoodie, Sneaker und einfachen Jeans gut finden würde. Aber man lernt ja nie aus.«

Wie im Traum hörte ich mich mit rauchiger Stimme antworten: »Ich bringe dir gerne noch was bei.« Die Doppeldeutigkeit meiner Worte wurde mir erst bei seinem wissenden Lächeln bewusst und ein heißes Pulsieren jagte zwischen meine Beine. Diesmal war es an mir, schwer zu schlucken.

»Ich genieße es immer, meinen Horizont zu erweitern und ... Neues zu entdecken.«

»Key?«, unterbrach uns eine tiefe Stimme.

Noch in unserem Gespräch der Doppeldeutigkeiten gefangen sah ich mehr automatisch zu der Stimme und entdeckte Zack, der aus dem Buchclubzimmer herauslugte und uns gerade bemerkte. Sein Blick huschte hin und her und er grinste sehr breit und dann sagte er auch noch mit einem vulgären Zwinkern. »Oh, ich störe. Dann lasse ich euch mal wieder allein.« Schwupp, war er wieder im Hinterzimmer verschwunden.

Keylam entkam ein resigniertes Seufzen. Er kniff sich in die Nasenwurzel und atmete hörbar aus. Dann klemmte er das Buch unter den Arm und sah mich nun wieder vollkommen beherrscht an. »Die anderen. Wir haben heute Hilfe, damit wir alles schaffen. Im Idealfall brauchen wir morgen gar nicht und können regulär öffnen. Tatsächlich war das Taylors Idee.«

Noch mit der Enttäuschung beschäftigt, dass wir heute nicht allein sein würden, brauchte ich ein wenig länger, um zu realisieren, was er gerade gesagt hatte.

»Taylor?«, quiekte ich ungläubig.

»Hm? Ja. Deine Freundin. Sie war vorgestern hier und hat gefragt, ob ich dich wirklich Sonntag und Montag den ganzen Tag brauche.«

»Sie hat was?«, japste ich, als ich ihn ungläubig anstarrte, wie er sich bereits in Bewegung setzte. Nun drehte er sich doch noch mal zu mir um, die Augenbrauen irritiert gerunzelt. »Ich dachte, sie fragt in deinem Auftrag.«

»Ich würde nie jemanden für mich vorschicken!«, schnaubte ich und stemmte die Fäuste in die Seiten.

Seine perfekt geschwungenen Lippen zuckten. Keylam schob eine Hand in die Hosentasche und lächelte zufrieden. »Das ist mir vollkommen klar.«

Den Mund schon zu einer hitzigen Rede geöffnet, schloss ich ihn perplex wieder. Unsere Blicke verfingen sich ineinander und irgendwie wusste ich, dass er es ernst meinte. »Wieso dachtest du dann –«

»Taylor sagte, dir ginge es nicht gut. Deshalb hat sie auch vorgeschlagen, dass wir das heute mit mehr Leuten machen und ich musste versprechen, dass ich viele Pausen einplane.«

»Verräterin«, knurrte ich mehr zu mir.

Keylam trat einen Schritt auf mich zu. »Wenn es dir nicht gut geht –«

»Mir geht es wunderbar!«, log ich mit erhobener Hand. »Du brauchst keine Rücksicht zu nehmen.«

Er warf mir einen langen Blick zu, trat noch einen Schritt näher und raunte: »Das wäre besser so, sonst gewinne ich noch unseren kleinen Wettstreit.«

Kurz brauchte ich, ehe mir unser Unentschieden im Umkippen wieder einfiel. Zurück war die Leichtigkeit und ich hopste beinahe an seine Seite, hakte mich unter und meinte nur: »Darauf kannst du warten, bis du schwarz wirst.«

»Ha!«, rief er und ich zuckte zusammen. »Phrase! Das war eine Phrase.«

Mein Schreck verwandelte sich in Erheiterung. Schmunzelnd sah ich in sein strahlendes Gesicht und wurde mir der Nähe bewusst, seiner nackten Unterarme unter meinen Fingern und mein Atem stockte kurz, ehe ich mich vorlehnte und hauchte: »Meinetwegen. Aber das ist der letzte Euro, den ich Wilbur heute füttere. Du dagegen, da bin ich mir absolut sicher, wirst heute als armer Mann den Laden verlassen.«

Auch Keylam lehnte sich vor, hielt meinen Blick und der Triumph funkelte in seinen blauen Augen. »Das werden wir noch sehen.«

»Challenge accepted.«

»Traurig«, bemerkte er kühl und setzte sich in Bewegung, wobei er mich so untergehakt einfach mit sich zog. »Wirklich traurig, sich in Anglizismen zu flüchten, um zu gewinnen. Manch einer könnte behaupten, du schummelst.«

»Was?«, rief ich empört und musste doch auch lachen. Ich vergaß beinahe, wie gut sich seine Haut unter meiner anfühlte. »Nur weil du zu verstaubt bist, um mit junger Sprache umgehen zu können, musst du ja nicht gleich ausfallend werden.«

Er zog in perfekter Arroganz eine Augenbraue hoch. »Verstaubt. Oh, ihr Ungläubigen, verwechselst du etwa Eloquenz und Weisheit mit einem veralteten Geist?«

»Weisheit?«, prustete ich los. »Nur ein alter Geist könnte glauben, dass das heute noch eine Tugend ist.«

»Ihr verlotterten jungen Leute heutzutage wisst eben die richtigen Werte nicht mehr zu schätzen«, bemerkte er gestelzt und ich prustete prompt los.

Sein Grinsen verriet ihn und ich genoss es, in seinem Blick zu versinken und den Schlagabtausch und die Erheiterung daraus auszukosten.

Ein Räuspern riss mich von seinem Anblick los und ich begriff verspätet, dass wir schon im Buchclubzimmer angekommen waren und einfach alle uns anstarrten. Die *anderen* entpuppten sich als Taylor, Zack, zwei junge Männer etwa in meinem Alter und der rothaarigen Elfe aus dem Buchclub.

Schließlich blieb mein Blick an Taylor hängen, die mich breit und wissend angrinste. Sofort zog ich meine Hand aus Keylams Ellbogenbeuge und rückte einen Schritt von ihm ab.

Mein Chef runzelte die Stirn, wandte sich aber an die fünf wartenden Menschen. »Dann sind wir nun vollzählig. Die Listen liegen vorne auf dem Tresen. Ich dachte, Simon und Leon fangen oben an, Zack und Taylor in der Sachbuchabteilung und Liv und ich arbeiten uns von den alten Werken vor bis zum Tresen. Yvi übernimmt wie letztes Jahr die Digitalisierung und die Versorgung.«

Zack und Taylor grinsten sehr breit und sehr wissend. Ich dagegen lief nach dieser Einteilung rot an und war einmal mehr froh um das dezente Make-up, das ich aufgelegt hatte.

»Perfekt«, brummte einer der beiden Männer, die ich noch nicht kannte. Das musste Simon oder Leon sein. »Dann bitte 'ne Riesenladung Pizza zum Mittagessen und zum Abendessen darfst du mich überraschen«, wandte er sich an die Rothaarige, die ich an meinem ersten Tag hier im Buchclub gesehen hatte.

Sie schenkte ihm ein kühles Lächeln. »Ihr Hunde und eure unersättliche Gier. Du bekommst, was ich für dich bestelle«, wies sie ihn in die Schranken.

»Ja, danke, Yvi«, unterbrach Keylam sie schnell mit einem Hüsteln und einem strengen Blick, als wollte er sie an etwas erinnern.

Yvi winkte ab und schwebte regelrecht an mir vorbei Richtung Verkaufsraum. Doch neben mir hielt sie doch an, musterte mich einmal kurz und legte dann ein überraschend freundliches Lächeln auf. »Hast du schon gefrühstückt oder soll ich etwas Obst und Gebäck auf den Tresen stellen?«

»Ähm ...« Ich sah mich irritiert um. Warum fragte sie explizit mich?

Yvi deutete meinen Blick ganz richtig. Sie winkte achtlos in Richtung der Männer und Taylor ab. »Diese Rüpel verdienen keine besondere Behandlung. Du dagegen, Herzchen, für dich hole ich gerne etwas vom Bäcker.«

»Danke«, brachte ich heraus. Womit hatte ich das verdient?

»Also?«, fragte sie, aber ich ertappte diese zarte Frau dabei, wie sie über meine Schulter hinweg Keylam ansah. Als ich nun ihrem Blick folgte, bemerkte ich gerade noch, wie er dankbar nickte.

Daran war doch Taylor schuld. Sie hatte ihm verraten, wie es mir im Moment ging, wie viel bitte, hatte sie ihm erzählt? Na, toll. Genau das wollte ich nicht, eine Sonderbehandlung. Schnippisch, obwohl sie es nicht verstehen konnten, fuhr ich auf dem Absatz herum und stakste in die mir zugewiesene Ecke, wobei ich Yvi noch ein »Danke, ich brauche nichts« entgegenpfefferte und Taylor ignorierte, die meinen Namen rief.

In der Abteilung unterhalb der Empore mit all den alten Büchern angekommen, schnaubte ich motzig auf. Natürlich hatte ich vergessen, den Zettel vom Tresen mitzunehmen. Ich fuhr herum, nur um fast in Keylam hineinzulaufen, der, einen Zettel in der Hand, direkt vor mir stand.

Ich zögerte, dann schnappte ich mir einfach das Papier und stapfte an den Anfang des Regals. Ich hörte kaum seine gedämpften Schritte, doch ich spürte seine Nähe.

»Was ist los?«, fragte er bedacht.

»Nichts!«, knurrte ich und starrte auf die Liste, ohne wirklich etwas wahrzunehmen.

»Du bist sauer«, hielt er dagegen.

Ich seufzte auf. »Ja, aber nicht auf dich, sondern auf Taylor.«

»Weil sie das heute organisiert hat?«

»Ja. Nein. Ach, das verstehst du eh nicht. Es ist einfach kompliziert.«

»Du wärst überrascht, wie ausgeprägt meine Auffassungsgabe ist. Manche behaupten, es wäre Arroganz, aber kluge Geister ziehen Neider ja bekanntlich an«, erklärte er mit neckendem Ton und ich wusste, er versuchte, mich aus meinem Schneckenhaus zu locken.

Ich drehte mich zu ihm um, musterte ihn und wägte ab, ob ich mich locken ließ. Wieder diese Stimme: Was hast du schon zu verlieren? Aber diesmal kam auch die alte Angst zurück: Sobald er es weiß, wird er dich wie ein rohes Ei behandeln, dich bevormunden und nicht mehr ernst nehmen.

»Also?«, ermunterte er mich immer noch mit dem Gesicht des arroganten Gelehrten, das zu einem Teil doch nur Show war.

»Ich stelle gerade fest, dass es gar nicht so kompliziert ist. Ob ich krank bin oder nicht, ist einfach meine Sache. Es geht niemanden etwas an und sich derart in mein Leben einzumischen, ist einfach eine Grenzüberschreitung.«

Keylam runzelte die Stirn. »Ich verstehe, was du sagst, aber ich muss gestehen, dass ich dir inhaltlich nicht ganz folgen kann. Du selbst hast mir davon erzählt, dass es dir immer mal schlecht geht, Taylor hat mir also gar nichts offenbart. Daher bleibt nur ihre Bitte selbst. Ich verstehe, wieso du es als Grenzüberschreitung empfindest, und in diesem Punkt gebe ich dir recht. Aber man könnte es doch auch so sehen, dass sie eine gute Freundin ist und einfach nur auf dich aufpasst.«

Wütend ballte ich die Fäuste. »Natürlich tut sie es aus ehrenvollen Gründen. Ich weiß, dass sie bloß auf mich aufpasst. Aber es ist meine Sache, wie ich mit meinem Zustand umgehe und das weiß sie. Sie weiß, dass ich nicht geschont werden will. Sie kann nur einfach nicht loslassen.«

Keylams Blick wurde wachsam, seine Haltung eine Spur zu angespannt. Hatte ich zu viel gesagt?

»Vergiss es«, winkte ich schnell ab. »So wichtig ist es nicht.« Ich wedelte mit der Liste vor seiner Nase. Ablenken war jetzt die beste Strategie. »Los, los, keine Müdigkeit vorschützen, ich habe gehört, du willst heute fertig werden.«

Er zögerte. Kein erheitertes Funkeln, kein Anspringen auf den möglichen Schlagabtausch, stattdessen dieser Blick. Ich hasste das so sehr. Er ahnte etwas und von nun an würde er mich anders behandeln, das war so sicher wie das Amen in der Kirche.

»Dann fange ich eben allein an«, murrte ich und ließ ihn die eiskalte Schulter sehen. Ich würde da nicht mitspielen, er konnte sich in seine Gedanken und Befürchtungen vergraben oder nicht, das war sein Problem. Aber ich kümmerte mich jetzt um diese Inventur.

Die Wut auf Taylor wurde immer größer. Sie machte mir das hier noch vollkommen kaputt. Dieser Job, der Laden und das Geplänkel mit Keylam, es war ein Funken Normalität gewesen, meine Form der Verhandlung. Jeder Moment hier, jeder Augenblick, in dem ich vergessen konnte, was wie ein Damoklesschwert über mir baumelte, war so wertvoll und jeder dieser Momente in den letzten zwei Wochen war hier gewesen. Das nahm sie mir. Natürlich nur mit den besten Absichten, aber das machte es fast noch schlimmer. Sie sollte es besser wissen, ich hatte ihr oft genug erklärt, was ich wollte. Und es war nun mal mein Leben, meine Entscheidung.

»Soll ich am anderen Ende anfangen?«, fragte er leise.

»Was? Nein. Zu zweit ist das doch viel leichter.« Entschieden drückte ich ihm den Zettel in die Hand. »Einmal *Accius – Aufzeichnungen aus dem Altertum*.«

Keylam zögerte nur einen winzigen Moment, ehe er den ersten Eintrag auf der Liste abhakte.

Während ich den nächsten Titel las und im Regal zählte, wie viele Werke wir davon hier stehen hatten, versuchte ich die Frustration zu bekämpfen. Das hätten zwei so tolle Tage werden können. Doch jetzt ...

»Pizza!«, gellte Yvis heller Sopran durch den Laden.

»Geh ruhig schon, ich möchte das Regal noch fertig machen«, murmelte ich im Schneidersitz vor der rechten unteren Ecke der historischen Werke.

»Wir machen zusammen Pause oder das zusammen fertig«, entschied Keylam.

Überrascht sah ich auf und mir wurde klar, dass das die ersten Worte waren, die wir außerhalb der Inventur sprachen. Das schlechte Gewissen regte sich in mir.

»Möchtest du lieber Pause machen?«

Er musterte mich nun wachsamer und schien etwas abzuwägen. Erkannte er meine Frage als Friedensangebot? Er musste doch denken, dass ich voll die Zicke war. Wir arbeiteten jetzt was, drei Stunden? Und ich hatte die gesamte Zeit nur emotionslos Titel, Namen und Zahlen diktiert.

»Ich habe zwar einen Bärenhunger, aber wir können das Regal gerne fertig machen.«

Sanfte Worte, geschwängert mit Verständnis.

»Danke«, flüsterte ich daher einfach und diktierte die nächsten Informationen. Begriff er, dass ich lediglich voll in die Aufgabe abgetaucht war? Verstand er, dass ich nicht aus Trotz das Regal fertig machen wollte, sondern weil sich eine abgeschlossene Aufgabe einfach so gut anfühlte? Mir fiel es sogar schwer, jetzt aufzustehen und die letzten vielleicht zwanzig Bücher unerledigt zu lassen. Taylor hatte sogar schon behauptet, dass mein Drang, eine Aufgabe erst abzuschließen, egal wie sinnvoll das war, an eine Zwangsstörung grenzte.

»Und fertig!«, verkündete Keylam, setzte einen großen Haken unter die Liste und grinste auf mich herab.

»Aber hier steht noch ein Buch.« Wobei Buch ein großes Wort für die lederne Kladde war, die ich aus dem Regal zog. Ich drehte den braunen Einband und fand eine Schleife, die die Kladde schloss.

»Semona«, las ich mit leiser Stimme und eine Gänsehaut breitete sich über meinem gesamten Körper aus, so heftig, dass stellenweise meine Haut schmerzte.

»Was bitte?«, murmelte Keylam in seine Liste vertieft und lugte über das Klemmbrett, das er sich besorgt hatte.

Ich löste die Schleife und öffnete die glatte, warme Hülle. Mit einem Gummiband fixiert lag ein Stapel blütenweißer Papiere darin, das oberste mit einer kursiven akkuraten Handschrift beschrieben, die alt wirkte. So schrieb heute niemand mehr. Die wenigen Zeilen füllten nur genau die Mitte des Blattes. Ich bemerkte vage, wie Keylam hinter mir etwas sagte, sich sogar in meine Richtung bewegte, aber die Worte übten einen enormen Sog auf mich aus. Die Welt verblasste, Keylams Stimme nur ein Rauschen im Hintergrund, der Duft der Bücher wurde von einer kühlen Brise, die nach Blumenwiese duftete, abgelöst und ich meinte sogar die wärmende Sonne auf meinem Gesicht zu spüren, während ich die Worte verschlang, so schnell, dass ich ihre Bedeutung nicht sofort begreifen konnte.

Die Kladde wurde vor meinen Augen zugeschlagen und schon im nächsten Moment war ihr angenehmes Gewicht aus meinem Schoß verschwunden.

»Das gehört hier nicht hin. Ich bringe es eben ins Büro. Geh ruhig schon Pizza essen, wir sind ja jetzt fertig«, sprudelte Keylam hervor und wandte sich zum Gehen ab.

Komplett auf Autopilot stand ich auf, schwankte und griff nach dem Regal. Mein Blick verschwamm und dann hatte ich einen absolut seltsamen Moment. Ich war halb in der Buchhandlung, stand auf dem vertrauten Teppich, die Hand am warmen Holz des historischen Regals, und halb stand ich auf einer Blumenwiese, einer Lichtung mitten in einem Nadelwald. Ich spürte das weiche Gras genauso wie den dämpfenden Teppich, roch die Bücher ebenso wie die zahllosen Blumen auf dieser Lichtung. Vor mir stand Keylam und zugleich eine Frau, schwarze Haut, weißes Gewand. Ihre Augen strahlten und waren zugleich milchig trüb. Und dann kamen die Worte, die ich eben gelesen hatte, aus ihrem Mund, in ihrer rauchigen voluminösen Stimme, obwohl ich zugleich Keylam reden sah.

»Geboren im Schatten des Tyrannen, mit der einen unvergleichlichen Macht gesegnet, die der alte Zauberer gleichermaßen fürchtet und begehrt, wird der Hüter sein Herz geben und die Seele den Körper verlassen. Dies ist der Preis, um Anicor zu retten. Dies muss geschehen und der Tyrann wird fallen.«

Ich blinzelte und verschwunden war die Lichtung. Von außen nach innen wurde mein Blickfeld schwarz und ich sah noch, wie Keylams Lippen sich weiterhin bewegten, dann sah ich gar nichts mehr.

»Da bist du ja wieder«, murmelte sein sanfter Bariton so nah. Seine Wärme schwappte gegen mich, dann spürte ich seine Hände an meiner Taille und endlich sah ich auch wieder.

»Das zählt nicht«, platzte ich sofort heraus. »Mein Sichtfeld hat nur ein bisschen gekrisselt.«

Erheiterung funkelte in seinen Augen. »Lügnerin«, raunte er.

Ertappt grinste ich. »Beweis es.«

Er lehnte sich vor, bis seine Lippen ganz nah an meinem Ohr waren. Sein Atem kitzelte über die empfindliche Haut. »Ich habe sehr obszöne Dinge gesagt. Wärst du bei Bewusstsein gewesen, würdest du mir gerade die Ohren langziehen. Ach, und Krisseln ist kein echtes Wort.«

Ich schnaubte und legte meine Hände an seine Brust, um ihn von mir zu drücken, doch irgendwie brachte ich die Kraft dafür nicht auf. Aus der Not eine Tugend machend, änderte ich spontan die Erwiderungsstrategie und hauchte: »Was bringt dich zu der Annahme, dass ich dir dafür die Ohren langziehen würde. Vielleicht gefällt es mir ja, wenn du mal aus der Rolle fällst. Außerdem ist Krisseln sehr aussagekräftig, egal, ob es im Duden steht oder nicht.«

Statt ihn wegzuschieben, krallte ich mich leicht in das Hemd und kratzte über seine Haut.

Keylam hielt hörbar den Atem an. Ha, gewonnen!

»Ich habe gesagt, es gibt Pizza. Habt ihr mich nicht –« Wie angewurzelt blieb Yvi stehen, als sie uns zwischen den historischen Werken und den philosophischen Büchern so nah beieinanderstehend fand, meine Hände auf seiner Brust, seine an meiner Taille. Normalerweise wäre ich zurückgeschreckt, doch meinem Körper fehlte tatsächlich die Kraft dafür.

Yvi, die kühle, erhabene Yvi, lächelte mild und senkte Kinn und Stimme. »Ich habe euch nicht gefunden.« Schon drehte sie auf ihren Fußballen elegant um und schwebte davon.

Erst jetzt begriff ich, dass nicht nur ich nicht zurückgewichen war, sondern er ebenso wenig. Überrascht sah ich auf in sein Gesicht. Ganz leise, so als wollte er es mir sagen und doch nicht aussprechen, flüsterte er: »Ich halte dich fest, bis du wieder allein stehen kannst. Egal, was Yvi jetzt vielleicht interpretiert hat.«

Benommen sah ich zu ihm auf, wollte widersprechen, wollte mich wegdrücken, ihn wegdrücken. Aber unsere Blicke verfingen sich ineinander und da war kein Funken Mitleid, kein bisschen der bemutternden Sorge, die Taylor im Moment so oft in ihren Zügen hatte. Er schenkte mir lediglich unerschütterliche Beständigkeit, Ruhe und Akzeptanz.

Ohne fassen zu können, warum, durchbrachen seine Worte den sorgsam errichteten Damm, hinter dem ich alles zurückhielt. Es war, als dürfte ich für einen Moment loslassen, als müsste ich mich nur ganz kurz nicht zusammenreißen. Kraftlos knickten meine Arme ein und mein Kopf sank an seine Brust. Zum ersten Mal roch ich seinen ganz eigenen Duft. Ich könnte ihn nicht beschreiben, er war mir unendlich vertraut und zugleich vollkommen unbekannt, etwas Dunkles lag darin, aber auf die sanfte, beruhigende Art dunkel. Und zum ersten Mal seit einer Ewigkeit kam etwas in mir zur Ruhe.

Aber was ich fühlte, das konnte ich klar benennen. Es war Geborgenheit, aber tiefer, als ich sie von daheim kannte. Sicherheit, aber umfassender, als ich sie je erlebt hatte. Und Vollkommenheit, als bräuchte ein Teil von mir seinen Herzschlag in meinem Ohr, seinen Duft in meiner Nase und seine Wärme an meiner Haut, um er selbst zu sein. Mein Verstand scheute vor dieser Erkenntnis zurück, doch mein Herz fand seinen Rhythmus und schlug im Gleichklang.

Mit diesem Rhythmus und all diesen Gefühlen, kam die Kraft zurück und ich konnte mich von ihm lösen, sicher auf meinen eigenen Beinen stehen und den Blick heben. Ich hatte keine Ahnung, ob er auch nur ansatzweise begriffen hatte, was gerade alles in mir passiert war. Wie gern ich es ihm gesagt hätte, zugleich aber fürchtete ich mich vor den Worten, die ausgesprochen wie eine Liebeserklärung klangen. Also schwieg ich und legte die Dankbarkeit lediglich in meinen Blick.

Seine Hände nun als federleichte Berührung auf meiner Taille, sah er mir ebenso direkt in die Augen wie ich ihm und auch in seinen Zügen tobten die Emotionen und Gedanken. Es war gut so, einfach hier zu stehen, einander anzusehen, es war richtig.

Die lachenden Stimmen der anderen schwappten über die hohen Regale zu uns herüber. Seine Finger verkrallten sich in meinen Hoodie, dann ließ er los. »Pizza«, brachte er mit Frosch im Hals heraus. Keylam räusperte sich, klaubte die Kladde vom Boden auf und warf mir noch einen Blick zu. »Geh schon vor. Ich bringe das nur schnell noch ins Büro«, wiederholte er, sah mich kurz warm an, dann wandte er sich ab.

Jetzt, da es mir wieder besser ging, holte das eben Erlebte mich wieder ein. Was zur Hölle war das gerade gewesen? Ich hatte noch nie halluziniert, wenn ich das Bewusstsein verloren hatte. Und dann so etwas vollkommen Abstruses. Auf der anderen Seite, den Geruch hatte ich mir vor meinem Umkippen schon eingebildet zu riechen und die Worte direkt vor meinem glorreichen Zusammenbruch gelesen. So abwegig war diese Halluzination also vermutlich nicht. Das Gehirn war schon ein seltsames Mysterium.

Noch immer mit den Worten und dieser ganzen verwirrenden Szene beschäftigt, ging ich zu den anderen, die vorm Tresen einen Kreis aus Stühlen aufgestellt hatten und gemütlich Pizza verschlangen. Ein anderes Wort gab es für das Tempo, in dem Simon und Leon ihre Stücke inhalierten, nicht. Taylor und Zack hatten die Köpfe zusammengesteckt und diskutierten hitzig.

»Ah, da bist du ja«, bemerkte Taylor mich und lehnte sich wieder von Zack weg. »Wo hast du denn den Schnösel gelassen?«

Zack warf ihr einen bösen Blick zu. Na ja, trotz allem schien Taylor immer noch nicht besonders gut auf Keylam zu sprechen zu sein. Wobei, wenn ich den Schalk in ihrem Blick richtig deutete, provozierte sie Zack vielleicht auch nur mit voller Absicht.

»Kurz was ins Büro bringen.«

»Schnapp dir ein Stück und setz dich«, forderte meine beste Freundin und klopfte auf den leeren Platz zu ihrer Linken. Gesagt getan, plumpste ich auf den gepolsterten Stuhl, den ich als einen aus dem Buchclubzimmer wiedererkannte, gerade, als Keylam zu uns trat. Sein Blick wirkte so abwesend, wie ich mich fühlte.

»Alles klar?«, brummte Zack nachhorchend, der es auch zu bemerken schien.

»Hm? Ja, klar.«

»Du wirkst etwas irritiert«, hakte Zack dennoch nach.

Keylam warf mir einen kurzen Blick zu, ehe er antwortete. »Bin ich auch. Ich habe den gesamten gestrigen Abend den Laden aufgeräumt, damit heute alles reibungslos läuft und wir nicht erst Bücher hin und her sortieren müssen. Trotzdem haben Liv und ich gerade eine Kladde mit Notizen bei den historischen Büchern gefunden.«

Taylor winkte ab: »Dann ist dir eben eine Kladde durch die Lappen gegangen. Ist doch kein Drama.«

Zack dagegen wirkte plötzlich sehr nachdenklich. Er und Keylam tauschten einen Blick und mein Chef nickte kaum merklich. Ich konnte nicht verhindern, schon wieder ein mulmiges Gefühl im Bauch zu haben. Klar, er hatte mir eine Antwort für die meisten Dinge mit diesem Spiel geliefert und doch blieb ein Restzweifel. Er reagierte schon etwas über, was diese blöde Kladde anging, was ich noch seiner Spleenigkeit zugeordnet hätte, aber Zack war das Gegenteil von spleenig und er benahm sich plötzlich genauso seltsam.

Unweigerlich fiel mir der pulsierende Stein im Globus wieder ein. Automatisch hatte ich den ebenso dem Spiel zugeordnet, aber nun würde mich interessieren, wenn er extra aufgeräumt hatte, hatte er auch den verschwinden lassen? Das hätte dann den Hauch von ›vor mir verstecken‹, denn was in diesem Globus war, zählte für die Inventur ja mal überhaupt nicht. Auf der anderen Seite klangen diese Gedanken furchtbar paranoid. Wie wichtig nahm ich mich bitte, dass ich nur aufgrund seines Blickes und Zacks Reaktion glaubte, dass er wegen mir bestimmte Dinge hatte verschwinden lassen wollen, unter dem Deckmantel der Vorbereitung auf heute. Das war lächerlich. Vielleicht litt mein Gehirn auch langsam an dem massiven Eisenmangel. Und doch schweifte mein Blick hinüber zu dem Globus. Irgendwie wollte ich es trotzdem wissen.

»Liv? Hallo? Erde an Liv?« Taylor wedelte mit einer Hand vor meinem Gesicht.

»Hm?«

Sie lachte. »Ich wollte wissen, wie ihr vorangekommen seid?«

»Sorry, bin etwas abgeschweift. Wir haben das Altertümerregal und das der historischen Werke fertig.«

»Was?«, rief Taylor ungläubig auflachend. »Ey, wenn ihr so weitermacht, sind wir um vier hier fertig«, wandte sie sich an Keylam.

»Liv kann ganz in einer Aufgabe versinken. Ich habe bloß assistiert.«

Seine Worte fühlten sich an wie ein Lob und Taylor lächelte ihn anerkennend an, was meinen Eindruck verstärkte.

Zack dagegen schnaubte. »Die beiden machen gerade einmal wett, was du Schnarchnase liegen lässt.«

»Ich?«, echauffierte sie sich und warf ihre braune Mähne über die Schulter. »Ich wäre viel produktiver, wenn du mich nicht immerzu dermaßen provozieren würdest. Wir kommen nicht voran, weil du, statt deine Aufgaben zu erledigen, immerzu nur meckerst.«

»Klar, dass du mir die Schuld in die Schuhe schiebst, und vielleicht hatte ich wirklich erst die falsche Liste, aber das mit den Kreuzen und Häkchen hast ja wohl du verbockt.«

»Verbockt? Kreuzchen stehen für Nein, also ›nein, hier muss nichts mehr dran getan werden‹, habe ich erledigt und stimmt. Dass du ein Kreuz anders verwendest, ist dein Problem.«

Ich schmunzelte. »Klingt, als hättet ihr jede Menge Spaß gehabt.«

»Nachdem wir dieselben Bücher gefühlte fünf Mal gezählt hatten, bevor Madame sich dazu herabgelassen hat, mir zu erklären, was sie mit einem Kreuz meint, ja, danach hatten wir jede Menge Spaß«, brummte Zack, schob sich das halbe Pizzastück ganz in den Mund und stand schwungvoll auf. »Hoppi, Madame. Wir haben einiges aufzuholen.«

Kannte er sie schon so gut, dass er wusste, dass der subtil angedeutete Wettstreit mit Keylam und mir sie effektiv dazu bringen würde, ihre Pause zu streichen? Weit effektiver als jedes andere Argument. Ich grinste, als Taylor sich murrend erhob und ihr Stück Pizza ebenfalls zwischen die Backen stopfte.

»Du brauchst gar nicht so zu murren«, belehrte er sie. »Wir könnten schon viel weiter sein.«

»Ja, ja«, winkte sie ab, legte aber ihre Hände auf seinen breiten Rücken und schob ihn zurück zum Regal mit der französischen Literatur.

Keylam lenkte mich von den beiden ab, als er sich auf Taylors nun freigewordenen Stuhl setzte und mir eine kleine Flasche Wasser hinhielt.

Als ich nicht reagierte, wurde sein Blick fordernd und ich nahm tatsächlich die Flasche. Zufrieden lehnte er sich zurück und biss ein Stück von seiner Salamipizza ab. Den Karton dazu balancierte er auf seinem Schoß und ich musste einfach starren. Da saß er, in seinem klassischen Outfit mit der Stoffhose, dem Hemd und der Weste, den Pizzakarton auf den Oberschenkeln und versuchte gerade, mit der Zunge einen Käsefaden in den Mund zu ziehen.

Ich lachte ungläubig auf.

Schelmisch spähte er zu mir herüber. »Das hast du nicht erwartet, oder?«

»Du, der Pizza isst, mit den Fingern? Nein, das habe ich nicht erwartet. Ich hätte wenigstens auf Messer und Gabel gewettet, vielleicht eine Serviette über dem Schoß.«

Er schüttelte schmunzelnd den Kopf. »Manchmal frage ich mich, wie viel Spaß in deinen Worten steckt und wie viel Ernst.«

»Hundert Prozent Ernst. Ich bin todernst. Immer«, schwor ich staubtrocken.

Keylam ließ sein Pizzastück sinken, kniff die Augen zusammen und lehnte sich vor. »Für wie alt hältst du mich bitte?«

»Steinalt. Also vom Wesen her. So vielleicht Mitte neunzehntes Jahrhundert.«

Keylam verzog missmutig den Mund und ich konnte mir das Grinsen nicht verkneifen. Dann fuhr ich ungerührt fort. »Der Körper dagegen lässt darauf schließen, dass du, na, sagen wir Ende zwanzig bist. Wahrscheinlich gute Gene und du bist älter. Oder du bist ein Vampir, das würde erklären, warum dein Körper jung, dein Geist dagegen uralt ist.«

Yvi verschluckte sich an ihrem Stück Pizza und Simon klopfte ihr fürsorglich auf den Rücken, allerdings ein wissendes Grinsen auf den Lippen.

»Siehst du, die beiden denken das auch.«

Keylam reckte das Kinn. »Du liegst meilenweit daneben.«

Neugier kitzelte mich und ich rutschte auf dem Stuhl hin und her. Sollte ich fragen? So angeteasert wollte ich es jetzt doch wissen.

»Bitte«, schnaubte Simon. »Meilenweit. Also wirklich. Keylam ist 25 Jahre alt.«

»Nicht möglich«, beschwerte ich mich theatralisch und entlockte Simon ein fettes Grinsen und Keylam ein griesgrämiges Augenverengen.

»Was ist nur schiefgelaufen? Du müsstest Ende der Neunziger geboren, mit den Power Puff Girls aufgewachsen sein, noch Kassetten mit Bleistiften aufgezogen haben und zugleich ein Digital Native sein. Ein Smartphone habe ich dich aber noch nie benutzen sehen.«

»Ich hatte anderes zu tun.«

»Genau. Bücher lesen«, bemerkte Simon erheitert, doch etwas an Keylams Worten vertrieb den Spott in mir. Es schwang sphärisch in der Luft, kaum greifbar und doch war ich plötzlich vollkommen sicher, dass es einen Grund für die Spleenigkeit gab, einen Grund für die goldene Taschenuhr, die er gerade mal wieder gedankenverloren aus der Westentasche fischte, um einmal mit dem Daumen darüber zu reiben, ehe er sie wieder in die Tasche gleiten ließ. Eine Ursache dafür, dass ein junger Mann beinahe eremitisch lebte, einen eigenen Buchladen besaß und als einziges Hobby ein seltsames Spiel mit einer Gruppe religiöser Anhänger spielte. Es gab immer einen Grund, eine Ursache und ganz selten war das eine sonnige Kindheitserinnerung, ganz selten erwuchs ein Spleen aus einer glücklichen Vergangenheit, ganz selten war Einsamkeit das Produkt eines erfüllten Lebens.

»Wollen wir weitermachen?«, platzte ich in den erwachten Schlagabtausch zwischen Simon und Keylam und brachte damit die Gruppe auf unhöfliche Art zum Verstummen.

»Ihr wart schon so fleißig, du kannst dir ruhig noch etwas Pause gönnen«, bemerkte Yvi freundlich.

Ich würde Taylor umbringen, genau für so etwas. Yvi war eine wildfremde Frau, es ging sie nichts an, überhaupt nichts.

»Solange der alte Mann hier wieder kann, würde ich lieber weitermachen«, entschied ich und klopfte Keylam auf die Schulter.

»Der alte Mann flippt aus, wenn du dieses fettige Pizzastück mit zu seinen wertvollen Büchern schleppst. Also iss!«, knurrte er und ich wusste sofort, es war sein voller Ernst.

Herausfordernd zwinkerte ich ihm zu, rollte das Stück und stopfte es mit vier kauenden Bissen in den Mund. Mit vollgestopften Wangen zuckte ich die Augenbrauen hoch. Ha, fertig.

Er legte eine perfekt pikierte Miene auf und ich hatte Mühe, ihm die halb zerkaute Pizza nicht direkt ins Gesicht zu prusten.

Immer noch kauend erhob ich mich, wischte verstohlen die leicht fettigen Finger an der Jeans ab, ging zum Tresen und schnappte mir die nächste Liste, die ich auf unser Klemmbrett spannte. Auf dem Weg zurück unter die Empore wedelte ich das Blatt über meinem Kopf.

»Na, warte«, knurrte er, stopfte sich selbst sein Stück in den Mund und eilte mir hinterher. Gewonnen!

Zurück am Regal wurde mir schließlich bewusst, dass ich nicht nach seinem Alter hätte fragen sollen. Fünfundzwanzig. Er war nur vier Jahre älter. Mit dieser Erkenntnis wurde ein weiterer Grund, ihn zu meiden und meinen flirtenden Sehnsüchten nachzugeben, dahingeschmolzen. Jede zufällige Berührung unserer Finger, jeder minimal längere Blick, jede unbeabsichtigte körperliche Nähe, jagte ein heißes Kribbeln durch meine Adern, in meine Mitte und ließ die Sehnsucht nach einem Kuss derart heftig erwachen, dass ich an nichts anderes mehr denken konnte.

Plötzlich lag so viel Spannung zwischen uns in der Luft und ich sehnte mir meinen Arbeitsfokus von vorhin zurück. Auf der anderen Seite fühlte ich mich so wach, ja elektrisiert, wie schon seit Wochen nicht mehr. Und so stürzte ich mich hinab in dieses Gefühl, diese

Sehnsucht, forcierte sie und mit ihr jede nun nicht mehr ganz so zufällige Berührung. Mit jedem Streifen, jedem kurzen Anlehnen wurde ich mutiger, bis ich mich eng an ihm vorbei zum Regal schob, mit ausgestrecktem Arm nach einem Buch griff, nach dem auch er gerade gegriffen hatte, und meine Brüste an seiner Brust entlangstreifen ließ.

Keylam keuchte rau auf. Ein so wunderschöner verräterischer Laut. Ich hatte es mir nicht eingebildet. Ihm ging es nicht besser. Atemlos hob ich den Blick, so nah bei ihm, ich müsste nur das Kinn anheben, mich etwas auf die Zehenspitzen recken.

Sein Blick wurde dunkel vor Verlangen, die Atmung ging stoßweise. Erstarrt und im vollen Bewusstsein, ertappt worden zu sein, blitzte der Hunger in seinen Zügen auf, den ich darin zu finden gehofft hatte.

Ohne es wirklich zu entscheiden, stürzte ich mich vorwärts, krallte mich in sein Haar und presste meine Lippen auf seine. Gerade, als mein Verstand mit meinem impulsiven Handeln aufholen und sich fragen konnte, was zur Hölle in mich gefahren war, entfuhr ihm ein heiseres Stöhnen. Er schlang die Arme um meine Taille, wirbelte uns herum und presste mich gegen das Regal mit den Reiseratgebern, das in der hintersten Ecke unter der Empore an der Wand stand.

Hier im schummrigen Licht fühlte ich mich mutig. Ich verschränkte meine Finger mit seinen und zog seine Hand mit meiner hoch über meinen Kopf, wo er sie an die Buchrücken drückte.

Leise stöhnend riss ich meine Lippen los, überstreckte einladend den Hals und bekam die anregende Berührung seiner heißen Lippen auf meiner empfindlichen Haut als Belohnung. Er leckte und knappte mich überraschend leidenschaftlich. Zufrieden seufzte ich, das war so viel mehr, als ich mir vorgestellt hatte. Stille Wasser und so.

Mit einer Hand nagelte er meine über unseren Köpfen fest, mit der anderen umschlang er meine Taille und zog mich fest an sich. Der harte Beweis seiner Erregung presste sich gegen meine Hüfte und ich musste meinen Mund in seine Halsbeuge pressen, um das raue Stöhnen zu dämpfen, das mir entkam. Ich knappte in die nackte Haut seines Halses, die aus dem gestärkten Hemdkragen hervorblitzte.

»Verdammt, Liv«, raunte er voller Erregung. Ich hatte ihn noch nie fluchen gehört.

Schon fanden seine Lippen meine und die stürmische Eroberung ebbte zu einer inbrünstigen Erkundung ab. Voller Zärtlichkeit erbat seine Zunge Einlass und als ich ihn in meinem Mund empfing, schmolz ich in seinen Armen. Das war der intensivste Kuss, den ich je bekommen hatte.

Während Keylam mich zärtlich auffing, mich an seinen Körper schmiegte und zitternd unsere Lippen im Einklang öffnete, damit unsere Zungen einen heißen Tanz voller Begehren vollführen konnten, schlang ich meine Arme um seinen Nacken und presste meine Brüste an ihn. Wie von selbst bewegte meine Hüfte sich vor, um seiner zu begegnen.

Sein heiseres Seufzen, das meine Lippen schluckten, jagte elektrische Schläge durch meinen Körper und entzündete ein Feuer heißen Verlangens.

Keylam löste sich als Erster. Legte schwer atmend seine Stirn an meine und raunte: »Ich wünschte, ich hätte Taylor abgesagt und wir wären jetzt allein.«

Kein Bedauern, keine Reue. Ganz im Gegenteil.

Er pflasterte eine zarte Spur aus federleichten Küssen meinen Hals hinauf bis zu meinem Ohr. »Du schmeckst so süß«, flüsterte er. »Seit du in mein Leben gerauscht bist, denkt ein Teil von mir darüber nach, wie du dich in meinen Armen anfühlen würdest, wie du schmecken würdest, und nichts, absolut nichts auf dieser Welt hätte mich hierauf vorbereiten können. Du –« Er zitterte tatsächlich an meinem Körper. »Liv, du ... erschütterst meine Welt.«

Berührt von seinen Worten streichelte ich durch sein kurzes Haar, suchte seinen Blick und ließ ihn sehen, was seine Worte in mir lostraten.

»Dieser Kuss«, hauchte er und legte seine Lippen federleicht auf meine Mundwinkel. Erst den einen, dann den anderen. »Ich wünschte, der würde nie enden.«

Automatisch vertiefte ich unseren Kuss und noch einmal verlor ich heute den Boden unter den Füßen, nur diesmal auf die beste Art überhaupt.

Als wir diesmal die Lippen voneinander lösten, sahen wir uns tief in die Augen und es war ... schön. Einfach schön, kein peinlich berührtes Wegsehen, sondern ein vollkommen offenes Hinsehen, den anderen wahrnehmen und ganz kurz malte mein Unterbewusstsein das Bild einer faszinierenden, spannenden Zukunft, ein gegenseitiges Entdecken und Kennenlernen, ein Aneinanderreiben und Sich-selbst-neu-Erfahren. Bis die Realität im Unterbewusstsein ankam und das Bild zerplatzte wie eine Seifenblase.

»Ich hätte dich nicht küssen sollen«, flüsterte ich und legte doch meine Stirn an seine.

Mit der ganzen Macht des Realisierens traf mich das Gefühl von Ungerechtigkeit in die Magengrube.

»Sag das nicht.«

Heiße Tränen brannten hinter meinen geschlossenen Augenlidern und ich schüttelte den Kopf.

Er nahm mein Gesicht sanft in seine Hände, als wäre ich ein Schmetterling. Hob es vorsichtig an und flüsterte. »Das war kein Fehler. Du wolltest es und ich ebenso. Das kann kein Fehler gewesen sein.«

Ich öffnete die Augen und hielt seinem Blick stand. »Nur, weil wir etwas wollen, ist es noch lange nicht richtig.«

Ich sah ihn leicht zusammenzucken, sah, wie er die Wahrheit in meinen Worten erkannte. »Okay. Du hast gewonnen. Ich höre zu. Wieso war es ein Fehler?«

Bitterkeit ließ mich kalt auflachen. »Weißt du, dass du dich gerade ziemlich traumhaft verhältst. Sei doch einfach wütend oder verletzt. Stürm davon und alles ist gut.«

Ein leichtes Schmunzeln zupfte an seinen Mundwinkeln. »Das nennst du alles gut? Das wäre ja eine miserable Geschichte. Der Held gibt die Heldin aufgrund von was einfach auf? Verletztem Stolz? Was für ein toxischer Mistkerl.«

Ich lachte ungläubig auf. Dann flüsterte ich: »Ich bin nicht die Heldin.«

»Du bist meine Heldin«, raunte er.

Die Tränen kamen zurück und ich schüttelte den Kopf. »Das wäre aber ein ganz schön mieses Buch, eine echte Tragödie.«

Er wich leicht zurück, sah mir wachsam in die Augen und begriff. Ich konnte zusehen, wie er die Puzzleteile zusammensetzte. »Dein Zustand ...«, hauchte er.

Ich konnte es nicht benennen, nicht aussprechen und es damit vollkommen real machen, es zwischen uns stellen. Also schwieg ich, hauchte nur: »Ja«, und ließ den Tränen freien Lauf.

Seine strahlendblauen Augen wurden feucht. »Eine Tragödie ...«, murmelte er und schüttelte fassungslos den Kopf. Dann zog er mich plötzlich fest an sich, legte seine Hand auf meinen Kopf und drückte sein Gesicht in mein Haar.

»Dann also eine Tragödie.« Er sog tief die Luft ein und drückte mich noch einmal fester an sich, ehe er sagte: »Was willst du, Liv?«

»Leben.« Es war schon immer diese Antwort gewesen. Vor der Akzeptanz hatte ich weiterleben wollen. Danach hatte ich jeden noch verbliebenen Tag wahrhaft leben wollen. »Ich will mein Leben genießen, jeden Tag davon.«

Er lachte leise. »Sag ich doch, meine Heldin.«

Ich stimmte in den traurigen Laut ein und knuffte ihn gegen die Brust. Dann hob ich den Kopf und sah ihn aus meinen verheulten Augen offen an. »Eigentlich wollte ich dich nicht mit hineinziehen. Ich hatte mir so fest vorgenommen, Abstand zu halten.«

Er lehnte sich vor und küsste mich zärtlich. »Was bin ich froh, dass dir das nicht geglückt ist.«

»Also wirklich!«, schnaubte Yvi und diesmal stoben wir tatsächlich auseinander. »Langsam könntet ihr euch ein Zimmer nehmen. Das ist ja –« Sie brach mitten im Satz ab. Ihre Augen wurden groß und dann wurde mir bewusst, wie ich aussehen musste.

Schnell wandte ich mich ab und wischte mir die ohne Zweifel verlaufene Wimperntusche ab. Natürlich waren meine Fingerkuppen schwarz, als ich sie von meinem Gesicht nahm. Mist.

Ich wollte gerade die Geste wiederholen, als Keylam mein Handgelenk abfing, sich um mich herum bewegte, bis er wieder vor mir stand und mir eine Strähne hinters Ohr strich. »Alles gut. Yvi ist weg und wird uns auch in Ruhe lassen. Wir können gehen, wenn du magst, wir können aber auch einfach weiterarbeiten. Was immer du willst.«

Was immer ich wollte. »Du ahnst nicht, wie viel mir das bedeutet«, hauchte ich. Er war der Erste. Der allererste Mensch, der mich fragte, was ich wollte. Der nicht über meinen Kopf hinweg versuchte, für mich zu entscheiden, alles zu meinem Wohl natürlich.

»Ich hatte mich auf heute gefreut. Einen ganzen Tag hier im Laden, mit dir. Schlagabtausch über Schlagabtausch zwischen all den

Büchern in einem Job, in dem ich gut bin.« Unsicher zuckte ich mit den Schultern.

Er dagegen lächelte, neigte sich vor und küsste mich noch einmal zärtlich. »Also dann machen wir weiter mit der Arbeit. Darf ich ...« Er schluckte und stellte die Frage stumm, indem er seine Finger mit meinen verschlang und sich ganz langsam vorlehnte, um mir einen Kuss zu geben.

Mein impulsives Ich schrie sofort: Ja, klar, natürlich. Was für eine Frage. Doch dann stellte ich es mir vor, zögerte und war unsicher. Wenn ich das zuließ, dann war es, als wären wir von nun an ein Paar. Wollte ich das zulassen? Konnte ich das zulassen?

»Hör zu, Folgendes:«, entschied ich, entzog ihm meine Hand und verschränkte die Arme vor der Brust. »Ich möchte nein sagen, damit du nicht ... zu involviert bist. Damit es am Ende nicht zu wehtut. Ich würde dich am liebsten wegstoßen. Aber ...« Ich erhob den Zeigefinger, da er mich schon hatte unterbrechen wollen. »Aber ...«, fuhr ich leiser fort. »Ich hasse es, wenn mich jemand aus dem Bedürfnis heraus, mich zu schützen, bevormundet, mir die Entscheidung sogar abnimmt. Also kann ich nicht nein sagen. Ich kann dich nur bitten, dass du dir Zeit nimmst, es in Ruhe zu durchdenken, keine Angst davor hast, eine Entscheidung aus Selbstschutz heraus zu treffen, das würde ich dir nie vorwerfen. Wir kennen uns wie lange? Zwei Wochen? Vielleicht ist da ein Feuer zwischen uns, Verlangen, bestimmt sogar. Ebenso erwachende Zuneigung, aber alles ist noch oberflächlich, am Anfang. Noch wird es wehtun, aber nicht ...«

»Zerstören?«, schlug er vor.

Ich schluckte schwer. »Zum Beispiel.«

Er trat den kleinen Schritt, den ich mich entfernt hatte, auf mich zu. »In Ordnung, ich werde in Ruhe nachdenken. Später, wenn es für dich okay ist, bespreche ich es auch ausführlich mit meinem besten Freund. Aber jetzt ...« Er lehnte sich vor, seine Lippen nur Zentimeter von meinen entfernt. »Jetzt würde ich dich gerne küssen. Darf ich?«

Ich lachte leise, spürte die Tränen zurückkehren, reckte aber dennoch das Kinn und begegnete seinen Lippen. Das hier, was war das? Ein letztes Geschenk des Schicksals oder eine letzte Folter dieses Monstrums, das sich Leben schimpfte. War es Glück oder Qual? Es konnte mir geben, was ich immer gewollt hatte, zu leben. Jeden Tag in vollen Zügen zu genießen. Und zugleich würde es mir die Akzeptanz so unendlich schwer machen. Letztlich würde Abschied zu nehmen, mir so ein Glück unendlich viel schwerer machen.

Voll widerstreitender Gefühle küsste ich Keylam, ließ mich von ihm in die Arme ziehen und beschloss, jeden Gedanken in die hinterste Ecke zu verdrängen, aus der ich meine liebste Erinnerung an Libbie hervorholte. Für diesen Moment hatte ich sie konserviert und vielleicht hatte meine Tante mir diese Worte für genau diesen Moment geschenkt: *Lebe, Liv. Lebe mit Chaos und wild, lebe voll himmelhochjauchzender Freude und bittersüßer Trauer, lebe bis zur letzten Sekunde, denn alles andere wäre verschwendet.*

Forschungsbericht Keylam Warren

Mainz, 13. Dezember 2012

Hinweis 1 & 2: alle Prophezeiungen der Semona
Gefunden in der Bibliothek Vanirs
Kladde mit einigen ihrer Weissagungen, die ich nach und nach sichten werde, um weitere Anhaltspunkte für meine Suche zu finden.

Die Weissagungen in der Kladde sind chronologisch sortiert und alle, bis auf die letzte, sind bereits eingetroffen. Dieses Orakel scheint eine hundertprozentige Trefferquote zu haben. Das erstickt die Hoffnung, alles könnte ein großer Irrtum sein. Ich muss von nun an ihre Worte als gegeben, als Version der Zukunft annehmen und mit diesem Stand weiterarbeiten.

Nun gut, die verdammenswerten Worte:
»*Geboren im Schatten des Tyrannen, mit der einen unvergleichlichen Macht gesegnet, die der alte Zauberer gleichermaßen fürchtet und begehrt, wird der Hüter sein Herz geben und die Seele den Körper verlassen. Dies ist der Preis, um Anicor zu retten. Dies muss geschehen und der Tyrann wird fallen.*«

Jede Prophezeiung kann man unterschiedlich interpretieren, daher versuche ich mein Glück, vielleicht komme ich zu einem anderen Schluss als er, der mein gesamtes Geschlecht ausgerottet hat, um an mich heranzukommen.
    Erster Versuch:
    Der Tyrann ist klar: Vanir.
    Er ist ebenso der alte Zauberer. Es gibt keinen älteren als diesen unsterblichen Mistkerl. Keiner weiß so genau, wie alt er wirklich ist, nur dass er immer noch der eine Herrscher ist, der aus den wilden

Aufständen vor über dreihundert Jahren hervorgegangen ist. Er war quasi schon immer da und hat auch schon immer geherrscht.

Seit meine Macht sich entfaltet hat, hat dieses Aas Interesse an mir. Er versuchte, an mich heranzukommen, das steht außer Frage. Ich glaube immer noch nicht, dass Mama und Papa bei einem Unfall gestorben sind. Es war zu passend für diesen Tyrannen, da sie ihn nie an mich herangelassen haben und er danach uneingeschränkten Zugriff auf mich hatte. Dass nach und nach alle Warren starben, bestärkt mich nur in meiner Annahme. Die Fragen, die er mir gestellt hat, als er mich als Mündel aufnahm … die Zauber, die er an mir ausprobiert hat. Also ist mit dieser Macht vermutlich meine Gabe gemeint. Solange ich mich erinnern kann, wurde meinen Eltern von allen Seiten erzählt, wie außergewöhnlich ich und meine Macht wären. Semona muss meine magische Gabe gemeint haben.

Die letzten beiden Sätze sind im Grunde selbsterklärend. Da ist nicht viel Spielraum für Interpretationen.

Sein Herz geben und die Seele den Körper verlassen. Nun, auch das lässt nicht allzu viel Interpretationsspielraum. Meine Seele verlässt meinen Körper erst, wenn ich sterbe. Und auch, wenn man Herz geben symbolisch verstehen könnte, zusammen mit der Seele ist es doch recht eindeutig. Also der Hüter muss sterben, um Anicor zu retten. Wie, wann und warum steht da allerdings nicht.

Bleibt noch der erste Halbsatz. Aber im Ernst, jedes verdammte Kind unserer Generation ist in seinem Schatten geboren. Vermutlich sogar jedes Kind Anicors überhaupt.

Das einzige Wort, das nicht zu hundert Prozent Keylam schreit, ist das Wort Hüter. Ich wüsste nicht, inwiefern ich ein Hüter sein sollte. Aber dennoch gehen Vanir und die Penhaligan davon aus, dass ich gemeint bin, wegen meiner Macht, die er so offensichtlich begehrt.

Resümee: Was passieren muss, ist offensichtlich. Aber der einzige Grund, weshalb man behaupten könnte, ich wäre eindeutig gemeint, ist meine Macht.

Forscherfrage: Wenn ich meine Macht banne, hat die Prophezeiung dann überhaupt noch Bestand?

Träge lächelnd strich ich mit meinen Fingern über seinen Handrücken. Unsere Hände zwischen uns vor den Blicken der anderen versteckt, hatte es einen Hauch von Verrucht- und Verbotensein. Ein Geheimnis, unser Geheimnis, auch wenn ich mir sicher war, dass keiner heute so begriffsstutzig sein konnte.

Simon, Leon, und Yvi waren inzwischen heimgegangen und wir waren gerade fertig geworden. Nun saßen Tylor, Zack, Keylam und ich oben in der Leseecke, wir beide auf dem roten Sofa und die beiden auf dazu passenden Ohrensesseln uns gegenüber. Zack hatte die Getränkekiste vor sich, aber zwischen den Sesseln platziert, sodass er und Taylor beide ihre Füße darauf ablegen konnten. Es gab einige solcher kleinen Gesten, bei denen ich mich nun fragte, ob sich heute vielleicht noch ein Pärchen gefunden hatte. Zumindest war etwas wie Freundschaft zwischen ihnen entstanden und ich war schon gespannt, meine Freundin auszuhorchen.

»Ich würde deine Aussage etwas differenzieren. TikTok bestimmt den Buchmarkt nicht, zumindest nicht vollkommen. Aber die Plattform hat einen enormen Einfluss. So wie zuvor Bookstagram«, widersprach Keylam gerade Taylor.

Ich starrte ihn an. »Das waren ... boah, jede Menge junger Worte. Wer bist du und was hast du mit dem alten Geist gemacht?«

Keylam kniff in einem stummen »Ha, ha« die Augen zusammen und krauste die Nase, als er sich vorlehnte und raunte: »Ich bin jung, in der Blüte meines Lebens. Und ich habe allerhand junge Eigenschaften; ausdauernd, kraftvoll, hungrig ...« Seine Stimme wurde immer kratziger und ich hatte bald Not zu atmen.

Taylor hüstelte: »Vorschnell, impulsiv und unbedacht sind ebenso Eigenschaften, die man jungen Männern zuschreibt.«

Keylam lehnte sich zurück und sah sie kühl an, ich dagegen musste mir ein Grinsen verkneifen. »Wie eine Entscheidung beurteilt wird, liegt vermutlich im Auge des Betrachters. Die einen mögen eine Handlung vorschnell nennen, für die anderen war es eine spontane Entscheidung. Was manche impulsiv nennen, ist für andere leidenschaftlich und unbedacht –«

»Ich hab's verstanden«, knurrte Taylor und funkelte ihn an.

Gerade hatte ich noch lachend dagegen argumentieren wollen, als mir erst klar wurde, dass die beiden etwas ganz Konkretes meinten. Eine eben noch spannende Diskussion über den Einfluss von Social Media war plötzlich etwas anderes geworden.

»Egal, ob er nun jung oder alt ist, Keylam würde nie eine undurchdachte Entscheidung treffen«, mischte Zack sich ein.

Daraufhin warf Taylor ihm einen giftigen Blick zu, dem der Buchclubleiter mit stoischer Miene standhielt. Nach und nach wurde ihr Ausdruck weicher, sie knickte regelrecht ein. Ihre Schultern sanken unter einem schweren Seufzen herab, als sie sich wieder Keylam zuwandte und noch einmal ihre Worte wiederholte, diesmal jedoch deutlich sanfter.

»Habe ich was nicht mitbekommen?«, fragte ich in die Runde.

Zack schlug sich mit den gigantischen Pranken auf die Oberschenkel und stand schwungvoll auf: »Nur, dass ich deine beste Freundin jetzt nach Hause begleite.«

»Ts, das hättest du wohl gerne.«

Zack grinste spitzbübisch und entblößte schneeweiße und doch unüblich spitze Zähne. Der Blick, den er ihr zuwarf, konnte man nur raubtierhaft nennen. »Oh, du hast mich wohl falsch verstanden. Ich möchte nur ganz gentlemanlike dafür sorgen, dass du sicher zu Hause ankommst.«

»Bitte«, schnaubte Taylor, erhob sich aber trotzdem. »Ich kann gut auf mich selbst aufpassen.«

»Davon bin ich überzeugt«, raunte er, als wären diese Worte ein Vorspiel und keine Abfuhr. Und wow, meine beste Freundin errötete. Mit einem fetten Grinsen im Gesicht funkelte ich sie wissend an.

»Darf ich dann der Dame Gesellschaft leisten, auf ihrem Weg nach Hause?«, bot er an und streckte ihr den Arm so hin, dass sie sich unterhaken konnte.

Sie zögerte einen Moment, zupfte das schwarze T-Shirt mit dem glitzernden Schriftzug »Who run the world ...« über ihrem knallroten Longsleeve zurecht, reckte das Kinn und entgegnete: »Ich brauche keinen Gentleman, aber gute Gesellschaft habe ich gerne.« Demonstrativ nickte sie zu dem dargebotenen Arm, den Zack daraufhin zurückzog.

»Dann gebe ich mir die größte Mühe.«

Sie lächelte warm, ehe sie sich an Keylam wandte, zwei Finger hob, erst auf ihre Augen deutete und dann auf ihn. »Ich warne dich nur einmal.«

»Angekommen«, erwiderte er sofort ruhig und ernsthaft.

So zufriedengestellt drückte sie mir noch einen Knutscher auf die Wange und meinte zum Abschied: »Ich wünsche dir eine wunderschöne Nacht. Mach nichts, was ich nicht auch tun würde.« Dann rauschte sie davon, hob am Absatz der Eisentreppe noch eine Hand über die Schulter und flötete »Tschüdelü« mit wackelnden Fingern, ehe sie Zack hinterher die Treppe runterflog und den Laden begleitet vom Bimmeln der Türglocke verließ.

Perplex starrte ich ihr hinterher. »Also, das war …«

Keylam legte seine Hände an meine Schultern und meinte sanft: »Eine besorgte Freundin. Sieh es ihr nach.«

Ich drehte mich zu ihm um, zog die Beine auf das Sofa und verschränkte meine Finger ganz mit seinen.

Keylam hob meine Hand an seine Lippen und hauchte einen ehrerbietigen Kuss auf meine Knöchel.

»Ich werde nicht –«, platzte ich heraus und bremste mich doch wieder.

»Ich weiß«, sagte Keylam sofort sanft.

»Du weißt?«, fragte ich ungläubig. Nie im Leben konnte er meinen sprunghaften Gedanken gerade gefolgt sein.

Doch Keylam hob seinen Blick, sah mich warm und voller Zuneigung an und erklärte sanft: »Ihre Andeutung, du sollest nichts tun, was sie nicht auch tun würde. Dein Blick und was heute alles zwischen uns gewesen ist. Ich sage mal so, es würde mich nicht wundern, wenn Taylor und Zack die Nacht heute im selben Bett verbringen. Es würde mich allerdings regelrecht schockieren, wenn das auch auf uns zuträfe.«

Nachdenklich knabberte ich an der Innenseite meiner Lippe. »Ich bin ein wenig schockiert, dass du tatsächlich in meinen Kopf schauen kannst.«

Keylam lachte. »Das kann ich nicht, überhaupt nicht. Du überraschst mich immer wieder.« Er lehnte sich vor, küsste sanft meine Stirn und flüsterte: »Deine Gedanken sind ein Buch mit sieben Siegeln.«

»Aber gerade –«

Er neigte sich herab und hauchte mir einen Kuss auf die Lippen, den ich sofort vertiefte. Als würden wir uns gegenseitig entzünden, wurde der Kuss schnell rauer, wilder. Halb krabbelte ich, halb zog er mich auf seinen Schoß und so schnell wie unser Hunger erwachte auch seine Erregung, die sich wunderbar süß und hart gegen meine Schenkel presste. Unsere Zungen streichelten und neckten einander, während unsere Hände den anderen nur noch näher heranzogen.

Keylam löste schwer atmend seine Lippen von meinen. »Seit diesem ersten Kuss heute ... wird es immer ... intensiver zwischen uns. Ich ... Ich kann nicht aufhören, dich zu berühren.« Wie als Beweis streichelte er meinen Schenkel entlang. »Und an kaum noch etwas anderes denken. Dazu Taylors Andeutung. Es war nicht schwer zu erraten, dass deine Gedanken in dieselbe Richtung getrieben wurden wie meine.«

Ebenso schwer atmend hob ich den Kopf und sah ihn an, die harte Beule an meinem Schenkel, seine verdunkelten Augen, seine geöffneten Lippen und das heiße Begehren in seinen Zügen. Vermutlich hatte er recht, es war offensichtlich gewesen, ich zweifelte keine Sekunde, dass ich ähnlich aussah.

»Kann sein.« Ich legte den Kopf schief, schlang meine Arme locker um seinen Hals und meinte: »Jetzt muss ich nur noch entscheiden, ob ich es als Beleidigung oder Kompliment empfinde, dass du fest davon ausgehst, dass ich gleich nach Hause gehen werde.«

»Weder das eine noch das andere. Es war eine vollkommen wertungsfreie Feststellung. Weder empfinde ich einen Abschied als prüde noch eine gemeinsame Nacht als flittchenhaft. Es ... Es muss zu den Personen passen, zu deren Charakter.«

»Kluge und zugleich entnervend sachliche Worte«, beschwerte ich mich.

Er lächelte. »So schrecklich erwachsen.«

Provozierend bewegte ich meine Hüfte in einer fließenden Bewegung vor und ihm entfuhr ein erstickter Laut. »Tu nicht so abgeklärt.«

Keylam packte meine Hüfte fester und sah hungrig zu mir auf. »Ich bin alles andere als abgeklärt. Ich habe dir schon gesagt, dass du mein Wunder bist. Niemand, wirklich niemand kann mich so aus der Reserve locken wie du. Mich meine Beherrschung vergessen lassen.«

Er lehnte sich vor und küsste meine Kehle. »Mich einfach alles vergessen lassen«, schnurrte er an meiner Haut und knappte hinein.

»Vielleicht bleibe ich doch«, entfuhr es mir, als ich meine Finger in seinem Haar vergrub.

Er hauchte Kuss neben Kuss, bis er sich zu meinem Ohr vorgearbeitet hatte. »Bleib, wenn du das willst. Ich wäre der glücklichste Mann auf Erden. Aber vorhin wolltest du, dass ich in Ruhe nachdenke, dass ich fernab von deiner Nähe eine Entscheidung treffe.«

Seine Worte übergossen mich wie ein Eimer eiskalten Wassers. Ich lehnte mich zurück und betrachtete ihn ruhig. Wollte ich das noch immer? Ja, verdammt. Wenn er sich in dieses Drama stürzte, dann sollte es keine Entscheidung im Nebel der Lust sein, das war mir noch immer wichtig.

Schweren Herzens kletterte ich von seinem Schoß, hielt ihm aber die Hand hin, um mit mir aufzustehen. Keylam ließ sich hochziehen und kam nah vor mir zum Stehen. Ich legte meine Hände an seine Taille und entschied: »Heute gehe ich, morgen denken wir beide in Ruhe nach, was wir wirklich wollen, du bequatscht deine Gedanken mit Zack und ich meine mit Taylor. Und wenn wir morgen Abend beide immer noch ... so drauf sind, verlasse ich deine Arme keine Sekunde mehr«, raunte ich am Ende mit belegter Stimme.

Keylam zog mich im selben Moment an sich, wie ich mich an ihn drückte. So umschlungen standen wir einfach nur da. Es tat so gut, wenn er mich hielt.

»Du bist wirklich ein Hüter«, murmelte ich, um dem Gefühl der vollkommenen Geborgenheit und Sicherheit einen Ausdruck zu geben, die ich in seinen Armen empfand.

Keylam versteifte sich. »Was hast du gesagt?«, fragte er tonlos.

Ich lehnte mich zurück, sah ihn offen an. »Keylam. Dein Name. Er bedeutet Hüter der Seele. Und so geborgen und sicher wie in deinen Armen, in deinem Laden, so habe ich mich noch nie gefühlt.«

Er starrte mich derart aufgewühlt an, dass ich sicher war, ich hatte mit meinen Worten an einer alten Wunde gerührt. Nach morgen, wenn wir uns beide sicher waren, würde ich ihn danach fragen. Aber jetzt nicht. Jetzt ließ ich ihm den Moment inneren Aufruhrs, das Erstarren und Atem anhalten, ehe er sich wieder fing. »Das ist schön.«

Seine matten Worte bestärkten mein Gefühl und ich setzte es mir auf die mentale Liste an Themen, über die ich nach morgen mit ihm reden wollte. Das heute war bereits ein fast perfekter Tag gewesen.

Keylam führte mich die Treppe herunter und ich ließ die vergangenen Stunden Revue passieren. Stundenlang in diesem Laden, der sich wie zu Hause anfühlte, zwischen den Büchern, die meine Passion waren und mit ihm an meiner Seite, der mir abwechselnd Momente voller Zuneigung und spannenden Diskussionen geschenkt hatte. Mein perfekter Tag kam nah an diesen hier heran.

Vor der Tür hielt Keylam inne, zog mich noch einmal an sich und küsste mich voller Inbrunst. »Bis morgen Abend dann.«

Ich lächelte. »Bis morgen Abend. Ich glaube, ich werde wieder Hoodie, Jeans und Sneakers tragen, das hat heute so wunderbar geklappt.«

Er lachte auf. »Ganz ehrlich? Ich habe keine Ahnung, wieso. Das ist ein Outfit, das ich auf der Straße nicht einmal eines Blickes würdigen würde.«

Kaum ausgesprochen riss er die Augen auf. »Das soll nicht heißen –, ich meine nicht –«

Ich legte ihm einen Finger auf die Lippen. »Alles gut, das war deine ehrliche Meinung. Du musst nie Angst haben, mir deine Meinung zu sagen.«

Seine Züge wurden weich. »Danke«, hauchte er und küsste mich noch einmal.

Als er sich diesmal zurücklehnte, war da so viel Unsicherheit und Offenheit, dass ich stutzte und mich fragte, was jetzt wohl kommen würde.

»Ich … bin nicht der diplomatische Typ und auf … viel Erfahrung kann ich auch nicht zurückgreifen. Ich wollte nicht sagen, dass ich dein Outfit nicht mag. Nur, dass ich es normalerweise nicht mag. Verdammt, das klingt schon wieder ganz falsch.«

»Alles gut.« Ich lächelte über seinen tollpatschigen Versuch und fand die Wahrheit, die er über sich preisgab, irgendwie schön.

»Eigentlich wollte ich sagen, dass ich vorhin den Blick nicht von dir lassen konnte.«

»Obwohl ich einen Hoodie trage«, neckte ich ihn.

»Komm schon«, beschwerte er sich und ich lachte auf.

»Ich verstehe dich schon. Und ich habe auch begriffen, dass es dich wundert, dass du die Augen nicht von mir lassen konntest, obwohl ich etwas anhabe, das du normalerweise nicht attraktiv findest.«

Er senkte betreten den Blick. »Du hast irgendwie gestrahlt.«

Ich zuckte mit den Schultern. »Ich habe die Erfahrung gemacht, dass ich mich auftakeln kann, wie ich will, wenn ich mich nicht wohlfühle, schenkt mir niemand einen anerkennenden Blick oder ein Lächeln. Dagegen kann ich im Schlabberlook herumlaufen, wenn ich zufrieden und glücklich bin, wird mir teilweise sogar hinterhergepfiffen. Unabhängig davon, ob ich das gut finde oder nicht, es sagt mir, dass man mich attraktiver findet, wenn ich die richtige Ausstrahlung habe, nicht das richtige Kleid trage. Seither verschwende ich weniger Zeit darauf, zu überlegen, was ich anziehe, und investiere mehr Zeit in mein mentales Ich.«

»Du bist unglaublich«, murmelte er belegt und küsste mich. Ich spürte seine Worte in jeder Nuance unseres Kusses und fühlte mich wertgeschätzt. Jetzt, da sich der Tag dem Ende neigte, kam ich letztlich zu einer Entscheidung: Das hier war nicht die letzte Höllenqual, durch die mich mein Leben schickte, sondern ein letztes Geschenk vor dem Ende.

Forschungsbericht Keylam Warren

Mainz, 05. Juli 2023

Notiz 39:
Die aufgenommenen Verhandlungen mit den Penhaligan

Das erste Treffen verlief gut. Elisabeth Penhaligan, eine ihrer Priesterinnen, verhandelt mit mir. Wir haben vornehmlich über das Brückenproblem gesprochen und wir haben einen guten Plan entwickelt, wie wir zumindest das Rhein-Main-Gebiet gut abgedeckt bekommen. Sie hat am Ende des ersten Treffens den Gedanken einer Maskierung aufgebracht. Auf diese Weise könnten die Tenebris, wenn sie auf das Ende einer Nebelbrücke in Anicor stoßen, diese zwar noch zerstören, sie aber nicht mehr zu ihrem Ursprungsort zurückverfolgen. Das würde die Penhaligan und auch mich schützen.

Ich habe ein wenig recherchiert und einen Zauber gefunden, der die Brücken vor Vanir und seinen Tenebris womöglich sogar ganz verstecken könnte, nicht nur ihren Ursprungsort, man benötigt dafür allerdings das Herz Anicors.

Elisabeth brachte heute den Gedanken auf, dass das Herz Anicors alle Stämme vereint und dass man für den Zauber dann vielleicht auch einfach einen Vertreter aus jedem Stamm nutzen könnte. Der Gedanke ergibt vor der Tatsache Sinn, dass Anicor das Kollektiv ihrer Fabelwesen zu sein scheint. Unsere Welt stirbt, seit wir sie verlassen mussten. Umgekehrt müssen wir unsere Heimat in regelmäßigen Abständen besuchen, um nicht ebenso zu sterben. Es gibt also definitiv eine lebenserhaltende Verbindung zwischen unserer großen Mutter und uns. Sie ist nur so diffus und komplex, dass ich keine Ahnung habe, welcher Art diese Verbindung ist und wieso wir einander zu brauchen scheinen. Deshalb habe ich auch nur Hoffnung und keinen Funken Überzeugung, dass Elisabeths Idee klappen könnte und der Maskierungszauber gelingt, wenn wir aus jedem Stamm einen Vertreter nutzen, um das Herz Anicors zu ersetzen.

Etwas war falsch, vollkommen falsch. Mit jedem Schritt, den ich mich vom *Booklight* entfernte, wurde das Gefühl schlimmer, drängender. Von Lichtkegel zu Lichtkegel nahm ich meine Umgebung immer weniger wahr, obwohl ich doch hinsah. Falsch. Es war einfach falsch.

Unweigerlich griff ich mir an die Brust, rieb über mein Sternum und wünschte, den plötzlich auftretenden Druck damit wegmassieren zu können. Das Keuchen meiner immer schnelleren Atmung schürte das Gefühl nur, das sich nun vollends bahnbrach: Panik. Aber keine, wie ich sie schon je erlebt hätte, als ich zum Beispiel in der Schule mal einen Blackout in einer Klassenarbeit erlebt hatte oder als ich eines nachts überfallen worden war. Nein, das hier war ... extremer. Und gleichzeitig fühlte sich alles gerade vollkommen irrational an.

Ein Teil von mir wurde seltsam analytisch, erkannte den rasenden Puls, die Enge in der Brust und die Panik als Warnsignale, doch irgendwie war dieser Teil von mir eingeschlossen, nur stiller Beobachter und hatte keinerlei Zugriff auf mich. Dieser Teil wusste auch, dass das gerade nicht gut war, dass ich die Kontrolle verlor, obwohl ich sie gerade jetzt bitter nötig hätte. Doch der andere Teil von mir, der sehr viel größere, mächtigere, der gerade am Ruder saß, der ließ mich losrennen.

Ich jagte durch die Straßen, entschied nicht bewusst, wohin, wusste nur, ich musste dorthin, wo ich Hilfe bekommen würde. Ich brauchte Hilfe, dringend. Mein Körper brüllte mich an. Das blanke Entsetzen packte mich im Genick und schrie mir zu, dass das keine einfache Panik war, sondern waschechte Todesangst. Im wahrsten Sinne des Wortes.

Und so rannte ich, vollkommen instinktgesteuert, nicht fähig, rational zu entscheiden oder zu handeln. Und immer noch saß das kleine rationale ich in mir fest, abgeschnitten vom Zugriff auf meinen Körper und flüsterte: Du wirst sterben, wenn du nicht ganz schnell Hilfe bekommst.

Wie in Trance fischte ich im Rennen das Handy aus meiner Hosentasche, öffnete einen Chat und schrieb nur ein Wort: Hilfe.

Tränenverschleiert fiel es mir schwer, den Button fürs Senden zu drücken, als es mir endlich gelang, sah ich auf und realisierte, dass ich in einem Auto saß. Wie war ich hier gelandet?

Ein Schauer rieselte meinen Rücken hinunter. Ledergeruch und das glatte Gefühl unter meinen schweißnassen Fingern verrieten mir, in was für einem Auto ich saß. Doch der kurze wache Moment verflog so schnell, wie er gekommen war. Die Panik kehrte zurück und ich krallte mich in den Sitz vor mir. »Halten Sie an!«, schrie ich.

»Stopp. Anhalten. Sofort. Halten Sie an!«, brüllte ich immer wieder, fummelte am Türgriff und bekam ihn endlich zu greifen. Reifen quietschten, ich schlug gegen den Vordersitz und brauchte einen benebelten Moment, um das Metall zu umfassen und die Autotür zu öffnen. Ich fiel mehr aus dem Auto als wirklich auszusteigen. Ich taumelte, stürzte auf die Knie und hörte plötzlich nichts mehr außer meinem eigenen Atem. Die Welt verlangsamte sich ins Zeitlupentempo und ich musste ganz umgekippt sein, denn in mein Blickfeld rannten Füße, die in schwarzen Lederschuhen steckten. Neben diesen Schuhen stand plötzlich ich. Der kleine rationale Teil von mir wusste, dass ich das nicht sein konnte, und erkannte entsetzt, dass ich wohl halluzinierte, doch wieder wurde dieser Teil von mir abgeschnitten und gemutet.

Halluzinations-Liv ging in die Hocke, blickte mitleidig auf mich herab und strich mir eine Strähne aus der Stirn. »Sie wird kommen, sie ist immer gekommen.«

Wie als wäre ich nicht ich, hörte ich mich schniefen und spürte mich matt nicken.

Sie wird kommen. Ganz bestimmt. Sie ist immer gekommen.

Meine Lider flatterten und dann umfing mich samtene Dunkelheit. Jemand hielt meine Hand, geleitete mich und flüsterte mir zu: »Sie ist gleich da. Du musst nur noch ein wenig durchhalten.« Es war meine eigene Stimme, klar, sanft, frei von der Panik, die mein Herz rasen ließ.

»Es ist okay«, flüsterte mein Halluzinations-Ich. »Du hast es bald geschafft.«

Ein Teil von mir realisierte, dass da keine Hoffnung war, nur Akzeptanz. Und dieser Teil wusste auch, wem ich geschrieben hatte, auf wen ich wartete, wen ich noch ein letztes Mal sehen musste, ehe ich loslassen konnte.

Stimmen in der Ferne, blinkende Lichter, Rufe von fremden Stimmen. Dann das Quietschen einer scharf getretenen Bremse. Oder kam das Geräusch von brutal gestoppten Reifen?

Dann war sie da. Ich wusste es, irgendwoher wusste ich es. Als hätte ich wirklich nur auf sie gewartet, kämpfte das kleine rationale Ich sich an die Oberfläche, stritt voller Kraft um die Kontrolle meiner Sinne, bis ich mühevoll die bleischweren Augenlider hob und sie sah.

»Mama«, hauchte ich.

Ihre Wangen waren tränenübersät, die langen schwarzen Wimpern verklebt, doch statt Angst oder Akzeptanz trat wilde Entschlossenheit in ihren Blick aus sanften braunen Augen. »Hilf mir!«, wies sie derart harsch jemanden an, wie ich sie noch nie gehört hatte.

»Anjali.« Sanft, ermahnend und tränenerstickt. Die Stimme meines Vaters.

»Nein! Es gibt noch eine Chance.«

Kurzes Schweigen. Dann leiser. »Und wie willst du sie dorthin bringen?«

Meine Mutter schnaubte, schob ihre Arme unter meinen Körper und hob mich hoch, als wäre ich noch das kleine siebenjährige Mädchen.

»Dann hilf mir eben nicht. Aber steh nicht im Weg rum«, schnaufte sie.

»Wie kannst du das sagen?«, empörte sich Papa. »Ich frage dich nur, was genau du dir vorstellst, wie wir sie nach Anicor bringen sollen?«

»Es gibt Brücken!«

»Wo?«

»In Mainz.«

»Das meinte ich nicht.«

»DAS FINDE ICH SCHON HERAUS; JETZT MACH DIE TÜR AUF!« Das Brüllen meiner Mutter dröhnte durch ihren Brustkorb gegen meinen Arm und klingelte in meinen Ohren. Sie schnaufte schwer und im nächsten Moment wurde ich wieder in ein Auto manövriert, diesmal umfing mich allerdings der Geruch von Heimat und dann verlor das kleine rationale Ich den Kampf und Dunkelheit umfing mich.

Weiche Watte, hell und zart. Wie in dem Moment, wenn frischer Schnee fällt und die Welt einhüllt, klang alles gedämpfter, näher und zugleich waren die Stimmen endlos weit entfernt, hinter dieser weichen Welt. Nur wenige Worte schafften den Weg aus dem gedämpften Gespräch zwischen bekannten Stimmen. So wenige Worte, die mein Verstand nicht zu greifen bekam, nur erfühlte. Bilder tauchten in meiner wattigen Welt auf, winzige Schnappschüsse, der Geruch von Büchern, das Gefühl von Geborgenheit und das winzige Klicken einer goldenen Taschenuhr, die geschlossen wurde.

Zeit war ... plötzlich irrelevant. Ich wusste, dass sie verging, wusste auch, dass ich sie nicht fühlte wie normalerweise und zugleich zählte sie nicht, keine Sekunde, keine Minute, keine Stunde. Alles, was zählte, war das Wissen, dass sie zur Neige ging. Unaufhaltsam.

Neue Bilder kamen. Ich sah Drachen fliegen in einem Kampf gegen Wyvern. Wie die Heldin einen vergifteten Dolch in die Seite bekam und das Bewusstsein verlor. Dann wechselte die Szenerie, die neue Heldin lag eingesperrt in einem Eisensarg und entschied sich, nicht aufzugeben, hämmerte mit ihrer Macht gegen den Deckel und kämpfte. Wieder ein Szenenwechsel und dann sah ich einer Heldin dabei zu, wie sie auf einem Schlachtfeld ihre Macht entdeckte, nur um im nächsten Moment von hinten ein Schwert durch die Brust gerammt zu bekommen.

Bücher ... Es waren Szenen aus den Büchern, die ich zuletzt gelesen hatte. Heldinnen, die kurz davor waren zu sterben. So wie ich. Nur war ich keine Heldin, starb nicht in einem heroischen Kampf, sondern einfach, weil mein Körper aufgab.

»Da vorne links«, drang die Stimme meiner Mutter zu mir durch.

»Ich bin schon da«, erklang eine blecherne Stimme wie durch eine Freisprechanlage. War das Taylor?

»Keylam bereitet gerade alles vor. Für die Maskierung brauchen wir von jeder Familie ein Mitglied, wenn du die Althea übernimmst, habe ich alle zusammen.«

»Natürlich übernehme ich die Althea.«

»Dann kannst du aber nicht mit rüber.«

»Das weiß ich. Kannst wenigstens du mitgehen?«

»Ja, meine Schwester ist auch hier und kann uns vertreten, aber du weißt, dass ich im Falle eines Falles wenig ausrichten kann. Wir haben mehr als einen Werwolf hier, aber ich traue denen nicht.«

»Ich auch nicht. Zu viele von ihnen haben sich den Tenebris angeschlossen. Dann eben nur du und der Magier.«

»Das muss reich–«

Zurück war die Watte. Aber das, was von diesem Gespräch zu mir durchgedrungen war, musste ebenso durch meine Bücher gefärbt worden sein, wie die Blitzlichter zuvor. Sofort keimte die Sehnsucht auf, Taylor noch einmal zu sehen. Jetzt, da es zu Ende war, wünschte ich mir noch etwas mehr Zeit, nur etwas noch. Zeit mit Mama und Papa, einen Abend mit ihnen auf der Couch, mit lustigen Gesprächen und einem guten Film. Einen Spaziergang noch mit Taylor und einen Moment noch mit Keylam zwischen den Bücherregalen. Nur einen noch.

Der Wagen ruckte, sanfte Finger an meiner Schläfe, das Bild sich bewegender Lippen, die mir etwas sagten, der Druck einer Hand an meinem Arm. Es waren so wenige Empfindungen, so wenig, was ich wahrnahm, ehe ich wieder in die weiße Wattewelt abdriftete.

Ganz kurz, für vielleicht fünf Herzschläge war das Gefühl der Todesangst weg. Wärme flutete mich, Geborgenheit schmiegte sich in meine Arme und liebkoste mein Herz.

Ein blauer Lichtstrahl zuckte durch meine sich lichtende Watte und dann war das Gefühl der Erlösung weg.

»Liv?«

»Hat ... sie ... hat sie noch ... Puls«, keuchte jemand links von mir.

Der Geruch von feuchter Erde und frischem Holz stieg mir in die Nase, dann drückte sich etwas Raues und zugleich überraschend Bewegliches gegen die Haut meines Halses. »Ja.«

Ich horchte in mein Inneres und fand nichts. Kein Gefühl der Erlösung oder Geborgenheit, aber auch nicht das furchtbar Falsche von zuvor. Keine Todesangst, aber auch keine rettende Erleichterung. Mit Mühe bekam ich die Augenlider auf und wusste sofort, dass der Mangel an Einschätzungsvermögen, was ich fühlte, daran lag, dass ich gestorben war.

»Liv? Hörst du mich?« Er war es und doch auch nicht. Da kniete er vor mir, schwer atmend, einen Unterarm auf dem aufgestellten

Knie abgestützt. Ich wusste, er war Keylam, erkannte seine Stimme, aber der Körper war … falsch. Knallblaue Haare, graue Iriden und nicht einmal der Teint stimmte. Dazu ein weißer Umhang mit aufgestelltem Kragen, darunter ein blaues Shirt. Und in diesem Moment wusste ich, dass ich tot sein musste. Keylam würde nie ein schlichtes Shirt tragen und ganz sicher auch nicht diese schwarzen Stiefel. Wie absurd. Wie kam mein Gehirn nur darauf?

Ein Knurren ließ mich zur Seite blicken. Etwas in mir erkannte in den goldgelben Augen Zack. Auch wenn der massige Wolfskörper mit braunem Zottelfell mir keinen Hinweis darauf gegeben hätte, dass er der beste Freund meines Chefs sein könnte. Daran musste dieses seltsame Gespräch schuld sein, das ich zwischen den beiden belauscht hatte. Gehirne machten ja die seltsamsten Dinge.

Moment. Ich war tot. Und doch war hier mehr als reines Nichts. Erstaunt sah ich mich um. Nie hätte ich vermutet, dass es ein Danach gäbe. Hatten all die Religionsanhänger dieser Welt doch recht? Gab es etwas danach?

Mein Blick schweifte über atemberaubend blühende Bäume, deren Blätter selbst Blüten zu sein schienen. Rosa, blasslila und intensives Violett. Ganze Baumkronen voll davon und bei jeder sanften Brise, die die Zweige leicht wogen ließ, lösten sich kleine Blütenblätter und tanzten durch die Luft, in Formen und Bahnen, die unnatürlich schienen, als könnten sie sich frei bewegen, nach eigenem Willen und wären nicht windbestimmt. »Wow«, hauchte ich mit kratziger Stimme.

»Geht es dir besser?«, fragte Taylor neben mir.

Voller Mühe drehte ich den Kopf und sah in ein Gesicht, das mir vollkommen fremd und zugleich vertraut war. »Das passt«, flüsterte ich selig lächelnd. Meine waldverliebte beste Freundin hatte rindenartige Haut, Zweige mit Blättern statt Haaren und aus Schultern und Taille sprießte ebenfalls Grün. Sie sah wunderschön aus, einzigartig und so sehr wie ihr innerstes Wesen. Das gefiel mir. Diese Welt, die mein Gehirn mir als Danach zeigte, sie war wirklich toll.

»Liv?«, drängte sie. »Geht es dir besser?«

Müde kämpfte ich meine Lider wieder auf, wodurch mir erst klar wurde, dass sie zugefallen waren. Und ohne, dass ich es verhindern könnte, fielen sie prompt wieder zu. Ich horchte in mich und spürte das furchtbar falsche Gefühl unter der Oberfläche lauern, als wartete es nur darauf zurückzukehren.

»Kaum«, wollte ich sagen und bekam doch meine Lippen nicht auseinander. Mein Mund fühlte sich verklebt an, so schwer waren meine Muskeln, dass ich nicht einmal dieses eine Wort herausbekam.

»Ich verstehe das nicht«, erklang Taylors Stimme.

»Und ihr seid euch sicher, dass sie ein Kind Anicors ist?«

»Sonst hätte sie die Brücke ja kaum überqueren können«, blaffte Taylor.

»Aber es geht ihr nicht besser«, murmelte er.

»Das sehe ich selbst Captain Obvious«, schoss sie zurück. Leiser fügte sie hinzu: »Vielleicht braucht sie nur ein bisschen Zeit hier. Es muss ihr besser gehen, allen von uns geht es besser, wenn wir hier sind.«

»Aber sie ist nicht wie wir«, erklang eine Stimme, bei der ich sofort Fantasyfilme vor Augen hatte. Diese Stimme war eindeutig keine gesprochene, die Worte nicht durch Lippen geformt, und doch hörte ich jedes Wort klar und deutlich und es war Zacks Stimme. Wie machte er das?

»Was?«, knurrte Taylor angriffslustig.

»Seht doch mal hin. Sie ist immer noch Liv.«

Schweigen.

Also langsam wurde das hier seltsam. In meiner Version vom danach benahmen die drei sich echt seltsam. Mit dem veränderten Aussehen käme ich gut klar, aber dieses Gespräch? Und überhaupt, wo waren Mama und Papa. Sie müssten auch hier sein, wenn das meine Version vom Himmel war.

»Was machen wir jetzt?«, flüsterte Taylor leise.

»Wir gehen zurück, damit Anjali sich verabschieden kann«, entschied Keylam mit einer Stimme voller Qual und Kälte. Sofort wollte ich zu ihm, wollte ihn in den Arm nehmen und trösten.

Ein leises Schluchzen erklang. »Wir geben einfach auf?«

»Es hilft nicht.«

»Das weißt du nicht. Vielleicht hilft es in ein paar Minuten oder in ein paar Stunden. Sie ist zum ersten Mal seit der großen Flucht hier.«

»Und wie war dein erstes Mal zurück?« Die Worte klangen wie Peitschenhiebe, selbst in meinen Ohren. »Das dachte ich mir«, murmelte er, allerdings nicht triumphierend, sondern hoffnungslos. »Wir gehen zurück. Die Brücke besteht jetzt. Wenn Anjali will, dass ich sie wieder hierherbringe, tue ich das. Aber jetzt bringe ich Liv zurück zu ihrer Mutter.«

Kein Widerspruch.

Ich spürte Druck an meinen Händen, wusste irgendwoher, dass Keylam sie genommen hatte. Dann gemurmelte Worte. Wie gerne würde ich die Augen aufbekommen und noch einen Blick auf das innere Wesen meiner besten Freundin erhaschen. Es passte wirklich so gut. Doch ich bekam die Lider nicht gehoben. Der grelle Lichtblitz allerdings schaffte es sogar durch die schützende Haut und blendete mich.

Geborgenheit. Mit zärtlichen Liebkosungen lockte das Leben, geleitete mich durch diese seltsame Nahtoderfahrung zurück ins Buchclubzimmer, in dem seltsam viele Stimmen durcheinander redeten.

»Wir sollten den Raum verlassen und ihnen etwas Privatsphäre geben«, hörte ich Mirans Stimme. Huch, was machte der Buchclub hier, es war doch noch gar nicht Donnerstag.

Mein Nacken schmerzte unerwartet, als ich den Kopf in seine Richtung drehte und den blassen hageren Mann dort stehen sah.

Unsere Blicke trafen sich in dem Moment, als die rothaarige Yvi ihn anpflaumte: »Wenn wir unsere Positionen verlassen, fällt die Maskierung. Lade die Tenebris doch gleich hierher ein. Sie wären bestimmt hellauf begeistert, direkt in Keylams Hinterzimmer zu landen.«

Ähm, was?

»Sie ist wach«, bemerkte Miran kühl statt einer Antwort.

Auf einen Schlag verstummten die Gespräche und ich wurde in eine halb sitzende Position hochgerissen und fand mich in Mamas Armen wieder. Sie vergrub ihr Gesicht in meiner Halsbeuge und schluchzte »Liv! Du lebst.«

»Tue ich das?«

Sie lachte leise, schob sich zurück und sah mich mit so viel Glückseligkeit im Blick an, dass ich ihr irgendwie glauben musste.

»Mann, was machst du denn für Sachen«, meinte Taylor ebenfalls tränenerstickt, sank auf meiner anderen Seite auf die Knie und umschlang mich ebenso wie meine Mutter.

Vollkommen überfordert sah ich auf zu Keylam, der dort stand, inmitten des Buchclubzimmers, umringt von all diesen Leuten, aber in seiner gewohnten Erscheinung, mit Hemd, Hose und ... ohne Weste. Stattdessen waren die obersten Knöpfe seines Hemdes geöffnet und gaben den Blick auf seine Brust frei, auf der Teile eines scheinbar kreisrunden blauen Tattoos prangten, wilde Symbole und Schriftzeichen. Es war, als würde ein Zahnrad einrasten, als ich seinem Blick begegnete und er sich lächelnd die verräterisch feuchten Augen rieb. Aber das konnte nicht stimmen. Das war nicht möglich.

»Ich lebe«, murmelte ich, plötzlich vollkommen sicher, dass es so war.

»Ja«, rief Mama lachend und Taylor nickte eifrig. Doch mein Blick glitt zu Yvi, die gerade eben in der offensichtlichen Realität Dinge gesagt hatte, die mein eigentlich gerade noch automatisch als Halluzination abgestempeltes Nahtoderlebnis ins Hier und Jetzt rückten. War das alles etwa wirklich passiert?

Zuerst wollte ich mich an Mama wenden, öffnete schon die Lippen, doch dann zögerte ich. Wenn das alles gerade eben wirklich passiert war, dann hatte sie mich angelogen. Mein Leben lang. Automatisch sah ich zu Taylor, doch auch sie war ein Teil davon. Auch sie hätte mich die ganze Zeit angelogen, wenn das alles gerade wirklich passiert war.

Ich schüttelte den Kopf. Das konnte nicht real sein. Das alles konnte einfach nicht stimmen. Mein Gehirn musste einiges durcheinandergeworfen haben.

Gerade, als ich mich davon überzeugt hatte, dass dieses rätselhafte Wunder in unseren Schädeln bekannt dafür war, seltsam zu reagieren, wenn man dabei war zu sterben, fiel mein unsteter Blick wieder auf Yvi und blieb an ihr hängen. »Hast du gerade gesagt, ihr würdet die Ten-irgendwas hierher führen, wenn ihr eure Position verlasst, weil dann die Maskierung fällt?«

Ich spürte Mama an meiner Seite erstarren und wünschte so sehr, sie würde anders reagieren. Denn damit gab sie mir die Antwort, die ich absolut nicht hören wollte.

Es dauerte lange Herzschläge und ungläubige Atemzüge lang, bis die Erkenntnis, die auf Yvis schuldbewusst verzogenes Gesicht folgte, wirklich ankam. Langsam, ganz langsam wand ich mich aus Mamas Armen und funkelte sie mit dem Junge-Dame-Blick an, den sie mir so oft geschenkt hatte: »Du schuldest mir aber so was von eine Erklärung!«

Forschungsbericht Keylam Warren

Mainz, 07. Juli 2023

Maskierung von Nebelbrücken

Elisabeth Penhaligan hatte recht. Das Kollektiv aus allen Stämmen hat dieselbe magische Färbung und Macht wie das Herz Anicors. Der Zauber war erfolgreich und durch Umstände, die ich ein anderes Mal in Ruhe aufschreiben werde, weil sie im Grunde nichts mit meiner eigentlichen Mission zu tun haben, existiert nun eine Brücke zwischen meinem Hinterzimmer und Anicor. Ich glaube, die Brücke endet bei den Traumbäumen, wenn ich es richtig erkannt habe. Ich war seit über fünfzehn Jahren nicht mehr an diesem Ort, aber ich bin recht sicher, dass es die Traumbäume waren. Interessant, wo mein Unterbewusstsein mich in dieser hektischen Situation hingeführt hat.

Mit angezogenen Beinen saß ich auf einem der rotgepolsterten Sessel oben in der Leseecke und starrte vor mich hin. Meine Gedanken überschlugen sich, während ich auf die restlichen Akteure in dieser Parodie wartete. Das alles hier fühlte sich an wie ein richtig schlechter Film.

Auf dem Sessel neben mir saß meine beste Freundin und sah wieder komplett aus wie Taylor. Keine Rinde als Haut, keine Äste, die aus Schulter und Hüfte sprießten, keine Baumkrone als Haar. Ihr Blick war wachsam und ihre beinahe minütlich wechselnde Sitzposition verriet mir deutlich, wie unruhig und nervös sie war.

Hinter Taylor lehnte Zack an einem Bücherregal, die breiten Arme vor der Brust verschränkt und sein eindringlicher Blick, der mich keine Sekunde aus den Augen ließ. Keine gelben Augen, kein Zottelfell und ganz sicher keine irgendwie mental übertragene Sprache.

Papa hatte auf dem Sofa Platz genommen und lächelte mich traurig, aber liebevoll an. Da lag so viel Schuldbewusstsein in seiner gebeugten Körperhaltung und den so vertrauten Zügen, dass sich mir der Magen zusammenzog. Ich ertrug das nicht mehr, vor allem emotional. Mein Papa hatte mich noch nie so angesehen und ich bekam grauenvolle Angst. Ein Teil von mir wollte die Wahrheit gar nicht wissen, wollte zurück in die selige Unwissenheit, aber ein anderer Teil von mir knüpfte im Unterbewusstsein bereits die Erkenntnisse zusammen und erschuf ein großes Ganzes, das es schlicht nicht zuließ, dass ich nun ins Verdrängen abglitt.

Etwas an meiner gesamten Weltanschauung war vollkommen und grundlegend falsch und das, was wirklich war, hatte offensichtlich maßgeblich mit meinem körperlichen Zustand zu tun. Jetzt zu leugnen und zu verdrängen, wäre gleichbedeutend damit gewesen, mir ein Messer an die Pulsadern anzulegen. Wenn es Hoffnung gab, und nach dem, was gerade passiert war, musste es sie irgendwie geben, denn mir ging es gerade blendend, dann durfte ich jetzt nicht um des Seelenfriedens Willen die Augen vor der Wahrheit verschließen.

Tief sog ich die Luft ein, schloss meine Augen und blies den Atem mit einem Großteil meiner Anspannung hinaus. Noch mal und noch einmal, dann erst öffnete ich die Augen, lehnte mich zurück und bereitete mich auf das ohne Zweifel kommende Gespräch vor.

Dafür sondierte ich zuerst all die Informationen, die ich im vermeintlichen Wahn gesammelt hatte. Ich erinnerte mich bestimmt nicht mehr an alle, aber jede einzelne davon reichte aus, um das Gespräch zu starten. Zum Beispiel, dass die Kinder Anicors wohl gar keine menschliche Religion waren, sondern eher eine Gemeinschaft an Wesen, die allesamt von einem anderen Ort stammten, was immer *anders* in diesem Zusammenhang bedeuten mochte.

Schritte erklangen auf der Eisentreppe in meinem Rücken. Jeder einzelne dröhnte wie ein Donnerschlag in meinem Körper, steigerte die Anspannung in meinen Muskeln und das nervöse Kribbeln in meiner Brust schwoll unerträglich an. Was immer ich gleich erfahren würde, da war ich mir vollkommen sicher, würde alles verändern. Die Frage war nur, wie tief reichte die Lüge und war Verrat mit im Spiel?

Die Schritte wurden nun vom Teppich gedämpft und ich spürte ihre Körper in meinem Rücken. Ich krallte die Nägel in das Polster der Lehnen und versuchte zu atmen, als Mama und Keylam in mein Sichtfeld traten.

Meine Mutter funkelte ihn zornig an, ehe sie sich an mich wandte: »Liebling, lass uns nach Hause fahren und dort in Ruhe reden.«

Jetzt ergab ihr Blick Sinn. Sie wollte, dass wir das unter uns klärten, und im Grunde stimmte ich ihr da zu. Was immer sie mir verschwiegen hatte, es war was zwischen ihr und mir, beziehungsweise zwischen meinen Eltern und mir.

Doch dann glitt mein Blick zu Taylor. Auch sie war Teil davon und auch sie hatte mich mein Leben lang belogen. Ihre Erklärung dafür wollte ich ebenso hören, denn besonders von ihr fühlte ich mich verraten. Eltern trafen oft dumme Entscheidungen unter dem Deckmantel des Schutzes ihrer Kinder und entmündigten sie dadurch. Das lag gewissermaßen in ihrer Natur, denn sie schützen ihre Kinder vom Tag der Geburt an, Mütter sogar vom Tag der Empfängnis an. Das war wenigstens eine Rechtfertigung, wenn auch eine schwache. Aber welche Entschuldigung hatte Taylor?

»Nein«, hörte ich mich selbst sagen. »Taylor ist ebenfalls Teil davon.«

»Natürlich«, sprang sofort Papa ein und ich brauchte Mama gar nicht ins Gesicht zu sehen, um zu wissen, dass er sie mit diesem Wort daran hinderte, mir den Wunsch rundheraus abzuschlagen. Er bremste uns beide oft im Gespräch, damit es nicht eskalierte. Und wie ein lange einstudiertes Verhalten schluckte ich die Worte herunter, die herausplatzen wollten, als ich Mamas abweisendes Gesicht erblickte.

Stattdessen holte ich tief Luft und sah Papa an. »Gut. Wir bleiben hier. Ich will weder zu Taylor noch zu euch, bis ich weiß, was hier abgeht.«

»Einverstanden.«

»Um der Mutter willen«, motzte Mama. »Aber er geht!«, verlangte sie und deutete mit ausgestrecktem Arm auf Keylam, der locker lässig dastand, eine Hand in der Hosentasche, als sprächen wir über unterschiedliche Geschmäcker bei einem Buch und nicht über ein Geheimnis, das sie alle zu teilen schienen.

»Normalerweise würde ich das Sakrileg der Familie achten und ehren. Aber was in Anicor passiert ist, alle Details zusammen ...« Sein Blick glitt zu meinem Vater. »Ich gehe nicht, außer Liv schickt mich ausdrücklich weg.«

Mama stemmte die Arme wutschnaubend in die Seiten. »Natürlich schickt sie dich weg. Du bist niemand und es geht dich überhaupt nichts an, was alles passiert ist und warum.«

Keylam reckte das Kinn, antwortete aber nicht, sondern sah mich ruhig an. Keine Erwartung in seinem Blick wie in den Zügen meiner Mutter. Kein Herausfordern einer Parteinahme, lediglich der ruhige und verdammt wache Blick, der mir das Gefühl gab, ich würde weit mehr erfahren, wenn er dabei war. Irgendwie fühlte es sich an, als spielte ich gerade allein gegen alle Menschen in meinem Leben, die mir wichtig waren. Ich fühlte mich prompt dermaßen verraten, dass es wehtat. Von ihnen allen.

»Er bleibt.«

»Er hat dich genauso belogen wie wir anderen auch. Denk nicht, er wäre anders als wir«, bemerkte Taylor kühl, die zu erraten schien, was in mir vorging.

Wut brach sich Bahn. »Mag sein. Aber er war bloß mein Chef, er schuldete mir die Wahrheit nicht!«, knurrte ich und starrte Taylor nieder, die sofort den Kopf einzog. Auf sie war ich am wütendsten. Eine beste Freundin sollte zu einem halten, einem alles, wirklich alles erzählen! Und das hatte sie nicht getan. Sie hatte ja nicht einmal irgendetwas angedeutet. Im Gegenteil, wenn sich gerade alles um die Kinder Anicors drehte, dann hatte sie mich immer und immer wieder aktiv belogen.

»Liv?«

Ich schaute auf zu Zack, der mit mürrischer Miene stoisch immer noch am Regal lehnte. »Soll ich gehen oder bleiben?«

Die Worte drangen direkt in mein Innerstes vor. Wertschätzung. Respekt. Er räumte mir meine Mündigkeit ein und gab mir mit so wenigen Worten etwas Frieden zurück.

»Bleib.«

Er nickte nur einmal fest.

»Ja wunderbar. Lad doch jeden ein, am besten auch noch die acht anderen aus diesem Zimmer da unten. Wie wäre es, lass uns raus auf die Straße gehen und einfach alle zu unserem Familienstreit einladen«, echauffierte sich meine Mutter.

Um Beherrschung bemüht presste ich die Lippen zusammen, um all die wütenden, unfairen Worte zurückzuhalten. Der Teil in mir, der bereits fleißig Fäden zusammenführte und Erkenntnisse vorbereitete, wusste, dass streiten mich nicht weiterbrachte. Doch ich hatte alle Mühe mein impulsives Ich davon abzuhalten rauszublöken, was ich gerade fühlte.

Schließlich verlegte ich mich aufs Anfunkeln, ballte die Hände zu Fäusten, um dann bewusst die Finger zu spreizen, den Kiefer zu lockern und den verletzten Zorn mit dem nächsten Ausatmen aus mir herauszublasen. Dann erst antwortete ich.

»Du hast Angst.«

Meine Mutter öffnete und schloss die Lippen wieder wie ein Fisch auf dem Trockenen.

Ich hob den Blick, sah ihr direkt in die entblößte Seele. »Deshalb schlägst du so um dich. Das tust du nur, wenn du Angst hast.« Tränen stiegen mir in die Augen bei meinen nächsten Worten. »Und das macht mir Angst. Die Wahrheit, die du vor mir verborgen hast, macht dir Angst, du hast eine scheiß Panik, dass ich jetzt alles erfahre, und das bedeutet, es muss schlimm sein, richtig schlimm.«

Stille senkte sich über unsere Gruppe, nur unterbrochen vom stetigen Ticken der Standuhr direkt unter der Empore. *Tick, Tick, Tick.*

Meine Mutter hielt meinen Blick, ihre Iriden huschten wild hin und her, das einzige sichere Anzeichen für die rasenden Gedanken in ihrem Innern. Bis Papa ihre Hand nahm und sie heftig zusammenzuckte. Die beiden tauschten einen Blick. Kurz hielt die Anspannung im Körper meiner Mutter, dann plumpste sie neben meinen Vater und sank zusammen wie ein Häuflein Elend. Mir schnürte sich die Kehle zu. Richtig schlimm! So verdammt schlimm.

»Von vorne bitte.«

»Nein«, sagte Papa sanft. »Wir gehen rückwärts. Alles andere schaffe ich nicht.«

Erschrocken schluckte ich schwer. Alles andere schaffte er nicht? Papa? Ausgerechnet der ruhige Fels in der Brandung schaffte es nicht. Meine Hände zitterten, als ich benommen nickte. Ich wrang die Finger, ehe ich sie zwischen meine überschlagenen Beine steckte und mich angespannt vorlehnte.

»Heute haben wir dich nach Anicor gebracht, deine Heimat.« Ein einziger Satz und doch hebelte Mama bereits mit so wenigen Worten mein komplettes Leben aus den Angeln.

Ich nickte fahrig. »Wenn du Heimat sagst ...«

»Du bist ein Kind Anicors. Du wurdest dort geboren, als eine von uns. Du bist ... in dem Sinne kein Mensch.«

Ich lachte hohl auf und fixierte Papa. »Wir fangen also so rum an, weil das leichter ist?« Zynisch verzog ich die Lippen. »Super.«

Er lächelte matt. »Anfangs haben wir versucht, dich zu erziehen wie alle anderen Kinder deiner Generation, als Kind Anicors, mit den Traditionen, den Geschichten, der Kultur und all dem, was dazu gehört, aber du hast im Gegensatz zu den anderen dich nie ... weiterentwickelt und dich in der Pubertät schließlich losgesagt, wie so viele andere menschliche Kinder auch in dieser Phase des Lebens und wir haben dich gelassen, weil wir nicht wussten, was wir sonst tun sollten.«

»Ehrlich, Papa. Ich verstehe deine Worte, aber dem Inhalt kann ich nur bedingt folgen. Wieso konntet ihr mir nicht einfach die Wahrheit sagen?«

»Du dachtest eh schon, dass wir Fanatiker sind, Sektenanhänger hast du uns damals genannt. Und wir konnten es dir nicht zeigen, nicht, so lange du dich nicht entwickelt hast.«

»Entwickelt? Ihr meint sicher nicht zu einer Frau, denn ganz offensichtlich bin ich inzwischen eine, also was meint ihr?«

Papa schluckte. Mama wandte den Blick ab und auch Taylor schwieg, als ich sie ansah. Sei es Gewohnheit oder Angst, die ihnen die Lippen verschloss, aber sie brachten kein Wort heraus.

»Zu deinem Stamm«, sprang schließlich Zack ein. Er sah mich ganz ruhig an. »Kinder Anicors entwickeln in der Pubertät ihre Stammeszugehörigkeit. Bei Mischlingen zum Beispiel ist vorher nicht klar, welchem Stamm sie angehören.« Sein Blick schweifte kurz zu meinen Eltern, als hätte er damit eine Erklärung auf eine Frage gegeben, die er sich selbst stellte.

»Stamm?«

Er sah hinüber zu Keylam, als würde er das Wort abgeben, und tatsächlich war es der junge Mann, den ich erst seit knapp zwei Wochen kannte, der mir antwortete.

»Ich muss ganz von vorne anfangen«, sagte er, zog sich einen Schemel heran und setzte sich darauf. Auf Augenhöhe begegnete er meinem Blick und erzählte mir von einer Welt, die buchreif war. »Anicor ist eine Welt, die parallel zu dieser hier existiert. Für das Verständnis könntest du von einer anderen Dimension sprechen. Wenn du so willst, ein eigener Planet, um in den Kategorien dieser Dimension zu sprechen, nur sehr viel kleiner. Von der Fläche her umfasst Anicor ungefähr Europa. Die Physik dort ist eine andere, deshalb kann so eine kleine Welt existieren, das wäre in dieser Dimension gar nicht möglich.«

Benommen nickte ich. »Und wir waren gerade eben dort?«

»Ja. Ich habe eine Brücke erschaffen und dich rübergebracht.«

Ich lachte humorlos auf. »Brücken. Also sind das doch so richtig echte Brücken und keine Aufgaben in einem bescheuerten Spiel?«

»Es tut mir leid. Ich dachte wirklich, du seist ein Mensch. Sonst hätte ich dich nie so getäuscht«, gab er geknirscht zu.

Auf verdrehte, buchdrachenartige Weise verstand ich das sogar. Wie viele Bücher hatte ich gelesen, in denen das magische Wesen aus tausend verschiedenen Gründen nichts von der parallelen Welt preisgab. Und sei es nur, um nicht als irre eingestuft zu werden. Ich verstand es also. Das hieß, der rationale Teil von mir, der vernünftige, der all das hier erklärt haben wollte und einsah, dass ich anders nicht ans Ziel kommen würde. Doch ich konnte nicht verhindern, enttäuscht zu sein. Wie sehr ich mir wünschte, dass wenigstens irgendeiner ehrlich zu mir gewesen wäre.

All die Dinge, die mir in meiner vermeintlichen Halluzination aufgefallen waren, drängten sich in mein Bewusstsein und mein Blick schnellte zu Zack. »Du bist ein Wolf!«

»Danke!«, rief er aus. »Endlich mal jemand, der es richtig begreift. Wolf. Nicht Werwolf. Nur, weil ich in der Menschenwelt ein Mensch bin, wie übrigens jedes Kind Anicors«, bemerkte er schnippisch in Taylors Richtung, »bin ich noch lange kein Gestaltwandler: halb Mensch, halb Wolf.«

»Aber das Ding mit Vollmond?«, fragte ich interessiert nach, als mir ihr Gespräch einfiel.

Zack seufzte schicksalsergeben. »Der Hauptgrund für diese dämliche Fabel. Jeder Stamm muss in unterschiedlichen Abständen nach Anicor. Wir Wölfe sind ebenso wie unsere Verwandten hier in der Menschenwelt durch den Mondzyklus beeinflusst worden, seit wir hierher geflohen sind. Deshalb müssen wir zu Vollmond nach Anicor.«

»Okay, kein Wort verstanden. Ich brauche mehr Informationen«, verlangte ich.

»Es ist so –«

»Stopp. Das ist doch gerade überhaupt nicht wichtig«, unterbrach meine Mutter uns.

»Ach nein? Alles ist wichtig.«

»Ja, natürlich«, versicherte sie mir. »Aber nicht alles ist JETZT wichtig. Du wirst das alles erfahren, wir werden dir jede Frage beantworten, aber es gibt Dringlicheres.«

»Ach ja? Und was? Für mich ist das schon irgendwie gerade weltbewegend.«

Taylor grinste unvermittelt ob meiner Wortspielerei und auch mein Mundwinkel zuckte. Verdammt, ich war noch immer sauer auf sie!

»Der Umstand, dass du zwar über die Brücke konntest, aber deine menschliche Hülle nicht verloren hast«, sprach Keylam es unumwunden aus und wieder zuckte meine Mutter zusammen als hätte er sie geschlagen.

»Und das ist seltsam, weil?«

»Dir ist ja schon aufgefallen, dass ich ein Wolf bin«, mischte Zack sich wieder ein. »Das ist mein wahres Wesen. Ich gehöre dem Stamm der Wölfe an. Und in Anicor sind wir, wer unser Wesen ist.« Er zeigte auf sich selbst. »Wolf.« Dann auf Taylor. »Waldelfe.« Dann auf Keylam. »Magier.«

Mein Blick huschte zu ihm und ich musterte ihn eingehend. Das so beherrschte und perfekt gepflegte Äußere hier, das nicht mehr war als eine Hülle. So viel ging gerade in mir vor. Hüllen, auch Menschen trugen sie und ich hatte immer gewusst, dass sein Äußeres eine war. Aber ich hatte an andere Dinge gedacht, wenn ich sein Inneres im Sinn hatte, Belesenheit, einen klugen Verstand, Humor und einen wilden leidenschaftlichen Kern, zu dem ich noch nicht vorgedrungen war, den es in meiner Vorstellung aber definitiv gab. Nie hätte ich vermutet, Magie in ihm zu finden, wenn ich nur tief genug grub.

»Neun Stämme insgesamt«, betete Keylam schnell und sachlich herunter. »Magier, Wölfe, Waldelfen, Bergelfen, Nixen, Vampire, Feen, Kobolde und Althea.«

»Und keiner davon behält in Anicor seine menschliche ... Hülle?«

Er schüttelte mit ernstem Blick den Kopf. »Keiner.«

Ich sah zu meinen Eltern. »Was stimmt nicht mit mir?«

»Oh, Liv«, schluchzte meine Mutter und schlug sich die Hand vor den Mund.

Mein Vater legte ihr einen Arm um die Schulter. Er brachte auch keine Antwort heraus. Also drehte ich mich zu Taylor um. Erwartungsvoll, herausfordernd.

Sorgenvoll huschte ihr Blick zu meiner Mutter. Dann sah sie mich an. »Keiner weiß es.«

Ich schluckte schwer. »Soll heißen?«

»Soll heißen: als Tochter einer Althea, müsstest auch du eine Althea werden. Wenn nicht, müsstest du werden, was dein Vater ist, da gibt es nur ein Problem«, bemerkte Keylam und funkelte meine Eltern ernst an.

»Muss das sein?«, blaffte mein Vater ihn an.

»Ja, muss es. Heute muss alles auf den Tisch, wenn wir herausfinden wollen, wie wir Liv retten können. Jetzt gerade geht es ihr gut. Nur haben wir keinen blassen Schimmer, wieso. Und wir haben auch keine Ahnung, wann es ihr wieder schlechter gehen wird oder wie wir ihr dann helfen sollen.«

Klang da … War da ein Hauch Panik in seiner Stimme?

Fahrig strich er sich durchs Haar und fingerte anschließend nach der Golduhr in seiner Westentasche. Er war definitiv aufgewühlt und irgendwie gefiel mir das.

»Moment. Du denkst, mein körperlicher Zustand könnte mit der Tatsache zusammenhängen, dass ich mich nicht verwandelt habe?«

»Falsche Bezeichnung. Wir verwandeln uns nicht, wir streifen nur unsere menschliche Hülle ab«, korrigierte Taylor.

»Dann eben das.« Ich wedelte mit der Hand. War das gerade wirklich wichtig?

»Ja, das denke ich.«

»Du! Glaub nicht, wir hätten nicht bereits alles versucht. Wir haben keine Antworten gefunden«, blaffte meine Mutter.

»Ihr habt sie nie rübergebracht«, hielt Zack dagegen.

»Weil das ihr Tod hätte sein können.«

»Hä, wieso?«, mischte ich mich ein. »Das verstehe ich nicht.«

»Brücken haben normalerweise eine Zuordnung«, sprang Taylor schnell ein, ergriff meine Hand und drückte sie. »Nur Magier können Brücken erschaffen und die meisten Kinder Anicors haben nur Zugang zu Brücken, die ein Penhaligan-Magier erschaffen hat. Diese Brücken haben eine klare Farbzuordnung und können jeweils nur einen Stamm hinüberlassen. Ich kann zum Beispiel nur grüngelbe Brücken überqueren. Über eine andere Brücke zu gehen, würde mich verletzen bis umbringen. Solange wir nicht wussten, welchem Stamm du angehörst, konnten wir dich nicht nach Anicor bringen und dir zeigen, dass wir nicht fanatische Sektenmitglieder sind.«

»Und was war heute anders?«

Taylor, nein, alle sahen zu Keylam.

Ich folgte ihrem Blick und eine der Erkenntnisse, die unter der Oberfläche warteten, schlug durch. Er war ein Magier. Heilige

Scheiße, ein Magier. Er konnte zaubern. Irgendwie ganz schön cool. Aber auch beängstigend.

»Ich bin ein Warren. Genau genommen der letzte Warren. Wir erschaffen neutrale Brücken, über die jeder kann, unabhängig vom Stamm. Die einzige Bedingung ist, ein Kind Anicors zu sein, Menschen können Nebelbrücken nicht nutzen.«

»Du meinst jetzt nicht die Religion, richtig?«

Sein Mundwinkel zuckte. »Nein, eher nicht. Ich meine, dass du in unserer Welt geboren sein oder wenigstens Eltern haben musst, die Kinder Anicors sind.«

Ich nickte geschäftig. »Okay. Deshalb also habt ihr mich erst heute ... rübergebracht?«, erkundigte ich mich und fragte gleichzeitig mit meinem Ton, ob rübergebracht das richtige Wort war.

Taylor nickte sofort mutmachend. »Genau.«

»Okay, aber ich habe trotzdem meine ... menschliche Hülle anbehalten?«

»Hast du«, bestätigte Keylam plötzlich wieder sehr ernst.

»Und das passiert selten?«

»Nie«, brummte Zack.

Ungläubig starrte ich den Wolf in Menschengestalt an. »Wie, nie?«

»Nie, nie, eben. So was gibt es nicht. Kein Stamm sieht auch nur annähernd wie in der Menschenwelt aus. Klar haben einige von uns Ähnlichkeit zu Menschen, die Vampire, die Elfen, besonders die Magier. Aber keiner sieht in beiden Welten exakt gleich aus, nur du.«

Ich erinnerte mich an Keylams blaue Haare und verlagerte das Gewicht. »Soll heißen?«

Schweigen.

»Ihr habt nicht einmal eine Idee?«, kiekste ich.

Betreten senkten Taylor, Mama und Papa ihre Blicke, Zack und Keylam dagegen wirkten todernst.

»Und was heißt das jetzt?«

»Um dem auf den Grund zu gehen, haben deine Eltern erst noch etwas zu erklären.«

»Keylam!«, zischte Taylor ermahnend und das war der Moment, in dem ein echter Riss durch unsere Freundschaft ging. Sie stellte sich schützend vor meine Eltern. Keylam bohrte nach, wusste, da war noch was, das ich erfahren sollte und sie ... Sie verteidigte meine Eltern. Das war ... Wessen Freundin war sie bitte?

Entgeistert starrte ich die Frau an, die ich so sehr liebte, die so sehr Teil meines Lebens war, und konnte nicht fassen, was sie gerade getan hatte. Es war im Grunde eine Kleinigkeit, aber für mich bedeutete es die Welt. Mein Blick glitt zu ihrem Motivshirt, das sie heute über einem blauen Longsleeve trug. »With me is not good cherry eating.«

Nun, ausnahmsweise würde ich das unterschreiben.

Taylor zog den Kopf ein und hatte den Anstand, geknickt auszusehen. Ich wandte mich an meine Eltern. »Was meint Keylam?«

Mein Vater hob den Blick und die ängstliche Traurigkeit darin trieb mir das blanke Entsetzen in die Knochen. »Ich nehme an, er hat erkannt, dass ich ein Mensch bin.«

»Hat er«, knurrte Keylam.

Ich brauchte einen Moment, ehe ich folgen konnte. Die Welt und ihre Regeln waren noch so neu für mich, dass meine Zahnrädchen eine Weile ratterten, ehe ich begriff, was das Problem daran war. Sie hatten mir erklärt, dass sich die Stammzugehörigkeit vererbte. Aber wenn mein Vater ein Mensch war und ich eindeutig ein Kind Anicors, weil ich ja heute über die Brücke gebracht worden war, dann müsste ich sein, was meine Mutter war.

»Zu welchem Stamm gehörst du?«, fragte ich sie.

»Althea«, antwortete sie. So beherrscht und zugleich rannen ihr schon die Zeugnisse von Angst und Schuld über die Wangen. Doch das Entscheidende war noch nicht draußen.

»Ihr habt gesagt, ihr wusstet nicht, welchem Stamm ich angehöre«, flüsterte ich. »Ihr habt gesagt, ich wäre in Anicor geboren worden, also wart ihr wohl sicher, dass ich ein Kind Anicors bin, aber ihr wusstet nicht, zu welchem Stamm ich gehöre, obwohl ich kein Mischkind bin? Heißt ...« Ich schluckte, bemüht, die Tränen zu bekämpfen. »Heißt das, ich bin irgendwie anders, weil Papa ein Mensch ist ...« Ich senkte meine Stimme zu einem Flüstern, weil die Worte, die ich nun aussprechen würde, so unfassbar und entsetzlich waren, dass ich sie gar nicht aussprechen wollte. »Oder heißt das, Papa ist nicht mein Vater?«

Mama schluchzte auf und schlug die Hand vor den Mund. Papa hielt meinen Blick, doch sein Gesicht war zerfurcht von Schmerz und Angst.

Nun brachen die Tränen sich doch Bahn. Ich konnte die salzigen Bäche nicht mehr zurückhalten. Ihre Reaktion war Antwort genug und riss mir den Boden unter den Füßen weg. Intuitiv suchte ich Halt, wandte mich an meine beste Freundin und erkannte, dass sie es die ganze Zeit gewusst hatte. Sofort zog ich die eben erst ausgestreckte Hand zurück und schob mich rückwärts tiefer in den Sessel. Doch ja, jetzt fühlte es sich wie Verrat an. Und zwar von allen, einfach allen, die ich bedingungslos liebte.

Wie hatten sie mir das nur antun können? Es war das eine, die übernatürlichen Teile der Geschichte wegzulassen, wenn man sich nicht sicher war, ob ich Teil davon war, oder wie sie mir das alles nahebringen sollten, ohne es beweisen zu können. Aber das andere, bei dieser Sache zu lügen.

»Wer ist dann mein biologischer Vater?«, wollte ich wissen und formulierte trotz aller Wut, Enttäuschung und Schmerz mit Bedacht. Egal, wer mich gezeugt hatte. Papa war mein Papa und diese Position hatte er sich mit jahrelanger liebevoller Fürsorge erkämpft. Dass ich jetzt gerade stinksauer war, änderte daran nichts und ich wollte ihn nicht verletzen.

»Ich weiß es nicht«, schluchzte meine Mutter. Sie zitterte am ganzen Körper.

»Meinetwegen, wer kommt also infrage?«, präzisierte ich ebenso bedacht. Wenn meine Mutter eine wilde Vergangenheit hatte, war das ihre Sache.

»Schatz«, schluchzte sie Hilfe suchend an meinen Vater gewandt, der sie sofort an sich zog. Ich verstand nicht und bekam Mitleid mit der sichtlich aufgelösten Frau, die mir die Welt bedeutete und zugleich einen bitteren Verrat an mir begangen hatte. Ich war hin und her gerissen, ob ich rübergehen und sie in den Arm nehmen oder sie anschreien sollte.

Meine Liebe zu ihr war nicht weniger stark, doch neben diesem Gefühl waren da auch Wut und Fassungslosigkeit. Wie hatte sie, wie hatten sie alle mir das verheimlichen können? Unsere Beziehung war immer so offen gewesen ... na ja, zumindest von meiner Seite. Natürlich hatten wir kleinere Geheimnisse voreinander, das war normal, sie waren meine Eltern, ich das Kind, da blieben Nichtigkeiten mal unausgesprochen, aber bei den wesentlichen Dingen ... Herrje, als mein Körper mich angeschrien hatte, dass ich dabei war zu sterben, war ich zu *ihnen* gerannt, das hatte ich inzwischen begriffen. Ich hatte Mama geschrieben und mich in ein Taxi zu meinen Eltern gesetzt. Weil sie bisher mein sicherer Hafen gewesen waren.

»Was deine Mutter dir gerade nicht schafft zu sagen, ist, dass wir nicht wissen, wer dein Vater ist, weil wir nicht wissen, wer deine Eltern insgesamt sind. Am Tag der großen Flucht hat Anjali dich gesehen und dich mit hinübergenommen. Erst später, als das Chaos sich lichtete, wurde klar, dass du zu niemandem zu gehören schienst. Du ... warst traumatisiert, hast nicht gesprochen, kaum kommuniziert, du hast dich nur an Anjali gehängt und in ihrem Arm war der einzige Ort, an dem du dich entspannt und was gegessen hast. Wir haben nie herausfinden können, wo du herkommst.«

Forschungsbericht Keylam Warren

Mainz, 10. März 2013

Notiz 7: Forschen hatte ich mir irgendwie ergiebiger und schneller vorgestellt. Daher werde ich einige Notizen einfügen, von denen ich glaube, dass sie einmal relevant sein könnten.

Ich bin auf die Farbenlehre der Menschen gestoßen, einen Farbkreis, bei dem es um Komplementäre geht, und musste an unsere Farbzugehörigkeit der Stämme denken. Neun Stämme, die je eine Farbe verkörpern. Am Herzen von Anicor erstrahlen wir in unserer Stammfarbe. Ich leuchte dort in einem blauviolett wie alle Magier. Aber mir ist aufgefallen, dass wir nur die Mischfarben verkörpern. Die drei Primärfarben gibt es in unserem Spektrum nicht. Kein Blau, kein Rot, kein Gelb. Wieso ist das so?

Forscherfrage: Könnte über die Jahrhunderte hinweg dieses Phänomen entstanden sein? Gab es mal Vorfahren, quasi drei Urstämme, die andere Farbzugehörigkeiten hatten, die sich aber evolutionär weiterentwickelt haben? Und wenn das so ist, gehört Vanir dann einem dieser Urstämme an? Das wäre ein Erklärungsansatz für seine grenzenlose Macht und seine Unsterblichkeit.

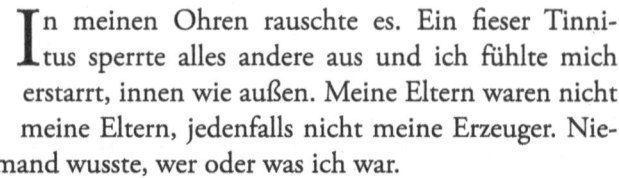

In meinen Ohren rauschte es. Ein fieser Tinnitus sperrte alles andere aus und ich fühlte mich erstarrt, innen wie außen. Meine Eltern waren nicht meine Eltern, jedenfalls nicht meine Erzeuger. Niemand wusste, wer oder was ich war.

Ja, herrlich. Existenzkrise incoming. *Ist das ein Scherz? Die Ironie des Lebens? Sitzt da oben irgendjemand, der sich gerade herzlich auf meine Kosten amüsiert?*

»Ich weiß nicht, ob ich lachen oder schreien soll?«, entschlüpfte es mir und mein Inneres ich kippte zu ironischem Zynismus. »Ich mein, hey, ändern wir nicht nur einfach die Welt und was real ist, nein, nein, das ist noch nicht genug. Jetzt sagt ihr auch noch, dass ich ein traumatisiertes Kind ohne klare Vergangenheit bin und ihr im Grunde nicht wisst, was ich bin? O Gott, dass man diese Frage überhaupt stellen kann. Wer ich bin, ja meinetwegen. Aber was? Das ist ein Scherz, das muss ein Scherz sein. Ich mein, das kann sich doch so niemand ausdenken!«

»Du verfällst in Panik, Schatz«, meinte Mama sanft, erhob sich und kam zu mir herüber.

»Natürlich verfalle ich in Panik. Was soll ich denn sonst machen?«

Sie kniete sich vor mir nieder, umfasste meine Hände und rieb mir über die Handrücken. »Ich liebe dich. Das war so, seit du nach zwei Tagen auf meinen Schoß gekrochen bist und endlich was gegessen hast. Da wusste ich, du gehörst zu mir. Ich könnte dich nicht mehr lieben, wenn du meine biologische Tochter wärst. Und als ich ein Jahr später Sebastian kennengelernt habe, und du ihn von der ersten Sekunde an vollkommen und einschränkungslos akzeptiert hast, da wusste ich, jetzt ist unsere Familie komplett. Mit ihm hast du das erste Mal gelacht. Ich werde nie vergessen, wie vollkommen mein Glück in diesem Moment war.«

Tränen rannen meine Wangen hinab und ich klammerte mich regelrecht an ihre Hände. Papa erhob sich ebenfalls, kam herüber und setzte sich auf eine der Lehnen meines Stuhls. Er strich mir eine Träne von der Wange und sagte selbst mit feuchten Augen: »Du wirst immer meine Tochter sein und ich liebe dich endlos.«

Ich löste eine Hand aus Mamas und packte seine, ebenso verzweifelt nach Halt suchend, wie er meine ergriff. Ich wusste nicht, ob ich je so viel gleichzeitig gefühlt hatte wie in diesem Moment. Da war grenzenloses Entsetzen über meine Vergangenheit und die Frage nach dem, was ich war. Aber zugleich fingen diese beiden mich auf, wie sie es schon gemacht hatten, solange ich mich erinnern konnte.

Ich zog sie beide fest an mich und fand mich stehend in einer Familienumarmung wieder. Das alles wäre schon schwer genug zu verdauen, wenn sie mich nicht so im Dunkeln gelassen hätten, aber so fiel es mir gerade schwer, mich von ihnen auffangen zu lassen. Zumindest gänzlich. »Ich will euch anschreien und festhalten zugleich. Das ist nicht fair. Ich bin stinksauer auf euch und genau deshalb möchte ich von euch in den Arm genommen werden. Ich komme gerade auf meine Gefühle nicht klar.«

Mama drückte mich auf diese Worte hin fester an sich, während Papa mein Gesicht in seine Hände nahm und warm lächelte. »Ich liebe dich auch, Schatz.«

Ein verdächtiges Schniefen hinter mir ließ mich über meine Schulter linsen und zeigte mir eine lächelnde Taylor, die sich eine Träne aus dem Augenwinkel wischte.

Tief durchatmend löste ich mich von meinen Eltern und trat zurück. »Ich bin immer noch sauer. Stinksauer!«

»Und das ist dein gutes Recht. Du wirst sicher noch eine Weile sauer und vermutlich auch enttäuscht sein«, lenkte Papa sofort ein. Dann schlang er seinen Arm um Anjali und sah mich fest an. »Das ertragen wir und wir entschuldigen uns für das Chaos, das gerade in dir tobt.«

»Wieso habt ihr nie was gesagt?«, fragte ich nun endlich.

»Das Leben kam immer dazwischen. Anderen Kindern in deinem Alter wurde bei der Weihe die Wahrheit ihrer Herkunft offenbart, nur hast du –«

»Ich habe mich kurz vor der Weihe entschieden, mich vom Glauben abzuwenden.«

»Ja«, murmelte Mama. »Irgendwie war die Gelegenheit damit verstrichen. Also suchten wir nach einem anderen Zeitpunkt und ich schoss mich auf deinen fünfzehnten Geburtstag ein.«

»Der Tag, an dem ich das erste Mal anscheinend grundlos Bauchschmerzen hatte«, murmelte ich begreifend und erinnerte mich an die darauf folgende Odyssee, als die Bauchschmerzen nicht wieder aufhören wollten und ich am Ende meine Gallenblase entfernt bekommen hatte. Wieder nickte sie.

»Von da an war deine Gesundheit irgendwie das Zentrum unseres Lebens und als sich dann die Erkenntnis verstärkte, dass wir gar nichts tun können ...«

Sie konnte es nicht aussprechen.

»Da dachtet ihr, wieso noch obendrauf eine Existenzkrise auslösen?«, schlug ich vor.

»Irgendwie ja«, gab Papa kleinlaut zu. Und ich verstand es, konnte all das nachvollziehen und sogar akzeptieren, dass eines zum anderen geführt hatte. Dennoch fühlte es sich deshalb nicht weniger unfair oder enttäuschend an.

»Okay, die Katze ist aus dem Sack. Was jetzt?«, fragte ich, schüttelte meine Arme aus, trat zurück und stopfte die ganzen Gefühle in ein kleines Kästchen. Nach vorne zu blicken, war jetzt irgendwie einfacher. Zumal es plötzlich ein Nach-Vorne zu geben schien. Dagegen verblasste diese Existenzkrise, zumindest für den Moment. Das alles so harsch zu verdrängen, konnte eigentlich nicht gesund sein, aber die Möglichkeit einer Zukunft baumelte gerade vor meiner Nase und dagegen verblasste alles andere.

Mama und Papa sahen mich ratlos an.

»Ihr habt keine Idee?«

»Es hat sich nur ein weiteres Fragezeichen dazugesellt. Keiner kennt die Antwort, warum dein Körper nach und nach aufgegeben hat. Dass du in Anicor deine Erscheinung nicht änderst, ist nur noch ein Fragezeichen in diesem Rätsel«, gestand Mama und sah dabei ebenso hilflos aus, wie ihre Worte mich fühlen ließen.

Dann jedoch fiel mir etwas ein. Ich wirbelte zu Keylam herum.

»Und du? Vorhin klang es, als hättest du eine Idee.«

Voller Hoffnung sah ich in sein ruhiges Gesicht.

Keylam zog die Hand aus der Hosentasche, trat mit vom Teppich gedämpften Schritten auf mich zu und hielt erst sehr nah vor mir an. Er hob seine schlanken Finger an mein Gesicht und strich zärtlich über meine Wange. »Ich habe irgendwie von der ersten Sekunde an gewusst, dass du mein kleines Wunder bist«, raunte er.

Hitze stieg mir in die Wangen und Ohren, doch er schaffte es auch, effektiv all die negativen Gefühle von gerade eben zu vertreiben. »Ich finde heraus, was das alles bedeutet. Es ist, als hätte ich mein Leben lang für diesen Moment gearbeitet. Ich forsche seit der großen Flucht in so viele Richtungen und jetzt ... versteh mich bitte nicht falsch ... jetzt taucht das wichtigste Rätsel meines Lebens auf und ich bin gerüstet.«

Ich schüttelte lächelnd den Kopf, griff aber auch automatisch nach seiner Hand. »Das war sehr schmalzig, um zu sagen, dass du keine Ahnung hast.«

Ein bellendes Lachen, das schnell zu einem Hüsteln kaschiert wurde, erklang aus Zacks Richtung.

Keylam dagegen grinste breit. »Und du, meine Liebe, hast noch einen Euro ins Phrasenschwein zu werfen. Also wirklich, die Katze ist aus dem Sack. Das war nicht sehr originell.«

Ich lachte leise, strich mit meinem Daumen über seinen Handrücken und sah auf in seine Augen. »Also ein Rätsel. Womit fangen wir an?«

»Mit dem Herz von Anicor.«

Die überraschte und teils entsetzte Stille im Raum verriet mir, dass sein Vorschlag wohl etwas Radikales war.

Ich stand am Rand der Empore, die Unterarme auf dem schmiedeeisernen Geländer abgelegt und nach vorne gelehnt. Hinter mir tobte eine wilde Diskussion, der ich nicht im Mindesten folgen konnte. Immerhin hatte ich es so weit begriffen, dass Keylams Vorschlag zwar eine Antwort bringen könnte, aber wohl ziemlich gefährlich war.

Ehe ich mich mit einer Meinung über eine Expedition in eine Welt, von der ich bis vor wenigen Minuten nicht einmal gewusst hatte, dass sie überhaupt existierte, einmischte, musste ich für mich herausfinden, was ich eigentlich wollte. Was ich überhaupt dachte und fühlte. Mit einem Ohr verfolgte ich das Hin und Her der Argumente, die in meinem Rücken getauscht wurden, immerhin ging es um mein Leben. Aber für den Moment musste ich mich erst einmal sortieren.

Anicor. Dieses Wort begleitete mich schon so lange. Früher hätte ich wohl gesagt, solange ich lebe, aber das entsprach nun nicht mehr der Wahrheit. Da gab es einen dunklen Fleck in meiner Vergangenheit, ein riesiges Fragezeichen und irgendwie trafen sich gerade alle Fäden meines Lebens. Zum einen war da diese Unwissenheit, wer ich in Wirklichkeit war. Ein Fragezeichen, das immer dagewesen war, allerdings fernab meiner Wahrnehmung. Dazu kam mein körperlicher Verfall, der heute Abend seinen Höhepunkt gefunden hatte, nur um jetzt wie weggewischt zu sein. Hierzu hatte ich an die hundert Fragen. In einer letzten verzweifelten Handlung hatten meine Eltern mich zu Keylam gebracht, um mich nach Anicor hinüberzubringen. Wieso? Wieso nicht zu einem Arzt gehen?

Wahrscheinlich war die Antwort dieselbe wie auf die Frage nach der Sinnhaftigkeit der vollkommen irrationalen Entscheidung von mir selbst, im Todesangstmodus nicht ins nächste Krankenhaus zu gehen, sondern zu meiner Mutter zu wollen. Ich war vollkommen instinktgesteuert gewesen und mein Instinkt hatte mich zu meiner Mutter geführt. In mir erhärtete sich das diffuse Gefühl, dass alles irgendwie zusammenhing und mein Bauchgefühl auch eine ganz gute Ahnung hatte, wie. Anscheinend war es richtig gewesen mich nach Anicor zu bringen, immerhin ging es mir jetzt besser. Aber mein Bauchgefühl stupste mich immer wieder zu meinen Halluzinationen zurück, die ja doch keine gewesen waren.

Wenn ich sie alle richtig verstand, hatten sie mich in meine Heimat gebracht, weil Kinder Anicors in einer Art Symbiose mit unserer Heimat lebten. Wir brauchten sie, um zu überleben und umgekehrt. Aber mein Bauchgefühl konnte das nicht als Erklärung annehmen. Etwas an alledem passte nicht zusammen, nicht für mich jedenfalls. Nur war das wirklich eine Eingebung meiner Instinkte oder bloß den Grenzen dessen geschuldet, was ich mit meiner Weltanschauung noch akzeptieren konnte?

Genau das versuchte ich gerade herauszufinden, ehe ich mich einmischte. Wenn Anicor meine Rettung war, verdammt, dann würde ich auf diese Expedition gehen. Ich wollte leben, so sehr. Besonders jetzt, da es nach so langer Zeit wieder einen Hoffnungsschimmer gab. Aber was, wenn mein Bauchgefühl mich nicht trog und es mir überhaupt nichts brachte, nach Anicor zu reisen?

Ich war nicht wie alle anderen Kinder dieser Welt, das stand inzwischen außer Frage. Wenn es mir nicht weiterhalf und ich sie alle ganz sinnlos in Gefahr brachte, wie sollte ich mir das je verzeihen, zumal ich dann im Nachhinein sicher denken würde, dass ich es gleich gewusst hatte, denn das unzufriedene Grummeln in mir, konnte ich unmöglich leugnen.

»Das ist so vertrackt«, knurrte ich, umfasste das Geländer fester und packte zu. Meine Nägel bohrten sich in meine Handflächen und ich wünschte, ich könnte einfach all meine Anspannung und Hilflosigkeit hinausbrüllen.

»Was denkst du?«, brach eine leise warme Stimme in mein Zweifeln ein.

Mein Griff lockerte sich und ich sah in die blauen Augen mit diesem wachen Blick. Für einen Moment versank ich in diesem endlosen Blau, tauchte in die Seele dahinter ein und ließ mich treiben.

»Ich weiß es nicht«, hauchte ich.

Er lachte leise. »Das glaube ich dir nicht. Wenn du mir allerdings sagen würdest, dass du zu viele Gedanken hast, um dich für einen zu entscheiden ...« Er ließ den Satz vielsagend in der Luft hängen und ich senkte lächelnd den Blick.

»Erwischt.«

»Das ist doch vollkommen verständlich. Was du heute alles erfahren hast, muss überwältigend sein.«

»Ach was. Kaum der Rede wert. Ich mein, wir reden bloß von einer eigenen Welt, mit eigenen Naturgesetzen und eigenen Wesen, irgendeiner Symbiose, die wohl mein Leben bestimmt und Gefahren, die richtig ernst zu sein scheinen, wenn wir dorthin reisen. Im Ernst, das ist doch nicht der Rede wert. Sprächen wir von einer Welt im Umfang von, sagen wir Asien, dann sähe das anders aus, aber so.«

Keylam grinste und stupste mit seiner Schulter gegen meine. Wir drehten uns beide in Richtung des Verkaufsraums, stützten uns auf dem Geländer ab und schwiegen einen Moment.

»Wie meinst du das, Symbiose?«, fragte er und betonte das Wort, als fühlte es sich seltsam in seinem Mund an.

Ich zuckte mit den Schultern. »Klang so für mich. Wenn wir den Kontakt und die Nähe zu Anicor brauchen, um zu überleben, und es umgekehrt genauso zu sein scheint, dann klingt das für mich nach Symbiose. Der eine kann ohne den anderen nicht leben und das in beide Richtungen.«

»Das trifft es wirklich auffallend richtig, so hätte ich es erklären sollen. Wir benutzen allerdings einen anderen Begriff, für uns ist alles miteinander verbunden. Die Stämme untereinander und jedes Kind Anicors mit der großen Mutter.« Unsere Blicke begegneten sich und in seinem lag Wärme und Anerkennung.

»Du erstaunst mich immer wieder. Du steckst das alles gerade unglaublich gut weg und erkennst dann auch noch größere Zusammenhänge. Ich weiß nicht, ob ich an deiner Stelle mich nicht vollkommen überfordert irgendwo einigeln und alle zum Teufel schicken würde.«

Schulterzuckend begegnete ich dieser nachvollziehbaren Sichtweise. »Keine Ahnung. Vielleicht kommt das noch. Ein bisschen glaube ich, ich bin zu geschockt, um jetzt schon wirklich zu realisieren. Vor allem aber ist da plötzlich Hoffnung. Das ist bestimmt schwer nachzuvollziehen, aber du musst bedenken, von wo ich emotional komme. Ich bin davon ausgegangen, in den nächsten Wochen zu sterben und dass es nichts gibt, was ich dagegen tun könnte. Jetzt sieht das vielleicht anders aus, jetzt ist da plötzlich wieder Hoffnung und auf die stürze ich mich. Wenn ich ein übernatürliches Wesen aus einer anderen Welt sein muss, um weiterleben zu können ...« Wieder zuckte ich mit den Schultern. »Dann meinetwegen auch das. Ich will so verzweifelt leben, dass es mir gerade wirklich scheißegal ist.«

Er musterte mich ruhig, belächelte diese irrationale Sichtweise nicht und versuchte sichtlich, sich in mich hineinzuversetzen. »Das ist verdammt pragmatisch und ganz ehrlich, ich glaube, selbst dazu wäre ich nicht in der Lage. Du machst das alles wirklich unglaublich gut und beeindruckend.«

Geschmeichelt und zugleich nicht ganz in der Lage, das Kompliment anzunehmen, bemerkte ich nur: »Danke. Aber mal zu den wichtigen Dingen: Große Mutter. Wie genau muss ich mir das eigentlich vorstellen? Redet die Frau mit uns? Oder ist das mehr was auf Instinkt- und Gefühlsebene?«

Keylam grinste. Etwas an der Art, wie er amüsiert leicht den Kopf schüttelte, sagte mir, dass er mich ertappt hatte. Er war so nett, nicht darauf einzugehen, dass ich unfähig war, sein Kompliment anzunehmen. Wie auch. Die ganzen letzten Jahre meines Lebens war ein einziger Reigen an Versagen. Dass ausgerechnet etwas, das ich fest zu meinem Wesen zählte, zu einem Kompliment führte, war ... wunderschön und gnadenlos überfordernd. Komplimente für meine Leistungen, ja, meinetwegen. Komplimente für etwas, das ich für andere Tat, ein Geschenk, eine Überraschung, auch okay. Aber für etwas, das ich war, das mein Wesen, mein Innerstes war. Puh ...

»Bis vor Kurzem war sie für mich etwas ... Sphärisches. Ihre Energie ist in Anicor immer präsent. Man spürt es, spürt sie, besonders am Herz von Anicor. Sie war im Grunde nicht so weit weg von den Gottheiten des Altertums der Menschen, nur ist sie weit weniger willkürlich und grausam«, bemerkte er witzelnd und entlockte mir ein Lächeln.

»Aber?«, hakte ich nach, als er schwieg.

»Aber dann bin ich fast gestorben«, flüsterte er belegt.

Ich riss die Augen auf. Unweigerlich dachte ich an den Morgen, als ich ihn bewusstlos gefunden hatte.

»Ich würde es gerne anders sehen, ehrlich. Mein Forscher-Ich kann immer noch nicht akzeptieren, was da passiert ist, und obwohl ich in Anicor geboren wurde, lebe auch ich seit fast zwölf Jahren in der Menschenwelt mit all ihrer Rationalität. Eine große Mutter, die diffus ist, analog zu Mutter Natur der Menschen, nur ein klein wenig präsenter, das konnte ich gut akzeptieren und es passte in meine Weltanschauung. Aber eine körperlose Stimme, die mich im Sterben aufsucht und mir sagt, dass ich noch eine Aufgabe zu erfüllen habe, dass sie mich nicht gehen lassen kann. Daran knabbere ich noch immer. Und ein Teil von mir stempelt es als Nahtoderfahrung und Halluzination ab. Aber das ist Wunschdenken.«

Erst als er mich matt anlächelte, wurde mir klar, dass ich ihn mit heruntergeklappter Kinnlade anstarrte. Schnell schloss ich meine

Lippen, schluckte und bemühte mich um Fassung. »Sie hat zu dir gesprochen?«, hauchte ich.

Er nickte.

»Was für eine Aufgabe?«, platzte ich heraus, überrascht, dass ich mich von all den Informationen ausgerechnet darauf stürzte. Etwas daran, wie er das ausgesprochen hatte, gab mir das Gefühl, es wäre wichtig. Und eine Aufgabe war auch leichter verdaulich als eine sprechende Mutter Natur Variante.

Der unendlich traurige Ausdruck, der sein Gesicht überschattete, gab mir recht. Doch der Triumph wollte sich bei diesem Anblick nicht einstellen. Stattdessen schnürte sich mir das Herz zusammen und ich griff instinktiv nach seiner Hand, die ich mutmachend drückte.

Er sah auf unsere Hände, verschränkte unsere Finger miteinander und hob meine Hand an seine Lippen, um meine Fingerknöchel zu küssen. »Eine alte Aufgabe und zugleich eine neue. Ich weiß nicht, wie, aber mein Gefühl sagt mir, dir zu helfen, hat maßgeblich mit meiner Aufgabe zu tun. Deshalb werde ich dich zum Herz von Anicor bringen. Ich finde die Antworten, die du suchst, und dann finden wir heraus, wie du weiterleben wirst«, entschied er.

Für einen winzigen Moment hatte ich den Schnappschuss einer Filmszene vor Augen, der Held in der glänzenden Rüstung, der sich selbst aufgab, um die Frau zu retten. Wehmut ergoss sich über meinen Körper und ich bekam prompt Angst, ihn zu verlieren. Und einfach, weil mein Bauchgefühl bisher irgendwie ziemlich richtig lag und er dabei zu sein schien, ein enormes Risiko für mich einzugehen, erzählte ich ihm davon.

»Ich bin nicht davon überzeugt, dass es helfen wird.«

Sein Kopf ruckte hoch und er sah mir wachsam in die Augen. Aufgeschlossen, bereit, mir zuzuhören. Das war mehr als ich von irgendjemandem erwartete und erst recht von ihm, der unsere Heimat so viel besser kannte als ich.

»Es ist nur ein Bauchgefühl, aber etwas passt nicht zusammen.«

»Wie meinst du das?«

Ich ließ meinen Blick in die Ferne schweifen, dachte an das Erlebte und meinte dann: »Ihr geht davon aus, dass es mir besser geht, weil ich in Anicor war, richtig?«

Kurz sah ich ihn wieder an, bis er nickte, ehe ich wieder meinen Blick schweifen ließ.

»So hat es sich aber nicht angefühlt. Als wir dort waren ... Ich weiß nicht, wie ich das erklären soll, ohne vollkommen wahnsinnig zu klingen. Der ganze Abend war, gelinde gesagt, seltsam. Jedenfalls war da die ganze Zeit das Gefühl, dass etwas falsch ist, sobald ich das *Booklight* verlassen hatte. Dann hat, ich nehme an meine Mutter, mich hergebracht und ich habe plötzlich das Gefühl gehabt, dass jetzt alles richtig ist. Mir ging es besser. Dann erst sind wir nach Anicor. Ich kann mich irren, im Moment bin ich mir bei gar nichts sicher. Aber in meiner Erinnerung ging es mir besser, *bevor* wir hinüber sind.«

»Und in Anicor?«

»Irgendwie neutral. Weder gut noch schlecht.«

»Seltsam«, murmelte er in Gedanken. »Aber es passt auch zu deinem Zustand, der sich dort nicht verbessert hat. Wir sind ja zurück, weil ich dachte ...« Er brachte den Satz nicht über die Lippen. Doch der Anfang genügte, um mich zu erinnern.

»Du dachtest, ich sterbe, und wolltest, dass meine Mutter sich noch verabschieden kann.«

Er nickte fahrig.

»Aber hier ging es mir dann wieder so viel besser.«

»Stimmt«, gab er abgelenkt zu. Diesmal war es sein Blick, der wegdriftete, und dann die Frage, die ich schon die ganze Zeit erwartete. »Und jetzt?«

Ich breitete die Hände aus wie zur Demonstration. »Mir geht es gut. Immerzu hat eine Last auf mir gelegen, die ich erst jetzt wahrnehme, da sie weg ist. Seit wir aus Anicor zurück sind, geht es mir so viel besser.«

Er nickte, als hätte er die Antwort im Grunde schon gekannt. »Dein Teint sieht viel wärmer aus, deine Wangen sind gerötet, die Ringe unter deinen Augen fast weg. Es ist eindeutig, dass es dir besser geht.«

Ich nickte. »Aber warum? Nach allem, was ihr erzählt habt, ergibt das keinen Sinn.«

Mit zusammengezogenen Augenbrauen und gerunzelter Stirn trat er auf mich zu, nahm meine Hände vom Geländer und zog mich an sich. Ich glitt in seine Arme, schmiegte mich an seine Brust und ließ mich festhalten.

»Wir finden auch darauf eine Antwort«, versprach er leise und gab damit zu, dass ich nicht falschlag. Dass es mir jetzt besser ging, hier, zurück in der Menschenwelt, ergab keinen Sinn.

Keylam schob mich leicht von sich, legte eine Hand an meine Wange und sah mir eindringlich in die Augen. »Ein Schritt nach dem anderen. Ich bin sicher, alles hängt zusammen, und jedes Puzzleteil, das wir finden, bringt uns voran. Und im Moment wissen wir nur einen Schritt, der uns eine Antwort bringen wird.«

»Das Herz von Anicor?«

»Ganz genau. An diesem Ort offenbart sich unsere innere Energie. Wer im Herz von Anicor steht, erstrahlt in der Farbe seines Stammes. Außerdem gibt es Legenden, die behaupten, dass jeder mit reiner Seele und reiner Absicht, der darin badet, eine Frage an die große Mutter stellen darf.«

Ich schmunzelte. »Das klingt ja zu gut, um wahr zu sein. Zwei Fliegen mit einer Klappe schlagen.«

Er lächelte warm und hauchte einen zarten Kuss auf meine Lippen. »Das sehe ich tatsächlich so. Ich persönlich bringe dich dorthin, um deinen Stamm zu erfahren. Aber mit der Legende habe ich deine Mutter überzeugt, sie glaubt fest an diese Geschichte.«

Ich lachte auf. »Natürlich. Aber wenigstens bist du ehrlich zu mir.«

Er zog mich fester in seine Arme. »Immer«, versprach er mit einer Inbrunst, die mich überraschte. »Dass ich dich angelogen habe, lag nur daran, dass ich dachte, ich müsste es tun. Aber jetzt ... Ich werde dir immer die Wahrheit sagen, egal, wie unschön sie auch ist.«

Diesmal lehnte ich mich zurück, musterte sein Gesicht eingehend und schwieg. Keine Worte waren nötig, um ihm zu sagen, dass ich es sah. An seiner steifen Körperhaltung, seinen ernsten Zügen, seinem harten Blick. Das Thema war ein rotes Tuch für ihn und es quälte ihn, dass er mich bereits getäuscht hatte.

Sofort strich ich ihm über die Wange und seitlich ins Haar. »Ich verstehe es.«

Mit zusammengepressten Lippen nickte er abgehackt.

Nicht genug. Meine Worte waren nicht deutlich genug. Also lehnte ich mich vor und raunte. »Ich bin dir nicht böse. Natürlich wird es noch eine Zeit lang in mir arbeiten und es wird auch noch dauern, bis ich emotional verkraftet habe, dass einfach alles in meinem Leben eine Lüge war, aber ich bin nicht sauer auf dich. Nicht auf dich. Ich an deiner Stelle hätte auch gelogen, wenn eine neugierige kleine Assistentin ihre Nase in alles hineingesteckt hätte. Ich verzeihe dir, hörst du? Auch wenn ich nicht finde, dass es was zu verzeihen gibt.«

Sein Blick wurde brennend und für den Bruchteil einer Sekunde hatte ich Sorge, zu weit gegangen zu sein, doch dann nahm er mein Gesicht so behutsam in seine Hände, sah mir unumwunden in die Augen und schwor mit bebenden Fingern und stoßendem Atem: »Nicht alles war eine Lüge. Das hier war zu jedem Zeitpunkt vollkommen echt!«

Oh. So hatte ich das doch gar nicht –

Seine Lippen senkten sich auf meine und ich verlor jeden klaren Gedanken. Vergaß alles und jeden um uns herum, als er mir bewies, wie echt das zwischen uns war. Als seine Lippen meine liebkosten und sich schon in der nächsten Bewegung im Einklang öffneten, um mehr zu geben und mehr zu nehmen, fühlte es sich vertraut und neu zugleich an. Als wären wir schon ein Leben lang zusammen und würden uns gleichzeitig in jedem Atemzug und jeder Berührung neu entdecken. Hätte je ein Zweifel bestanden, wäre er unter der Glut zwischen uns verbrannt.

Ein Räuspern hinter uns holte mich aus dem Zustand vollkommener Glückseligkeit. Nur schwer kämpfte ich mich aus meiner perfekten Blase und brauchte noch ein paar Atemzüge, ehe mein Verstand sich klärte und die Sehnsucht und erwachende Lust bezwungen bekam.

Keylam entließ mich anscheinend nur widerwillig, denn er stellte sich so dicht neben mich, dass unsere Arme sich berührten, und lehnte sich nah zu mir, als könnte er sich nicht weiter zurückziehen als unbedingt notwendig.

Ob Bauchgefühl oder schlichter Hormoncocktail, ich war verdammt froh über sein Verhalten, denn, heilige Scheiße, mir ging es ganz genauso. Seine Nähe war ... gut, richtig. Verdammt, ich wollte mehr davon. Am liebsten hätte ich sie alle weggeschickt und die nächsten Stunden alles vergessen außer ihm.

Unweigerlich fragte ich mich, ob das irgendwas zu bedeuten hatte. Und wenn ja, war das dann was Gutes oder Schlechtes? Innerlich zuckte ich mit den Schultern. Solange es sich so anfühlte, war mir das ehrlich gesagt schnurzepiepegal.

»Seid ihr dann fertig?«, fragte meine Mutter mit leicht pikiertem Ton.

Ich verzog tadelnd den Mund. »Also wirklich, Mama. Ich bin erwachsen.«

Taylor grinste verwegen. »Anjali meinte nicht euren Kuss. Sie hat gefragt, ob ihr bereit für den Aufbruch seid.«

Meine Wangen erglühten derart schnell, dass ich prompt verlegen den Kopf senkte. Verdammt, war das peinlich.

»Sind wir«, antwortete Keylam furztrocken.

Das holte mich schließlich aus meinem Gefühlstaumel und ich ruckte mit dem Kopf hoch. »Moment, ihr wollt jetzt zu diesem Herz aufbrechen?«

»Darin waren wir uns vollkommen einig. Wenn wir es tun, dann jetzt sofort. Im Moment geht es dir gut. Keiner weiß, wie lange das noch so bleibt. Also ist sofort der beste Zeitpunkt«, erklärte meine Mutter.

»Aber ihr habt von einer mehrtägigen Reise gesprochen. Dafür braucht man Gepäck. Essen, Trinken, Kochutensilien, Zelte, Klamotten. Wir können doch nicht einfach hopplahopp los«, sprudelte ich hervor und warf die Hände in die Luft.

»Das ist der Vorteil, wenn man eine Althea in der Reisegesellschaft hat«, bemerkte Keylam kühl.

Taylor warf ihm einen bösen Blick zu, trat dann aber zu mir und umfasste meine Hände. »Vertrau uns, wir haben alles bedacht.«

Der verletzte Zorn kämpfte sich prompt zurück an die Oberfläche und ich entriss ihr meine Hände. »Na, dann ist ja alles gut. Wieso sollten wir auch die sowieso komplett unwissende Liv in irgendetwas einweihen. Hat ja bisher auch so immer alles geklappt«, zischte ich und wandte mich an meine Mutter. »Das heißt, du sorgst irgendwie für all das?«

Mama sah kurz besorgt über meine Schulter, wo ohne Zweifel Taylor noch stand, und ich fragte mich prompt, wie sie wohl aussah. Begriff sie, wie sie sich mir gegenüber benahm? Oder fühlte sie sich zu Unrecht angefahren?

»Mit Unterstützung der anderen, ja.«

Auffordernd zog ich die Augenbrauen hoch. Wollten sie alle das so handhaben?

»Liv«, begann mein Vater milde.

»Was?«

»Das ist gerade für alle schwer. Bitte hab Verständnis, dass –«

Ich lachte humorlos auf. »Klar, ich soll Verständnis dafür haben, dass ihr euch alle so an die Lügerei und Geheimniskrämerei gewöhnt habt, dass ihr mich weiterhin komplett außen vor lasst. Wieso sollte ich auch erwarten, dass ihr euch mal eine Sekunde in mich hineinversetzt. Dass das alles für mich vielleicht ein bisschen zu viel ist. Dass es mir helfen könnte, wenn ihr nicht allesamt über meinen Kopf hinweg entscheiden würdet. Dass ihr –«

Diesmal unterbrach ich mich selbst, kniff mir in die Nasenwurzel und presste die Augen zusammen. Im Grunde hatte Papa recht, es brachte niemanden weiter, wenn ich jetzt eine Szene machte, aber das alles fühlte sich so unfair an. Ausgerechnet mich baten sie um Verständnis. Das fühlte sich wie ein schlechter Scherz an.

»Hör zu, Schatz.« Meine Mutter trat vor, legte vorsichtig eine Hand auf meinen Arm und bat mit ihrem Körper und ihrem Blick um eine Chance. »Ich werde dir alles erklären und dir jede Frage beantworten. Aber dafür haben wir jetzt drei Tage Zeit. Vertrau uns bitte für den Moment, lass uns sofort aufbrechen und alle deine berechtigten Fragen klären wir dann auf unserem Weg.«

Es fiel mir unfassbar schwer. Trotz und verletzter Stolz machten es mir beinahe unmöglich, ihr einfach zu vertrauen. Aber welche Wahl hatte ich denn? Wenn diese fünf hier sich einig waren, dass wir sofort aufbrechen sollten, wer war ich dann, dem im Weg zu stehen. Sie wussten alles über diese Welt, ich nichts. Aber ich war eben doch nur ein Mensch und keine Heldin: »Ihr hattet Zeit zu diskutieren, ob wir gehen oder nicht. Dann nehmt ihr euch jetzt auch die Zeit, mir wenigstens die grundlegenden Dinge zu erklären.«

Meine Mutter öffnete mit sichtlichem Einspruch den Mund, doch mein Vater legte ihr die Hand auf die Schulter. »Das ist ein fairer Kompromiss. Das Grundlegende erklären wir dir jetzt im Schnelldurchlauf und alles weitere klärt ihr auf eurer Reise.«

»Jede Frage und keine Lügen mehr!«, verlangte ich weiter, weil es gerade die einzige Möglichkeit für mich war nachzugeben.

»Versprochen«, schwor Mama sofort und besänftigte mich mit dem vollkommenen Mangel an Zögern.

Also nickte ich.

Sie erzählten mir, dass wir mit der Nebelbrücke, die sie vorhin geschaffen hatten, zu den Traumbäumen reisen würden. Eine weitere Brücke zu erschaffen, kostete Keylam, dessen Magie wohl durch einen Bann größtenteils unterdrückt war, damit eine Gruppe böser Magier ihn nicht fand, zu viel Energie. Daher würden wir die bestehende Brücke nutzen, obwohl wir dadurch drei Tage lang durch feindliches Gebiet reisen mussten. Feindlich war daran wohl alles. Der Obermufti der bösen Magier jagte offensichtlich meine Mutter, die sich als eine der Anführerinnen einer Freiheitsbewegung entpuppte. Das war die Stelle, an der ich abbrach, weil es mir doch zu viel wurde. Mama eine Rebellenführerin? Andererseits erklärte das auch irgendwie, wieso all die Streuner immer meine Eltern aufgesucht hatten. Dennoch musste ich das verdauen und in einem ruhigen Gespräch mit Mama mal in Ruhe auseinandernehmen. Was Verpflegung und Schlafplätze anging, würden Mama als Althea und Taylor als Waldelfe wohl mit ihren eigenen Stammgaben dafür sorgen, dass uns an nichts fehlte und dadurch begriff ich erst, dass das, was ich unter Magie verstand, etwas anderes war, als das, was sie darunter verstanden. Was Mama und Taylor wohl konnten, war für mich eindeutig auch magisch.

Irgendwann war ich so übersättigt mit unfassbaren Informationen, dass ich genug hatte und alles weitere auf die Reise verschob, obwohl ich mir bei all den Gefahren Sorgen machte, ob wir überhaupt dazu kommen würden, viel miteinander zu sprechen.

Das ›*Klong*‹ unserer Schritte die schmiedeeiserne Wendeltreppe hinunter begleitete den Rhythmus meiner Gedanken, die zu menschlicheren Themen abdrifteten, auf bekanntes Terrain. Ich verhielt mich ihnen allen gegenüber so unterschiedlich. Nur wieso?

Zum einen ging es darum, welche Rolle sie jeweils in meinem Leben spielten und in welche Position ich sie gesetzt hatte. Zum anderen aber auch darum, wie sie sich gerade jetzt verhielten. Unweigerlich fragte ich mich, ob Taylor je wirklich meine beste Freundin gewesen war. Nein, das war nicht richtig. Sie war immer meine beste Freundin, aber ich zweifelte sehr daran, dass ich auch ihre gewesen war. So behandelte man doch keine Freundin und schon gar nicht die beste. Vermutlich war ich ihr gegenüber deshalb noch so unversöhnlich, obwohl ich Keylam verziehen hatte und ich mir bei meinen Eltern diesbezüglich die größte Mühe gab.

Wir traten nacheinander in das Buchclubzimmer und Keylam knöpfte Weste und Hemd auf, legte seine nackte, muskulöse Brust frei und entblößte das kreisrunde blaue Tattoo, das bei genauerer Betrachtung nicht klar blau, sondern blauviolett aussah und wieder hatte ich das Gefühl, ein Puzzleteil glitte an seinen Platz.

Keylam trat in eine kreisförmige Zeichnung auf dem Boden, die erst erstrahlte, als er in sie trat. Die Symbole auf Brust und Boden glichen sich, waren vielleicht sogar identisch. Doch ich kam nicht dazu, genauer hinzusehen, dann gerade als die anderen in diesen Kreis eintraten, wandte Keylam sich an mich und riet sanft: »Du willst dich sicher noch von deinem Vater verabschieden, bevor wir aufbrechen.«

»Was?«

»Er ist ein Mensch«, erinnerte Keylam mich vorsichtig.

Ein Mensch. Er konnte nicht mitkommen.

Sofort eilte ich zu Papa, warf mich in seine Arme und versprach: »Ich hab' dich lieb.«

»Ich dich auch, mein Schatz. Seit du in mein Leben getreten bist, liebe ich dich mit jeder Faser meines Herzens. Daran darfst du nie zweifeln.«

»Tue ich nicht.« Und das war die reine Wahrheit.

»Gut. Solange das so ist, darfst du sauer sein und uns noch ein wenig leiden lassen«, räumte er leise glucksend ein.

Ich lachte auf.

Er drückte mich noch einmal fest an sich, legte einen Kuss auf meinen Scheitel und schob mich dann von sich. »Jetzt los. Und wehe du kommst nicht zurück!«

Grinsend streckte ich ihm die Zunge raus, dann huschte ich hinüber und trat an Keylams Seite in den Kreis. Er sah mich mit so viel Wärme und Zuneigung an, dass es mich verunsicherte. »Was?«

»Sag ich doch, mein kleines Wunder.«

Meine gerunzelte Stirn war Frage genug.

Er formte einige Symbole mit den Fingern vor seiner Brust. »Obwohl du jedes Recht hättest, stinksauer zu sein und dich eher distanziert zu verabschieden, hast du keine Sekunde auch nur einen Gedanken an so ein Verhalten verschwendet.«

»Natürlich nicht. Ich mag ja nicht viel wissen oder begreifen, aber ihr habt sehr deutlich gemacht, dass das, was nun kommt, gefährlich ist. Was genau das bedeutet, habe ich keine Ahnung. Also überlege ich, was der Worstcase sein könnte und handele entsprechend.«

»Du begreifst verdammt viel und handelst unglaublich besonnen. Ich glaube, du ahnst gar nicht, wie einzigartig und wunderschön du bist, Liv.« Raue Worte, gesprochen voller Überzeugung und mit so viel Zuneigung, dass ich sprachlos vor ihm stand. Blauviolettes Licht brach aus seiner Brust hervor und flutete den gesamten Raum, tauchte uns in unwirkliche Farben und blendete alles um uns herum aus. Für eine Sekunde sah ich nur ihn, die Überzeugung in diesen Worten und konnte sie annehmen. Nur für jetzt, nur für diesen Augenblick.

Mama, die sich ebenso von Papa verabschiedet hatte, huschte mit Taylor und Zack ebenfalls in den Kreis. Ich verschlang meine Finger mit seinen und wusste irgendwie, jetzt war der Moment. »Wo wir schon bei viel begreifen sind, du bist mir vorhin ausgewichen, als ich dich nach deiner Aufgabe gefragt habe. Das ist okay, das ist mir lieber als angelogen zu werden. Aber irgendwann erzählst du mir davon, ja?«

Keylams Blick wurde so aufgewühlt. Für einen Moment sah ich hinein bis auf den tiefsten Grund seiner Seele, sah Angst und die Tonnenschwere Last darauf und wusste, auch er hatte ein Trauma in seiner Kindheit erlebt, das sein Leben bis heute bestimmte. Ganz anders als ich und doch gleich. Das Licht wurde für einen Moment gleißend und ich kniff die Augen zusammen, spürte nur die Wärme seiner Finger in meinen und spürte den sanften Druck, der mir Antwort genug war.

Das Licht verblasste und als ich die Augen öffnete, sah ich gerade noch, wie sich die gewohnte Gestalt vor meinen Augen verschob. Seine Größe blieb und die meisten Teile seiner Züge, doch die Augenfarbe verblasste, die gesamte Augenpartie wurde schmaler, die Augenform selbst mandelförmig, das schwarze, kurze Haar wuchs länger und bekam einen satten Blauton und die so vertraute Kleidung war einfach fort. An ihrer Stelle wieder der weiße, bodenlange Mantel mit aufgestelltem Kragen, darunter das blaue T-Shirt und blaue leicht gepumpte Hosen, die in wadenhohen Stiefeln verschwanden.

Mein Blick glitt wieder hinauf in sein Gesicht und streichelte jeden Zentimeter davon. »Irgendwie gefällt mir dein Inneres ziemlich gut«, gestand ich.

Sein Blick wurde hungrig und er lehnte sich vor. Automatisch krallte ich mich in die Aufschläge seines Mantels und zog ihn näher heran zu einem leidenschaftlichen Kuss. Gerade als er einen Arm um meine Taille schlang und mich näher zog, knurrte jemand.

Die schon einmal gehörte Gedankenstimme Zacks unterbrach uns. »Geht das jetzt die ganze Zeit so? Ehrlich, das ertrag ich nicht.«

Keylam gluckste leise an meinen Lippen, lehnte seine Stirn an meine und flüsterte: »Später.«

Atemlos nickte ich.

»Also dann, los geht es«, entschied meine Mutter und lenkte meine Aufmerksamkeit zum ersten Mal von Keylam weg. Was ich nun sah, ließ mein Herz einen Moment aussetzen.

Forschungsbericht Keylam Warren

Mainz, 15. Februar 2013

Hinweis 3: Stammbaum der Warrens
Gefunden in den Annalen der Magiergeschlechte Anicors

Wichtigste Erkenntnis: Vanir ist offensichtlich tatsächlich einer meiner Vorfahren. Er wird eindeutig als Vanir Warren geführt. In diesen Annalen steht allerdings nichts von seiner Unsterblichkeit. Die Frage ist also, wie kam er an diese Eigenschaft? Oder wurde sie nur nicht aufgeführt, weil innerhalb seiner normalen Lebensspanne niemand bemerkte, dass er unsterblich zu sein scheint.

Ungläubig sog ich jede Nuance in mich auf. Die Bäume, die ich in meiner Halluzination so halb schon gesehen hatte, waren schlicht atemberaubend. Dicke knorrige Stämme in einem dunklen Braun mit tief gefurchter Rinde, die in immer dünnere Äste übergingen, deren Biegsamkeit und Ausrichtung mich an Trauerweiden erinnerte. Diese schwankenden Äste waren über und über voll mit kleinen Blüten in rosa, blasslila und violett, wobei der Farbverlauf den Eindruck von sich wiegenden Wellen erweckte.

Vor diesem wunderschönen Hintergrund stand meine Mutter. Ich wusste, sie musste es sein, auch sie vollkommen anders aussah. Sie hatte noch den Körper einer Frau, doch ihre Haut schimmerte und wechselte ihre Farbe. Die Oberfläche sah schuppenähnlich aus und sie schien mit den Bäumen hinter ihr zu verschmelzen. Alles an dem Körper war alterslos straff und fest, keine der so vertrauten Falten zierte mehr ihr Gesicht. Und aus ihrer Stirn sprießten zwei schmale Fühler.

Als sie auf mich zutrat und mir ihre Hand entgegenstreckte, geriet ihre Haut in Bewegung und veränderte sich von den blasslila Tönen hin zu grün, wie das farnige Zeug unter unseren Füßen, das so dicht wuchs wie Gras.

»Wow«, hauchte ich.

Mama lächelte. »Schön, dass du so reagierst.«

Schulterzuckend antwortete ich, während ich weiterhin ihren Körper bestaunte. »Irgendwann muss es ja mal von Vorteil sein, ein Bücherdrache zu sein.«

Ihr leises Lachen ließ mich aufschauen. Es war unser kleiner Insider. Ich war ihr kleiner Bücherdrache, kein Bücherwurm. Ich hortete Bücher wie wundervolle kleine Schätze, so hatte sie es immer beschrieben.

»Ich bin so unfassbar stolz auf dich, meine Kleine.«

Wärme breitete sich in meiner Brust aus und der Stachel der Enttäuschung über ihre Entscheidung, mich im Unklaren zu lassen, wurde ein wenig seiner Schärfe beraubt.

»Wir sollten los«, knurrte Zack mit dieser körperlosen Stimme, die mich wieder einmal zusammenzucken ließ. An dieses Gefühl musste ich mich erst noch gewöhnen, aber unterm Strich fand ich das megacool, dass er als Wolf problemlos mit uns sprechen konnte. Und was für ein Wolf das war, bemerkte ich, als ich automatisch zu ihm rübersah. Er war ungefähr so groß wie ein Pony. Die massigen Schultern beinahe doppelt so breit wie ich. Diesen Körper Wolf zu nennen, war eigentlich ein Hohn. Bär auf vier Beinen wäre irgendwie passender gewesen, auch wenn die Form seiner Hinterläufe tatsächlich wölfisch und nicht bärenartig wirkte.

»Zack hat recht, die Tenebris kontrollieren alle heiligen Orte und die Traumbäume gehören mit zu den wichtigsten«, stimmte Taylor ihm zu.

»Bei der großen Mutter, sie gibt mir recht. Wir stecken in ernsten Schwierigkeiten«, höhnte Zack, woraufhin Taylor ihm einen knorrigen Stinkefinger zeigte. Erst jetzt fiel mir auf, dass meine beste Freundin deutlich kleiner war. Sie reichte dem gigantischen Wolf gerade einmal bis zur Schulter, das konnten nicht einmal ein Meter vierzig sein.

»Genug. Wie besprochen, Zack trägt Taylor und ich organisiere Arsona für Keylam und Liv. Versteckt euch so gut es geht, bis ich wieder da bin«, wies meine Mutter uns an und war dann einfach verschwunden.

»Was, bitte, war das? Wo ist sie hin?«, entfuhr es mir.

»Althea können mit Anicor verschmelzen. Auf diese Weise können sie gigantische Strecken in kürzester Zeit zurücklegen.«

»Okay, aber sie kann niemanden mitnehmen, oder was?«, fragte ich prompt.

»Nein. Und auch diese Art zu reisen, ist inzwischen scheißgefährlich«, grollte Taylor. »Der Wichser hat einen Zauber gefunden, um Althea aufzuspüren, die sich mit Anicor verbinden.«

»Der Wichser?«, hakte ich nach und bekam bittere Mienen, wütend zusammengebissene Kiefer und von Zack sogar ein grollendes Knurren.

»Vanir«, presste Keylam schließlich hervor.

Ehe ich meine Frage stellen konnte, trat er näher und meinte mit gesenkter Stimme: »Deine Mutter hat recht, alles zu seiner Zeit. Erst, wenn wir uns von diesen Bäumen entfernt haben, sollten wir uns unterhalten.«

Noch während er das sagte, lenkte er mich mit sanftem Druck von den wunderschönen Bäumen weg, in die Richtung, in der gerade Zack und Taylor zwischen so dicht wucherndem Grün verschwanden, dass ich effektiv von meinem aufkeimenden Widerspruch abgelenkt wurde. Mit jedem Schritt hob ich den Kopf immer weiter in den Nacken, um das Ende dieser wilden Vegetation zu sehen zu bekommen, in der die anderen abgetaucht waren.

Wir schlugen uns zwischen hohen Bäumen und dichten Büschen durch, bis wir die beiden anderen vor einem etwa mannshohen, aber gut vier Meter breiten Gebüsch fanden.

»Na dann«, bemerkte Zack mit einem schelmischen Funkeln in Taylors Richtung.

»Ich hasse Parvus«, grummelte sie, seufzte schwer und verschwand dann hinter Zack in den Busch hinein.

Ich verlangsamte meinen Schritt, bis Keylam dicht hinter mir war, lehnte mich zurück zu ihm, den Blick fest auf die Stelle gerichtet, an der Taylor gerade verschwunden war. »Was sind Parvus?«

»Das wirst du gleich herausfinden.«

»Also keine dieser Gefahren«, stellte ich fest.

»Jedenfalls nicht, solange du deine Finger bei dir behältst und keine ihrer gesammelten Schätze vernaschst.«

Über die Schulter warf ich ihm einen Blick unter hochgezogenen Augenbrauen zu. »Unfassbar beruhigend. Das mache ich ja auch jeden Tag, in einen Busch hineingehen und irgendwelchen übernatürlichen Wesen begegnen, von denen ich rein gar nichts weiß.

»Keine Angst, sie sind sehr klein und tun dir nichts, versprochen. Es sind einfach nur Sammler mit einer komplexen Sozialstruktur. Stell sie dir wie gigantische Ameisen vor.«

Grummelnd ließ ich mich vorwärtsschieben und durchtrat den dichten Blättervorhang. Wie angewurzelt blieb ich stehen, sodass Keylam in mich hineinlief und uns beide vorwärtsstolpern ließ.

»Pass doch auf, Trampler«, grummelte ein höchstens zwanzig Zentimeter großer brauner Klumpen auf zwei Beinen, der in der Hand eine Nuss oder etwas in der Art trug. Perplex starrte ich hinab. »Sie können reden?«, entfuhr es mir ungläubig.

Mosernd watschelte das Kerlchen weiter, während ich in geduckter Haltung versuchte zu erfassen, wo ich da gerade reingestolpert war.

»Oh, ja. Sie reden. Aber das verstehst du nur, solange du innerhalb ihres Baus bist. Die Blätter dieses Busches strömen eine Art Täuschzauber aus, dadurch klingt alles von hier drinnen dort draußen wie unscheinbare Waldgeräusche.«

Ich hob den Blick und starrte ihn ungläubig an. Er sagte das so nonchalant, als wäre das was ganz Normales, was er nur eben vergessen hatte zu erwähnen.

»Ein Busch, der zaubern kann?«, fragte ich suggestiv nach.

Er zuckte mit den Achseln. »Irgendwie schon, ja.«

Ich schüttelte den Kopf. »Also wenn ich irgendwann schreiend davonlaufe, wunder dich nicht, dann kommt all das Zeug, was ihr mir in den letzten Stunden so erzählt habt, wahrscheinlich endlich bei mir an.«

Zerknirscht verzog Keylam die Lippen. »Bisschen viel alles, hm?«

»Bisschen?«, quiekte ich.

»Dann warte ich mit weiteren Erklärungen besser, bis du das bisher gehörte verarbeitet hast?«

Unsicher, was klug war, nickte ich für den Moment. Eine unglaubliche Entdeckung nach der nächsten verdauen. Jetzt musste ich mich erst einmal mit den kleinen wuselnden Wesen und dem magischen Gebüsch auseinandersetzen.

Das Innere des Busches war hohl und beherbergte eine ganze Schar eigener Lebewesen. Allesamt wuselnde braune Klumpen, die irgendetwas in den winzigen Ärmchen trugen, nur wohin, war die Frage. Ich konnte hier drinnen an die zehn Haufen gehorteter Dinge ausmachen und die kleinen Kerlchen trugen in scheinbarer Unordnung Blüten, Nüsse und Früchte von Haufen zu Haufen. Es war ein komplettes Chaos und doch stießen nie zwei zusammen, als gäbe es eine unerkennbare Ordnung, ein System in diesem Chaos.

»He, Trampler, aus dem Weg, du stehst in meiner Linie«, blaffte mich einer an, der vor meinem Fuß stand und mit einer winzigen Faust dagegen hämmerte. Sofort hob ich den Fuß. Ein Fehler, wie mir schien, denn ich fand keinen neuen Fleck, an den ich ihn setzen konnte.

»Hey! Aua, lass das!«, motzte Taylor, als ich mich gerade so an Keylam festhielt, ehe ich hinfiel. Auf einem Bein das Gleichgewicht zu halten, war schwerer, als ich gedacht hätte. Er gab mir sofort Halt und nickte zu einer gerade freiwerdenden Stelle, auf die ich schnell wenigstens meinen Ballen setzte, ehe ich sehr vorsichtig den ganzen Fuß platzierte.

»Da hol mich die große Mutter, eine Waldelfe, bei uns im Bau!«, rief einer der Kerlchen, der ein Blatt von Taylors Fuß abgerissen hatte.

»Waldelfe! Waldelfe!«, erschollen die Rufe und das gesamte Gewusel hielt erst inne und stürmte dann auf Taylor zu. Sie reckten die Ärmchen, riefen ihr für mich unverständliche Sachen zu und wurden richtig ungehalten, als Taylor nicht sofort reagierte.

Meine Freundin verdrehte die grünen Augen in den holzigen Höhlen und wedelte mit den Händen. »Immer das Gleiche mit diesen Biestern.«

Das Gebrüll der kleinen Kerlchen wurde immer lauter und bekam etwas Frenetisches.

»Waldelfen können Früchte in kürzester Zeit an ihren Ästen sprießen lassen. Parvus vergöttern deshalb Waldelfen und wollen von ihnen immer Gaben für ihre Sammlung haben«, erklärte Keylam mir dankenswerterweise die Szene vor uns.

»Wieso sind wir dann hergekommen?«

Keylam tippte sich ans Ohr. »Schallschutz. So kann man uns nicht finden und solange wir auf deine Mutter warten, könnte ich dir das ein oder andere erklären«, schlug er vor.

»Ich hasse dich!«, informierte Taylor Zack gerade, der mit seinem massigen Körper gut ein Viertel des gesamten Raums in diesem Busch ausfüllte.

Der Wolf grinste erheitert, so sah das hechelnde Maulöffnen jedenfalls für mich aus. »Das war das beste Versteck.«

»Leck mich, Wolf.«

»Nun gib ihnen schon ein paar. Was schadet das schon?«, führte Zack den Disput neckend fort.

»Was das schadet? Die lassen mich nie wieder gehen, diese gierigen kleinen Mistviecher.«

Empörung brandete zwischen den frenetischen Rufen auf.

»Klappe!«, zischte Taylor in ihre Richtung und schüttelte zwei vorwitzige Racker von ihrem linken Fuß ab.

»Ach komm schon, die sind doch so niedlich«, frotzelte Zack weiter.

»Ich geb dir gleich niedlich«, drohte Taylor und schwang die knorrige Faust vor Zacks Maul. »Ich bin doch kein Zirkusclown! Außerdem kann ich das nicht endlos tun und wir brauchen meine Früchte vielleicht noch als Nahrungsquelle also halt deine Klappe und schalte mal dein Hirn ein, Wolf!«

»Da hat sie einen Punkt«, räumte Keylam ein. Zack, der offensichtlich schon hatte etwas erwidern wollen, knurrte nur in Keylams Richtung und kniff dabei die Augen zusammen. Eine erstaunlich menschliche Regung für einen Wolf, fand ich.

»Seid ihr dann fertig«, erklang die Stimme meiner Mutter direkt neben mir.

»Argh!«, schrie ich erschrocken auf, fasste mir an die Brust und sah sie vorwurfsvoll an. »Musst du mich so überrumpeln?«

Sie legte ihren Kopf schräg, wobei ihre Schuppenhaut wieder einmal die Farbe änderte. Allerdings hatte ich den Eindruck, als stünden ihre Schuppen weiter ab – wie Gänsehaut.

»Ein harter Ritt?«, erkundigte Taylor sich, die es offensichtlich auch bemerkt hatte und mir direkt eine Erklärung für meine Beobachtung lieferte.

»Nun, niemand hat die Arsona mehr geritten seit der großen Flucht. Sie sind ... wilder, als ich es in Erinnerung hatte.«

»Uh, das verspricht Spaß«, freute Taylor sich.

»Eine Althea!«, kreischte es nun aus der Menge zu unseren Füßen.

»Ein Parvus-Bau. Kluge Wahl«, räumte meine Mutter ein, wobei sie ein wenig überheblich wirkte, aber auch irgendwie so, als hätte sie alles Recht dazu.

»Danke«, bemerkte Zack und warf Taylor einen triumphierenden Blick zu.

Klug ja, aber wir hatten diese Gelegenheit nicht wirklich genutzt. Sollte ich vielleicht jetzt noch mal auf diese Gefahren zurückkommen, vor denen wir uns versteckt hielten?

Meine Mutter ballte ihre Hand locker zur Faust, die für einen kurzen Moment in grünem Licht erstrahlte. Dann warf sie einige kleine Gegenstände vor sich auf den Boden und das pure Chaos brach unter den kleinen Kerlchen aus. Irgendwie erinnerte mich das Bild an sich bückende Kinder beim Fastnachtsumzug, die die geworfenen Süßigkeiten auf der Straße auflasen.

»Los gehts«, entschied meine Mutter unumwunden und führte uns aus dem Bau heraus. Hm, Chance verpasst.

Mit bedachten Schritten bahnte ich mir den Weg, doch direkt bevor wir aus dem Gebüsch traten, packte ich Keylams Arm doch noch. »Solltet ihr mir nicht endlich das mit den Gefahren erklären, wenn sie so präsent sind? Also ich meine jetzt und hier, wo uns niemand belauschen kann?«

Keylam zögerte. Er sah sich um, als würde er etwas abwägen. »Du hast recht«, entschied er. »Sowohl ich als auch deine Mutter sind auf der Gesuchtenliste ganz weit oben. Es wäre –«

»Dunkle!«, rief da ein Parvus und alle stiegen sofort mit ein. Hektisch rannten sie durcheinander, nur um sich schließlich rund um die drei Haufen zu sammeln und sie festzuhalten, als würden sie sie mit ihrem Leben beschützen.

Keylam packte mich sofort am Arm und zog mich hinaus. »Die Parvus wittern Dunkle.«

»Heilige Scheiße«, hauchte ich. Nicht wegen der Gefahr, die ich überhaupt nicht einschätzen konnte, weil sie mir ganz offensichtlich doch nicht die wichtigen Dinge erklärt hatten, sondern weil da vor mir zwei Bäume mit Armen und Gesichtern standen. Gesichtern!

Unter ordentlichem Geknarze bückte der Baum vor mir sich herab, packte mich unvermittelt um die Taille und riss mich in die Höhe. Das Aufkreischen konnte ich mir diesmal nur knapp verkneifen.

Ein wenig orientierungslos und definitiv benommen wurde ich wieder abgesetzt. Als ich erkannte, dass dieses Ding mich auf einem der oberen Zweige platziert hatte, suchte ich panisch nach etwas, an dem ich mich festhalten konnte.

»Du wirst dich an die Höhe gewöhnen«, entschied meine Mutter, die kaum zeitverzögert neben mir Platz nahm. Ich drohte nach hinten zu kippen, als dieser Baum sich auch noch in Bewegung setzte und nicht eben langsam. Nur das beherzte Zupacken meiner Mutter verhinderte Schlimmeres.

»Der Schwindel lässt bald nach und an das Schwanken passt man sich auch schnell an«, versprach sie, nahm meine Hand und führte sie zu einer wulstigen Erhebung neben meinem Bein im Holz. »Hier festhalten, dann ein Bein rüberschwingen, rittlings sitzen ist leichter.«

»Spinnst du? Wie soll ich denn bei dem Geschaukel ein Bein hochheben?«

Meine Mutter rollte mit den Augen, packte meinen Arm und mein Bein und riss zweiteres dann einfach hoch. Panisch krallte ich meine Finger in ihre schuppige Haut und klammerte mich an ihre fest, bis ich rittlings auf dem Ast saß.

»Lehn dich am Stamm an, du wirst sehen, sobald wir aus der Gefahrenzone sind und der Arsona seinen Rhythmus für lange Märsche findet, lullt dich das Geschaukel ein, dass du Probleme haben wirst, nicht einzuschlafen.«

»Ja, sicher!«

Aber mit einem Punkt hatte sie durchaus recht, nach und nach versiegte die Panik und ich gewöhnte mich an die Höhe und das Geschwanke. Dann jedoch erinnerte ich mich an den Grund für das hohe Tempo, das die Bäume gerade anschlugen. Ihre gigantischen Schritte donnerten jedes Mal in mein Rückgrat. So mussten wir doch unglaublich viel Lärm machen. So fand man uns doch sicher. »Wovor fliehen wir genau?«

»Vor einem oder mehreren Dunklen. Sie sind gefallene Kinder Anicors.«

Ihre Worte weckten das Bild einer Art Zombie, der von einer dunklen Wolke umhüllt war oder etwas in der Art.

»Wir konnten es nicht glauben, als es das erste Mal passiert ist, das ist ungefähr zwei Jahre her«, brachte sie tonlos heraus und ihr Blick glitt in die Vergangenheit. Sie musste etwas Schreckliches erlebt haben und ich hatte davon überhaupt nichts mitbekommen.

»Anicor stirbt. Seit der großen Flucht geht es unserer Welt immer schlechter. Vor zwei Jahren dann tauchte zum ersten Mal diese Dunkelheit auf. Ein Kind Anicors verwandelte sich vor unseren Augen in formwandelnde Schwärze. Es ist, als würde es von Magie angezogen werden. Diese Dinger jagen uns, wann immer wir unseren Besuch in Anicor absolvieren, damit wir in der Menschenwelt nicht sterben. Aber für unsere Mutter ist das nicht genug. Wir glauben, dass die Dunkelheit ein Symptom des Sterbens unserer Welt ist. Diese Wesen ernähren sich von Anicors Energie. Dass heilige Orte wie die Traumbäume und das Herz von Anicor noch existieren, haben wir ausgerechnet Vanir zu verdanken, der diese Orte schützt.«

»Vanir?«

»Die Wurzel des Bösen. Ein machtgieriger, unsterblicher Magier, der jene jagt, die nicht nach seiner Pfeife tanzen. Er ist der Grund, weshalb wir geflohen sind, die wir ihm nie die Treue schwören wollten.«

»Auch dich und Keylam«, begriff ich und setzte einen mentalen Haken hinter einige gefallene Andeutungen der letzten Stunden.

»Ja. Wenn er wüsste, dass wir hier sind, würde er alles dafür tun, uns zu finden und zu töten. Und da unsere Brücke bei den Traumbäumen liegt, müssen wir um jeden Preis verhindern, dass er das erfährt.«

»Okaaay. Und wie verhindern wir das?«

Sie seufzte schwer. »Durch Umwege, Hilfe von alten Verbündeten wie den Arsona und Daumendrücken.«

»Wow«, entkam es mir entgeistert.

»Ich weiß«, räumte sie mit herabsinkenden Schultern ein. »Deshalb ist uns die Entscheidung auch nicht leichtgefallen. Ich würde dich immer noch am liebsten unter den Arm klemmen und zurückrennen, aber jetzt sind wir hier und im Grunde ist das Risiko, entdeckt zu werden, nur an den Traumbäumen und am Herzen selbst hoch, zumindest, solange ich meine Stammgaben nicht nutze und Keylams Bann aktiv ist. Die nächsten zwei Tage sollten wir weitestgehend sicher sein.«

Beruhigend …

Der Arsona wurde langsamer und verfiel in einen schwingenden Trott. Angespannt sah ich zurück in das Dickicht, durch das er uns geführt hatte. »Sind wir in Sicherheit?«

Meine Mutter nickte. »Soweit das in Anicor jedenfalls noch möglich ist. Der Dunkle hat eine andere Richtung eingeschlagen, sonst würden die Arsona noch immer rennen. Sie, wie auch die Parvus und viele andere Bewohner Anicors, können die Dunkelheit nahen spüren.«

Das war ungefähr der Zeitpunkt, als ich mich nach den anderen umsah. Keylam ritt auf dem zweiten Baum und Taylor auf Zacks Rücken. Erleichtert seufzte ich auf.

»Warum trägt Zack Taylor?«

»Arsona dulden keine Waldelfen auf sich.«

»Wieso?«

Meine Mutter zögerte. »Du könntest es Territorialzugehörigkeit nennen. Die Waldelfen leben im lichten Wald. Der liegt nördlich vom Herzen. Wir befinden uns südwestlich. Das hier ist der Laetus, der bunte Wald, wenn du so willst. Arsona leben hier und im Nigreos, deshalb können sie einander nicht so besonders leiden. Solange es sich also vermeiden lässt, werde ich keinen Arsona dazu bringen, eine Waldelfe zu transportieren.«

»Aber Magier und Althea sind okay?«

»Jein. Hätte ich sie gebeten, einen Tenebris zu transportieren, hätten sie mich vermutlich geviertelt. Aber so ...«

»Sag mal, war es Absicht, dass du ihn auf einen anderen Baum gesetzt hast?«

Ein grollendes Schnauben erklang, das meinen Körper vibrieren ließ. »Ich bin ein Arsona, kein einfacher Baum!«

Schnell zog ich den Kopf ein. »Verzeihung. Das war keine Absicht.«

Ein weiteres Schnauben erklang und ich hatte das Gefühl, dass er einverstanden war. Meine Mutter lächelte mich an, als genösse sie das alles gerade sehr. Sie wirkte so ungewohnt jung und beinahe schalkhaft. Das musste ich erst einmal verdauen.

»Also, war es Absicht?«, wiederholte ich, entschlossen, eine Antwort zu bekommen.

»Möglich«, räumte sie ein.

»Wieso?«

»Ich mag ihn nicht«, brummte sie trotzig, verschränkte die Arme vor der Brust und hatte unfairer Weise kein bisschen Probleme, das Gleichgewicht weiterhin zu halten.

»Das ist mir schon aufgefallen«, murrte ich. »Nur verstehe ich nicht, wieso?«

»Das kannst du auch nicht.«

Ihre Worte trafen mich. »Wie wäre es dann, wenn du mir mal das ein oder andere erklärst!«, ätzte ich und war direkt wieder ziemlich sauer auf sie.

Schuldbewusst zog sie den Kopf ein und warf mir einen angemessen zerknirschten Blick zu, ehe sie seufzte und sich mir ganz zuwandte. »Entschuldige. In diesem Körper bin ich irgendwie immer etwas ... kindisch. Manchmal glaube ich, unsere alterslosen Körper machen auch etwas mit unserer geistigen Reife. Das hilft in vielen Bereichen, zum Beispiel dabei, wilde Arsona einzufangen und zu bändigen oder mit den wuselnden kleinen Parvus mitzuhalten. Aber in anderen Bereichen ...«

»Eher nicht«, vollendete ich ihren Satz nickend und wartete auf mehr.

Sie holte tief Luft. »Keylam hat eine Aufgabe, vor der er schon die ganze Zeit davonläuft. Er könnte ein Happyend für ganz Anicor bewirken, aber ist zu feige, sich seinem Schicksal zu stellen. Seinetwegen sterben so viele. Es fällt mir schwer, ihn dafür nicht zu hassen.«

Meine Augen wurden groß. Was bitte?

»Wie meinst du das?«

Ein schweres Seufzen. »Anicor wird ja wie vorhin erwähnt von Vanir tyrannisiert, einem übermächtigen, unsterblichen Magier aus dem Warrengeschlecht. Dieser Mann hat versucht, die Kinder Anicors auszurotten, die ihm nicht den Treueschwur leisten wollten, besonders uns Althea, weil wir die Freiheitskämpfer angeführt haben. Der Treueschwur nimmt dir deinen freien Willen, wenn es um Vanirs Befehle geht, das wollten viele nicht und wurden daraufhin in Besinnungslager verfrachtet, Todesfallen, die dir alles genommen haben, bis hin zu deinem Leben, wenn du keinen Besinnungswandel hattest. Wir Althea haben versucht, die Gefangenen zu befreien, und irgendwann blieb uns keine andere Wahl mehr als die große Flucht. Keylam hätte all das verhindern können, wenn er sein Schicksal angenommen hätte.«

»Das klingt furchtbar!«, stieß ich hervor und packte den rauen Knauf in meiner Hand fester. »Da muss es doch auch eine andere Seite geben. So egoistisch habe ich ihn nicht kennengelernt.«

»Natürlich. Die gibt es immer.«

»Und die wäre?«

»Keylam muss sterben, um seine Aufgabe zu erfüllen, und wenn man das als vierzehnjähriger Junge erfährt, fehlt einem wohl die nötige Reife, das einzusehen und zum Wohle aller sein Schicksal zu akzeptieren.«

Fassungslos starrte ich sie an. Schaukelnd wurden wir durch den Wald getragen und ich konnte auf diese eiskalte Sicht keine Antwort finden. Keylam musste sterben? Und wie sie das so emotionslos sagte. Begriff sie, was sie mir gerade offenbart hatte?

»Ist das dein Ernst?«, fuhr ich sie an.

»Ach komm, sieh mich nicht so an. Ich verstehe ja, wieso er als Junge nicht die Zivilcourage hatte. Alles gut, er war nicht bereit. Aber inzwischen ist er ein erwachsener Mann. Und er ist totgeweiht. Nur meint Mr. Ich-bin-so-Besonders, lieber meine Tochter in ihn verliebt machen zu müssen, statt endlich die Eier in der Hose zu haben und seine Welt zu retten!«, redete meine Mutter sich in Rage.

»Ähm, wow.« Zorn wallte in mir auf. »Dieser Körper muss wirklich dein Hirn vernebeln. So viel eiskalte Arroganz habe ich ja noch nie bei dir erlebt. Unfassbar!«, warf ich ihr vor und wandte den Blick ab.

Eine Zeit lang schwieg sie und ich spürte ihren Blick auf mich geheftet. Wenigstens dachte sie über meine Worte nach und blökte nicht noch so einen unreflektierten Mist hervor. Wie konnte sie das so herunterbrechen und so hinstellen, als ginge es nur darum, dass Keylam sich endlich für ein Gericht im Restaurant entschied.

»Mag sein, dass ich die letzten Jahre über eine einseitige Sicht auf die Dinge entwickelt habe«, räumte sie zähneknirschend ein. Dieses Eingeständnis fiel ihr sichtlich schwer. »Ich habe zusehen müssen, wie alle um mich herum sterben, ohne etwas dagegen tun zu können. Diese Hilflosigkeit, das ist fast das Schlimmste. Da zu wissen, dass jemand es in der Hand hat, das Sterben aufzuhalten, dieses Wissen höhlt mein Mitgefühl und Verständnis für seine Lage stetig aus. Wäre ich an seiner Stelle, hätte ich es in der Hand und könnte all das Sterben aufhalten, würde ich es tun.«

»So einfach, ja?«

»Ja. Natürlich.«

»Wie kannst du das wissen?«, fragte ich ruhiger, als ich mich fühlte, forderte sie heraus, weil ich ihre Ansicht ziemlich naiv fand.

Meine Mutter stutzte durch die plötzliche Ruhe in meiner Stimme. Mit schräg gelegtem Kopf kniff sie die Augen leicht zusammen. Ich kannte diese wachsame Geste, sie verstand noch nicht, wohin meine Gedanken und Ansichten gingen.

Nach einigem Zögern antwortete sie mir schließlich: »Ich kann mich in seine Lage hineinversetzen und dann quasi aus seiner Perspektive entscheiden. Das nennt man Empathie und ich weiß ganz genau, dass du das eigentlich selbst weißt.«

Sie hatte angebissen. Natürlich hatte sie das und war genau in die Falle gelaufen, die die Empathie meiner Ansicht nach für uns bereithielt. »Ich glaube, genau da liegst du falsch. Niemand kann sich vollkommen in eine andere Person hineinversetzen. Wir sind die Summe unserer Entscheidungen, der Dinge, die wir erlebt haben und wie wir sie erlebt haben. Daraus ergibt sich der logische Schluss, dass es unmöglich ist, genauso zu empfinden wie eine andere Person.« Einen Moment ließ ich meine Worte wirken, rutschte etwas zurück in die Mitte des Astes, weil das Schunkeln mich nach links hatte kippen lassen, und fixierte dann meine Mutter wieder ernst.

»Unabhängig davon, dass ich den Sachverhalt noch nicht kenne, unterscheidet ihr beide euch in vielen Punkten. Er lebt schon seit seiner Jugend mit diesem Wissen, was meinst du, was das mit einem macht? Er wird nach einer Alternative gesucht haben, nach einem Ausweg. Und sag mir Mama, wann ist der Punkt, an dem du an seiner Stelle die Hoffnung auf einen Ausweg aufgegeben hättest, an dem du deinen Tod akzeptiert hättest?«, fragte ich mit eiskalter Stimme, denn wir beide hatten exakt diese Diskussion mich betreffend geführt. Sie war es nämlich gewesen, die die Hoffnung nie hatte aufgeben können. Sie war diejenige gewesen, die mein Leben nicht hatte loslassen können, selbst als ich meinen Tod schon akzeptiert hatte. Und sie begriff, worauf ich gerade anspielte, denn sie brachte es nicht einmal fertig, mir noch in die Augen zu sehen.

»Ziemlich scheinheilig von dir, findest du nicht?«

Sie presste zornig die Lippen zusammen, straffte die Schultern und funkelte mich an. »In diesem Punkt vielleicht. Aber dein Tod hätte niemandem etwas gebracht, seiner wird eine ganze Welt retten. Das ist schon ein entscheidender Unterschied.«

»Aber wann, Mama. Wann ist der richtige Zeitpunkt für so ein Opfer. Würde alles auf eine große Katastrophe hinauslaufen, wüsste er, jetzt muss es sein. Du weißt nicht, wie er dann entscheiden würde. Sofern ich bisher alles richtig mitbekommen habe, schwebt ihr aber schon seit zwölf Jahren in diesem Zustand, in dem es sich immer nur ein wenig verschlechtert. Das ist doch genauso wie mit dem Klimawandel bei den Menschen. Alles verschlimmert sich nur langsam, sodass niemandem die Dringlichkeit wirklich bewusst ist und keiner sein Verhalten wirklich ändert. Erst wenn es zu spät ist, werden alle wissen, dass sie es verbockt haben. Die Kinder Anicors sind in die Menschenwelt geflohen und es sterben zwar immer wieder welche, aber nie so viele auf einmal, dass man Handlungsdruck spürt. Und er bekommt diese Tode in deinem Umfeld ja nicht mit. Ihr habt gesagt, er ist der letzte Warren, also bis auf diesen Tyrannen.«

»Vanir. Ja.«

»Siehst du. Er hat niemanden mehr, den er verlieren könnte, für den er sich opfern könnte, um ihn zu retten. Er ist doch in einer ganz anderen Situation als du. Verdammt, worüber reden wir hier überhaupt? Es liegt in der Natur jedes Lebewesens, leben zu wollen. Denkst du, da wäre es so leicht, sich selbst zu opfern?«

»Von leicht habe ich nie gesprochen«, erinnerte meine Mutter mich mit gesenkter Stimme. »Ich bin nicht so naiv, zu glauben, das wäre leicht. Aber es ist richtig und nötig.«

Nun war ich diejenige, die ihre Lippen zusammenpresste. Ich wollte sie anbrüllen, was für einen Schwachsinn sie da von sich gab, aber auch sie hatte mir den Gefallen getan, wirklich zuzuhören. Jetzt war ich damit an der Reihe. »Warum überhaupt? Also was bringt Anicor sein Tod?«

»Die Prophezeiung sagt, dass das der Preis ist, der gezahlt werden muss, dann wird der Tyrann sterben.«

Ich weitete die Augen. »Es geht um eine Prophezeiung«, stieß ich ungläubig hervor. »Verarschst du mich?« Und ganz plötzlich war meine Mama doch die Fanatikerin, die ich nie in ihr hatte sehen wollen.

»Das kannst du nicht verstehen. Jede Prophezeiung der Semona ist in Erfüllung gegangen. Das hat nichts mit Glauben zu tun, keine Sorge, meine kleine Atheistin. Das ist quasi empirisch belegt.«

»Oh, das ist empirisch belegt, super.« Ich streckte die Brust raus und ahmte einen Professor nach, während meine Stimme vor Ironie troff. »Und natürlich ist keinerlei Spielraum für Interpretation, da steht wörtlich: Keylam Warren muss sterben, das ist der Preis, damit Vanir stirbt.«

»Du musst dich nicht so lustig machen, nur weil du es nicht verstehst. Du bist nicht hier aufgewachsen, deshalb verzeihe ich dir, dass du zweifelst, aber wir anderen wissen, dass die Prophezeiungen der Semona Gesetze sind und keine Möglichkeiten.«

»Das habe ich nicht einmal infrage gestellt. Hast du mir gerade nicht zugehört, Mama? Ich zweifle nicht an der Richtigkeit dieser …« Ich wedelte mit einer Hand in der Luft herum, als wollte ich eine lästige Fliege verscheuchen, wobei ich mich mit der anderen Hand noch bewusster an dem Wulst festhielt, um bei dem ständigen Geschwanke nicht von meinem Ast herunterzurutschen. »Prophezeiung. Sondern vielmehr daran, dass es nur eine Möglichkeit gibt, sie zu interpretieren.«

Mama öffnete und schloss dann wieder ihren Mund. »Ehrlich gesagt habe ich gerade das Bedürfnis, dir zu erklären, dass du das kaum beurteilen kannst, aber ich kenne dich und deinen Verstand. Lies sie selbst, diskutier mit ihm darüber, analysiert gemeinsam. Dann wirst du sehen, dass ich allen Grund habe, mir vollkommen sicher zu sein. Er ist es schließlich auch.«

Ihre Worte nahmen mir den Wind aus den Segeln und ich nickte lediglich. Genau das würde ich tun und ich würde damit anfangen, herauszufinden, ob er das wirklich auch so sah. Und vielleicht brauchten diese engstirnigen Kinder Anicors einfach mal einen frischen ungetrübten Blick auf die Dinge, denn heilige Scheiße, wer bitte war bereit, sein Leben auf Basis einer dämlichen Prophezeiung zu opfern. Das war doch der komplette Irrsinn!

»Danke«, bemerkte ich schließlich. »Dass du mir die Freiheit lässt, mir eine eigene Meinung zu bilden.«

»Immer. Das weißt du.«

»Ja, das weiß ich. Aber ich sehe auch, wie viel es dich kostet, deshalb danke.«

Ihr Blick wurde weicher, sie rückte auf dem Ast näher an mich heran und legte ihre Arme etwas umständlich um meine Schultern.

»Ich liebe dich und das bedeutet, ich muss dich deine eigenen Entscheidungen treffen lassen, selbst wenn ich sie manchmal für vollkommen falsch halte.«

Mit Nachdruck erwiderte ich ihre Umarmung und versuchte ihr auch so noch mal, meinen Dank zu zeigen. Diese Herangehensweise war etwas, das uns beide schon oft einiges gekostet hatte, aber ich war immer noch davon überzeugt, dass es richtig war. Sie konnte mich vor manchen Fehlern, die ich einfach machen musste, um zu erkennen, dass es welche waren, nicht beschützen und umgekehrt musste sie lernen, dass es Dinge gab, die für sie zwar falsch, für mich aber vollkommen richtig waren. Ein langer Emanzipationsprozess, durch den wir beide die letzten Jahre gegangen waren und vor dem Hintergrund, dass die beiden mich quasi nur adoptiert hatten, musste Mama dabei viel mehr Verlustangst erlitten haben als andere Mütter in einer ähnlichen Situation. Das machte ihr Zurückhalten, auch wenn sie es besser zu wissen glaubte, noch etwas gewichtiger und ich war unendlich froh, dass sie meine Mama war.

Forschungsbericht Keylam Warren

Mainz, 12. März 2013

Hinweis 4: Gabenliste
Gefunden in den Annalen der Magiergeschlechte Anicor

Laut der Liste hat Vanir nur eine einzige Gabe, die über das normale Magiewirken der Warrens hinausgeht, genau wie jede und jeder andere Warren. Seine Gabe wird betitelt mit »Energienehmen«, doch die Bezeichnungen in dieser Liste sind wenig aussagekräftig, wenn man bedenkt, dass die Gabe meines Vaters als ›Wasserwirken‹ und die Gabe meiner Mutter als ›Erdwirken‹ bezeichnet werden. Interessant finde ich dagegen die Bezeichnung meiner Gabe: »Energieformen« und die Tatsache, das kein einziger anderer in der Liste eine Gabenbezeichnung mit dem Wort Energie darin hat.

Schlussfolgerung: Seine Unsterblichkeit muss ein Nebeneffekt seiner Gabe sein, nur wie macht er das? Hat er einen entsprechenden Zauber gefunden oder sogar selbst entwickelt?

Forscherfrage: Vorausgesetzt, ich nehme mein Schicksal an, wie sollte mein Tod unter diesen Bedingungen zu seinem führen?

Dieser Wald war größer, als ich erwartet hätte. Wir reisten den gesamten ersten Tag, ohne anzuhalten. Essen nahmen wir hier oben zu uns, was schon eine Erfahrung für sich war. Es gab Beeren und Nüsse und nichts davon kannte ich aus unserer Welt. Aber lecker war es dennoch. Sogar Blüten gab Mama mir zu essen. Das Abgefahrenste war jedoch, dass Mama all das in ihrer Hand entstehen ließ. Dadurch mussten wir nicht absteigen und konnten dennoch den schlimmsten Hunger stillen.

Die zweite Erfahrung der etwas anderen Art heute war das Schlafen auf einem Arsona. Dieser laufende Baum hatte mehrere dünne Äste um meinen Körper geschlungen und mich so an den Stamm gebunden. Und aufgrund der durchgemachten letzten Nacht war es mir tatsächlich gelungen einzuschlafen, trotz hartem Stamm als Kissen und dem stetigen Geschwanke.

Seit ich wieder aufgewacht war, brannte ich allerdings darauf, dass wir endlich mal rasteten. Nicht nur, dass jeder verdammte Muskeln in meinem Körper schmerzte, nein, auch meine Blase meldete mir, dass ich dringend von diesem Baum runter musste.

»Mama?«

»Hm?«, machte sie abwesend.

»Ich müsste mal«, informierte ich sie und kam mir dabei vor wie ein kleines Kind.

Abwägend musterte sie mich. »Wie dringend ist es denn? Wir sind bald an unserem ersten Halt.«

»Also zehn Minuten gehen schon noch.«

Mit gerunzelter Stirn blickte sie in die Ferne und meinte dann: »Genau kann ich es nicht sagen. Ich bin jetzt so lange ohne Kontakt zur Erde, dass meine Kräfte nachlassen und ich war ewig nicht mehr in diesem Teil des Laetus, aber ich schätze zehn Minuten kommt hin, höchstens zwanzig.«

Hm, das könnte kritisch werden. Zwanzig Minuten hielt ich nie im Leben mehr durch. Aber da Ablenken die beste Taktik war und sie mir gerade mal wieder einen Brotkrumen hingeworfen hatte, stürzte ich mich darauf. »Wieso brauchst du Kontakt zur Erde?«

»Ich bin eine Althea. Die Energie, die ich für meine Stammgabe nutze, gewinne ich aus dem Boden, weil wir ein Erdvolk sind. Das ist schon ziemlich praktisch. Ein Magier wie Keylam müsste zu einem heiligen Ort, wenn er auftanken will, oder er wartet ab und isst viel, das lädt die Akkus nach und nach auch wieder auf.«

»Also könnte Keylam an diesen Traumbäumen, an denen wir angekommen sind, seine Akkus aufladen?«, nutzte ich ihre Formulierung, weil sich das alles für mich ziemlich abstrakt anfühlte.

»Theoretisch ja.«

»Wieso nur theoretisch?«

Meine Mutter legte den Kopf schief und musterte mich. »Keylam ist nicht im Vollbesitz seiner Kräfte. Zumindest sagt er das.«

Die intuitive Nachfrage schluckte ich bei diesem Nachsatz herunter. Vermutlich war meine Mutter nicht die geeignete Gesprächspartnerin, um mehr über Keylam zu erfahren. Das lieferte mir einen weiteren Punkt auf meiner langen Liste, warum ich endlich von diesem Baum runter wollte.

Allerdings war die Reihenfolge nach Dringlichkeit geordnet: Erst Pipi machen, dann Keylam sprechen!

Ich war unendlich erleichtert, als sich das dichte Geäst zu einer kleinen Lichtung öffnete und die Arsona tatsächlich anhielten.

»Ahhhh«, zischte ich schmerzerfüllt, als ich versuchte, mich von dem Ast herunterzuschälen. »Autschi, Autschi, ahhhh.« Ich hielt inne, stieß die Luft staccatoartig zwischen den gespitzten Lippen aus, um meine Widerstandskraft gegen den Schmerz zu mobilisieren. Dann lehnte ich mich vor, bis mein Bauch auf dem Ast lag, schwang die Füße hoch, um mich damit am Baum festzuhalten und –

»Was genau tust du da?«, fragte meine Mutter.

»Absteigen«, stieß ich hervor. Also wirklich, das war doch offensichtlich.

»Aus sechs Metern Höhe?«, fragte sie suggestiv nach.

»Ähm ...« Mein Blick schwenkte nach unten und ich begriff, dass sie recht hatte.

»Ich muss mal!«, erinnerte ich sie und erklärte mein überstürztes Verhalten gleichzeitig.

Sie lachte auf und ich fühlte mich noch dämlicher. Dann wurde ich um die Taille von einigen dünneren Ästen gepackt und einfach von meinem Ast gepflückt. Es fiel mir schwer, nicht aufzukreischen, doch es gelang mir. Das Strampeln mit den Füßen, bis ich endlich auf dem Boden ankam und vor lauter Schmerz einfach auf die Knie plumpste, konnte ich mir nicht verkneifen.

»Geht's dir gut?«, fragte Mama wachsam.

»Ja, geht schon«, murrte ich und rappelte mich mühevoll auf.

»Brauchst du mich? Sonst sehe ich zu, dass wir schnell was zu essen bekommen und bald schlafen gehen können«, erklärte sie ihre wenig fürsorgliche Reaktion und im Grunde war ich froh drum.

»Sagst du mir nur schnell, wo ich hinkann?«

Sie lächelte erheitert und zeigte dann auf einen Busch. »Grab ein kleines Loch und bedeck es danach wieder mit Erde.«

»Danke«, stieß ich erleichtert hervor und eilte los. Ich überließ es Mama, den anderen zu erklären, wohin ich ging. Ansonsten würden sie es schon begreifen, ich hatte jetzt keine Zeit für Höflichkeit!

※

»Der Ritt auf einem Arsona kann ganz schön schlauchen, was«, bemerkte Keylam mit verständnisvoller Stimme, als ich zurück auf die Lichtung geeiert kam, wo außer ihm niemand mehr war.

»Du wirkst nicht halb so mitgenommen, wie ich mich fühle«, grummelte ich, während er mich zu einem Stein führte, der aus dem farnartigen Zeug herausragte, das hier wie Gras dicht an dicht wuchs und den Boden der Lichtung bedeckte.

Er lächelte. »Na ja, ich bin selbst ziemlich erschöpft, aber im Gegensatz zu dir kenne ich das von früher, konnte den Arsona sogar dazu überreden, mich zu sichern, und habe ehrlich gesagt einige Stunden geschlafen.«

»Das habe ich auch, aber davon ist einfach jeder Muskel steif. Und meine Hände haben beim langen Festhalten davor ganz schön gelitten«, beschwerte ich mich und hielt ihm demonstrativ meine Handflächen hin, die einige Blasen und teilweise aufgeschrammte Stellen aufwiesen.

Ganz behutsam nahm er sie in seine und blies sachte darauf. Irgendwie erwartete ich, dass sich die Haut schließen würde, doch der kühle Windhauch brachte lediglich Erleichterung.

»Du siehst enttäuscht aus«, bemerkte er.

»Nein, quatsch. Meine Fantasie geht nur mit mir durch.«

Er grinste verschlagen. »Ich glaube, ich ahne, in welche Richtung deine Gedanken gehen, so als Leseratte.«

Ich reckte das Kinn. »Bücherdrache!«

Er grinste. »Natürlich, Bücher sind schließlich Schätze. Na, komm«, forderte er mich auf.

»Muss ich?« Sofort zog ich den Kopf ein. »Ich meine, die Welt ist schön und ich bin neugierig, aber ich bin so müde und alles tut weh.«

Er lachte leise auf, trat zu mir und ging vor mir auf ein Knie. »Ich verspreche, es lohnt sich. Und wenn deine Beine zu sehr wehtun, dann trage ich dich. Aber meistens hilft moderate Bewegung gegen steife Glieder.«

»Es gibt so viele tolle Erwiderungen darauf. Ich meine ›steif‹ und ›Glied‹ im selben Satz, das ist quasi ein Elfmeter, den muss ich doch einlochen. Aber mein Hirn ist gerade einfach zu müde.« Beim Wort ›einlochen‹ zwinkerte ich ihm zu, woraufhin er nur mit den Augen rollte und sich erhob.

»Also laufen oder tragen?«

Schwer seufzend erhob ich mich und sah zu ihm auf. »Auch wenn ich den Gedanken, wie du mich trägst, irgendwie verführerisch finde, glaube ich es wäre komplett weird, wenn du mich jetzt auf deine Arme hebst.«

Er schmunzelte, umfasste sanft meinen Ellbogen statt meiner Hand und führte mich scheinbar willkürlich von der Lichtung. Zurück im Dschungel schaute er sich kurz um, dann schien er gefunden zu haben, wonach er suchte.

»Hier entlang«, meinte er vollkommen sicher und mit einem freudigen Lächeln in der Stimme, das prompt einen Teil meiner mürrischen Stimmung vertrieb.

»Wohin willst du?«

»Dir etwas von unserer Welt zeigen.«

Ich war schon kurz davor, stehen zu bleiben und ihn anzublöken, dass dafür ja wohl auch nach dem Essen noch Zeit wäre, da sah er über seine Schulter zu mir und versprach mit einem warmen Funkeln in den Augen: »Jetzt ist genau der richtige Zeitpunkt dafür, danach wird es dir besser gehen. Ehrenwort.«

Das erstickte meinen Widerspruch und so ließ ich mich weiterführen, nicht weit in den Dschungel hinein, vorbei an einem weiteren dieser Gebüsche mit eingebautem Schallschutz, mitten in ein Feld dunkelgrüner, knöchelhoher Büsche, die allesamt blühten. Das Weiß und Gelb sahen aus wie eine Wolke oder ein flauschiges Kissen.

»Hier«, murmelte er.

Bemüht, die Schönheit zu genießen, um ihm nicht auf die Füße zu treten, ließ ich den Blick eine Zeit lang schweifen, die ich für halbwegs angemessen hielt, und meinte wenig überzeugend: »Schön.«

»Jetzt gib mir noch einen Moment«, verlangte er amüsiert, während er langsam durch den Blütenteppich watete, den Blick auf den Boden geheftet. »Ich habe dich schließlich nicht vor dem Essen hergeschleppt, um dir was *Schönes* zu zeigen.« Sein weißer Mantel glitt über das Meer aus Blüten hinter ihm her und beugte die standhaften kleinen Büsche nur ein wenig. »Hier«, sagte er zugleich triumphierend und gedämpft. Er sah weiter hinab auf eine Stelle, die wirkte, wie jede andere, während er mich heranwinkte.

Seine bedächtigen Schritte nachahmend kam ich neugierig näher, doch ich sah nichts. Als ich an seine Seite trat, umfasste er wieder sanft meinen Ellbogen und zog mich mit in die Hocke. »Deine Hände«, wies er mich leise an und ich streckte sie vor mir aus. Er umfasste meine Handgelenke, führte sie hinab in den dichten Teppich aus Blüten und Blätter, schob dabei einen der Büsche behutsam etwas zur Seite und legte einen moosbewachsenen, etwa kokosnussgroßen Stein frei. Direkt vor diesem Stein legte er meine Hände mit den Handflächen nach oben auf den Boden.

»Was machst du da?«

»Einen Moment Geduld«, bat er mit so viel Lächeln in der Stimme, dass ich automatisch angesteckt wurde. Ich betrachtete seine Züge im Profil, wie er glückselig strahlte. Für einen ganz kurzen Moment weiteten sich seine Augen und ein sanfter Ausdruck breitete sich in seinem Blick aus. Es wärmte mir das Herz, ihn dabei zu beobachten, bis etwas an meinem Finger kitzelte und ich zusammenzuckte.

»Nicht. Halt ganz still. Er tut dir nichts«, versprach Keylam und legte ermunternd seine Hand an meinen Rücken. Gespannt, was gleich passieren würde und woher dieses Kitzeln gekommen war, legte ich die Hände zurück auf den Boden und wartete.

Wieder kitzelte etwas Raues über meine Fingerkuppe. Ungläubig starrte ich auf die Stelle hinab. Der Stein war kein Stein. Er stemmte sich auf vier kleine Stummelbeine mit filigranen Krallen an den winzigen Pfoten. Er rollte eine spitze Schnauze unter sich hervor, deren feuchtglänzende Nase schnüffelnd zuckte. Der Stein hatte keine Augen, zumindest nicht, soweit ich es erkennen konnte, er bewegte sich dennoch zielsicher zwischen Daumen und Zeigefinger hindurch näher an meine linke Hand heran. Sein Atem kitzelte auf meiner Haut, als seine Nase über meine Handfläche schwebte und mal hierhin, mal dorthin schnüffelte. Plötzlich brummte der lebende Stein und sein Körper vibrierte, ehe seine verdammt lange, aber dünne Zunge hervorschnellte und über meine Handfläche leckte, besonders über die aufgeschürften Stellen. Unweigerlich zuckte ich zusammen, erwartete Schmerz, doch stattdessen stellte sich ein leicht betäubtes Gefühl auf meinen Handflächen ein.

»Was macht er?«, hauchte ich fasziniert.

»Sie. Eine Cura. Schau hin«, flüsterte er und zog sich schräg hinter mich zurück.

Mit seinem Weichen traute das lustige kleine Tierchen sich weiter vor, legte die Vorderpfoten mit den spitzen Krallen auf meinen Handballen und ich musste bei dem kitzelnden Gefühl lächeln. Methodisch leckte die Cura erst die eine Handfläche ab, dann die andere, wobei sie schließlich ganz auf meine Hand kletterte. Die Kleine war weit schwerer, als ich dem Körperchen zugetraut hätte, aber viel faszinierter war ich noch von der Wirkung, die – vermutlich ihr Speichel – auf meine Wunden hatte. »Es heilt«, hauchte ich.

»Ja«, bestätigte Keylam.

Erstaunt sah ich kurz über meine Schulter in sein glücklich strahlendes Gesicht. Unsere Blicke verfingen sich ineinander und in meiner Brust kribbelte es ganz heftig. Was immer da zwischen uns entstand, gerade vertiefte es sich. Vorsichtig lächelte ich ihn an, ehe ich wieder dieses kleine Wunder auf meiner Handfläche betrachtete. »Cura«, murmelte ich ehrfürchtig.

»Ja. Wundervolle Geschöpfe, sie sind ziemlich schüchtern und du brauchst Geduld, wenn du ihre Hilfe haben möchtest, aber sie können jede Wunde heilen.«

»Jede?«

»Wenn sie blutet«, schränkte er ein.

»Ich meinte mehr so in die andere Richtung. Könnten sie auch einen Schwertstich durch ein Herz heilen?«

Er schnaubte. »Zu viele Bücher oder zu viele Filme?«

Ich warf ein wölfisches Grinsen über meine Schulter. »Beides!«

Die Erheiterung warf Fältchen um seine Augen. Das war ein Anblick, den ich sofort liebte, er mit diesem zufriedenen Gesichtsausdruck. Schnell sah ich wieder hinab auf den lebenden Stein, bevor Keylam erkennen konnte, wie tief meine Gefühle im Begriff waren zu werden.

»Du kennst Lebewesen wie dieses und nennst mich dein kleines Wunder?«, entschlüpfte es mir ungläubig.

Keylam schwieg eine Weile. Schließlich spürte ich den Druck und die Wärme seiner Hand im Rücken, er lehnte sich vor und flüsterte in mein Ohr: »Definitiv.«

Ein Schauer rann durch meinen Körper. Atemlos sah ich zur Seite, wo sein Gesicht nur Zentimeter vor meinem wartete. Seine Nähe, seine Worte ... Wärme breitete sich in meiner Brust aus, wurde heißer, glühend und entzündete auch den letzten Winkel meines Körpers. Unweigerlich leckte ich mir über die Lippen.

Sein Kehlkopf hüpfte, als er vernehmlich schluckte. »Ich würde dich gerne küssen«, hauchte er und lehnte sich wie zur Bestätigung noch etwas vor, neigte den Kopf und verharrte nur Millimeter von meinen Lippen. Er wartete, überließ mir die Entscheidung.

Das deutliche Gewicht der Cura hopste von meiner Hand und ich hörte noch ein Brummen, das ich als zufrieden einstufte. Mit plötzlich freien und überhaupt nicht mehr schmerzenden Händen lehnte ich mich vor, begegnete seinen Lippen mit meinen. Hungrig fuhr ich mit den Händen erst in sein Haar, dann um seinen Nacken und seine Schultern herum, bis ich mich eng an ihn presste und seinen

Zungenschlägen mit einer Leidenschaft begegnete, die mich selbst überraschte. Ich schob mich gegen ihn, bis er rückwärts kippte, auf dem Hintern landete und ich auf seinen Schoß klettern konnte.

Keylam entfuhr ein Stöhnen ob meiner heftigen Reaktion, umschlang meine Taille und presste mich an sich, während er mir Einlass gewährte und unter meinen Fingern zu schmelzen schien.

»Liv«, raunte er voll hungriger Verzweiflung, als ein Zittern durch seinen Körper ging. Er entzog sich meinem nächsten Kuss, lehnte seine Stirn an meine und keuchte schwer.

»Was ist?«, fragte ich leise.

Er brachte keine Antwort zustande, atmete nur schwer und umfasste schließlich meine Handgelenke, die ich hinter seinem Nacken gekreuzt hatte. Er zog sie weg von sich, schob mich zurück und sah mir dann voller Schmerz in die Augen. Mein Herz krampfte sich zusammen und ich wiederholte diesmal voller Sorge: »Was ist?«

»Ich ... Das hier war nicht geplant. Du warst nicht geplant.«

Ich schnaubte. »Okay, stopp. Das hier entwickelt sich zum kitschigsten, ausgelutschtesten Klischee überhaupt. Also rede nicht um den heißen Brei, sondern komm zum Punkt.«

Er lachte leise, zog mich an sich und lehnte seine Stirn wieder an meine. »Sag ich doch, mein kleines Wunder. Du sagst immer das, was ich absolut nicht erwartet habe und doch irgendwie brauche«, raunte er und legte seine Lippen in einem bittersüßen Kuss auf meine. Keylam nahm meine Hand in seine, verschlang unsere Finger miteinander und stand dann auf, wobei er mich mit sich zog.

»Was ich dir zu sagen habe, dauert eine Weile und ich würde es bevorzugen, wenn wir dieses Gespräch mit vollen Bäuchen führen würden.«

»Können wir es nicht gleich hier, gleich jetzt hinter uns bringen. So nach dem Motto: das Pflaster auf einen Rutsch abreißen?«

»Wenn du das möchtest, machen wir das so, aber es dauert eine Weile.«

Seufzend ließ ich die Schultern sinken. Nach meinem Gespräch mit Mama heute Morgen ahnte ich schon, in welche Richtung seine Gedanken gingen. »Doch, ich bin für direktes Abreißen. Aber gib mir die Kurzfassung, auf den Punkt. Details können wir später klären.«

Keylam strich sanft mit dem Daumen über meinen Handrücken, senkte den Blick und brachte dann heraus: »Ich bin dabei, mich in dich zu verlieben, und habe Angst es könnte dir genauso ergehen. Dich aber ausgerechnet jetzt in mich zu verlieben, wäre grausam für dich. Ich ...« Er hob den Blick, sah mich gequält an und brachte schließlich heraus: »Wie es aussieht, werde ich relativ bald sterben.«

FORSCHUNGSBERICHT KEYLAM WARREN

MAINZ, 10. FEBRUAR 2014

ZWISCHENGEDANKEN

Im Moment komme ich nicht voran, die letzten Hinweise haben in Sackgassen geführt. Aber je mehr ich über Alternativen nachsinne, Anicor von Vanir zu befreien, desto deutlicher kristallisiert sich eine Erkenntnis heraus: Ich muss trainieren. Wenn ich je eine Chance haben möchte, diesen mächtigen Magier zu besiegen, muss ich von jetzt an bis zu unserem finalen Kampf im Grunde jeden Tag meine Fähigkeiten verbessern.

Forscherfrage: Reichen einige Jahre intensiver Vorbereitung, um die Erfahrung eines unsterblichen Magiers aufzuwiegen?

Ich liebte Mama, aber dieses Thema wollte ich mit Keylam unter vier Augen klären und nicht in ihrem Beisein, zumal inzwischen auch Taylor und Zack im Lager angekommen waren und eine der beiden immer um mich herumscharwänzelte, ebenso wie Zack nicht von Keylams Seite zu weichen schien. Statt also mit ihm über das so verdammt zentrale Thema seines möglichen Tods zu sprechen, unterhielten wir uns über belangloses Zeug. Taylor und Mama bereiteten in der Zwischenzeit das Essen vor, das die anderen gesammelt und gejagt hatten. Zack röstete bereits kleinere Tiere über einem Feuer, die Hasen ziemlich ähnlich sahen. Ein paar Vögel waren auch dabei, wobei ich mir fast sicher war, dass ich sie nicht erkannte, weil es sie daheim gar nicht gab. Daheim ...

»Irgendwie passt das alles noch nicht zusammen«, murmelte ich, als Keylam neben mir weiteres Holz für das Feuer aufschichtete.

»Was meinst du?«

»Diese Welt und ich. Ihr habt alle eine andere Gestalt, euch geht es besser, wenn ihr in Anicor seid, und ihr habt mir erklärt, dass alles verbunden und im Einklang ist. Nichts davon scheint auf mich zuzutreffen. Und doch bin ich hier. Ein Mensch kann ich also auch nicht sein. Könnte ich vielleicht halb und halb sein? Also halb Mensch und halb irgendwas von Anicor?«

Sie alle hielten plötzlich in ihrer Arbeit inne und verdeutlichten, was ich im Grunde schon gewusst hatte, die gefühlte Zweisamkeit zwischen Keylam und mir war ein Trugschluss. Nur weil Taylor und Mama einige Meter entfernt von uns in ihre Arbeit vertieft waren, hieß das ja nicht, dass sie uns nicht hören konnten.

»Ich denke auch schon die ganze Zeit darüber nach«, stieg er in das Gespräch ein und achtete nicht auf die Verhaltensänderung der anderen. Er wandte sich mir ganz zu und bot mir an, mich auf einen der größeren Steine zu setzen, die aus dem Farnteppich herausbrachen.

Warum nicht? Ich ließ die kleinen Zweige, die ich als Zunder gesammelt hatte, neben den Brennholzhaufen auf den Boden fallen und ging hinüber zu dem abgerundeten Stein, auf den Keylam gezeigt hatte. Doch direkt davor blieb ich stehen und zögerte. »Das ist ganz sicher nur ein Stein?«, raunte ich in seine Richtung.

»Ganz sicher«, versprach er mit erheiterter Stimme und setzte sich auf einen eigenen Wacker.

»Also«, forderte ich ihn tief Luft holend auf, das Gespräch wieder aufzunehmen. Innerlich wappnete ich mich, denn irgendwie hing von seinen Worten ganz schön viel ab. Zumindest einmal mein Seelenfrieden.

Die letzten Stunden waren wie ein Traum und nicht unbedingt einer von der guten Sorte, einfach nur das totale Chaos, das sich jedweder Logik zu entziehen schien. Erst unser Kuss, unsere Annäherung und der Beginn von etwas, das ich geplant hatte, voll auszukosten. Dann diese vollkommen verwirrende Erfahrung, dass mein Körper zu spüren schien, dass ich dabei war zu sterben, und ich wie in Trance agiert hatte, ohne auch nur einen Funken Verstand, rein instinkt- und emotionsgesteuert. Und danach ... ja, nun, danach die Erkenntnis, dass ich weder ein Mensch noch die leibliche Tochter meiner Eltern war.

Ganz ehrlich, das konnte ich unmöglich schon wirklich realisiert haben. Das war einfach noch nicht angekommen, andernfalls müsste ich zusammengerollt in einer Ecke liegen. Im Ernst, ich hatte entweder den Verstand verloren oder hatte schlichtweg noch nicht wirklich realisiert, was sich alles geändert hatte.

»Fangen wir bei der Frage an, die ich beantworten kann. Halb und halb ist theoretisch möglich. Es gibt viele Kinder, deren Eltern unterschiedlichen Stämmen angehören und sogar einige, von denen ein Elternteil ein Mensch ist. Bei der Variante mit ›ein Elternteil ist ein Mensch‹, hat bisher die mütterliche Abstammung entschieden, was das Kind wird. Ist die Mutter ein Mensch und lebt dementsprechend in der Menschenwelt, ist es das Kind auch und umgekehrt. Bei Eltern aus unterschiedlichen Stämmen setzt sich einer in der Pubertät durch, wobei es keine Regelmäßigkeit dabei zu geben scheint. Mal ist es der Stamm der Mutter, mal der des Vaters. Allerdings beschränkt sich mein Wissen auf die Zeit vor der großen Flucht. Ich weiß zum Beispiel nicht, ob in der Menschenwelt geborene Kinder Anicors anderen Regeln unterliegen«, räumte er ein.

»Tun sie nicht«, mischte meine Mutter sich von der Seite her ein. »Das Einzige, was wir lernen mussten, ist Folgendes: Bei einem Paar mit menschlichem Vater muss die Geburt in Anicor stattfinden. Alle anderen Kinder haben wir bei der Geburt verloren.«

Ich schluckte schwer und starrte meine Mutter entsetzt an. Das war … grausam. Wie und wann hatten sie das gelernt? Wie viele Kinder waren gestorben, bis sie auf die Idee gekommen waren, dass der Geburtsort eine Rolle spielte? Schnell wandte ich den Blick ab. Auf diese Fragen wollte ich lieber keine Antwort.

»Das tut mir leid«, bemerkte Keylam mit hängenden Schultern und Trauer in den Zügen.

»Wirklich?«, murmelte meine Mutter laut genug, dass wir es hören konnten.

Fassungslos starrte ich sie an. »Mama!«

»Schon gut«, unterbrach Keylam mich direkt in meiner Parteinahme. »Vielleicht wird es doch Zeit, dass wir beide uns mal unterhalten, Anjali.«

Meine Mama war schneller auf den Beinen, als ich erwartet hätte, sie kam mit ausholenden Schritten zu uns herüber, stemmte die Arme in die Hüften und funkelte auf Keylam herab, der immer noch mir gegenübersaß. Er wirkte ganz ruhig, gefasst und sah zu ihr auf.

»Okay, reden wir Klartext!«

»Ich bitte darum«, forderte Keylam sie ruhig auf und ich wusste nicht, ob er dadurch überlegen oder arrogant wirkte. Das musste ich erst noch entscheiden.

Taylor war ebenfalls aufgesprungen, wie ich jetzt bemerkte, sie stand allerdings etwas hinter meiner Mutter und sah zwischen den beiden hin und her, als würde sie fieberhaft nach einem Weg suchen, wie das hier nicht eskalieren würde. Ein bereits verlorener Kampf, wie ich vermutete, wenn ich die Haltung und den Ausdruck im Gesicht meiner Mutter betrachtete.

»Keines dieser Kinder hätte sterben müssen, wenn du den Mut gehabt hättest, das Richtige zu tun.«

»Mama«, hauchte ich entsetzt. Das hatte sie gerade nicht gesagt.

»Harter erster Schuss, Anjali«, murmelte auch Taylor und zog den Kopf ein. Ihr entschuldigender Blick glitt zu Keylam, der gefasster wirkte, als er sich fühlen konnte.

»Mag sein, dass dir das nicht bewusst war, aber dir muss klar gewesen sein, dass es immer weniger von uns gibt, dass wir sterben, ohne etwas dagegen tun zu können. Und all jene in den Besinnungsagern, die wir nicht befreien konnten, was glaubst du, ist mit denen in dieser ganzen Zeit passiert? Aber das interessiert dich ja nicht. Nein, der feine Herr hockt in seinem sicheren Versteck und macht sich ein schönes Leben. Du magst dich ja damit abgefunden haben, dass du nicht mehr nach Hause zurückkehren kannst, aber was ist mit all den Hunderttausenden von uns, die jeden Tag vor der Entscheidung stehen, ihr Leben dabei zu riskieren, Anicor einen Besuch abzustatten oder womöglich zu lange zu warten und in der Menschenwelt zu sterben. Kannst du dir auch nur annähernd vorstellen, wie das für uns ist?«

Mein Herz raste und ich war hin und her gerissen zwischen Wut, wie gemein und unfair ihre Worte waren, und Trauer, bei dem Versuch, mich genau in die Position zu versetzen, die sie beschrieben hatte. Moment, hieß das, Libbie war genau wegen dieses Dilemmas gestorben?

»Bin ich jetzt dran?«, fragte er beherrscht, doch ich sah die Anspannung in seinen Schultern und den verkrampft ineinandergegriffenen Händen.

»Oh, ich bin noch lange nicht mit dir fertig. Aber für den Moment würde ich gerne erst mal deine Antwort hören!«

»Nein, ich wusste nicht, dass Kinder bei der Geburt sterben und ich weiß auch nicht, ob ich daran hätte etwas ändern können –«

»Ob du daran –«

»Lass mich bitte ausreden.«

Mama blies voller Zorn die Wangen auf und rang sichtlich darum, die Worte zurückzuhalten, doch sie schwieg. Allerdings lag so viel Zorn und Abscheu in ihrem Blick, dass ich nicht sicher war, ob sie überhaupt Worte brauchte, um ihren Standpunkt klarzumachen.

»Okay, ich denke, ich muss etwas weiter ausholen. Ich möchte nur vorab sagen, dass das keine Rechtfertigung sein soll.« Er fixierte meine Mutter, wartete, bis sie mit zusammengebissenen Zähnen schließlich als Zeichen nickte, dass sie seine Worte gehört hatte. Dass sie auch angekommen waren, bezweifelte ich allerdings.

»Ich war zwölf Jahre, als ich das erste Mal den Eindruck gewann, dass etwas in meinem Umfeld falsch lief. Meine Familie wurde von heute auf morgen von einer Tragödie nach der nächsten heimgesucht. Alle starben, innerhalb von einem Jahr war ich vollkommen allein, bis auf meinen Onkel. Ich war im Grunde noch ein Kind, hatte meine Gabe gerade erst entwickelt und kaum, dass sie in die Annalen eingetragen worden war, begann das Sterben. Ich hatte keinen Blick für anderes, bemerkte nicht, dass das Interesse meines Onkels an mir seltsam war. So richtig begriffen, was ablief, habe ich erst als das Kindermädchen, das mich betreute, seit meine Eltern gestorben waren, mir zuflüsterte, dass ich mich in Sicherheit bringen musste, bevor ich zu seiner Marionette wurde.«

Keylam legte den Kopf in den Nacken und sah hinauf in den immer dunkler werdenden Himmel. Er seufzte schwer und seine Schultern sanken herab. Bei der Erinnerung lachte er einmal ungläubig auf.

»Ich fand ihre Warnung sogar lächerlich, das weiß ich noch. Er hatte mich schon an dem Punkt, an dem ich ihre Worte als Neid abtat, obwohl meine Mutter mich für so viel Blindheit ziemlich in den Senkel gestellt hätte. Vanir war ... er war alles für mich geworden. Er ertränkte meinen Kummer in Geschenken und erfüllte mir beinahe jeden Wunsch. Er arbeitete mit mir an meiner Gabe und flüsterte mir dabei ein, wie besonders und außergewöhnlich ich war und dass niemand außer ihm das verstehen könne. In dem einen Jahr zwischen dem Tod meiner Eltern und dem Erlebnis mit meinem Kindermädchen hatte ich ihn lieben gelernt und all meine Hoffnungen an ihn gehängt. Er war mein sicherer Hafen und derjenige, der an mich glaubte. Wie ich ihn angehimmelt hatte.«

Keylams Kopf sank herab und er schüttelte ihn in deutlicher Fassungslosigkeit über seine eigene Naivität. Doch ich konnte dank seiner Worte den Jungen von damals sehen, der so viel verloren hatte. Der vor Trauer hatte ertrinken müssen. Vanir musste unglaublich charmant und manipulativ gewesen sein. Er hatte Keylam komplett emotional abhängig gemacht.

»Doch dann starb mein Kindermädchen. Ich weiß nicht, wieso ausgerechnet dieser Tod meinen Argwohn weckte, aber so war es. Ich stellte zum ersten Mal Nachforschungen an, wie ich es früher mit

Vater und meinem großen Bruder getan hatte, und je mehr ich grub, desto harscher ging Vanir mit mir um. Wirklich begriffen habe ich es an dem Tag, an dem er vor meinen Augen einen Diener folterte, den ich am Vortag zum Unfall meiner Tante befragt hatte. Vanir hat nie gesagt, dass es meinetwegen sei, dass ich aufhören sollte zu forschen, nein, er arbeitete subtiler.«

Keylam lachte kalt auf. »So viel subtiler«, flüsterte er, ehe er den Blick hob und meine Mama direkt ansah. »Ich habe viel Leid über die Kinder Anicors gebracht, bevor auch ich es endlich bewerkstelligte, subtiler vorzugehen und die Antworten zu finden, die ich gebraucht hatte, um den Mut aufzubringen, einen Penhaligan-Magier aufzusuchen. Es hat mich fast einen Monat Vorbereitung gekostet, um Vanir zu entwischen. Ich bin voller Ungewissheit aufgebrochen, mit einem ganzen Sack an Fragen, doch statt Hilfe in irgendeiner Form zu finden, fand ich ein Schicksal, das ich nicht einfach so akzeptieren konnte. Dieser Magier war der erste, der mir von der Prophezeiung der Semona erzählt hat.«

Keylam machte eine Pause, wirkte eigentlich relativ ruhig, doch dann ballte er die Fäuste und ein harter Ausdruck legte sich in seine Züge. Er stand auf, erhob sich mit Mama auf Augenhöhe, ehe er tonlos fortfuhr.

»Kaum, dass er gewusst hat, wer ich war, war er auch schon bereit gewesen, mich zu opfern.«

Mein Herz setzte einen Schlag aus. Ich sah den kleinen Jungen so deutlich vor mir, dass dieser eine Satz das pure Entsetzen in mir weckte.

»Binnen eines Wimpernschlags wurde ich von einem Hilfesuchenden zu einem Gefangenen. Erst habe ich es einfach zugelassen, ich brauchte mehr Informationen. Der erste hat andere gerufen und sie haben sich beratschlagt, wie genau ich sterben müsste, damit sie Vanir töten könnten. Kein einziger hat mit mir gesprochen, keiner von ihnen hat mir etwas erklärt. Ich glaube, sie haben mich nicht einmal als Lebewesen wahrgenommen, geschweige denn als Hilfe suchendes Kind. Ich erspare euch die Details, aber was an diesem Abend gesagt wurde, zerstörte meine Welt noch mal auf einer Ebene, wie es der Tod meiner Familie nicht vermocht hatte. Jede Hoffnung in mir starb, doch mein Überlebenswille war ungebrochen. Sie schienen

Fanatiker zu sein, und so war es sehr leicht für mich, mir zu sagen, dass die Prophezeiung nicht stimmte. Außerdem fand ich zwar, dass Vanir ein Monster war, doch ein Teil von mir himmelte ihn immer noch an und brauchte mehr Beweise dafür, dass er es verdiente zu sterben. Das war etwas, das meine Eltern mir von der ersten Sekunde an eingebläut hatten: ohne Beweise gilt die Unschuldsvermutung. Und außer einer Menge seltsamer Zufälle, so vielen, dass es im Grunde keine sein konnten, hatte ich nichts, was Vanir in irgendeiner Weise eine Schuld zusprach.«

Nun wandte Keylam den Blick ab, sah in den Wald um uns herum, in das matte Zwielicht des sterbenden Tages und eine Gänsehaut kroch meine Arme hinauf.

»Als sie schließlich eine Einigung gefunden hatten, wie und wann ich sterben sollte, und sie ihren Plan direkt in die Tat umsetzen wollten, tat ich etwas, das mich bis heute in meinen Träume verfolgt: Ich wehrte mich mit allem, was ich hatte.«

Er schluckte schwer und die Pause gab meinem Körper Zeit, die eiskalte Angst vor dem, was er gleich sagen würde, in meiner Brust zu spüren. Eine kühle Brise ließ die Blätter über uns rauschen und stellte mir die Haare im Nacken auf.

»Ein Teil von mir weiß, dass ich nicht töten wollte, keinen von ihnen. Dieser Teil von mir hat inzwischen erkannt, dass Vanir mich immer nur gegen sich selbst hat trainieren lassen und dass er mich so zu einer Waffe geformt hat, die keine Ahnung hatte, wie tödlich sie war, immerhin hatte ich Vanir nie auch nur einen Kratzer verpasst. Aber Vanir ist ein Energienehmer. Er hat einfach jedem meiner Schläge die Macht genommen, weshalb ich nie auch nur erahnen konnte, wie gefährlich meine Macht war. In dieser Nacht habe ich es dann begriffen und auch die Stärke, die in mir lag. Mit einem einzigen Angriff habe ich sieben Magier getötet.«

Keylam verstummte und hinterließ eine Stille zwischen uns, die mich erstarren ließ, alles, meine Muskeln, meine Gedanken, selbst meine Atmung für einen Moment.

Ganz ohne viel über diese Welt und den ganzen Kram mit der Prophezeiung zu wissen, sah ich durch seine Worte vor allem den kleinen Jungen vor mir. Ich vermochte mir nicht vorzustellen, was all diese

Szenen mit ihm angerichtet hatten. Mir brach das Herz und ich hatte alle Mühe, die Tränen nicht zu weinen, die an meinen Lidern leckten. Erst war für ihn die Welt zerbrochen als jeder, den er geliebt hatte, gestorben war. Und als gebrochene, geschundene Seele war es für Vanir sicher leicht gewesen, ihn zu formen und abhängig von sich zu machen. Zuckerbrot und Peitsche. Ich verabscheute dieses Monster zutiefst.

»Ich ...« Er schluckte schwer, den Blick ins Leere gerichtet, seine Lippe bebte. »Ich konnte nicht zurückkehren. Egal, ob die Prophezeiung stimmte oder nicht, Vanir hatte mich zu einer hörigen Waffe gemacht. Ich durfte auf keinen Fall zurück, weil ich mir selbst nicht mehr traute und ihm schon gar nicht. In dieser Nacht ging so viel in meinem Kopf herum, ich bekomme das alles gar nicht mehr zusammen. Ich weiß noch, dass es eine Phase gab, in der ich mir einredete, dass sie es nicht anders verdient hatten, immerhin hatten sie schließlich mich töten wollen. Aber dieser Jähzorn und Trotz hielten nicht lange. Jedenfalls fand ich mich am Ende an den Dunkelklippen der Eisberge wieder. Ich war ein Mörder und verdiente den Tod als gerechte Strafe. Wenn er dann auch noch alle vor diesem manipulativen Sadisten retten würde, umso besser.«

»Du wolltest dein Schicksal annehmen?«, hauchte meine Mutter fassungslos.

Wirklich? Nach allem, was er erzählt hatte, war es das, was sie nun aus der Bahn zu werfen schien? Es fiel mir gerade wirklich schwer, mich in sie hineinzuversetzen und zu verstehen, warum ausgerechnet diese Erkenntnis sie so traf?

Keylam wandte sich ihr zu und hielt ihrem ungläubigen Blick stand. »Ja«, stieß er hervor und lachte kalt auf. Er rieb sich über das Gesicht, hob den Blick zum Himmel und sah in die Ferne. »Ich wäre gesprungen, da bin ich mir vollkommen sicher. Aber Anicor hat mich aufgehalten.«

Also auch ohne alle Hintergründe zu kennen, fand ich das eine riesige Offenbarung. Sowohl was er bereit war zu tun, als auch dass diese materielose Energie, die sie alle die große Mutter nannten, in irgendeiner Form eingegriffen haben sollte. Sofort fragte mein rationales Ich sich, ob jetzt etwas kam, das fanatisch-religiös klang, aber irgendwie glaubte ich das nicht. Das passte einfach nicht zu Keylam.

»Was?«, stieß Taylor hervor.

»Ich werde diesen Anblick nie vergessen«, hauchte plötzlich Zacks Stimme in meinem Kopf.

Mama und Taylor fuhren zu dem Wolf herum, der allerdings einen tiefen Blick mit Keylam tauschte. »Ich war selbst noch ein halber Welpe, hatte gerade erst meine Gestalt bekommen und war zur Mutprobe unseres Rudels aufgebrochen, um in den Eisbergen einem Vampir seine Beute streitig zu machen. Ich hatte gerade den Wollner aus der Vampirhöhle befreit und wollte ihn reißen, da erglühte eine Silhouette am Klippenrand.«

Mama und Taylor sahen im Einklang wieder zu Keylam.

»Glühkäfer«, erklärte er ihnen und wandte sich dann an mich. »Jeder Stamm lebt in Harmonie mit einem niederen Lebewesen, dem wir eine direkte Verbindung zu Anicor zuschreiben. In den Eisbergen leben die Glühkäfer in coexistenz mit den Vampiren. Die Käfer beleuchten die Höhlen und spenden den Vampiren nachts auf ihren Streifzügen Licht, während die Käfer tagsüber in den Nestern der Vampire schlafen, weil sie deren Körperwärme brauchen, um ihre Nahrung zu verdauen. Sie selbst produzieren nicht genug eigene Wärme. Jedenfalls agieren sie nur sehr selten im Schwarm und im Grunde nie mit einem anderen Lebewesen als einem Vampir.«

»Außer an diesem Abend«, murmelte Zack. »Sie haben Keylam eingehüllt wie eine zweite Haut und ihn vom Abgrund zurückgedrängt.«

»Nein«, hauchte meine Mutter und diesmal verstand ich ihren Unglauben sogar. Die Prophezeiung hatte eindeutig schon existiert und doch hatte Anicor, ihre große Mutter, an die sie alle bedingungslos glaubten, indirekt durch diese Leuchtkäfer verhindert, dass Keylam sein Schicksal erfüllte. Na, das war mal eine Offenbarung.

Keylam sah Mama wieder direkt an, straffte die Schultern etwas und fuhr fort. »Zack und ich wurden an diesem Abend Freunde. Er nahm mich eine Woche später bei der großen Flucht mit hinüber. Wir haben versucht zu ergründen, warum Anicor mich aufgehalten hat, und kamen zu dem Schluss, dass wir mehr Informationen brauchten. Ich bin einige Male zurückgekommen, habe es teilweise bis in Vanirs Nebelschloss geschafft und dort Unterlagen aus seinem Arbeitszimmer oder der Bibliothek gestohlen. Es fühlte sich gut an, meine Art von Widerstand, aber die Tenebris waren mir immer auf den Fersen und zerstörten sogar meine erste Sammlung an Unterlagen etwa zwei Monate nach der großen Flucht. Zack und ich fanden heraus, dass Vanir meine Macht orten kann, er muss einen Zauber gefunden haben, der das bewerkstelligt. Ich bin also wieder hin, habe nach dem Buch gesucht, das ihm diesen Zauber beschert hat, habe mich dafür sogar fast zwei Monate lang wieder in Anicor aufgehalten und mit den verschiedenen Weltengeistern zusammengearbeitet, bis ich es endlich in die Finger bekam, nur um herauszufinden, dass es keinen Schutz gegen diesen Zauber gab, keine Umkehr, die ein anderer als Vanir sprechen könnte. Das Einzige, was half, war ein Bann mit Nebenwirkungen, wie es so schön hieß«, höhnte er leicht ironisch.

»Nebenwirkungen, die es in sich haben«, grummelte Zack.

»Deshalb hast du deine Macht gebannt? Damit die Tenebris dich nicht mehr finden?«, fragte Mama, als wäre auch das neu für sie.

»Ja, und dass die Penhaligan mich daraufhin auch in Ruhe ließen oder nicht mehr fanden, war ein schöner Nebeneffekt. Zu diesem Zeitpunkt war ich nicht eben gut auf dieses Magiergeschlecht zu sprechen, wie du dir vielleicht vorstellen kannst.«

Mama schluckte schwer und nickte bedächtig. »Durchaus.«

Keylam holte tief Luft. »Seither bin ich auf der Suche nach einer Alternative, um ihn aufzuhalten. Ich habe mit dem Bannzauber experimentiert, denn seine Macht zu bannen, würde ja schon reichen. Aber ohne das freiwillige Trennen seiner selbst von seinem Magiekern kann der Zauber nicht gelingen. Ich forsche, seit ich vierzehn bin. Nach Möglichkeiten, ihn aufzuhalten, nach alternativen Interpretationen der Prophezeiung, nach Wegen, ihn wenn nötig zu töten. Aber bis heute habe ich keine Lösung, keine Idee, wie ich ihn besiegen könnte, und irgendwann bin ich zu dem Schluss gekommen, dass Anicors Botschaft auf diesen Klippen nicht war, dass ich nicht sterben sollte, sondern lediglich ein ›jetzt noch nicht‹. Ich hoffe, ich erkenne den Zeitpunkt, wenn es so weit ist.« Sein Blick glitt zu mir: »Mein Bauchgefühl sagt mir allerdings, dass der Tag nah ist.«

Deshalb also. Mama hatte ihn komplett falsch eingeschätzt. Er war gar nicht zu feige oder selbstverliebt, um sein Schicksal anzunehmen.

Ganz im Gegenteil, er hatte sein komplettes Leben der Suche nach einer Lösung gewidmet. Es fiel mir gerade unfassbar schwer, einen klaren Gedanken zu fassen, denn neben dem Gefühl, dass er irgendwie doch der Held in der glänzenden Rüstung war, der eine ganze Welt retten würde, waren da auch Gedanken in die Richtung, dass er dringend einen guten Therapeuten brauchte. Wenn es um das eigene Leben ging, sollte man selbstsüchtig sein, man sollte leben wollen und alles dafür tun wollen, nicht aufzugeben.

Kaum, dass ich diesen Gedanken gedacht hatte, erstarb jedes Chaos in meinem Kopf und klärte sich zu ein paar einfachen Erkenntnissen. Ein bisschen war er wie ich, wusste, dass es einen D-Day gab, nur nicht, wann dieser sein würde. Und auch er hatte bis zu diesem Tag sein Leben versucht zu genießen, es zu leben. Ich hatte es nicht wirklich in der Hand gehabt und er irgendwie auch nicht, wenn Anicor nun schon zweimal eingegriffen hatte. Ja, ich hatte mitgezählt. Erst auf dieser Klippe und dann vor einigen Tagen, als er bewusstlos auf dem Boden gelegen hatte.

Zweimal hatte sie ihn davon abgehalten zu sterben. Das erste Mal war es vermutlich nicht der richtige Zeitpunkt gewesen, das zweite Mal nicht der richtige Ort. Das Bedürfnis, diese Prophezeiung mal genauer unter die Lupe zu nehmen, stieg in mir auf. Sofern er mich ließ, würde ich ihn bitten, mich mal mit frischem Blick auf seine Aufzeichnungen zu schauen. Hoffnung stieg in mir auf, die prompt von meinen eigenen Zweifeln erstickt wurde. Wie kam ich bitte darauf, dass ich etwas erkennen konnte, was er in wie vielen Jahren Forschung nicht entdeckt hatte? Ich kannte diese Welt ja kaum, wie sollte ich da den entscheidenden Hinweis finden?

An seiner Stelle wäre ich trotzdem nicht bereit, meinen Tod so einfach zu akzeptieren. Mich würde die Hoffnung in den Wahnsinn treiben, dass ich die Worte falsch gedeutet hatte, wenn ein sphärisches Wesen, der Kern einer ganzen Welt, mich nun schon zweimal vom Sterben abgehalten hätte. Wie brutal, wie unfair, wenn er am Ende doch sterben musste.

Mama starrte ihn ebenso fassungslos an, wie ich mich fühlte. Schließlich stemmte sie die Hände in die Seiten, schnaubte einmal und entschied: »Nun, das ändert alles.«

Ich riss die Augen auf. Jetzt wirklich?

Mama glitt mit ihrem straffen Körper, der bei jedem Schritt die Farbe ein wenig änderte, über die Lichtung, hielt Keylam die Hand hin und sagte: »Anjali. Anführerin der Althea der Traumlande, verbunden mit dem Laetus. Mein Stamm steht dir zur Verfügung und ich gehe sehr gerne mit dir alle deine Nachforschungen durch. Vielleicht finden wir ja zumindest eine Idee, was genau wir tun können, um Vanir aufzuhalten.«

Keylams Blick wurde warm. Er trat auf meine Mama zu, straffte die Schultern und umfasste ihren Unterarm, legte den anderen Arm an ihre Schulter und antwortete: »Ich, Keylam Warren, der letzte des Warren-Magiergeschlechts, nehme dein Angebot gerne an, auch wenn mir die Ideen ausgegangen sind, in welche Richtung wir noch suchen könnten.«

Mama hob ihre freie Hand an seine Wange und hielt sie in der mütterlichen Geste, die sie auch mir gegenüber zeigte, wenn ich kurz davor war bei irgendetwas aufzugeben. »Die große Mutter hat dich davon abgehalten zu sterben. Sie hat einen Plan mit dir und ich werde dir dabei helfen herauszufinden, was das ist.«

»Danke.«

»Wieso glaubst du nach alledem, dass du doch bald stirbst?«, platzte es aus mir heraus und ich war schneller auf den Füßen, als ich begreifen konnte.

»Liv«, entfuhr es meiner Mutter voller Mitleid. Dieses eine Wort trieb mir die Angst wie einen messerscharfen Dolch mitten ins Herz.

»Die Prophezeiung hat sich nicht geändert«, antwortete er leise.

Sie waren sich einig und doch konnte ich nicht einfach aufgeben! Das wie nie Teil meines Handlungsrepertoires gewesen.

»Aber ist die Prophezeiung eindeutig? Ich meine, steht da, Keylam Warren muss sterben? Man kann Worte doch immer auf mehrere Arten interpretieren.«

»Deinetwegen«, flüsterte Keylam leise, während er mir fest in die Augen sah. Er ließ Mamas Arm los und wandte sich mir ganz zu.

»Wie meinst du das?«, wollte Taylor nun wissen, doch wir beide ignorierten die anderen vollkommen.

»Was habe ich bitte damit zu tun? Diese große Mutter oder was auch immer sie ist, hat dich nicht nur einmal, sondern zweimal gerettet.

Also warum beharrst du so sehr darauf, dass du sterben musst? Ist es wegen dem, was du damals getan hast, denkst du noch immer, dass du dafür bestraft werden musst?« Tränen traten mir in die Augen und ich hatte das Gefühl, das Leben sei ein Arschloch. Das mit ihm, das war nicht mein letztes Geschenk vor dem Ende, sondern seins. Ich würde diejenige sein, die mit dem Schmerz und dem Verlust weiterlebte, nicht er. Deshalb konnte ich es so gut verstehen, dass er versuchte, mich wegzustoßen, aber das war nicht fair. Nichts daran war fair oder gut oder richtig. Nichts!

Die Tränen brachen sich Bahn und ich konnte nur mit geballten Fäusten vor ihm stehen.

Keylam trat näher, wischte mit seinem Daumen die feuchte Spur von meiner Wange und lächelte mich voller Zuneigung an. »Sie sagte, ich hätte noch eine Aufgabe zu erledigen. Und sie sagte, ich müsste erst der Bestimmung meines Namens gerecht werden, als sie mich das letzte Mal nicht sterben ließ.«

»Die Mutter hat zu dir gesprochen?«, hauchte Taylor ehrfürchtig.

Nur widerwillig löste Keylam den Blick von mir und sah meine Freundin an. »Keine Ahnung, vielleicht nur eine Wahnvorstellung im Nahtoderlebnis, aber ich glaube schon, ja«, antwortete er Taylor, ehe er sich wieder ganz mir zuwandte, meine Hände ergriff und sagte: »Die Bestimmung meines Namens, Liv. Verstehst du?«

Es dauerte, bis mein Verstand aufholen konnte. Ich konnte beinahe zusehen, wie die Zahnrädchen in meinem Hirn arbeiteten. Schließlich erinnerte ich mich an eine Szene zwischen uns . Die Bedeutung seines Namens, die ich in irgendeinem Flip mal gegoogelt hatte, weil ich es so ironisch fand, dass ausgerechnet mein Name ›Leben‹ bedeutete, obwohl ich doch gefühlt seit einer halben Ewigkeit starb.

»Keylam bedeutet ›Hüter‹«, flüsterte er. »Das hast du mir gesagt.«

Es waren nicht die Traurigkeit und zugleich Akzeptanz in seinen Zügen, die mir das Herz stehen bleiben ließen, sondern das Entsetzen und der Schreck, die von Zack ausgingen.

»Ja, und?«, fragte ich leise nach, obwohl mir angesichts seiner Reaktionen vor der Antwort graute.

»Ich hatte immer einen Restzweifel, dass ich mit der Prophezeiung gemeint war, weil ich namentlich nicht erwähnt wurde. Die Rede war nämlich vom Hüter, der sein Herz verlieren musste. Anicor hat mich nicht sterben lassen, weil ich meine Aufgabe noch nicht erfüllt habe, der Bestimmung meines Namens noch nicht gerecht geworden bin. Ich kann noch nicht sagen, wo und wann, aber nun ist klar, dass ich sterben muss, ich, der Hüter.«

Fassungslos starrte ich ihn an. Das war jetzt ein schlechter Scherz. *Ich* hatte ihm die Gewissheit gebracht? Ausgerechnet ich? Die Tränen rannen in Sturzbächen, das war unfair, so unendlich unfair. Wieso sollte er überhaupt sterben müssen? Was brachte das, bitte? Wie sollte dadurch irgendein übermächtiger Tyrann aufgehalten werden? Das ergab doch alles keinen Sinn.

Aber die Wahrheit war, ich verstand diese Welt noch überhaupt nicht. Ich wäre eine Närrin, wenn ich ignorierte, dass die anderen vier auf der Lichtung, die mit dieser Welt aufgewachsen waren und weit mehr wussten als ich, jede Hoffnung fallen gelassen hatten. Alle vier, selbst Zack, der seinen besten Freund sicher nicht hergeben wollte und unmöglich leichtfertig akzeptieren konnte, dass Keylam sterben sollte. Seine Reaktion war es, die mir am meisten zusetzte. Mama und Taylor hatten Keylam bis vor wenigen Momenten gehasst, ihre Reaktion war ... einfach weniger aussagekräftig. Aber Zack ...

»Das ist nicht fair«, brachte ich unter Tränen hervor und Keylam zog mich fest an sich.

»Nicht fair ist, dass wir beide füreinander Gefühle entwickelt haben, so kurz vor ... vor dem Ende.«

Verzweifelt presste ich meine Wange gegen seine Schulter, drückte mich, so fest ich konnte an ihn und –

Er erstarrte unter mir. Hob den Kopf und sah in die Richtung hinter Zack. »Zack?«, fragte er mit ängstlich angespannter Stimme, so leise, als müsste er verhindern, dass wir gehört werden.

Der Wolf ruckte mit dem Kopf hoch, wobei sein braunes Fell wippte, stellte die Ohren auf und schnüffelte in den Wind.

»Rennt!«, knurrte er im nächsten Moment in meinem Kopf, sprang mit einem riesigen Satz an Taylors Seite, die widerspruchslos sofort aufsetzte, und preschte in die entgegensetze Richtung los, während Keylam keine Sekunde zögerte und mich ebenfalls mitriss. Ich wollte fragen, so sehr, aber die Stimmung, die wenigen Worte. Alles schrie mich an, ja meine Klappe zu halten.

»Sie treiben uns«, informierte Mama nur knapp, als sie an meiner Seite erschien. Sie glitt über den Boden, ohne dass ihre Füße den Untergrund berührten.

Keylam sah nur kurz auf ihre Beine hinab und blickte dann meine Mutter auf eine Weise an, die mir verriet, dass sie im Begriff war, etwas Dummes zu tun.

»Mama«, brachte ich panisch heraus. Sie allerdings fixierte Keylam.

»Ihr seid zu langsam. Geht zu den Ruinen, unter der alten Kapelle ist ein Schutzraum.« Und damit drehte sie auch schon blitzschnell ab und rauschte in rechtem Winkel zu unserem Weg davon. Schon nach wenigen Schritten war sie zwischen dem dichten Gestrüpp verschwunden. Ich wollte ihr nachschreien und hätte es vermutlich sogar getan, wenn ich in diesem Moment nicht entdeckt hätte, wovor wir davonrannten. Nur kurze Blitzlichter, mehr konnte ich zwischen dem dichten Blätterwerk nicht ausmachen, aber das war genug.

Es war riesig, dunkel, schien in einem fort die Form zu ändern und es verschluckte alles. Der Wald um das Wesen herum verlor sein Grün. Es knackte, Blätter rauschten und im nächsten Moment schlug ein gigantischer Baum auf. Im Rennen zog ich den Kopf ein, viel zu spät und vollkommen sinnlos, aber es war ein Reflex. Dann erst schaute ich kurz zurück und mir krampfte sich das Herz vor Entsetzen zusammen. Der eben erst gestürzte Baum wurde wie im Zeitraffer braun und begann, sich zu zersetzen. Blanke Panik kroch meine Kehle hinauf. Dieses Etwas bog in diesem Moment ab und jagte hinter Mama her.

»Sie ist mächtig. Sie kann sich selbst verteidigen«, versprach Keylam. »Du nicht!«

Ohne einen Widerspruch zuzulassen, zerrte er mich mit sich. Hätte ich Zeit gehabt zu entscheiden, hätte vielleicht die Angst um Mama gewonnen, doch eine Wahl blieb mir überhaupt nicht. Wir rannten, bis mir die Lunge brannte und meine Beine protestierten. Ich konnte an nichts anderes denken als an die Angst. Horrorszenarien jagten durch meinen Geist und ich wusste nicht, was ich tun sollte. Ich wusste gar nichts.

In dem Moment brachen wir aus dem Wald und rannten auf verkohlte Erde. Die freie Fläche war ein Grab verbrannten Waldes. Zwischen verkohlten Baumstümpfen konnte ich Ruinen von ebenso niedergebrannten Häusern ausmachen. Keylam steuerte auf eines davon zu. Erst da bemerkte ich Taylor in einer Senke in der Mitte der Ruine stehen, neben einer geöffneten Holzluke, die erstaunlich unversehrt aussah. Keylam sagte nichts, rannte nur zielstrebig darauf zu und zerrte mich mit sich durch die Luke im Boden, eine lehmige Treppe hinab und in einen unterirdischen Raum, der weit größer war als die Grundmauern des Gebäudes, das einstmals hier gestanden hatten. Hinter uns erklang ein dumpfes *Plock*, dann war das einzige Licht hier unten grün. Keylam ließ mich erst los, als Taylor ebenfalls die Treppe hinter sich gelassen hatte.

»Kann man uns hören?«, flüsterte ich keuchend.

»Nein«, versprach Taylor ruhig, aber mit ebenso heftigem Atem.

»Was war das? Wo ist Mama? Wo sind wir?«, sprudelte eine Frage nach der nächsten hervor, bis Taylor zu mir trat und meine Oberarme fest packte.

»Hey, ganz ruhig.«

Ich verstummte zwar, doch die Panik wollte sich einfach nicht legen.

»Du hast Angst, das ist normal. Aber hier bist du sicher. Das ist eine der Kammern der Althea. Sie können sie mit ihrer Erdmagie vor allem und jedem verbergen, selbst vor Vanir und den dunklen Wesen. Du bist jetzt sicher!«

»Und Mama?«, hauchte ich, während die Tränen sich schon meine Wangen hinabkämpften. »Was wenn dieses Ding Mama kriegt?«, schluchzte ich.

Taylors Lächeln wurde sanft. »Anjali ist eine Althea und noch dazu eine ziemlich mächtige. Sie gehört zu den Führenden der Freiheitskämpfer, glaub mir, das ist nicht ihre erste Flucht. Deine Mutter weiß ganz genau, was sie tut. Als Althea kann sie mit der Welt auf eine Weise verschmelzen, dass die Dunkelheit sie nicht mehr wahrnehmen kann. Sie wartet nur, dass wir in Sicherheit sind, und wird sich dann entziehen und zu uns kommen.«

»Außer Vanir macht sich die Mühe, selbst aufzutauchen«, schränkte Keylam ein.

Taylor warf ihm einen bösen Blick zu. »Musste das sein? Sie hat komplette Panik!«

»Dennoch verdient sie die ganze Wahrheit und nicht nur einen Teil davon.«

Enttäuschung drang durch die Panik, weit effektiver, als ihre Worte es vermocht hatten. Entschieden trat ich einen Schritt zurück, entzog mich ihrem Griff und warf ihr einen vernichtenden Blick zu, ehe ich mich Keylam zuwandte. Hatte ich zuvor noch infrage gestellt, ob ich für sie je das gewesen war, was sie mir bedeutete, hatte ich jetzt meine Antwort.

»Was heißt das genau?«, fragte ich Keylam und drehte Taylor bewusst den Rücken zu.

»Nach der großen Flucht, die damit begann, dass zeitgleich überall in Anicor insgesamt vier der Besinnungslager zerstört wurden, wurde Vanir erst richtig klar, was für fähige Widersacher die Althea sind, und er hat den Ortungszauber auf sie angewandt. Das hat mir in gewisser Weise den Arsch gerettet, denn jeder Magier kann in seinem Leben nur einen Ortungszauber sprechen, der ihn bis zu seinem Ende an das Objekt der Ortung bindet. Es gibt dabei immer eine Bedingung, der oder die Gesuchte muss etwas Bestimmtes tun. Ich könnte zum Beispiel sagen, ich orte dich, wann immer du lachst. Da es Vanir darum ging, dass sie gegen ihn agieren, hat er seine Ortung an die Benutzung der stammspezifischen Erdmagie gebunden. Wenn Althea ihre spezifische Stammmagie, also etwas, das nur ihr Stamm kann, wie das optische Verschmelzen mit der Umgebung, nutzt, spürt er es. Er wird jetzt also wissen, dass eine Althea im Laetus unterwegs ist, die ihre Stammgabe nutzt. Er könnte entscheiden, dass ihm das gerade nicht wichtig genug ist, dann passiert gar nichts. Oder er hat gerade nichts Wichtigeres zu tun, dann schlägt er eine Brücke und ist in wenigen Momenten bei ihr.«

Mir setzte das Herz aus. Panisch packte ich ihn, wollte ihn um Hilfe anflehen, doch dann holte mein Verstand auf. Er hatte seine Gabe gebannt, er konnte nicht helfen.

»Ich war schon lange nicht mehr hier, ich weiß nicht, wie hoch die Wahrscheinlichkeit ist, dass er eine einzelne Althea jagt. In den letzten Jahren habe ich nur mitbekommen, dass er Tenebris jagen lässt, aber ich hatte auch nie Kontakt zu Althea, immer nur zu den anderen Stämmen.

Ich weiß es also nicht«, räumte er ein. »Aber deine Mutter hat einen ausgezeichneten Ruf als Kämpferin und sie weiß um diese Gefahr.«

»Was können wir tun?«

»Nur warten und hoffen.«

Ich presse die Lippen zusammen, wollte ihn anschreien, dass das nicht alles sein konnte, doch wie sollte ich. Vor lauter Hilflosigkeit fing ich wieder an zu weinen. Keylam zog mich an sich, streichelte über meinen Rücken und flüsterte in mein Haar: »Sie liebt dich, sie wird alles tun, um zu dir zurückzukommen.«

Das wusste ich, und genau das war das Problem. Sie würde alles tun, um mich zu beschützen, weil sie mich liebte. Sie war meine Mama, scheiß auf die Biologie. Ich hatte solche Angst um sie und ich konnte nichts tun.

Ein leises Knarzen drang durch die Stille des Raums und wir fuhren einvernehmlich zur Treppe herum, die in den blanken Boden gegraben war. Tageslicht strahlte von oben herein und kurz darauf verdunkelte der Schatten einer Silhouette die Stufen wieder. Die Luke wurde mit demselben dumpfen *Plock* wie eben geschlossen und dann trat Mama endlich in mein Sichtfeld. Sie suchte den Raum mit ernstem Blick ab. Ich rannte ihr entgegen und warf mich in ihre Arme, als die Erkenntnis ihre Züge schon zu einem Lächeln entspannte. »Du bist in Sicherheit«, murmelte sie an meinem Ohr, während sie mich ebenso fest an sich drückte wie ich sie. »Du auch.«

Sie lachte leise. »Ja.«

»Vanir ist nicht aufgetaucht?«, erkundigte Keylam sich.

»Unklar. Nachdem ich meine Magie eingesetzt hatte, tauchten plötzlich vier weitere dunkle Wesen auf und ich habe in der Ferne Tenebris kommen sehen. Daraufhin habe ich sie durch Mal-Nutzen, Mal-nicht-Nutzen meiner Magie in die falsche Richtung geführt und mich der Verstecke des Laetus bedient, um in einem Bogen zu euch zu kommen. Kann sein, dass er auch da war, aber ich habe ihn nicht gesehen. Auf jeden Fall aber hat er einiges auf mich gehetzt.«

»Soll das heißen, die Dunkelheit dient inzwischen Vanir?«, fragte Zack entsetzt.

Mama schob mich etwas von sich, ehe sie den Kopf schüttelte. »So wie die Tenebris sich im Hintergrund gehalten haben, nein. Aber offensichtlich haben sie einen Weg gefunden sich vor der Dunkelheit zu verstecken.«

Diese Entdeckung schien allen ein wenig zuzusetzen und das konnte ich sogar nachvollziehen. Die dunklen Wesen waren bisher ein unberechenbarer dritter Mitspieler gewesen. Wenn Vanir und seine Tenebris sich ihrer Gefahr nun entziehen konnten, war das eindeutig ein Nachteil für uns.

»Ihr habt gerade gesagt, Vanir könnte eine Brücke hierher schlagen und dann in wenigen Momenten da sein. Wieso machen wir das nicht auch?«

»Können wir nicht«, warf Taylor ein. »Aber du hast doch eine Brücke hierher gemacht«, warf ich ein und sah Keylam irritiert an.

»Nicht dasselbe«, erklärte er. »Es gibt zwei Arten von Brücken: Die Nebelbrücken zwischen den Welten und die einfachen Brücken innerhalb Anicors. Diese internen Brücken sind etwas, das nur Warren-Magier erschaffen können. Da ich der Letzte meines Geschlechts bin, kann außer Vanir und mir niemand diese Brücken mehr erschaffen, daher ist im allgemeinen Sprachgebrauch auch die Unterscheidung zwischen den beiden Brücken weggefallen. Nur kann ich dank meines Banns im Moment keine internen Brücken erschaffen.«

»Danke für diese Lehrstunde«, amüsierte sich Zacks Kopfstimme leicht sarkastisch.

Keylam zog den Kopf ein und wurde rot.

»Ich bin dankbar darum. Je mehr ich erfahre, desto mehr habe ich eine Chance, das alles hier zu verstehen«, verteidigte ich ihn und drückte dabei das Kreuz durch.

Diesmal war es an Zack, den Kopf etwas herabzusenken und meine Mama lächelte sogar.

»Das heißt, sollte es uns gelingen, Vanir zu besiegen, geben wir die heiligen Orte diesen Wesen preis und schaden Anicor eigentlich nur?«, versuchte ich den Faden von eben aufzunehmen und mitzudenken.

Mama neben mir erstarrte. Dann sah sie Keylam fest an. »Denkst du, das könnte stimmen?«

»Das wäre nur logisch«, räumte er ein.

»Könnte Anicor dich deshalb aufgehalten haben, also das zweite Mal meine ich?«, fragte Mama.

Verhalten nickte er.

»Das hat keiner von euch bisher bedacht?«, fragte ich entrüstet.

Sie alle schüttelten den Kopf. Dann legte sich ein nachdenklicher Ausdruck über Keylams Züge. »Das könnte die Aufgabe sein, die ich noch erledigen muss. Die Penhaligan brauchen Zauber, mit denen sie die Orte schützen können, wenn Vanir tot ist. Vielleicht habe ich etwas Passendes in meinen Aufzeichnungen zu meinen Nachforschungen.«

»Ja, ja, genau. Das wird es sein, was ein verzweifelter sterbender Planet von euch will. Nicht etwa einen Weg, wie ihr diese Kinder Anicors rettet und zurückverwandelt. Sie will ja auf keinen Fall, dass ihr alle zurückkehrt und wieder hier lebt, sobald der Tyrann tot ist, der euch vertrieben hat. Ach wartet, doch, genau das braucht sie, damit es ihr wieder besser geht. Oder habe ich irgendwas falsch verstanden?«

Keylam stand mit offenem Mund vor mir, dann verzogen sich seine Lippen zu einem hungrigen Lächeln. »Mein kleines Wunder!«, bekräftigte er und trat zu mir.

Ich hatte keine Ahnung, wieso, aber ein Teil von mir war sehr sicher, dass meine Worte eben den Kern der Sache trafen. Es war wie eine Gewissheit aus dem Unterbewusstsein heraus. Auch wenn mein Verstand mich dafür auslachte zu glauben, ich wüsste, was die große Mutter brauchte und wollte. Ausgerechnet ich.

»Manchmal habe ich das Gefühl, alles hat darauf gewartet, dass du mich findest.«

»Wundervoll«, grummelte ich. »Hätte ich dich mal lieber nicht gefunden.«

»Sag das nicht«, hauchte er inbrünstig. »Du weißt nicht, was du mir bedeutest.«

Jeder Spott wich aus mir und ich sah erwartungsvoll zu ihm auf.

Keylams Blick glitt über mein Gesicht, als wollte er jedes Detail in sich aufsaugen. »Du bist meine Hoffnung«, flüsterte er. »Mein Licht in der Dunkelheit. So lange habe ich gesucht, ohne zu wissen wonach. Und dann kamst du, hast mir erst wundervolle Momente und Ablenkung geschenkt, Erinnerungen, die ich hier in mir aufbewahren werde«, versprach er leise und fasste sich an die Brust. »Dank dir habe ich Wilbur«, witzelte er und entlockte mir ein ersticktes Lachen.

»Und dann hast du Dinge gesagt, gesehen, Zusammenhänge erkannt. Ich habe die ganze Zeit das Gefühl, ich hätte alle Puzzleteile für dich gesammelt, damit du sie zusammensetzen kannst.«

»Aber ich habe doch gar nichts gemacht.«

»Für dich mag es sich wie nichts anfühlen, aber nach Jahren endlich Gewissheit zu haben, dass wirklich ich mit der Prophezeiung gemeint bin, war auf eine Weise erlösend, die ich kaum beschreiben kann. Die Ungewissheit kann einen in den Wahnsinn treiben. Es zu wissen, kann da besser sein, zumal ich immer bereit war.«

Das konnte ich sogar nachvollziehen, nur eben nicht nachempfinden. Ich wollte eine andere Lösung mitbringen, ein Happy End für alle, nicht einen Märtyrertod.

»Und auch das jetzt. Wir hätten in eine völlig falsche Richtung gesucht, vielleicht Jahre verschwendet.«

»O nein«, stieß ich zynisch hervor. »Jahre, in denen du hättest leben können. Wie schlimm.«

Er legte einen Kuss auf meine Lippen und flüsterte: »Glaub mir, diese Jahre hätte ich zu genießen gewusst, solange du an meiner Seite bist, aber denkst du nicht, alle zu retten, wäre es wert, diese Jahre herzugeben?«

Ich sah zu Zack, zu Taylor und zu Mama, dachte an alle, die allein ich verloren hatte, und versuchte, das zu potenzieren. Da draußen waren so viele Kinder Anicors, die als Flüchtlinge in einer ihnen fremden Welt lebten und dabei zusehen mussten, wie ihre Heimat starb und ihre Familie und Freunde um sie herum ebenso. Dazu kamen jene, die Vanir mit diesem widerlichen Zauber unterjochte und wer wusste schon, wie viele dieser Besinnungslager es noch gab. Ich konnte ihm nicht recht geben, weil das bedeutete, ihn aufzugeben, aber ich konnte ihm auch nicht widersprechen.

»Verdammt, Liv«, knurrte er. »Ich würde so viel geben für jeden weiteren Tag mir dir, aber nicht alles. Nicht jedes Leben und nicht unsere große Mutter. Nicht, wenn ich doch *weiß*, dass ich sie retten kann.«

Hoffnung. Dieses lästige Biest.

Ich nickte an seiner Schulter, ließ mich von ihm im Arm halten und sagte nichts, aber mein Hirn suchte bereits fieberhaft nach Ansätzen, wie ich diesen verdammten Helden vor seiner Opferbereitschaft bewahren konnte, ohne dafür Anicor oder ihre Kinder aufs Spiel zu setzen. Ich musste endlich diese verdammte Prophezeiung lesen. Ob es der verzweifelte Teil von mir war, der sich gerade in diesen Helden verliebte, oder einfach nur der komplett romantische Bücherdrache in mir, der viel zu viele Geschichten mit Happy End gelesen hatte ... Ich war nicht bereit, aufzugeben. War ich nie und würde ich nie sein!

Du hast mich also geschickt, um den Stein ins Rollen zu bringen, Anicor? Na, wenn das stimmt, dann zieh dich warm an. Ich werde sicher nicht kampflos hergeben, was ich gerade zu lieben lerne!

Forschungsbericht Keylam Warren

Mainz, 16. September 2021

Notiz 32

Zack und ich sprechen quasi nie über unser Kennenlernen, darüber, was ich geplant hatte zu tun. Dennoch ist er beim kleinsten Anzeichen sehr wachsam und drängt mich permanent, mich mit mehr Leuten zu umgeben. Deshalb habe ich zugestimmt, dass er einen Buchclub in meinem Hinterzimmer betreibt, und ich denke, ich wäre zum neuen Jahr auch mal versuchen, eine Assistentin einzustellen, auch wenn ich wenig Lust darauf habe. Zum Glück gibt es ja die Probezeit und ich kann Nervensägen gleich wieder loswerden. Aber wer weiß, vielleicht finde ich eines Tages sogar eine intelligente Mitarbeiterin oder einen intelligenten Mitarbeiter, der mir helfen kann, die losen Enden meiner Forschung miteinander zu verbinden. Auch wenn ich nach so vielen Jahren der Forschung wenig Hoffnung habe, noch eine Antwort zu finden.

Wir verbrachten die gesamte Nacht in diesem Bunker, der alles hatte, was man für einen längeren Aufenthalt benötigte. Erst am nächsten Tag brachen wir wieder auf und auch erst, nachdem Mama und Zack die Gegend abgelaufen waren und den Weg freigegeben hatten.

Wir liefen eine ganze Weile, ehe Mama Arsona aufstöberte und wir getragen werden konnten. Sie wagte nicht, noch einmal ihre Erdmagie zu verwenden, um schneller zwei dieser laufenden Bäume einzufangen, und so mussten wir warten, bis wir über welche stolperten. Wir rasteten erst mitten in der Nacht, entzündeten kein Feuer und knauserten auch mit Gesprächen. Das war mir im Grunde nur recht. Langsam hatte ich die wesentlichen Informationen gesammelt und plante, erst wieder in tiefere Gefilde einzutauchen, wenn ich zumindest eine Idee oder einen Ansatz hatte.

Schritt für Schritt: Prophezeiung sichten, klären, was dahinterstecken könnte, und dann weitersehen, wohin mich diese Information führte. Es musste einen Ausweg geben. Denn entweder täuschten sie alle sich beim Wesen Anicors, bei ihrem Charakter und ihren Motiven, oder sie waren schlicht blind für die Wahrheit, die in der Prophezeiung verborgen liegen musste. Welche Mutter opferte denn eines ihrer Kinder, ohne wenigstens eine Anleitung mitzugeben, wie man den ganzen Schaden aufräumen konnte? Das war schlicht grausam. Und wenig zielführend.

Außerdem hatte sie Keylam schon zweimal am Leben gehalten, sein Tod konnte also kaum alles sein, selbst wenn er wirklich der Preis sein sollte. Die anderen machten es sich da viel zu einfach. Nur waren sie sich vollkommen einig, deshalb sah ich lieber zu, mich mit meiner Meinung zurückzuhalten, bevor ich nicht wenigstens eine Reihe guter Argumente und am besten auch einen Lösungsvorschlag mitbrachte, wer würde mir sonst zuhören?

Die Nacht war kurz und mein Schlaf noch kürzer. Zum einen ließ mich die Angst vor einem Zusammenstoß mit so einem dunklen Ding oder einem seiner Diener, diesen Tenebris, nicht zur Ruhe kommen, zum anderen jagten meine Gedanken ruhelos umher. Im Stillen führte ich schon jetzt die Diskussionen mit Mama und Keylam, sammelte

Argumente auf Basis meines aktuellen Wissens und prüfte sie dabei gleichzeitig auf Standhaftigkeit. Ich durchdachte alles, was mir in den Sinn kam, und als die Morgendämmerung in unser kleines Lager unter einen Busch kroch, hatte ich höchstens gedöst und nicht geschlafen.

Das allerdings führte dazu, dass ich trotz des Geschunkels einen Teil des Tages verschlief.

An diesem Abend begleitete ich Zack bei der Suche nach einem guten Schlafplatz. Wir hatten den Laetus vor einigen Stunden hinter uns gelassen und mit ihm auch die Arsona. Im Nordosten ragten bereits die gigantischen Berge auf, deren Fuß unser Ziel war.

»Du bist sehr still geworden«, bemerkte seine grollende Kopfstimme.

Ich zuckte mit den Schultern.

»Was ist los?«

»Du meinst neben der Tatsache, dass ich mich in einen Mann verliebe, der bald oder auch nicht bald plant, einen Märtyrertod zu sterben, ohne zu wissen, ob das irgendwas bringen wird?«

Zack blieb prompt stehen. »Also damit habe ich jetzt nicht gerechnet.«

»Nicht?«, fragte ich überrascht.

»Nein. Ich dachte, du wärst so in Gedanken, weil wir bald herausfinden werden, was du bist. Irgendwie bin ich davon ausgegangen, deine Gedanken kreisen um dich und deine Zukunft. Ich dachte, du könntest Angst haben, dass wir trotzdem keine Antwort finden, weil du ja Anicor und seine Geheimnisse nicht wirklich kennst. Oder Angst haben, dass wir keine Lösung finden, um das Sterben deines Körpers in der Menschenwelt aufzuhalten. So was in der Richtung eben.«

Ich fuhr zusammen. Das war ein absolut nachvollziehbarer Gedanke. Aber einer, auf den ich nicht einmal gekommen war. Nur wieso? Die Erkenntnis traf mich wie ein Faustschlag in den Magen. Weil ich meinen Tod längst akzeptiert hatte. Die Möglichkeit, dass ich gar nicht sterben würde, war verblasst, weil alles andere mich emotional so dermaßen im Würgegriff hielt. Heilige Scheiße, mir ging es seit meinem Zusammenbruch einigermaßen gut. Ich war gerannt, ewig gewandert, hatte alles Mögliche gemacht und nicht einen Hauch von Schwindel gespürt. Das vollkommene Gefühl, dieser Eindruck von Richtigkeit, der hatte sich zwar auch nicht eingestellt, aber verhältnismäßig ging es mir gut. Meine Güte, es sah fast so aus, als hätte ich wirklich eine Zukunft ... eine trübe, wenn ich keine Lösung fand. Es fühlte sich an, als hätte ich es nicht verdient, nicht, wenn er sterben musste und ich plötzlich doch leben durfte.

»Liv?«, brummte er.

»Du hast recht«, räumte ich ein. »Das wäre durchaus auch den ein oder anderen Gedanken wert.«

»Es ehrt dich, dass du vor allem über Keylams Schicksal nachdenkst. Aber als sein bester Freund lass dir sagen: Ändere die Dinge, die du ändern kannst, und lerne, alles andere zu akzeptieren. Ich weiß, dass das nicht leicht ist. Beim großen Wolf, das ist überhaupt nicht leicht. Aber wenn du es nicht schaffst, wird er dich wegstoßen, weil er es muss. Versetz dich in ihn hinein: Er weiß, dass es nötig ist, und hat es akzeptiert. Was meinst du, was Leute in seiner Umgebung bei ihm anrichten, die noch voller Hoffnung sind?«

Seine Worte trafen mich hart, so verdammt hart. Das brauchte ich mir nicht vorzustellen, ich *wusste*, wie kräftezehrend das war. Geknickt senkte ich den Kopf, nickte einmal und versuchte herauszufinden, ob ich wirklich handelte wie die Menschen in meinem Umfeld, die ich nach und nach von mir gestoßen hatte, weil ihr Optimismus und ihre Hoffnung mich so fertig gemacht hatten. Es fühlte sich mies an, so hier auf der anderen Seite zu stehen. Wann war Hoffnung wirklich unbegründet und schadete, statt zu helfen? Woran erkannte ich den richtigen Zeitpunkt, jemanden loszulassen? Wissen konnte man das, wenn überhaupt, erst im Nachhinein. Ich konnte aber nicht einfach aufgeben, dann wäre der Kampf längst verloren, denn außer mir kämpfte ihn schon niemand mehr. Was also war richtig?

Mein Aktionismus bekam gerade einen gehörigen Dämpfer. Mein Entschluss blieb, ich würde mir diese Prophezeiung zur Brust nehmen und auf Herz und Nieren prüfen. Aber so, wie ich das Leben kannte, würde ich keine eindeutige Antwort bekommen, die mir die Entscheidung abnahm. O nein, das Leben war ein Arschloch.

»Danke«, murmelte er schließlich in meine Gedanken hinein.

»Wofür?«

»Zum einen dafür, dass du ihm noch etwas Glück schenkst. Er hat sich nie zugestanden, Gefühle für irgendjemanden zu entwickeln, nie erlebt, wie es ist zu lieben, glücklich zu sein. Und das schenkst du ihm gerade, weil du irgendwie in sein Leben gerauscht bist, ohne dass er es hätte verhindern können. Vielleicht liegt er richtig damit, dass unsere Mutter dich zu ihm geschickt hat.«

Mir schnürte sich die Kehle zu. Was für eine grausame Mutter.

»Zum anderen dafür, dass du nicht blindlings widersprichst. Er hat recht, so wie du dich verhältst, wie du reagierst, was du bedenkst und siehst. Du bist ein kleines Wunder.« Zack wandte sich mir zu und sah mich voller Dankbarkeit aus den großen goldenen Augen an. »Ich hätte nie geglaubt, dass es jemanden wie dich gibt, dass es jemanden gibt, der Keylam auf diesem letzten Weg begleiten könnte, und ihm dabei jeden Schritt leichter statt schwerer macht. Also danke, dass du meinen besten Freund auf eine Weise rettest, die mir nie möglich war.«

Je näher wir der zerklüfteten Bergkette kamen, desto schweigsamer wurde unsere Gruppe. Wir liefen inzwischen nah beieinander und warfen ständig Blicke in alle Himmelsrichtungen.

Wie gerne hätte ich das ein oder andere gefragt, denn seit einigen Minuten konnte ich die Umrisse eines pompösen Schlosses hoch oben am Hang des ersten Berges erkennen. Ich ging davon aus, dass es das Nebelschloss war, von dem sie gesprochen hatten, Vanirs Heimat und der Ort, an dem Keylam mindestens ein Jahr lang manipuliert und benutzt worden war. Ich empfand nichts als Hass, wenn ich an den unbekannten Bösewicht dachte, doch die hohen Türme, die aus den Nebelschwaden ragten, die den gesamten oberen Berghang bedeckten, hatten etwas Elegantes und beinahe Liebliches mit ihren Spitzen. Ich hatte etwas Dunkles und schön böse Aussehendes erwartet, schwarzer Stein, harte Kanten; kein sandfarbenes Märchenschloss, dessen Türme, die aus der grau wabernden Masse herausstachen, von der Nachmittagssonne angestrahlt wurden.

Es war schwer, in diesem Bild eine Gefahr zu erkennen, zumal das Gebäude so weit weg war, dass ich nicht einmal erkennen konnte, ob es irgendwelche Verzierungen gab. Aber die Distanz gaukelte mir Sicherheit lediglich vor. Immerhin wusste ich inzwischen, dass dieser Mistkerl innerhalb Anicors quasi teleportieren konnte, indem er einfach Brücken schlug. Das war eine mächtige Gabe, besonders im Kampf gegen ihn. Da war es kein Wunder, dass er beinahe das gesamte Magiergeschlecht ausgelöscht hatte, das dazu in der Lage war. Für mich blieb nur das große Fragezeichen, weshalb er Keylam ausgebildet hatte, statt ihn zu töten, wenn doch offensichtlich allen klar war, dass Keylam seinen Untergang bedeuten würde. Das verstand ich einfach noch nicht. Ein Grund mehr, diese verdammte Prophezeiung mal zu lesen.

»Wir sind da«, hauchte Mama direkt vor mir, als sie um den Felsvorsprung herumgelaufen war, der mir die Sicht auf die Landschaft vor uns nahm. Ich trat an ihre Seite und staunte. Mein Blick sank tiefer und tiefer. Der Ort, an den sie mich gebracht hatten, war nicht mit uns auf einer Ebene, sondern lag deutlich unter uns. Wir standen am Rand eines gigantischen Loches im Steinboden. Mir war nicht bewusst gewesen, dass wir überhaupt auf Stein liefen. Der Boden hier war kaum anders als auf dem gesamten Weg zuvor, aber vor mir klaffte eine Höhle auf, die wie ein Frühstücksei geköpft war, und genau an diesem Loch standen wir jetzt und sahen hinab auf einen türkisschimmernden See, der umwuchert war von sattem, frischem Grün. Allerlei bunte Blüten spickten die grüne Masse mit Farbe und zwischen den kleinen Bäumen und Büschen machte ich steinerne Treppen und Statuen aus.

»Das Herz von Anicor«, flüsterte Mama, nahm meine Hand und lächelte mich glückselig an. »Komm.«

Der jugendliche Eifer in ihrem Blick steckte mich an und ließ mich für den Moment die möglichen Gefahren vergessen. Mama raste regelrecht die Stufen hinab, die sich an der kuppelförmigen Wand entlangschlängelten. Mit den Fingern streifte ich die feuchte Steinwand, die an zahllosen Stellen von winzigen Lebewesen bevölkert wurde, die allesamt schimmerten. Zwischen Rot, Blau und Gelb wuchsen moosartige Pflanzen und hier und da bewegte sich ein Stein, was mich sofort an Cura denken ließ. Alles schien zu leben, selbst die zerklüfteten Wände und die Luft, durch die atemberaubend bunte und schillernde Wesen flogen. Eines erinnerte mich an eine Kreuzung aus Schmetterling und Libelle.

»So schön«, hauchte ich und bekam einen strahlenden Blick von meiner Mutter über ihre Schulter zugeworfen.

Als wir halb herum waren, kamen wir schließlich unten an und betraten den weichesten Boden, den ich je gefühlt hatte. Bei jedem Schritt schien die Erde zu seufzen, als hätte sie auf mich gewartet.

Ich war zu Hause. Irgendwoher wusste ich es. Hier gehörte ich hin. Als meine Finger über ausladende kreisrunde Blätter mit aufgestelltem Rand glitten und die Spur meiner Berührung erstrahlte, zweifelte ich zum ersten Mal nicht daran, ein Kind Anicors zu sein. So wie hier hatte ich mich nur beim ersten Betreten von Keylams Buchhandlung gefühlt, nur war es diesmal um ein Vielfaches intensiver.

Staunend sog ich alles in mich auf, jedes faszinierende Wesen, die idyllische Atmosphäre, jede Pflanze, jeden Geruch und dabei ließ ich vollkommen los, nahm das Gefühl von Heimat an, akzeptierte es und fand schließlich mit meinem Blick die schimmernde Seeoberfläche.

Auf einen Schlag rutschte alles in den Hintergrund, wirklich alles. Der magische Ort, meine Mutter, selbst Keylams Präsenz, die ich zuvor permanent in meinem Rücken gespürt hatte. Alles war weg, die Angst, die Sorge, das Grübeln. Mein gesamtes Sein schrumpfte auf den einen Wunsch zusammen, in diesen See zu treten.

Wie gebannt starrte ich auf die wogende Masse aus Türkis, bis wir endlich ans Ufer traten und ich alle Mühe hatte, meine Mutter anzusehen, die mich zurückhielt, als ich einfach ins Wasser gehen wollte.

»Also, es läuft folgendermaßen ab. Du watest ins Wasser, knöcheltief dürfte schon reichen. Dann erstrahlst du in der Farbe deines Stammes. Damit bekommt Keylam, wofür er hergekommen ist. Aber für mich musst du bitte noch etwas tiefer hineingehen, einmal untertauchen und dort, vollkommen umgeben vom Wasser des Herzens, die Frage stellen, wie wir dich heilen können. Machst du das für mich?«

Der Sog, den der See auf mich ausübte, wurde beinahe unangenehm.

»Liv?«

»Hm?«, machte ich, ohne den Blick abwenden zu können.

Hände umfassten mein Gesicht, zogen es zu dem meiner Mutter herum und sie fixierte mich: »Hast du mich gehört?«

»Ja, ja.«

»Wirklich?«

»Weiter rein, untertauchen, Frage stellen, wie ich überleben kann. Alles klar«, betete ich ungeduldig herunter und entzog mich ihr, was sie nur widerwillig zuließ. Ich erkannte die Irritation in ihren Zügen, wusste in dem Moment, dass ich mich wohl nicht so verhielt wie normale Kinder Anicors und schob den Gedanken in dem Moment auch schon beiseite.

Ich trat vor, wollte endlich ins Wasser, da wurde ich schon wieder zurückgehalten, diesmal von einer starken Hand an meinem Oberarm. Ungehalten starrte ich auf vertraute Finger.

»Willst du nicht wenigstens deine Schuhe ausziehen? Das Wasser ist nass.«

Die Ironie in seiner Stimme drang durch den Schleier, der so vehement nach mir rief.

»Wirklich?«, fragte ich ironisch. »Wasser ist nass? Das wusste ich ja gar nicht. Wie gut, dass du mir das noch mal gesagt hast.«

Er zog vielsagend die Augenbrauen hoch und ich hielt den Mund, denn wir beide wussten, dass er einen Punkt hatte. Stattdessen streifte ich Schuhe und Socken von den Füßen, zögerte bei der Jeans und entschied mich schließlich, auch sie auszuziehen, ebenso wie meinen Hoodie und mein Trägertop.

Nur noch in Unterwäsche versuchte ich zu ignorieren, wer mich gerade alles so leicht bekleidet sah, schluckte die Scham herunter und drehte ihnen trotz Tanga den Rücken zu.

Zum Glück verkniffen sie sich alle ihre Kommentare, was vielleicht an der Gegenwart meiner Mutter lag. So oder so, ich war froh drum und watete so schnell ich konnte, ohne dass es nach Flucht aussah, hüfttief ins kühle Wasser. Erleichtert, dass ich nun für mein Schamempfinden ausreichend bedeckt war, seufzte ich auf. Erst dann bemerkte ich, dass der Sog verpufft war.

Ich drehte mich zu den anderen um und fragte etwas lauter, damit sie mich am Ufer auch hören konnten: »Und?«

»Sieh selbst«, entgegnete Taylor und hob vormachend ihren Arm vor sich, als würde sie ihn genauer betrachten.

Ich ahmte die Geste nach und sah ... Weiß? Meine Haut strahlte, ja. Aber keineswegs in irgendeiner Farbe, sondern in Blütenweiß. Mama hatte es mir gestern kurz erklärt: neun Stämme, neun Farben, allesamt Mischfarben. Weiß hatte sie nicht erwähnt, mit keinem Wort. Ich hatte keinen blassen Schimmer, was das bedeutete.

Unsicher zuckte ich mit den Schultern. Sicher hatten sie mir einfach noch nicht alles erklärt. Vielleicht war Weiß einfach selten und Mama hatte sich auf die üblichen Farben beschränkt. Das konnten sie mir gleich erklären. Jetzt allerdings würde ich erst einmal Mamas Wunsch erfüllen.

Ich holte einmal tief Luft und sank unter die Oberfläche. Wie ein Blitzlicht hatte ich für einen winzigen Augenblick das Gefühl von Gefahr, doch kaum, dass ich unter Wasser war, verpuffte dieser Eindruck auch schon. Als mich der See vollkommen umschloss, senkte sich Stille über mich und zugleich wusste ich, dass ich nicht allein war.

Hallo Tochter.

Ich drehte mich um meine eigene Achse, suchte den Ursprung der ohne Zweifel weiblichen Stimme, fand jedoch nichts in dem glasklaren Wasser, außer den Steinen am Grund. Vielleicht gehörte das ja zu diesem Zauber. Also dann, Frage stellen. Wie –

Du musst auftauchen Tochter, ihr seid alle in Gefahr!

Es war nicht so, dass ich entschieden hätte, ihrer Anweisung zu folgen. Vielmehr katapultierte mich das Wasser selbst zurück ans Ufer, wo ich auf allen vieren Halt fand, hustete und durch die Haare, die mir wild über dem Gesicht klebten, meine Freunde entdeckte.

Der Geschmack von Gefahr war zurück, drängender noch, als die Anweisung der Stimme zu mir durchsickerte. Ich hob den Kopf und sah, wie sie stocksteif dastanden und sich keinen Millimeter regten. So wie ich hier gerade aufgetaucht war, passte dieses Verhalten nicht.

»Na, was haben wir denn da?«, fragte eine tiefe wohltönende Stimme. Ich wusste sofort, mit jeder Faser meines Seins, wem sie gehörte und schon im nächsten Moment wunderte ich mich, dass dieser Mistkerl eine angenehme Stimme hatte, in meiner Vorstellung war sie tief und kratzig gewesen. Er hatte einfach böse geklungen. Langsam richtete ich mich auf, sah mich um und entdeckte ihn.

Ein großgewachsener Mann, der vom Aussehen her kaum älter als Mitte zwanzig sein konnte, schritt gemächlich über die Steinplatten, die durch den weichen Boden hindurch einen Weg vom Ufer zu einer kleinen Laube inmitten zahlloser Blüten führte.

»Weiß«, raunte er und ließ seinen interessierten Blick über mich gleiten. »Na, das muss ich mir gleich genauer anschauen«, entschied er, streckte eine Hand in meine Richtung, drehte sie ein und schloss sie dabei zur Faust, als würde er etwas greifen und dann heranziehen. Von einem auf den nächsten Moment war ich die Gefangene meines eigenen Körpers. Ich konnte mich nicht bewegen, nicht sprechen, nicht einmal den Blick abwenden, der auf ihm lag.

»Seid ihr etwa deinetwegen hier?«, säuselte er und legte den Kopf leicht schief. Sein scharf geschnittenes Gesicht wurde von einem perfekt getrimmten Bart betont. »Was sonst sollte meinen kleinen Neffen dazu veranlassen, gemeinsam mit einer Althea direkt hierher zu kommen?«

Vanir, er musste es einfach sein, wandte sich an meine Freunde und irgendetwas drehte meinen Kopf so, dass auch ich zu ihnen sehen konnte – oder musste. Immer noch auf den Knien gefesselt zu sein, fühlte sich erniedrigend an, doch das Gefühl verpuffte, als Vanir auf diejenigen zuging, die ich liebte, und mir wieder einfiel, dass er mindestens zwei von ihnen lieber tot sehen wollte.

Keylam besaß seine Magie nicht und was konnten Zack und Taylor schon gegen ihn ausrichten? Soweit ich es richtig verstanden hatte, war meine Mutter vor allem ein Genie darin, sich zu verstecken und ihm zu entwischen, auch sie hatte ihm vermutlich wenig entgegenzusetzen. Scheiße, wir waren im Arsch.

Panik kroch meine Wirbelsäule hinauf, packte mich im Genick und schnürte mir die Brust zu. Was konnte ich tun?

Vanir kam bei ihnen an, nur wenige Meter von mir entfernt, doch nach wie vor konnte ich mich nicht rühren. Er trat direkt vor meine Mutter und musterte sie eingehend. »Anjali, bist du das?«, fragte er überrascht. »Der Tag wird ja immer besser. Geht mir doch tatsächlich die Althea ins Netz, die jahrelang meine Leute getötet hat, ehe sie maßgeblich daran beteiligt war, mein Volk in eine andere Welt zu bringen.«

Moment, was? Sein Volk?

Vanir bewegte einen Finger, als lockerte er die Zügel.

»Leck mich, Drecksack.«

Er lachte leise auf. »Bist du wirklich in der Position, mich zu beleidigen? Ich glaube nicht.«

Mamas Lippen wurden zusammengepresst, ihre Augen traten hervor und dann nahmen die Lippen einen bedrohlichen Blauton an.

Nein!, schrie ich und doch drang kein Laut über meine Lippen. Machtlos sah ich dabei zu, wie er ihr die Luft abschnürte, und ich konnte nicht einmal betteln.

Zu meiner sehr großen Erleichterung ließ er aber kurz darauf wieder los. Mama sog tief die Luft ein, konnte sich aber immer noch nicht bewegen.

»Erbärmlich«, war sein vernichtendes Urteil, ehe er sich Keylam zuwandte, wobei er Taylor komplett überging. »Und du? Was nur hat dich hergetrieben nach so vielen Jahren?«

Beinahe zärtlich strich Vanir mit den Knöcheln seiner Hand über Keylams Wange. Dabei öffnete er seine Faust ein winziges bisschen und prompt konnte ich mich etwas bewegen. Ich stellte einen Fuß auf, aber die Bewegung fühlte sich an, als würden Tonnen an meinem Bein hängen. Entschlossen biss ich die Zähne zusammen und legte all meine Kraft in die nächste Bewegung. Stück für Stück arbeitete ich mich hoch.

»Kehrst du heim zu mir?« Die Frage hing beinahe hoffnungsvoll in der Luft und ich sah, wie Vanir ihn sehnsüchtig musterte, ehe Enttäuschung seine Züge verhärtete. »Nein. Das tust du nicht.« Vanir schüttelte den Kopf, ehe er Keylam aus zusammengekniffenen Augen musterte. »Warum also bist du hier? Ihretwegen?«, fragte er leise, doch kein Geräusch übertönte ihn. Der Mann sah über seine Schulter hinweg, wobei sein aufgestellter Kragen ihm einen Teil der Sicht nehmen musste, anders konnte ich mir nicht erklären, wie er mein Vorankommen nicht bemerken konnte. Immerhin war ich inzwischen aufgestanden und schon fast einen Meter vorangekommen.

»Es muss ihretwegen sein. Deine Kräfte sind immer noch blockiert, sonst hätte ich dich gespürt. Du bist also nicht gekommen, um mich zu töten. Ihr seid auch keine große Delegation und keiner von euch ist ins Herz getreten, nein, nur sie. Das bedeutet, du musst ihretwegen hier sein. Wie spannend«, frohlockte er plötzlich, kam beschwingt zu mir zurück und stellte sich neben mich in den Kies am Ufer.

»Also wer bist du?«, fragte er mich. Im Augenwinkel bemerkte ich, dass er seinen Kopf auf die Höhe meines eigenen brachte, und wir beide sahen gemeinsam den sanften Hügel des Ufers hinauf zu den vier erstarrten Personen vor uns.

»Einen bunten Haufen hast du da mitgebracht. Wie schafft ein Mädchen es, dass Keylam wieder mit den Althea zusammenarbeitet? Und vor allem: seit wann? Es ist wirklich ärgerlich, dass du diesen Bann gesprochen hast, Neffe. Ich bin gar nicht auf dem Laufenden, was dein Leben betrifft.«

»Du kannst übrigens aufhören, dich vorwärtszukämpfen, du kannst sowieso nichts gegen mich ausrichten«, flüsterte er mir ins Ohr und jeder Kampfeswille erstickte in der aufflammenden Panik.

»Ich habe den Griff um dich nur gelockert, um dein Wesen zu ergründen. Du bist also eine Kämpferin und kein Feigling, der sich lieber in Sicherheit bringt. Ein weiterer Punkt, der meine Theorie untermauert. Keylam würde sich nie in ein Mädchen verlieben, das fliehen würde.«

Seine Finger glitten über meinen Arm, ein widerliches und so verdammt erniedrigendes Gefühl, ihm so ausgeliefert zu sein, halb nackt, beinahe bewegungsunfähig. Hätte ich mein Vorstellungsvermögen nicht in Zaum gehalten, hätte die blanke Panik mir den Verstand vernebelt. Was er alles mit mir tun könnte ...

»Da sind wir nun also. Was stelle ich jetzt nur mit euch an?«

»Du bekommst einen Arschtritt von uns«, knurrte Zack.

»Deine Stimme kann ich dir vielleicht nicht abschneiden, aber deinen Körper habe ich in felsenfestem Griff. Keiner von euch kann sich rühren.«

»Falsch«, sagte Mama. Im nächsten Moment wurde Vanirs Hand aufgesprengt und alle vier konnten sich wieder bewegen. Erst als Mama auf dem Boden landete, wurde mir klar, dass sie zuvor eine Handbreit über dem Boden geschwebt hatte, und genau an dem Ort, an dem sie zuvor von Vanir festgehalten worden war, sprießten aus der Erde Wurzeln aus dem Boden hinauf bis ungefähr dorthin, wo sie zuvor geschwebt hatte. Automatisch sah ich zu Taylor, die ihren Stand verbreiterte und im nächsten Moment zogen die Wurzeln sich zurück ... zurück in einem von Taylors Beinen. Ganz offensichtlich hatte meine beste Freundin dafür gesorgt, dass Mama Kontakt zum Boden bekommen hatte.

»Netter Trick«, bemerkte Vanir und schüttelte die aufgesprengte Hand.

»Los!«, schrie Mama und rannte auf Vanir zu, der eine Sekunde später von einem Kokon aus Ranken und Blättern eingeschlossen war.

Ich kippte vorwärts, als hätte ich mich in Seile gelehnt, die plötzlich durchtrennt waren, und landete unsanft im Kies des Ufers. Schon war Taylor bei mir, packte mich mit knorrigen Fingern und zog mich auf die Beine. »Komm!«, keuchte sie und riss mich mit sich.

Wir kamen nicht weit, da schleuderte eine Druckwelle hinter mir mich vorwärts und ich bremste mit dem Kinn auf einem dieser Wegsteine. Schmerz explodierte in meinem Kiefer und trübte mir die Sinne einen Moment lang.

»Es reicht«, schnaubte Vanir wütend wie ein entnervter Vater, der seine tobenden Kinder maßregelt, die über die Stränge geschlagen hatten. »Althea mögen mir lange getrotzt haben, aber niemals allein und schon gar nicht außerhalb ihrer jeweiligen Heimatregion. Am Herzen von Anicor sind alle gleich, du hast keine nervigen kleinen Biester oder laufenden Bäume, die dich beschützen. Du hast nur deine eigene Magie und die kann es mit meiner nicht aufnehmen.«

»Warte«, erklang Keylams Stimme.

Ich rappelte mich mühevoll auf die Unterarme und drehte mich im Farnteppich zu der Szenerie um. Vanir umfasste mit einer Hand den Hals meiner Mutter. Entsetzt realisierte ich, dass er ihr die Luft abdrückte und sie mit kratzenden Bewegungen versuchte, seinem erbarmungslosen Griff zu entkommen.

»Du willst mich. Also lass das Geplänkel. Du hast mir einmal beigebracht, dass man nicht mit seiner Beute spielt.« Keylam breitete die Arme aus und ich konnte nur dabei zusehen, wie er auf den Tyrannen und meine zappelnde Mutter zuging.

Vanir legte den Kopf schräg, ignorierte die ruckenden Bewegungen meiner Mutter und meinte dann mit vollkommen unbeeindruckter Miene: »Du hast recht.«

Das folgende Knacken ging mir durch Mark und Bein. Die Bewegungen meiner Mutter erstarben, ihr Körper hing schlaff im Griff des Magiers. Entsetzen kroch meine Arme hinauf, sickerte in mein Bewusstsein und dann schrie ich: »NEIN!«

Ich stürzte vorwärts, als der schlaffe Körper meiner Mutter zu Boden fiel und dumpf aufschlug. Jemand hielt mich zurück, während ich schreiend und rudernd versuchte, zu ihr zu gelangen und doch nur zurückgezogen wurde.

»Wir müssen weg hier!«, wies mich jemand an, doch ich konnte nur schreien und auf meine Mutter hinabstarren, deren Kopf unnatürlich verdreht lag, die Augen aufgerissen, aber blickleer.

»Mama!«, schrie ich, bis meine Kehle wund war.

Jemand zog und zerrte an mir, mich weg von Mama und den beiden Männern, die sich nicht rührten. Ich konnte aus meiner Perspektive nur in Vanirs Gesicht sehen, doch darin lag so viel Zufriedenheit und Triumph, das reichte aus, um mich vollends den Verstand verlieren zu lassen.

»Du Arschloch! Ich bring dich um. Ich werde dich töten!«

Doch es war nicht Vanir, der reagierte, sondern Keylam. Er schob sich in die Blicklinie zwischen dem Mörder meiner Mutter und mir. »Flieh!«, bat er, flehte er, ehe er sich umdrehte und mit den blanken Fäusten auf den mächtigen Mann losging. Ob es die Überraschung war oder etwas anders, Vanir ging auf den Faustkampf ein.

Ich hatte keine Ahnung, wieso, aber das war der Moment, in dem mein Verstand sich endlich wieder einschaltete, die Trauer und Fassungslosigkeit verdrängte, so gut es ging, und mir klarmachte, dass alles, woran meine Mutter geglaubt hatte, gerade auf dem Spiel stand.

Ich wirbelte herum, packte die Hände, die mich zuvor zurückgezerrt hatten, und sah meiner besten Freundin fest in die braunen Augen. »Wenn ich dir je etwas bedeutet habe, wirklich etwas bedeutet habe, gehst du jetzt und rettest Keylam.«

Sie erstarrte.

»Wie?«, fragte Zack sofort, der an ihrer Seite stand.

»Wieso?«, wollte Taylor dagegen wissen.

»Woran auch immer ihr glaubt, es ist doch wohl allen klar, dass Keylam auf keinen Fall in Vanirs Hände geraten darf.«

Schweigen. Sie stimmten mir also zu.

»Und was sollen wir tun?«

»Anicor hat doch einen Plan mit ihm. Bittet sie irgendwie um Hilfe«, verlangte ich.

»Es ist nicht so, dass wir sie direkt sprechen könnten«, hielt Taylor dagegen.

»Der See!«, fiel mir ein. »Mama glaubt –« Ich unterbrach mich, rang die Tränen nieder und drückte die Flut der Mauer zurück hinter den Deich der Vernunft, die ich im Moment so bitter brauchte. »Mama hat gesagt, ihr bekommt eine Frage beantwortet, wenn ihr untertaucht, also geht einer hinein und fragt, wie wir Keylam retten können, klar?«

»Das machst du«, entschied Zack. »Wir lenken ihn ab.«

Ich schüttelte den Kopf. »Vanir hat euch kaum eines Blickes gewürdigt und auch jetzt nicht. Ich glaube, ich habe die besten Chancen, ihn abzulenken.

Ein Schmerzensschrei gellte durch die Senke und stellte mir die Nackenhaare auf. Ich wirbelte herum und sah Keylam, der sich ein eindeutig gebrochenes Bein hielt und vor Vanir lag, der in diesem Moment seinen Stiefel auf Keylams Kehle stellte.

»Los!«, wies ich sie an und erhob mich.

»Vanir!«, schrie ich und bemühte mich, nicht auf die Knie zu fallen und um Keylams Leben zu betteln. Wir könnten zu spät sein. Für Mama war ich in jedem Fall zu spät, aber nicht für ihren Traum.

Nur zögernd hob das Aas den Blick und betrachtete mich neugierig. Unweigerlich fühlte ich mich wie auf dem Präsentierteller, hilflos und furchtbar nackt.

»Also beruhen eure Gefühle auf Gegenseitigkeit, das wird ja immer interessanter.«

Ich schritt langsam auf ihn zu, bis ich nur noch etwa fünf Meter entfernt stand. »Wärst du wohl so freundlich«, verlangte ich und nickte in Keylams Richtung.

Der Magier zögerte und ich hielt den Atem an. Mein Instinkt sagte mir, dass er Bitten und Betteln zu sehr genießen würde, dass er sich dann gar nicht erst auf ein Gespräch einlassen würde, aber das war die einzige Möglichkeit, die ich hatte, um Zeit zu schinden.

»Meinetwegen«, entschied er schließlich und hob den Fuß von Keylams Kehle. »Und jetzt?«

»Jetzt unterhalten wir uns.«

»Ach. Und worüber willst du dich mit mir unterhalten.«

»Darüber«, meinte ich und deutete auf ihn. Er wirkte verdattert und ich war froh, dass das Schicksal mir tatsächlich ein Thema bescherte, mit dem ich ihn ablenken konnte. »Du schimmerst rot.«

Vanir sah hinab auf seinen Arm, dann weiter nach unten und fluchte leise. Er stand knöcheltief im Wasser des Sees. Ihr Kampf musste ihn dorthin gebracht haben.

»Soweit ich weiß, ist rot keine der Stammfarben. Also, du bist definitiv kein einfacher Magier. Was also bist du?«

Vanir ließ seine Haltung locker und legte den Kopf in den Nacken, wobei er seufzte. »Ich war immer vorsichtig. So ein Ärgernis.« Sein Kopf kippte wieder vor und er zuckte mit den Schultern. »Dann muss ich euch jetzt wohl alle töten.«

»Weil niemand wissen darf, dass du als Farbzugehörigkeit rot hast?«

Vanir kniff die Augen zusammen. »Ja und nein. Aber soll ich dir was sagen, kleines Mädchen. Du wirst nie erfahren, was genau das bedeutet.«

In diesem Moment erstrahlte Vanirs gesamter Körper in dem Rot und er kam mit bedächtigen und zugleich vollkommen sicheren Schritten auf mich zu. Selbst, als er den See verließ, glühte er noch rot, alles an ihm schimmerte rot, selbst seine Augen. Er sah scheißbeängstigend aus und so stolperte ich rückwärts. Doch ich musste mir ein Grinsen verkneifen, als er Keylam zurückließ. Mit jedem Schritt auf mich zu wurde der Abstand zwischen ihnen größer und schließlich tauchten Taylor und Zack aus dem Wasser auf und schlichen auf Keylam zu.

Neben Keylam auf dem Boden erblühten plötzlich kreisrunde Symbole, die mir vage vertraut waren und ich erkannte, was passierte, was vermutlich Anicor selbst gerade tat, wer sonst könnte eine Brücke erschaffen, deren wabernder Nebel farblos war statt dem Blauviolett, das ich bei Keylams Brücke gesehen hatte.

Keylam begriff es in dem Moment, in dem Vanir etwas ahnte und herumwirbelte. Doch wir waren schneller. Mit einem wilden Kreischen sprang ich auf Vanirs Rücken, hielt ihm die Augen zu und rammte meine Knie in jeden Teil seines Körpers, an den ich herankam, während zugleich Taylor und Zack Keylam packten und zur Brücke schleiften.

Keylams Blick fand für einen Sekundenbruchteil meinen, auf Erkenntnis folgten Entsetzen und Widerstand, dann war er verschwunden.

Vanir wirbelte mich von sich, wobei ich hart auf dem Boden aufschlug. Der Aufprall presste mir die Luft aus der Lunge und ein schmerzerfülltes Stöhnen entkam mir. Vanir war schon über mir. »Närrin. Als ob ich ihm nicht folgen könnte!«, knurrte er.

Das hatte ich nicht bedacht. Panisch sah ich hinüber und konnte mir ein fettes Grinsen nicht verkneifen. »Sicher?«

Vanir sah ebenfalls zu der Stelle, an der die drei anderen Anicor verlassen hatten, und auch der Körper meiner Mutter war nirgendwo mehr zu sehen. Die Symbole verblassten bereits, lösten sich einfach auf und weg war die Brücke, Anicor sei Dank. »Gewonnen«, hauchte ich zufrieden und sank zurück ins weiche Pflanzenbett.

Schon im nächsten Moment wurde ich gepackt und hochgerissen. »Bist du lebensmüde? Niemand stellt sich mir ungestraft in den Weg, du mickrige kleine –«

Immer noch rot glühend packte er mein Gesicht mit beiden Händen und in mir entstand ein derart entsetzlicher Unterdruck, dass ich schrie und mich zusammenkrümmte. Wie in Trance sah ich den Boden unter Vanirs Füßen schwarz werden und die Pflanzen pulsierten und waberten, ehe sie sich in Schwärze auflösten. Dann war es vorbei. Von einem auf den anderen Moment verpuffte der Schmerz und ich sank zu Boden, schwer atmend und mit Tränen in den Augen.

»Was bist du?«, hauchte er und ging neben mir in die Knie.

Zu schwach und erfüllt vom Nachklang des Schmerzes wehrte ich mich nicht, als er mir eine Strähne aus der Stirn strich. »Kann es wirklich sein? Hat das Schicksal mir einmal mehr das geschenkt, was ich brauchte, nicht das, was ich unbedingt haben wollte?«

Müde blinzelte ich zu ihm auf und er lächelte triumphierend. Verschwunden war das Rot und zurück blieb der jugendliche Mann, der mich gierig musterte. »Willkommen in meinem Reich, mein Schatz.«

Forschungsbericht Keylam Warren

Mainz, 11. Januar 2013

Notiz 1: Wenn ich mehr Informationen haben will, muss ich ins Nebelschloss. Ich muss also einen Weg finden, wie ich hinein- und wieder hinausgelangen kann, ohne, dass er es mitbekommt, und ohne, dass er es im Nachhinein noch bemerkt. Ohne einen Spion im Innern wird das nicht zu bewerkstelligen sein. Ich muss wissen, wann Vanir fort ist und welche Zugänge unbewacht sind.

Forscherfrage: Wer kommt als Spion infrage? Oder vielleicht eher, wer kommt als Spionin infrage?

Mit pochenden Kopfschmerzen, die gegen meine Schläfen hämmerten, wachte ich auf. Stöhnend drehte ich mich auf den Rücken und rieb die gereizten Stellen. Es dauerte einen Moment, ehe mein Verstand sich vollends aus dem Reich der Träume zurückkämpfte und ich die Augen aufriss.

Wachsam lauschte ich auf jedes Geräusch, ließ vorerst nur den Blick schweifen und erkannte, dass ich in einem mir vollkommen fremdem Zimmer war. In einer möglichst natürlichen Geste ließ ich die Hände neben meinen Körper in die weichen Kissen sinken. Der Stoff raschelte, fühlte sich glatt und kühl an. Die Matratze unter mir war erstaunlich weich und fest zugleich, wie die industriell gefertigte in meinem Zimmer daheim.

Wo war ich?

»Wie lange willst du noch so erstarrt daliegen?«, fragte eine kühle und doch angenehme Stimme. Ich fuhr hoch, nur um im nächsten Moment erschrocken an mir herabzublicken, ich war zuletzt halb nackt gewesen. Im ersten Moment erleichtert stellte ich allerdings fest, dass ich Kleidung trug, ein Stück, dass einem T-Shirt ähnelte und doch auch wieder nicht, mit abgesetztem V-Ausschnitt und recht steif. Dann allerdings war ich überhaupt nicht froh über den Umstand, dass ich anscheinend angezogen worden war, während ich ohne Bewusstsein gewesen war. Ich konnte es mir nicht verkneifen, mit spitzen Fingern den Ausschnitt vorzuziehen und hineinzulinsen.

Ich stieß einen Seufzer aus, als ich meinen vertrauten BH entdeckte, der angemessen schmutzig aussah, um glauben zu können, dass niemand ihn angerührt hatte. Als Nächstes verlagerte ich mein Gewicht von der linken Pobacke auf die rechte und erspürte ebenso erleichtert meinen Tanga genau da, wo er hingehörte. Das war zwar kein Garant und ein schaler Geschmack aus Sorge und Ungewissheit blieb definitiv zurück, es beruhigte mich dennoch ein wenig.

»Bist du dann fertig, mit deiner Bestandsaufnahme?«

Erst jetzt sah ich hinüber zu dem großlehnigen Ohrensessel, in dem Vanir saß, völlig entspannt, die Beine, die in dunklen Lederhosen steckten, ausgestreckt, die Füße überkreuzt und ein Arm auf der blaugepolsterten Armlehne aufgestützt, die mit silbernen Ornamenten verziert war. Er wedelte nichtssagend mit der Hand in meine Richtung, wobei der aufgeknüpfte Ärmel seines schwarzen Hemdes herabsank und einen dunkel behaarten und sehr muskulösen Arm freigab, ehe er den Kopf wieder darauf abstütze. »Es ist ermüdend, dir beim Schlafen zuzusehen.«

Ich wurde stocksteif. Das fühlte sich ... widerlich an. Das Bedürfnis, noch zehn Schichten Kleidung anzuziehen und mich danach ausgiebig zu duschen, kroch meinen Rücken hinauf und ich erschauerte.

»Bitte, können wir diesen lästigen Teil überspringen«, seufzte er genervt auf. »Ich bin der allgemein angepriesene Bösewicht, du das Fräulein in Nöten. Zunächst hasst du mich, willst nichts mit mir zu tun haben, dann aber bemerkst du, dass hinter der Fassade jemand schlummert, der gar nicht von Grund auf böse ist, und wir nähern uns einander an. Können wir also direkt zu dem Teil springen, an dem wir uns kennenlernen und herausfinden, was unsere einzigartigen Farbzugehörigkeiten zu bedeuten haben?«, fragte er und klang dabei so ehrlich und zugleich so müde.

Ich starrte ihn entgeistert an. »Du hast meine Mutter getötet!« Prompt quoll der Schmerz aus der Schublade, in die ich meine Trauer gestopft hatte. Es war beinahe ein Automatismus gewesen. So viele Tote in meinem Leben, so viele Verluste. Es war im Grunde zu leicht gewesen, weiterhin zu funktionieren, aber das forderte seinen Tribut, tat es immer. O Gott, Mama war tot! Tränen schossen mir in die Augen, die pure Qual der Endgültigkeit, der Unumstößlichkeit. Sie war tot. Der Schock fraß sich durch die Eingeweide und krallte sich in mein Herz. Ich hatte das Gefühl zu ersticken. Mama ...

»Das wusste ich nicht«, flüsterte er und klang dabei aufrichtig entsetzt. Seine geweiteten Augen, die Blässe im Gesicht, die geballten Fäuste. Ich könnte es ihm wirklich glauben.

Ruckartig erhob er sich. »Wenn das so ist, müssen wir wohl durch alle Phasen hindurch. Du musst mich ja hassen. Das ist wirklich nicht der Start, den ich für uns erhofft hatte. Dein Verlust tut mir unendlich leid. Wenn du möchtest, werde ich dir einen Heiler schicken, der dir etwas gibt, um den Schmerz zu betäuben und damit du schlafen kannst. Außerdem schicke ich dir natürlich eine Dienerin, die dir helfen wird, dich zu waschen. Wenn ich sonst noch etwas für dich tun kann –«

»Was soll das?«, unterbrach ich ihn und konnte zugleich nicht aufhören zu weinen. Es musste raus, das wusste ich. Die Trauer, der Verlust, der Schmerz, ich musste alles rauslassen, nur war das hier wirklich der richtige Ort dafür, um mich so verletzlich zu machen?

Vanir stand bereits an der hölzernen Tür, eine Hand am Griff und sah zu mir zurück. Bedauern sprach aus jeder seiner Poren, als er mit herabgesunkenen Schultern sagte: »Ich habe es dir schon gesagt, ich weiß, dass ich in eurer Geschichte der Böse bin, aber die Wahrheit sieht etwas anders aus. Es gibt nicht nur Schwarz und Weiß in dieser Welt. Ich habe schlimme Dinge getan, das kann und will ich nicht leugnen, aber ist euch mal in den Sinn gekommen, dass ich sie aus guten Gründen getan haben könnte? Ein Herrscher steht vor grausamen Entscheidungen. Entscheidungen, die sich einer aus dem einfachen Volk nicht einmal ausmalen kann. Und ja, aus eurer Perspektive habe ich böse Dinge getan, aber ich hatte keine andere Wahl, nicht, wenn ich uns alle retten will.«

Fassungslos starrte ich ihn an, versuchte zu ergründen, was genau er hier gerade spielte. Seine Worte klangen so perfekt, doch konnte ich ihm auch nur eines davon glauben? Durfte ich diese Option überhaupt in Erwägung ziehen, oder gewann er damit nicht bereits?

Nun bereute ich es, so lange Zeit unserer Reise damit verschwendet zu haben, vor den anderen zu verbergen, dass ich Keylam keinesfalls einfach aufgeben wollte. Hätte ich mich nicht dadurch ablenken können, einfach alles über Anicor und Vanir zu erfahren? Nun, das hatte ich verbockt und ändern konnte ich es jetzt nicht mehr. Ich musste auf mein Bauchgefühl hören und meinen Verstand einsetzen. Doch wie sollte ich das machen, wenn Mama …

Ein erstickter Schluchzer entrang sich meiner Kehle und Vanir nickte einmal verstehend. »Ich lasse dich jetzt allein.« Damit ging er und schloss die Tür hinter sich. Das einfache Klicken verriet mir, dass das Schloss zwar eingerastet war, er aber keinesfalls abgeschlossen hatte. Ich war gar keine Gefangene?

Wem machte ich hier etwas vor? Er hatte gewusst, dass wir unten am See waren, obwohl er hier oben in seinem Schloss gesessen hatte.

Da wusste er dann auch ganz sicher zu jedem Zeitpunkt, wer sich wie in seinem Schloss bewegte. Das Nichtabschließen könnte also auch einfach ein kluger Schachzug sein, um sich mein Vertrauen zu erschleichen. Eine Antwort darauf zu finden, erschien mir gerade unmöglich. Ich traute meinen eigenen Gedanken nicht mehr und konnte sie sowieso nur schwer fassen.

Ich zögerte noch einen Moment, doch dann sah ich ein, dass ich nicht vorankommen würde, wenn ich Mamas Tod verdrängte, wie ich es am liebsten tun würde. Also betete ich inständig zu niemand Bestimmtem, dass ich die Zeit hatte zusammenzubrechen, als ich einfach seitlich zurück in die Laken sank, meine Beine an meine Brust zog, den Kopf auf die Brust rollte und die Dämme öffnete, die alles eher schlecht als recht zurückhielten.

»Mama«, wimmerte ich zwischen Schluchzern und Lethargie. Eines wechselte das nächste ab. Die Leere war beinahe willkommen, bis mein Verstand sie füllte und Selbstverachtung mich auffraß. *War das schon alles? So wenig weinte ich um Mama? Ich hatte sie gar nicht verdient. Was für ein herzloses Wesen war ich bitte?* Nur um im nächsten Moment den Schmerz wieder voll zu fühlen.

Sie war tot. Mama war tot. Meine Mama!

Fester zog ich die Arme um die Beine und ließ den Tränen freien Lauf. Sie würde mich nie wieder festhalten, mich nie wieder auf den Kopf küssen, mir nie wieder meine Angst, meinen Schmerz und meine Sorgen nehmen. Sie war weg. Einfach so.

Es dauerte seine Zeit, bis mein Verstand akzeptierte, wirklich akzeptierte, dass die Frau in dem mir recht fremden Körper mit der wechselnden Farbe und den Fühlern am Kopf wirklich meine Mama gewesen war. Ihre weit aufgerissenen blickleeren Augen würden mich noch Jahre lang verfolgen, da war ich mir sicher. Sie schauderte mich, die gesamte Brutalität der Szene, und ich war so unfassbar hilflos gewesen. Und als ich den Mut fand, all das noch einmal zu durchleben, wurde mir klar, dass ich das Wort Mama aus voller Kehle geschrien hatte, dass ich ihm den Tod gewünscht hatte. Er musste wissen, dass Anjali meine Mutter gewesen war. Die perfekt gespielte Überraschung gerade eben war also nicht mehr gewesen als genau das: gespielt.

Ich wünschte, die Zeit zurückdrehen zu können. Wenn nicht, um sie zu retten, dann wenigstens, um ihr zu sagen, dass ich nicht mehr sauer war. Dass ich sie liebte und sie meine echte Mama war. Das hatte ich ihr nicht mehr gesagt, wieso nicht? Reue nistete sich in meinem Herzen ein, brachte ihre Schwestern Schuld und Selbstverachtung mit und fraß sich kontinuierlich durch meine Seele.

Mama war tot. Sie war fort, für immer. Und ich hatte ihr nicht mehr gesagt, dass ich sie liebte, dass ich dankbar für sie war und sie mir eine tolle Mutter gewesen war.

»Mama«, schluchzte ich, rollte mich auf die andere Seite, dann auf den Rücken, trat nach dem ätzenden Stoff und schluchzte schließlich mit trübem Blick in Richtung Decke. »Ich liebe dich«, wimmerte ich. »Das hätte ich dir sagen sollen. Ich liebe dich so sehr.«

Mit stummen Tränen, die unaufhörlich meine Wangen hinabkullerten, drehte ich mich zurück auf die Seite und flüsterte: »Ich liebe dich bis zu den Sternen und zurück.«

Doch diesmal bekam ich keine Antwort. Nie wieder würde sie antworten *und ich liebe dich unendlich, mein Schatz.*

Die halbe Nacht durch trauerte ich, ließ alles heraus und ignorierte das Klopfen an der Tür. Es überraschte mich allerdings, dass sie meine Wünsche respektierten.

Irgendwann war es genug. Auf dem Rücken liegend, alle Viere von mir gestreckt starrte ich an die von Holzbalken getragene Steindecke, betrachtete die Rillen und Furchen und versuchte, mein Innerstes zu ordnen. Es tat weh und würde für den Rest meines Lebens wehtun, das war mir absolut klar. Ebenso wie die Tatsache, dass mein Schuldgefühl und mein Selbsthass vergehen würden, wenn ich es zuließ, mir selbst zu verzeihen. Das war der Moment, in dem mir klar wurde, dass ich Papa dafür brauchte und dass er mich im Moment vermutlich ebenso brauchte, schließlich hatte er gerade die Liebe seines Lebens verloren.

Wieder kam das Gefühl auf, dass mein Leben mich für diesen Moment geschliffen hatte, für all das hier. Ich war vielleicht die Einzige, die Keylam so verstehen konnte, wie ich es tat, weil ich ebenso mit dem Tod als sicheres und vor allem nahes Ende meines Weges gelebt hatte, wie er es tat. Und ich hatte jede Menge Übung darin Trauer zu bewältigen, zumindest so weit, dass ich wieder funktionierte und ich musste funktionieren, denn das hier war alles andere als einfach und klar.

Seit Taylor und Zack mit Keylam entkommen waren, war etwas mehr als ein halber Tag verstrichen, beziehungsweise die halbe Nacht. Er war verletzt gewesen, doch ich ging davon aus, dass er kein Krankenhaus aufsuchen musste, sicher würde er einen Heiler finden, der den Bruch richten konnte und etwaige andere Verletzungen. So was musste doch mit Magie möglich sein, wenn hier in Anicor sogar der Speichel von lebenden Steinen heilen konnte.

Aber was dann? Was würde Keylam tun? War er vernünftig genug einzusehen, dass er sich nicht in Gefahr bringen durfte, oder war er leidenschaftlich genug, um alles beiseitezulassen und Himmel und Hölle in Bewegung zu setzen, um mich zu retten?

Ich war mir sicher, was Papa tun würde, doch er war ein Mensch und konnte nicht herkommen, um mich zu retten. Was war mit Taylor? Zack war einfach, er war Keylam vollkommen loyal ergeben, auch wenn wir uns inzwischen mochten, würde er immer seinen besten Freund über mich stellen und ihn vermutlich beschwören, nichts Dummes zu tun. Blieben Taylor und Keylam. Würde sie eine Selbstmordmission führen, um einen Rettungsversuch zu wagen? Wollte ich das überhaupt? Vanir schien so mächtig zu sein, dass ich dann vermutlich nur einen weiteren geliebten Menschen verlöre. Also nein, ich wollte nicht, dass sie kam, und ich schätzte sie so ein, dass ihr Selbsterhaltungstrieb stark genug war, dass auch sie einsah, dass eine Rettungsmission ein Todesurteil war.

Blieb also nur Keylam und da wusste ich, dass ich komplett zwiegespalten war. Ein Teil von mir wollte, dass er für mich alles riskierte, seinen Bann brach und Vanir bekämpfte. Der andere Teil von mir flehte, er möge es nicht tun und das Gemeinwohl über uns und unsere Gefühle stellen, wie ich es am See getan hatte. Keine Sekunde hatte ich mich retten wollen, krank, wenn man es genau nahm. Aber ich schrieb das meiner Akzeptanz zu, die mit meinem körperlichen Verfall gekommen war.

Ich hatte längst mit meinem Leben abgeschlossen, teilweise zumindest. Da war es nicht weit zu entscheiden, dass die Rettung der Welt und all ihrer Kinder wichtiger war als mein Überleben. Und vor allem Keylams Rettung hatte ich in diesem Moment im Sinn gehabt. Eigentlich irrwitzig, wenn er doch eh bald sterben musste, aber so waren wir, oder nicht? Irrationale Wesen, emotional und rational zugleich, wir konnten unendlich lieben und unendlich hassen, konnten eine wohldurchdachte Entscheidung treffen und im nächsten Moment vollkommen impulsiv handeln. Niemals nur schwarz oder nur weiß ...

Ich atmete tief ein, zog die Arme an meinen Körper und faltete die Hände auf meinem Bauch, während ich meine Beine aufstellte und es mir bequemer machte. Für den Moment schob ich alle Hoffnungen, Wünsche und Ängste beiseite. Erst einmal musste ich herausfinden, was Vanir für ein Spiel spielte und wie ich es bewerkstelligte, wieder heimzukehren. Denn unabhängig davon, ob er wirklich der Böse war oder nicht: Alle, die mich liebten, hielten ihn für den Bösen und das bedeutete, sie sorgten sich um mich und taten womöglich etwas Dummes, um mich zu retten. Das hieß, ich musste heim, bevor irgendwas eskalieren konnte.

Im Grunde war der Plan ganz einfach: So viele Informationen sammeln wie möglich und zugleich so schnell nach Hause gehen wie möglich.

Mit dieser Entscheidung drehte ich mich zurück auf die Seite, deckte mich zu und schloss die Augen. Noch ein paar Stunden Schlaf, dann begann mein ganz persönlicher kleiner Kampf. Ich besaß nur eine einzige Waffe und ich plante, sie bedacht und bewusst einzusetzen. Alles Weitere würde sich dann zeigen. Und auch wenn ich Vanir für immer hassen würde, war es doch theoretisch möglich, dass er für ein höheres Ziel kämpfte.

Mit durchgedrücktem Rücken saß ich an einer langen Tafel aus dunklem, poliertem Holz mit helleren Ornamenten darin. Sie war meisterlich gearbeitet, wie einfach alles in diesem Salon. Die Wandgemälde waren prächtige Kunstwerke, mal Landschaften, mal Porträts, mal Szenen von Geschichten, Liebesgeschichten, Kampfgeschichten und ich erkannte verschiedene Landschaftsmarken auf einigen der Gemälde wieder wie die Traumbäume, den Laetus und das Herz von Anicor. Auf dem ein oder anderen war auch das Schloss selbst abgebildet. Pflanzen machten den Raum gemütlicher und die indirekte Beleuchtung hinter den Bildern tat ihr Übriges.

»Es gibt hier keinen Strom, oder? Wie beleuchtet ihr dann die Bilder?«, fragte ich in die Stille zwischen uns.

Vanirs Mundwinkel zuckte. Er legte sein Kinn auf den zusammengelegten Händen ab, wodurch ein goldener Ring mit rotem Edelstein in der Fassung mir ins Auge sprang, und musterte mich funkelnd. »Das ist deine erste Frage?«

Ich zuckte mit den Schultern. »Ein leichter Einstieg, dachte ich.«

»Magie. Alles in Anicor funktioniert mittels Magie. Licht können allerdings nicht viele Stämme erzeugen. Tatsächlich leben Kobolde im Schloss, die alles beleuchten, was gerade benötigt wird.«

»Echt? Wie muss ich mir das vorstellen? Sitzt hinter jedem Bild ein kleiner Kobold?«

Er lachte auf. »Kobolde sind nicht klein und sie sitzen ganz bestimmt nicht hinter Bildern.«

»Heißt?«

In diesem Moment wurde die doppelflügelige Tür an der länglichen Seite des Raums geöffnet und eine ganze Schar an Wesen trat ein. Ihrem Äußeren nach waren sie vermutlich allesamt Wald- oder Bergelfen. Sie gingen zwar auf zwei Beinen und sahen Menschen ähnlich, doch ihre Haut und Teile ihres Körpers waren entweder hölzern oder steinern. Stumm stellten sie diverse Platten auf der langen Tafel zwischen Vanir und mir ab. Es war ein wortloser Tanz ohne Musik, wie sie hineinschwebten, ihre Last abstellten und wieder hinausglitten, ohne auch nur einen Moment meinem Blick zu begegnen.

»Kobolde«, erinnerte er mich an unser Thema, als die Flügeltüren sich hinter der Parade an Elfen wieder schlossen.

»Sind nicht klein?«

»Keineswegs.« Er lächelte, gab mit einer kurzen Drehbewegung einer seiner Hände in Richtung der baumartigen Pflanze in der Ecke hinter sich ein mir unbekanntes Signal und fixierte mich dann mit Argusaugen.

Irgendetwas warnte mich vor, denn als die Pflanze mit dem gewundenen Stamm und den fächerförmig hervorsprießenden Blättern an der Stammspitze sich bewegte, aus dem Topf stieg und mich plötzlich anfeixte, schrie ich nicht auf, ich zuckte nicht einmal zusammen.

»Hallo«, sagte ich nur und winkte dem Wesen.

Der Kobold neigte den Kopf zur Seite, was der obere Teil des Stammes war, und musterte mich neugierig. Er blinzelte einmal, ehe er sich verbeugte, einmal seinen ganzen Körper schüttelte und schließlich wieder zurück in den Topf stieg, in die Hocke ging und zu der Pflanze erstarrte, die ich eben schon gesehen hatte.

»Wow«, hauchte ich.

»Allerdings. Kobolde sind jähzornige Racker, die normalerweise Schabernack anstellen. Ich habe nie gesehen, dass einer so ... zahm auf eine Fremde reagiert hat. Es scheint mir, Weiß könnte mit Gelb-Orange verbunden sein.«

Ich zuckte mit den Schultern. Nach Farblehre wäre Weiß wohl mit jeder anderen Farbe verbunden, schließlich war sie je nach Anwendungsgebiet der vollständige Mangel an allen anderen Farben oder eben die Summe aus allen anderen Farben. Also entweder war ich nach purer Logik mit allen oder keinem anderen Stamm verbunden.

»Bitte, fang an zu essen«, wies er mich an, griff nach dem Kristallglas neben seinem Teller und lehnte sich in seinem Stuhl zurück. Die hohe Lehne war goldverziert und trug filigrane Figuren der Tierchen, die ich unten am See fliegen gesehen hatte. Nichts an dieser Einrichtung wirkte protzig oder schleimig, geschweige denn durch und durch böse.

»Und du?«, entschlüpfte es mir und ich zuckte prompt zusammen und zog den Kopf ein, darauf lauernd, wie er reagieren würde.

Er lächelte mild. »Sag ruhig ›du‹.«

Ich verkniff mir eine Erwiderung, lockerte die Schultern und nahm mir von der vordersten Platte geschnittene Früchte, die saftig aussahen. Wäre alles anders, würde mich der Anblick all dieses fremdländischen Essens faszinieren und mich neugierig auf die Geschmäcker machen. So allerdings nahm ich mir die Früchte mehr dem Schein wegen.

»Also. Du willst nichts essen?«, fragte ich.
»Ja und nein.«
Fragend hob ich die Augenbrauen.
Er seufzte schwer auf.
Unschlüssig, ob ich ihm die Geste abnahm, war ich auf die Antwort gespannt.
»Ich habe sicher Hunger, aber mir geht gerade zu viel im Kopf herum. Meine Nacht war nicht besonders und die Sorge schlägt mir etwas auf den Magen.«
»Sorge?«, fragte ich unschuldig nach und schnitt mit Messer und Gabel ein winziges Stück Frucht ab. Jetzt war ich sicher, dass wir mitten in einem perfekten kleinen Schauspiel gefangen waren. Aber ich spielte mit, obwohl bittere Galle meine Kehle hochstieg und der Hass auf ihn sich in meine Züge zu schleichen versuchte. Ich brauchte Informationen und dafür brauchte ich es, dass seine perfekte Scharade strauchelte.
»Es ist nicht nur eine Sorge. Ich habe Keylam wieder verloren und weiß nicht, ob ich ihn wiedersehen werde. Dann der tragische Zwischenfall mit deiner Mutter ...« Seine Schultern sanken herab und Bedauern legte sich als perfekte Maske auf seine Züge.
»Du hast ihr eiskalt das Genick gebrochen. So etwas würde ich nicht tragischen Zwischenfall nennen«, bemerkte ich kühl und steckte mir ein weiteres Stück der fremden Frucht in den Mund, ohne den Geschmack wirklich wahrzunehmen. Dafür war ich viel zu sehr auf ihn konzentriert, auf jede winzigste verräterische Reaktion.
»Hätte ich gewusst, dass sie deine Mutter ist, hätte ich einen anderen Weg gefunden«, entgegnete er überraschend überzeugend. »Ich werde dich nicht anlügen, ihren Tod bedauere ich nicht. Sie ist eine derjenigen, die maßgeblich zur großen Flucht beigetragen hat. Sie hat mit ihren Ansichten die Leute vergiftet und dazu gebracht, ihre Heimat zu verlassen. Das war das Schlimmste, was sie der großen Mutter antun konnten, und jetzt muss ich zusehen, wie ich unsere Welt am Leben erhalte, damit nicht auf einen Schlag mein gesamtes Volk stirbt.«
Jetzt war es an mir, mich zurückzulehnen und die Hände zu falten. Teile von seiner Darstellung deckten sich mit dem, was Mama und

Keylam mir erzählt hatten. Im Grunde sogar alles. Nur die Motive dahinter unterschieden sich. Wie viel Wahrheit also lag darin?

»Du stellst dich also wirklich als den Guten hin?«

Er lachte humorlos auf. »O nein. Den Guten, das gibt es gar nicht. Das ist eine romantische Vorstellung jener, die der Realität nichts abgewinnen. Ich bin der Herrscher und als solcher treffe ich teils unpopuläre Entscheidungen. Ganz offensichtlich habe ich dabei mein Volk aus den Augen verloren und einigen hetzerischen Rednern ist es gelungen, mein Volk gegen mich aufzulehnen, sodass mir für jede schlimme Entwicklung die Schuld gegeben wurde. Das ist leicht, der böse Herrscher hat dafür gesorgt, dass Kinder plötzlich in ihren Betten sterben. Der böse Herrscher hat die Ernten verdorben und uns dann auch noch unser Vieh genommen. Und so weiter.«

Vanir rieb sich in einer ohne Zweifel perfekt einstudierten und wohl durchdachten Geste mit den Händen übers Gesicht und gab mir danach einen ganz kurzen Einblick in ein müdes und sogar einen Hauch verzweifeltes Gesicht.

»Es ist leicht, demjenigen die Schuld zuzuschieben, der an der Macht ist, und wenn jemand wie ich sehr lange an der Macht ist, staut sich das auch schnell mal an. Dass ich in dem Jahr mit den schlechten Ernten umverteilen musste, damit jene, die es noch schlimmer getroffen hatte, nicht verhungerten, interessierte an der Stelle niemanden. Ich muss alle im Blick haben und kann es daher keinem von ihnen wirklich recht machen. Das ist in Ordnung, damit kann ich leben, aber wie sie diese egoistische Entscheidung treffen konnten, ist mir unbegreiflich. Sie wissen doch, dass Anicor sie braucht, so wie sie ihre Heimat brauchen.«

Schöne Worte, das waren es auf jeden Fall und alles an ihm schien sie zu untermauern. »Also ist alles nur ein großes Missverständnis? Niemandem droht eine Gefahr, wenn er oder sie heimkehrt? In etwa so wie meiner Mutter?«

Er presste in scheinbar echter Wut die Lippen zusammen. »Ich muss mein Volk und meine Welt beschützen. Ich bin leider allein auf meiner Position, das bringt das Monarchentum mit sich. Auf diese Weise fällt es mir zu, zu richten, um zu schützen. Es mag dir nicht gefallen und du hast jedes Recht auf diese Meinung, aber ich werde meine Welt und mein Volk um jeden Preis beschützen, denn ich und nur ich allein, habe derzeit die Macht dazu. Keylam sollte mein Nachfolger werden, doch die vergifteten Worte der Althea haben ihn mir entrissen und meinem Schutz entzogen. Dafür müssen sie bestraft werden. Nicht alle, ich bin kein Völkermörder, aber doch die Anführerinnen. So sind die Gesetze in unserer Welt. Hier sind alle mächtig und in der Lage, schweren Schaden anzurichten. Entsprechend hart sind die Konsequenzen. Das war schon immer so und es hat sehr gut funktioniert.«

Ich konnte den aufkeimenden Hass kaum unterdrücken, als er so herablassend von Mama sprach.

Das war schon immer so? Natürlich, Herr unsterblicher Monarch. Ich konnte nicht glauben, wie er hier versuchte sich mehr als Märtyrer, denn als Tyrann zu verkaufen.

Es fiel mir unendlich schwer, meinen Zorn zu zügeln. Es war noch nicht an der Zeit dafür. Ich habe bisher kaum etwas erfahren. Mühevoll schluckte ich meine Emotionen herunter. »Was hat sich dann plötzlich geändert? Ich meine, wenn alles gut war und du nichts getan hast, was die Angst berechtigt gemacht hätte, was ist dann passiert, dass dein gesamtes Volk geflohen ist?«

»Sie«, brummte er und sein Blick glitt aus einem der hohen Fenster hinaus.

»Mama?«, fragte ich entgeistert. Was wollte er mir hier gerade verkaufen?

»Nein. Deine Mutter war nur ein Bauer in diesem Spiel. Sie war nur, was ihr Wesen ihr vorgab zu sein, eine Dienerin.« Er seufzte schwer. »Anicor. Die große Mutter. Sie hat sich geändert.«

Ich runzelte die Stirn. »Inwiefern?«

Vanir holte tief Luft, stützte die Handflächen neben seinem Teller ab und erhob sich. So nach vorne gelehnt sah er über all die Speisen zu mir herüber. »Wenn du das wirklich wissen willst, sollten wir in die Bibliothek gehen.«

Ohne zu zögern, erhob ich mich und hielt seinem Blick stand. Er nickte einmal fest und hielt mir einladend die Hand entgegen.

Ich reckte das Kinn. Vielleicht war ich bereit, zuzuhören und seine Seite der Geschichte zu erkunden. Aber ich würde dem Mörder meiner Mutter niemals die Hand reichen, egal ob tragischer Schicksalsschlag oder kalkulierter rachsüchtiger Mord.

Er nickte verstehend, ließ die Hand sinken und trat um den Tisch herum auf die Flügeltür zu. Ich folgte ihm mit etwas Abstand.

Vanir führte mich einen Flur voller Gemälde entlang, eine Treppe hinauf und dann in einen anderen Teil des Schlosses von der Richtung her. Immer wieder warf er mir über seine Schulter Blicke zu. Am Fuß einer weiteren Treppe blieb er stehen und wandte sich mir zu. Ich hielt ebenfalls sofort an, betrachtete ihn wachsam und wünschte, die Hose, die ich trug, hätte Taschen, um meine Hände hineinzustecken.

»Du benimmst dich wie meine Gefangene«, stellte er zerknirscht fest.

»Bin ich das denn nicht?«

»Nein!«

»Ich könnte also jederzeit gehen?«

Er zögerte einen winzigen Moment. »Ja«, sagte er schließlich. »Aber mit all den Morphern dort draußen, möchte ich dich bitten, nur zum Herzen hinunterzugehen, wenn du das Schloss unbedingt verlassen musst.«

»Morpher?«

»Dunkle Wesen, gefallene Kinder Anicors.«

»Ah. Ja, solchen sind wir begegnet«, bestätigte ich und ignorierte, dass er mir meine Freiheit angeboten hatte. Langsam wusste ich nicht mehr, was ich ihm glauben sollte und was nicht. Vielleicht käme es auf den Versuch an, aber diesen Test wollte ich mir noch aufheben. Jetzt würde ich mir erst einmal seine Version anhören.

Ich wies mit den Händen vorwärts, forderte ihn stumm auf, wieder anzuführen, und er seufzte resigniert. »Du wirst mir wohl erst glauben, wenn meine Taten für sich sprechen, was?«

»So etwas in der Art, ja.«

Er schüttelte lächelnd den Kopf. »Ich verstehe langsam, warum Keylam dich auserwählt hat.«

Ohne es wirklich zulassen zu wollen, trat er mit diesen Worten durch eine meiner hochgezogenen Mauern und näherte sich meiner Akzeptanz und meinem Vertrauen. Ich musste aufpassen, noch hatte ich nicht entschieden, ob ich glaubte, dass er zwar das pechschwarze Monster meiner Alpträume war, aber dennoch aus den vermeintlich richtigen Motiven handelte. Hätte ich nicht einen winzigen Funken Hoffnung gehabt, dass Keylams Schicksal in diesem Fall abwendbar wäre, hätte ich komplett darauf geschissen. Er hatte Mama getötet, eiskalt und ohne einen Funken Reue. Meine Finger zuckten, als ich mir zum allerersten mal in meinem Leben vorstellte, wie ich jemand anderem Schaden zufügte. Der Rachedurst, den ich durch diesen Gedanken fütterte, war kaum zu bezwingen, und so fokussierte ich mich auf die Gemälde im Flur, den schmalen kunstvollen Teppich, der auf dem polierten Steinboden lag, und die Kübel voller Pflanzen.

Ohne weitere Worte erklommen wir auch die nächste Treppe, schritten ein Stockwerk höher einen kurzen Flur entlang und betraten durch einen beeindruckend fein geschnitzten Torbogen die Bibliothek. Der offene Torbogen passte nicht in mein Bild von bösen Plänen, die hinter verschlossenen Türen geschmiedet wurden. Aber hatte er als Magier Türen überhaupt nötig oder konnte er mit seiner Magie nicht einen Schallschutz heraufbeschwören? Ich verfluchte einmal mehr meine Unwissenheit, schüttelte den Frust aber sofort wieder ab. Sich in Zorn und Was-wäre-Wenns zu verlieren, führte zu Fehlern und machte mich nur anfällig. Das musste ich verhindern.

»Das hier war Keylams Lieblingsort«, erzählte er mir und das war ein Fakt, den ich problemlos glauben konnte. Seine Liebe zu Büchern war stets greifbar gewesen. Dass das nicht erst in der Menschenwelt begonnen hatte, war leicht zu glauben.

»Hier ist es«, sagte er und führte mich an eine große Karte, die an der Wand zwischen Regalen hing und ziemlich alt aussah.

»Das ist Anicor, wie es war, als ich an die Macht kam.«

Interessiert trat ich näher, betrachtete mir alles genau und sah dann ihn abwartend an. Erkenntnis huschte über seine Züge. »Du hast keine Ahnung, was sich seit damals verändert hat.«

Es wäre sinnlos, es abzustreiten, daher schüttelte ich den Kopf.

Vanir trat an meine Seite, verschränkte die Hände hinter seinem Rücken und erklärte es mir. »Du siehst hier zwölf Gebiete, in denen Stämme ihre Wurzeln haben. Damals hatte jeder Stamm ein klar abgegrenztes Gebiet und es gab zwölf Stämme.«

»Was ist mit den drei Stämmen passiert, die es nicht mehr gibt?«

»Anicor war immer ein machtvoller Ort. Jeder Stamm für sich hatte seine ganz eigenen mächtigen Gaben, sie hatten ihre Territorialzugehörigkeit und jeder war auf seinem Gebiet unbesiegbar durch die jeweilige Verbindung zur großen Mutter. Durch diese Voraussetzungen herrschte quasi permanent Krieg zwischen irgendwelchen Stämmen. Irgendwann wurden Bündnisse geschlossen und so geschah es, dass zum ersten Mal ein Stamm ausgerottet wurde. Der erste Stamm, der starb, waren die Nymphen mit der Farbzugehörigkeit blau. Und das veränderte alles.«

Vanir trat näher und strich über eine Stelle ganz unten auf der Karte.

»Die meisten haben es nicht bemerkt, aber durch dieses Ungleichgewicht wurde die Verbindung der blauverbundenen Stämme schwächer. Ihre Territorien gaben ihnen nicht mehr die Kraft, wie es bei anderen Stämmen noch der Fall war. Sie wurden schwächer, unterlagen in immer mehr Kämpfen und schließlich erkannte ich, dass ein Stamm nach dem nächsten sterben würde, wenn ich das Kämpfen nicht aufhielt.«

Er hob den Blick zum oberen Rand der Karte, während er die Hände hinter dem Rücken verschränkte. »Mit meinen Brüdern und Schwestern, dem Stamm der Druiden, kämpfte ich für Frieden, schloss Bündnisse und in einer letzten großen Schlacht gelang es uns schließlich, das zu vereinen, was von Anicor noch übrig geblieben war. Ich bin zunächst nur Herrscher geworden, um den Frieden zu sichern. Ich habe mich nicht einmal selbst auf diesen Posten gesetzt, es war ein Rat aus Vertretern aller neun überlebenden Stämme.«

Neun, also waren in diesen Kriegen noch zwei weitere Stämme gefallen? Und das waren nach dem, was ich über das heutige Anicor wusste, ausgerechnet die anderen beiden Stämme der Primärfarben? Wie wahrscheinlich war das?

»Gibt es für deine Geschichte irgendwelche Beweise?«

Er lächelte milde. »Es ist gut, dass du meine Worte hinterfragst. Ja, die gibt es tatsächlich.« Vanir ging hinüber zu einem der Bücherregale, zog drei schwere Wälzer mit abgegriffenen Buchrücken heraus, stapelte sie sich auf die Arme und wuchtete sie dann zu mir herüber, wo er sie auf einem Sideboard ablegte. Er schob mir den Ersten rüber und ich schlug das Buch auf. »Die Geschichte der zwölf – der Beginn Anicors«, las ich leise und blätterte um. Im Inhaltsverzeichnis fand ich schnell Überschriften, die zu seiner Geschichte passten, blätterte zu den entsprechenden Kapiteln und nahm mir die Zeit querzulesen. Was dort stand, untermauerte seine Darstellung und wie hätte er das faken sollen? Er konnte nicht wissen, welche Kapitel ich mich entscheiden würde zu lesen und das Buch an sich wirkte echt. Allerdings hatte ich das auch von seiner Überraschung gestern Abend geglaubt, als ich ihm offenbart hatte, dass sie meine Mutter gewesen war.

Ich musste sehr vorsichtig sein. Wer unendlich viel Lebenszeit hatte, konnte in vielen Bereichen ein Profi werden. Er hätte das gesamte Buch schreiben können. Nur wofür? Für den absolut unwahrscheinlichen Fall, dass eines Tages eine unwissende junge Frau aus der Menschenwelt kam, die er überzeugen musste? Unwahrscheinlich. Aber nicht unmöglich.

Als ich in einem Kapitel sogar die Aufzeichnung zu dem genannten Rat und seiner Wahl fand, schlug ich das Buch zu. Obwohl ich eigentlich schon überzeugt war, zwang mein zweifelndes Ich mich dazu, auch die anderen beiden Bücher genauer zu betrachten, doch auch sie untermauerten seine Version der Vergangenheit. Trotzdem ließ ich es mir nicht nehmen, selbst zum Regal hinüberzugehen und die Titel zu überfliegen. Ich zog noch zwei weitere Bücher heraus und blätterte darin. Doch auch hier fand ich Details seiner Geschichte. Die zwölf Stämme, die Farben Blau, Rot und Gelb, die starke Verbundenheit mit Anicor in den jeweiligen Territorien, die plötzlich verloren ging, die Fehden zwischen den Stämmen und noch einiges mehr.

»In Ordnung«, entschied ich schließlich, stellte das Buch zurück und wandte mich wieder ihm zu.

Er lehnte an dem Sideboard, die Arme locker vor der Brust verschränkt grinste er mich an. »Du machst die Dinge richtig gründlich, oder?«

»Immer«, antwortete ich ungerührt und zuckte sogar demonstrativ mit den Schultern. Ich musterte ihn, wie er da so lässig an dem Sideboard lehnte, in diesem jungen Körper mit dieser angenehmen Stimme und den scharfgeschnittenen Zügen. Man könnte ihn glatt attraktiv nennen. Die Frage war, wusste er es und setzte es gerade gegen mich ein?

»Dann weiter. Ich war also der gewählte Herrscher und musste ein Gleichgewicht schaffen, damit kein Stamm zu stark war. Es gab nur noch sehr wenige Druiden mit der Farbzugehörigkeit rot und auch die Stämme der Vampire und der Siam waren bedrohlich klein geworden. Die Friedensära war angebrochen und ich stand vor der ersten sehr harten Entscheidung. Um ein Gleichgewicht zu schaffen, mussten entweder die drei Grundfarben allesamt verschwinden oder ich musste ein neues Blau schaffen. Ich bin ins Herz von Anicor, habe unsere große Mutter um Hilfe gebeten, doch sie sagte nur, dass ein Gleichgewicht unabdingbar sei. Mir blieb nur die grausamere Entscheidung und so machte ich mich auf die Suche nach einem Zauber, der zwei Stämme zu Unfruchtbarkeit verdonnerte, während ich alles daran setzte, dass die Vampire wieder erstarkten.«

»Quasi der Mittelweg«, begriff ich.

»Wie bitte?«

»Na, um ein Gleichgewicht zu schaffen, hättest du Rot und Gelb ... ähm Druiden und Siam?«

Er nickte.

»Also Druiden und Siam auslöschen können.«

Er riss entsetzt die Augen auf. »Das würde ich nie tun. Sie hatten nichts verbrochen und nur, weil die große Mutter, die von allen so angehimmelt wurde, nicht helfen wollte, konnte ich sie doch unmöglich zum Tode verurteilen.«

Seine Entrüstung wirkte echt, seine Worte waren nachvollziehbar und damit trat er durch einen weiteren Mauerring um mein Herz herum hindurch. Aufgeschreckt durch diese Erkenntnis verlangte ich erneut: »Beweise?«

Sein Blick wurde weich. Er nickte und trat zu dem Bücherregal gegenüber von dem vorherigen. Er winkte mich an seine Seite und meinte: »Du kannst dir gerne direkt eigene Quellen suchen. Ich empfehle allerdings mein Tagebuch dazu sowie die Geschichte der Druiden.«

Meine Augen wurden groß. Er ließ mich in sein Tagebuch schauen? Der Reiz war zu groß, um dem zu widerstehen, doch zunächst griff ich nach eigenen Quellen. Er sollte nicht merken, wie sehr ich danach strebte mehr über ihn, wirklich *ihn* zu erfahren.

Es lief wie beim ersten Mal. Egal, welches Buch zu diesem Thema ich wählte, es bestätigte immer einen Teil seiner Worte. Es fiel mir schwer herauszufinden, welche winzigen Details ohne Beleg blieben, wo überhaupt Spielraum für Manipulation war, zumal mich das kleine Lederbüchlein magisch anzuziehen schien. Als ich endlich danach griff und es aufblätterte, sprachen die vergilbten und abgegriffenen Seiten für sein Alter, aber dazu würde ich noch kommen.

Ich las die ersten Einträge, die Daten, die bestätigten, was Keylam mir bereits erzählt hatte. Es war über dreihundert Jahre her, dass Vanir diese Stammeskriege beendet und die Ära das Friedens eingeläutet hatte. Wachsam las ich diesmal ganz genau. Ich suchte nicht nach der Wahrheit, sondern nach der Färbung der Worte, nach der Stimmung und dem Wesen desjenigen, der dies niedergeschrieben hatte. Ob es ihm klar war oder nicht, das hier war das einzige Buch, das heute wirklich zählte. Ich las und las, folgte den Gedanken und Eindrücken des vergangenen Vanirs, nahm wahr, wie die Sonnenstrahlen ihren Winkel änderten, und las doch weiter.

»Irgendetwas sagt mir, dass du weit über die Zeit hinaus bist, von der ich dir erzählt habe.«

Ich hob den Kopf, musterte ihn herausfordernd. »Soll ich aufhören?«

Er kniff die Augen leicht zusammen und schenkte mir denselben erheiterten Blick, den ich von Keylam so gut kannte. »Damit hätte ich wohl rechnen sollen, was?«

Vanir rieb sich über den Nacken und legte den Kopf zurück. Er seufzte und entschied dann: »Lies, so viel du willst. Ich hole uns inzwischen was zu essen, wir sind schon einige Stunden hier und gefrühstückt haben wir auch nicht wirklich.«

»Mach das«, brummte ich und erwischte mich dabei, wie er sich nur für einen winzigen Moment ganz normal anfühlte. Er war nicht mehr der Tyrann in meinem Kopf. Diese Erkenntnis ließ mich aufhorchen. Moment, wenn er nicht der Tyrann war, wovon sprach dann bitte die Prophezeiung? Wenn Vanir nicht der war, für den alle ihn hielten, wer war dann mit dem Tyrannen gemeint? Ich fluchte leise. Ich musste diese Prophezeiung endlich lesen. Vielleicht stand da gar nicht Tyrann.

Vanir kam gerade zurück, als ich einen der jüngeren Einträge las und langsam hatte ich genug. Ich blätterte nur noch bis zu den letzten Seiten und überflog grob die Einträge. Er hatte in dem Moment aufgehört, sein Tagebuch zu führen, als der letzte Druide gestorben war.

»Bist du fertig?«, erkundigte er sich, als ich das Buch zuklappte.

»Jupp.«

»Und? Zu welchem Urteil bist du gekommen?«

Zu so einigen. »Deine Darstellung scheint korrekt zu sein. Das hier wäre echt viel Aufwand, um mich davon zu überzeugen, dass du deinen eigenen Stamm nicht getötet hast.«

»Und für diese Erkenntnis hast du so viel lesen müssen?«

Ich zuckte mit den Schultern. Natürlich nicht. Das war mir schon nach der Hälfte des Buches klar gewesen. Aber wie er, wie sein gesamtes Wesen sich über so viele Jahre verändert hatte, das war viel interessanter. Weniger Zweifel, mehr Superlative, weniger Hinterfragen, mehr einseitige Argumentation und immer weniger Disput mit sich selbst hin zu einer reinen Auflistung an Gegebenheiten, keine färbenden Emotionen, kein Blick mehr in sein Inneres.

»Dein langes Leben, ist das hart?«, fragte ich und griff mir ein belegtes Brot, überrascht, dass es hier so was wie Brot gab.

Er wurde ganz still. »Wie meinst du das?«

»Ich stelle es mir hart vor«, entgegnete ich statt einer Präzisierung meiner Frage. »Und einsam.«

»Mag sein«, räumte er vorsichtig ein.

»So viele Jahre an der Macht. Wieso hast du deinen Posten nie geräumt?«

Er lachte auf. »Du fragst nicht nach, wie es kommt, dass ich so lange lebe?«

»Wozu?«

»Wozu mein gesamtes Tagebuch lesen? Um mehr über mich herauszufinden.«

Ich wiegte den Kopf hin und her. »Also gut, warum lebst du schon so lange? Und wenn du als letzter Druide noch lebst, wieso herrscht dann Gleichgewicht?«

»Hast du den Eintrag dazu nicht gelesen?«, hakte er nach. »Solange ich mein einstiges Heimatterritorium nicht betrete und mich dort mit

Anicor verbinde, büße ich zwar etwas an Macht ein, halte aber auch die Welt im Gleichgewicht. Ein geringer Preis, wie ich finde.«

»Meinetwegen.« Ließen wir mal außer Acht, dass das ja dann auch eine Lösung für die anderen Druiden und Siam gewesen wäre, oder nicht? »Und das mit der Unsterblichkeit?«

Er lächelte. »Es würde deine Freunde freuen zu erfahren, wenn ich nicht unsterblich wäre, nicht wahr? Aber ich muss euch enttäuschen, ich bin es tatsächlich. Meine Gabe ist das Energienehmen. Damit einher geht eine kontinuierliche Erneuerung meines Körpers. Selbst wenn ich verletzt bin, ist meine Zellerneuerung so schnell, dass ich quasi unkaputtbar bin. Also ja, ich bin unsterblich.«

Diese Offenbarung musste ich erst verdauen. Ich bekam nicht ganz gegriffen, was da alles dranhing, ob es überhaupt wichtig war, aber darüber würde ich später nachdenken müssen, für den Moment prägte ich mir schlicht die Worte ein.

»Und zu einem Teil ist das auch die Antwort auf deine letzte Frage. Das Wissen um die Stammeskriege ist im Gedächtnis der Allgemeinheit verloren gegangen. Der Grund, weshalb ich manchen Stämmen nicht erlaube, an bestimmen Orten zu siedeln, der Grund, warum ich Anicor nicht so anhimmele wie alle anderen das tun, weshalb ich explodierende Populationen eindämmen muss, weshalb ich manche Stammeskonflikte viel harscher sanktioniere als andere. Für sie wirkt es wie Willkür, weil sie alle die sehr realen Gründe dafür vergessen haben. Sie romantisieren die Gottheit unserer Mutter und sind blind für die Dinge, die getan und beachtet werden müssen. Ich habe Angst, zu gehen und mitansehen zu müssen, wie mein Volk doch noch stirbt.«

»Klingt ironisch angesichts der aktuellen Situation. Wärst du so selbstlos, wie du dich gerade darstellst, würdest du jetzt einfach abdanken und dein Volk würde zurückkehren.«

Er lachte humorlos auf. »Haben sie dir das gesagt?«

»Nein«, räumte ich leise ein. »Ich bin davon ausgegangen.«

»Du wunderschönes, herzensgutes Wesen. Wo er dich gefunden hat, ist mir ein Rätsel. Sie wollen meinen Tod, nichts anderes akzeptieren sie, bevor sie heimkehren.« Er kam zu mir herüber, baute sich sehr nah vor mir auf und meinte mit gesenkter Stimme: »Ich würde sofort abdanken, wenn das irgendetwas bewirken würde. Die Wahrheit ist leider, dass ich damit zu lange gewartet habe. Wärst du vor zwei Jahren hier gewesen, hätte es noch Hoffnung gegeben, dass ein ungetrübter Geist wie deiner, mit einem offenen Herzen wie deinem, die Fronten hätte kitten können. Jetzt ist es zu spät. Solange die Morpher in Anicor ihr Unwesen treiben, ist das einzige, das unsere Welt am Leben erhält, meine Macht. Es ist zu spät«, stieß er bitter hervor.

Sein Atem kitzelte über mein Gesicht und mir wurde klar, wie nah er war. Sofort trat ich einen gewaltigen Schritt zurück. Diese Hände hatten das Genick meiner Mutter gebrochen! Das durfte ich auf keinen Fall vergessen.

Trauer huschte über seine Züge. »Entschuldige«, sagte er und wich selbst auch einen großen Schritt zurück.

Ich verschränkte die Arme vor der Brust. »In Ordnung, reden wir nicht weiter um den heißen Brei herum. Warum bin ich hier?«

»Weil Keylam dich eindeutig liebt.«

Ich blinzelte überrascht.

Er lächelte. »Wir haben zwar einiges übersprungen, aber gut. Keylam ist mein Gegenpol. Er ist ein Energieformer und ebenso mächtig wie ich. Aufgrund einer fehlinterpretierten Prophezeiung denkt er, er müsse sterben, um mich, den bösen Tyrannen aufzuhalten. Aber der wahre Tyrann ist die gottesähnliche Mutter, die wir alle anbeten. *Sie* gilt es, auf ihrem Zerstörungskurs aufzuhalten, und weil hier alles im Gleichgewicht sein muss, brauche ich meinen Gegenpol, brauche ich Keylam, um das hinzubekommen. Und da er dich liebt, bist du tatsächlich hier als Lockvogel für ihn. Anders komme ich nicht an ihn heran.«

Mir klappte die Kinnlade herunter. Na, die Aussage hatte es jetzt aber in sich und ich konnte nicht verhindern, dass wilde Hoffnung sich Bahn brach.

Er lächelte sanft. »Beweise?«

»Unbedingt!«, forderte ich und versuchte, die Hoffnung in die hinterste Ecke zu verbannen. Also entweder war er die Antwort auf all meine Hoffnungen, oder aber er war der genialste Manipulierer, der mir je begegnet war. Um das aber herauszufinden, durfte ich meine Gefühle nicht so stark werden lassen, wie sie bei dieser Offenbarung geworden waren.

Forschungsbericht Keylam Warren

Mainz, 12. Juni 2015

Hinweis 12: Chroniken von Anicor – Band 14
Begriff: Zauberer

In Band 14 der Chroniken ist die Rede von Zauberern, nicht von Magiern. Der Magierbegriff taucht erst danach auf. Ältere Bände konnte ich nicht auftreiben, ich glaube, sie sind alle in Vanirs Bibliothek, und seit ich meine Macht gebannt habe, kann ich ihm unmöglich noch einmal so nah kommen, das ist keine Information der Welt wert, zumindest nicht eine wie die Antwort auf die Frage, warum sich das Wording unseres Stammes geändert hat. Ich weiß nicht einmal, ob es überhaupt eine Rolle spielt, das in der Prophezeiung die Rede vom alten Zauberer ist und nicht vom alten Magier. Erst als ich in den Chroniken auf den Begriff gestoßen bin, ist mir dieser Unterschied überhaupt wirklich klar geworden. Aber in diesen Chroniken sind eindeutig Vorfahren aus dem Warrengeschlecht als Zauberer benannt. Die Begriffe sind also äquivalent. Wahrscheinlich nicht mehr als eine sprachliche Weiterentwicklung.

Ich hockte in den kleinen Erker, der Teil meines Zimmers war, und sah durch das Glas des Fensters hinaus auf die endlosen Weiten der Landschaft. Weit unter mir lag der See, das Herz von Anicor, und deutlich weniger weit unter mir war irgendwo in diesem Schloss Vanir. Die zwei Kontrahenten im Spiel um den Platz als Bösewicht. Wie sehr ich mir eindeutige Begebenheiten und klare Fakten wünschte. So allerdings sagte mein Verstand mir, dass Vanir nicht der Tyrann sein konnte, für den ich ihn bisher gehalten hatte. Ebenso wenig konnte aber Anicor die willkürliche Gottheit sein, als die Vanir sie subtil dargestellt hatte. So jemand rettete doch Keylam nicht zweimal das Leben, oder? War sie so manipulativ und egoistisch, dass sie ihm nur Hoffnung schenkte, damit er zum richtigen Zeitpunkt starb?

Verdammt, wie sollte ich darauf eine Antwort finden, ich hatte in meinem Leben bisher wirklich wenig mit Gottheiten zu tun gehabt, die gleich ein ganzer Planet waren. Außerdem war das Ganze hier dezent unfair, Vanir bekam die Chance, seine Version zu erzählen, Anicor dagegen ...

Zu allem kam noch hinzu, dass ich so sehr wollte, dass es einen Ausweg für Keylam gab, dass ich meinem Urteil nicht mehr trauen konnte.

Ich zog die Beine an und betrachtete die Landschaft, die in jeder Richtung dunkle Flecken aufwies. Die Morpher, wie Vanir sie genannt hatte, richteten jede Menge Schaden an und etwas an ihrer Existenz leckte an meinem Unterbewusstsein.

Es klopfte leise.

»Ja?«

»Ich bin es«, erklang Vanirs Stimme gedämpft durch die Tür.

»Komm rein.«

Geräuschlos wurde die Tür geöffnet und Schritte erklangen. Nur mit Mühe wandte ich den Blick von den schwarzen Klecksen in der Landschaft ab, die das Zeugnis der Zerstörung dieser Welt waren. Sie waren wichtig, ich wusste nur noch nicht, inwiefern.

»Du hast vorhin beim Abendessen erwähnt, dass du die Prophezeiung gerne lesen würdest.«

»Habe ich?«, stellte ich überrascht fest.

»Mehr oder minder. Du sagtest, du würdest dir eben lieber selbst ein Bild machen, als ich dich fragte, ob es reicht, was ich dir zum Schluss in der Bibliothek erzählt habe. Daher ...« Er ließ den Satz unvollendet, kam zu mir an den Erker und hielt mir ein Blatt Pergament hin. Ich ergriff es und betrachtete die vier Zeilen, die in geschwungener Handschrift verfasst waren.

»Es ist meine Handschrift, falls du dich wunderst. Es ist eine Abschrift des Originals, das ich dir leider nicht vorlegen kann, da Keylam es mir vor über zehn Jahren gestohlen hat.« Er lächelte. »Der Junge war ähnlich besessen von Beweisen wie du. Ich kann gut verstehen, dass er unbedingt das Original haben musste, da doch alle zu glauben schienen, dass er sterben müsste. Allerdings bin ich schon etwas enttäuscht, dass er sich hat blenden lassen und tatsächlich immer noch davon ausgeht, obwohl er doch das Original hat und so viel Zeit, es neu zu interpretieren.«

»Ich wäre gerne allein«, unterbrach ich sein Sinnieren. Entschlossen hob ich den Blick vom Papier und fokussierte ihn wachsam. »Unbeeinflusst und so, verstehst du?«

»Natürlich«, sagte er sofort, milde und ohne jeden Zorn oder Missmut. Wie bitte sollte ich so glauben, dass er in dieser Geschichte der Bösewicht war? *Ach ja, indem ich mal bitte nicht vergesse, dass er vor gut vierundzwanzig Stunden meine Mutter getötet hat, mit bloßen Händen.* Doch ich hatte alle Mühe, den rotglühenden, erbarmungslosen Magier dort unten am See, mit diesem jungen, hilfsbereiten und verständnisvollen Mann in Einklang zu bringen.

Vanir ging und ich schüttelte die Gedanken ab, widmete mich endlich den verdammenden Worten und las sie erst leise, dann laut: *»Geboren im Schatten des Tyrannen, mit der einen unvergleichlichen Macht gesegnet, die der alte Zauberer gleichermaßen fürchtet und begehrt, wird der Hüter sein Herz geben und die Seele den Körper verlassen. Dies ist der Preis, um Anicor zu retten. Dies muss geschehen und der Tyrann wird fallen.«*

Puh. Natürlich war das hier genau so eine Prophezeiung, wie ich vermutet hatte, komplett subtil und uneindeutig. Allein der Satz, der Hüter muss sein Herz geben. Ging ich davon aus, dass aufgrund der Bedeutung des Namens Keylam der Hüter war, gab es doch tausend

Möglichkeiten, sein Herz zu geben. Man konnte zum Beispiel jemand anderem sein Herz geben, indem man ihn liebte. Natürlich konnte man ein Herz auch geben, indem man starb, wobei ich für jede Variante, die mir einfiel, eine andere Terminologie verwenden würde. Liebte man, *schenkte* man sein Herz und *gab* es nicht. Und überhaupt wohin geben oder wem? Wie gesagt, uneindeutig und ziemlich frei in der Interpretation.

Ich sah allerdings auch ein, dass es in Kombination mit dem Seelenpart schon wirkte, als müsste der Hüter sterben. Aber wenn ich es ganz genau nahm, stand da nur, dass die Seele den Körper verließ. Kein Wort darüber, wessen Seele und wessen Körper und ganz sicher nicht eine eindeutige Benennung von Keylams Seele. Es könnten zwei Personen gemeint sein, der Hüter, der sein Herz gab, und eine weitere Person, deren Seele den Körper verließ.

Wenn Vanir recht hatte und die beiden Gegenpole waren, die einander in Einklang hielten, könnte von Vanirs Seele die Rede sein. Und wenn ich diesen Gedanken weiterspann, könnte die Unsterblichkeit der Tyrann sein, der Vanir quälte und ihn zu jemandem machte oder zu Entscheidungen verleitete, die das Unglück erst ins Rollen gebracht hatten. Ohne Unsterblichkeit würde er sich vielleicht mehr in Richtung eines demokratischen Systems entwickeln, was einer Welt im Einklang und Gleichgewicht viel eher entsprach als eine Monarchie oder Diktatur.

Ich las und las die Worte, zerpflückte sie, interpretierte erst Satz für Satz, ja, sogar Wort für Wort, was mich in eine komplett andere und teilweise absurde Richtung brachte, bei der der Tyrann die Zeit selbst war oder aber ein Ort. Es war schließlich schwer, im Schatten einer einzigen Person geboren zu werden, außer man sah das Wort Schatten symbolisch oder sinnbildlich. Je mehr ich nachdachte, desto abwegiger wurden meine Interpretationen und das Einzige, dessen ich mir noch sicher war, war, dass diese Prophezeiung genau in die Kategorie fiel, die ich mit meinem reinen Buchvorwissen gebildet hatte: unklar!

Das half nicht weiter, gar nicht. Ich ging davon aus, dass die Prophezeiung zwar wirklich von Vanir und Keylam sprach, aber sie waren der Hüter und der alte Zauberer. Das hielt ich durchaus für die wahrscheinlichste Interpretation, denn dass Vanir Keylams Gabe, die sein Gegenpol war, sowohl fürchtete, da sie ebenbürtig zu sein schien, als auch begehrte, das immerhin hatte er offen zugegeben, wenn auch aus anderen Motiven als bisher angenommen. Aber alles andere …

Die Sonne ging unter, nahm das letzte Licht des Tages mit sich und ihre Abwesenheit tauchte die Welt alsbald in farblose Dunkelheit.

Es blieb unterm Strich, dass ich geneigt war, einmal mehr zu glauben, was Vanir mir gesagt hatte: Die Interpretation, dass Keylam sterben musste, war eine Fehlannahme. Das konnte ebenso gut stimmen wie die Auslegung, die von meinen Freunden anerkannt war.

Meine Freunde. Unbewusst streichelte ich über meine Unterarme und spürte ihre Abwesenheit beinahe körperlich. Ich vermisste sie und langsam war ich so lange weg, dass wir in das Zeitfenster für eine Dummheit kamen. Ich musst zurück und genau das würde ich Vanir jetzt sagen. Wenn er nicht der Superschurke war, gab es keinen Grund, mich nicht gehen zu lassen. Jedenfalls müsste er mir einen wirklich guten liefern, wenn ich glauben sollte, dass er zwar böse gehandelt hatte, aber immer mit den besten Motiven.

Entschlossen stand ich auf, taumelte kurz und musste mich am Mauerwerk des Erkers abstützen, weil ich für einen Augenblick meine Sicht einbüßte. Das schwarzweiße Krisseln in meinem Sichtfeld war mir vertraut wie die Umarmung eines alten Freundes und so brauchte ich, bis ich mich wieder gefangen und schon fast an der Tür meines Zimmer angekommen war, um zu begreifen, was gerade passiert war.

Ich erstarrte, hörte meinen Herzschlag laut in meinen Ohren donnern und hatte alle Mühe, die Panik niederzuringen. »Ganz ruhig, es war nur ein bisschen Kreislauf«, sprach ich mir selbst leise Mut zu, doch mein Instinkt warnte mich, es so einfach abzutun.

»Okay, also gut. Du bist doch gerade so im Analysiermodus. Was ist anders? Wann ging es dir gut, wann nicht?«

Immer noch an Ort und Stelle festgefroren ging ich in meinen Erinnerungen jede Szene durch, in der mir aufgefallen war, wie überraschend gut es mir ging und wann ich Probleme gehabt hatte. Erst kam ich zu dem Schluss, dass es mir immer in Keylams Nähe gut ging, und ich war schon dabei, mich zu freuen und mir zu überlegen, ob nicht vielleicht ich Keylams Gegenpol war, statt Vanir, dann jedoch fiel mir mein erster Arbeitstag ein. Nach einem kompletten Tag mit ihm war ich umgekippt. Er allein konnte nicht die Antwort sein. Was also hatten die schlechten Momente gemeinsam und was die guten? Nur in den letzten Wochen, denn nur in diesem Zeitraum hatte es überhaupt einmal eine Verbesserung gegeben.

Ich runzelte die Stirn. Keiner von ihnen konnte es allein sein. Keylam war sowohl bei meinen guten Momenten als auch bei einem schlechten Moment dabei gewesen, dasselbe traf in abweichender Anzahl auf Taylor und Mama zu. Der Ort allein konnte nicht den Unterschied machen. In Keylams Buchhandlung hatte ich sowohl einen deutlich schlechten Moment und meinen bisher besten Zustand erlebt. Jetzt galt etwas Ähnliches für Anicor. Aber wenn es weder eine einzelne Person noch ein Ort war, was sorgte dann für die Momente, in denen es mir verhältnismäßig gut ging, und vor allem, was hatte dieses rettende Hoch verursacht, als ich im Buchclubzimmer meinen beinahe Tod einfach überwunden hatte, ohne wirklich was dafür zu tun?

Seufzend gestand ich mir ein, dass ich darauf keine Antwort wusste, aber ich konservierte die kleinen Erkenntnisse, die ich gewonnen hatte, für den Moment, in dem ich das letzte Puzzleteil finden und alles zusammensetzen würde.

Dann erst trat ich den letzten Schritt auf die Tür zu, öffnete sie und ging Vanir suchen.

Ich fand ihn, indem ich einige Diener fragte, über die ich auf den Fluren stolperte und die mich zu seinem Arbeitszimmer leiteten. Unsicher, wie genau ich mein Anliegen formulieren wollte, klopfte ich doch an, als ich Stimmen dumpf durch die Tür dringen hörte und verfluchte mich im nächsten Moment selbst, so gut erzogen worden zu sein. Automatisch hatte ich schnell angeklopft, um nicht in die Versuchung zu kommen zu lauschen. Dabei wäre Lauschen sehr hilfreich gewesen, um Vanir besser einschätzen zu können.

Doch die Tür ging auf und drei Männer sahen mich überrascht an.

»Liv«, bemerkte Vanir erstaunt und erhob sich hinter einem ausladenden Schreibtisch aus hellem Holz. Er stützte sich auf der Fläche ab und fragte: »Was kann ich für dich tun?«

»Ist es ungünstig? Ich kann warten.«

»Nein, nein. Komm rein. Das sind Egon und Samuel. Zwei meiner Berater. Sie haben mir nur berichtet, was so in meinem Land passiert ist, während ich mit dir in der Bibliothek geplaudert habe.«

Ich runzelte die Stirn. War das ein Seitenhieb oder versuchte er, subtil zu verdeutlichen, wie wertvoll die Zeit war, die er mir geschenkt hatte, und dass ich daher besser zu würdigen hatte, dass er sie sich genommen hatte.

»Hallo«, spielte ich meinen Part und war schlicht höflich. Die beiden Männer in blauvioletten Mänteln neigten ebenso höflich die Köpfe zum Gruß und sahen dann wieder zu Vanir, als warteten sie darauf, wie er reagieren würde. Hm, was war aussagekräftiger über das Wesen eines Herrschers als das Verhalten seiner Untergebenen? Nichts vermutlich. Also was sagte mir ihr Verhalten? War es devot, wachsam oder schlicht zurückhaltend?

»Wie kann ich dir helfen?«, fragte er und ich meinte, ein leichtes Zusammenzucken des Mannes rechts von mir zu bemerken, doch als ich genauer hinsah, verriet nichts seine Gemütslage oder gar seine Gedanken.

»Ich ... habe die Prophezeiung gelesen, oft und denke, du könntest recht haben, dass Keylam einer Fehlinterpretation aufgesessen ist.«

Das freudige Strahlen in seinen Zügen hatte mir einen Hauch zu viel Triumph, doch ich konnte seine Erleichterung gut verstehen. Hatte er die Wahrheit gesagt, ruhte seine Hoffnung, Keylam zur Vernunft zu bringen, komplett auf mir.

»Es freut mich, dass du zu einem ähnlichen Schluss gekommen bist. Jetzt verstehst du sicher auch, warum ich dich benutzen will, um ihn heimzuholen.«

Kluge Wortwahl, dachte ich. Heimzuholen, statt herzulocken, was den Kern der Sache eher traf. Dennoch nickte ich. »Deshalb bin ich hier. Ich verstehe dein Vorgehen komplett, es ist aus deiner Perspektive sogar die logische Wahl, aber nicht aus meiner.«

Seine Züge verdüsterten sich. »Was willst du damit sagen?«

»Sieh mal, Keylam geht davon aus, dass du der Bösewicht bist, er denkt also, ich wäre in deinen Fängen und müsste gerettet werden. Er ist nicht dumm, er wird einen Plan ersinnen, bei dem er eine echte Chance hat, mich zu befreien. Das bedeutet ohne Zweifel einen

Angriff auf dich und deine Leute, einen Angriff, bei dem unnötig Leben genommen werden könnten. Es wäre für alle Seiten viel besser, wenn ich zu ihm zurückkehre und ihm erkläre, was ich erfahren habe, ihm die Beweise nenne, die auch du mir vorgelegt hast. Dann wird er sicher darüber nachdenken, herzukommen und mit dir zu sprechen. Na ja, vielleicht eher auf neutralerem Boden, aber ich bin überzeugt, er wäre zu einem Gespräch bereit«, lehnte ich mich ganz weit aus dem Fenster. Aber für den Moment galt mein vorrangiges Interesse dem Verhindern eines Desasters.

Vanir legte den Kopf schief. »Weißt du, Liv, auch ich bin im Besitz eines wachen Verstandes und ich habe deine Wortwahl durchaus bemerkt. Du hast nicht vor, ihn zu überzeugen oder ihn zu überreden herzukommen. Du wirst lediglich dein Wissen mit ihm teilen. Das kann ich verstehen, sehr gut sogar. Aber das reicht nicht. Zu viel hängt davon ab, dass Keylam endlich seinen Platz hier einnimmt. Das Risiko, meinen einzigen Trumpf herzugeben, ist mir zu hoch.«

Es war schön eingepackt, aber das war ein klares Nein.

»Du sagtest, ich sei keine Gefangene.«

»Das bist du auch nicht.«

Missmutig verzog ich die Lippen und funkelte ihn an. »Jetzt machst du es dir ein bisschen zu leicht. Wenn du mich nicht zu Keylam gehen lässt, beraubst du mich meiner Freiheit. Es anders zu nennen, wäre euphemistisch.«

Er lächelte anerkennend. »Mitnichten. Ich helfe dir nur nicht dabei, in die andere Welt zu gelangen, und da du keine Magierin bist, benötigst du eine Brücke hinüber. Du bist keine Gefangene, du kannst hingehen, wohin auch immer du willst, aber du wirst dennoch nicht zu Keylam gelangen können.«

»Jetzt, Vanir, wirkst du genau wie der manipulierende Mistkerl, den sie alle in dir sehen«, bemerkte ich kühl, drehte auf dem Absatz um und wandte mich zur Tür.

»Was hast du vor?«, fragte er wachsam.

»Meine Freiheit genießen, dir das nicht sagen zu müssen«, entgegnete ich kühl, vielleicht sogar ein wenig trotzig. Mein Bauchgefühl übernahm und leitete mich. Verstand war das eine und wirklich wichtig, mein Instinkt aber war es, der mir oft genug weit bessere Dienste geleistet hatte.

»Tu bitte nichts Unüberlegtes«, bat er mit glaubwürdiger Sorge in der Stimme und unterstrich dabei irgendwie subtil unseren Altersunterschied. Ich fühlte mich prompt wie das trotzige kleine Kind, das vom überlegenen Erwachsenen mit Geduld und Resilienz gestraft wurde, wenn es doch eigentlich hatte provozieren wollen. Und genau in diesem Modus gab ich meine Antwort. Mit der Hand schon an der Tür wandte ich mich nur halb um, tackerte ein offenkundig falsches Lächeln auf meine Züge, legte den Kopf leicht schräg und zog die Schultern hoch, als ich fröhlich trällerte: »Das würde mir doch im Traum nicht einfallen. Dafür bin ich doch viel zu klug.«

Er schnaubte und schüttelte in einer tatsächlich väterlich erheiterten Geste den Kopf, ehe er sich den Unterlagen auf seinem Tisch und den beiden schweigenden Männern zuwandte.

Demonstrativ mürrisch stapfte ich aus dem Raum und schloss die Tür hinter mir. Erst als ich einige Schritte weg von diesem Raum war, ließ ich die Fassade fallen und hielt inne.

Neugierig sah ich zurück. War er unvorsichtig genug, um mir die Chance zu geben, doch noch zu lauschen? Einen Versuch war es wert, oder nicht? Möglichst lautlos drehte ich auf dem Absatz um, setzte den ersten schleichende Schritt, nur um im nächsten Moment die Hände auf meinen Mund zu pressen, um nicht aufzuschreien. Die Topfpflanze links von mir war mir plötzlich in den Weg getreten.

Scheiße, hatte die mich erschreckt. Oder besser er, denn die Pflanze war keine Pflanze, sondern ein weiterer Kobold.

Nachdem ich den ersten Schreck abgeschüttelt hatte, sah ich ihn genauer an. War er ein Spion Vanirs und behielt mich im Auge? Verhinderte er deshalb, dass ich zurück zur Tür schlich? Denn das tat er ohne den geringsten Zweifel.

Seine Blätter raschelten leise, als er einen seiner Zweige neigte und auf etwas zu zeigen schien. Automatisch folgte ich dem Fingerzeig und entdeckte eine lediglich angelehnte Tür. Also, was sollte es sein? Risiko oder Sicherheit? Wenn das hier eine Falle Vanirs war und er wirklich der Bösewicht, dann hatte ich ein riesiges Problem. Aber ich war mir vollkommen sicher, dass zumindest Teile, wenn nicht sogar große Teile seiner Geschichte der Wahrheit entsprachen. Lediglich die Motive konnten frei erfunden sein. Das aber würde bedeuten, dass er mich wirklich als Lockvogel brauchte, und dann würde er mich nicht töten, selbst, wenn ich ihm in die Falle ging. Aber ehrlich gesagt wirkte er auf mich nicht wie der herzlose, eiskalte Mistkerl. Schon gar nicht der ursprüngliche Mann, der Druide, der anscheinend wirklich nur sein Volk hatte retten wollen.

Aber musste jemand so sein, um wirklich schlimme Dinge zu tun, oder reichten dazu die falschen Motive vollkommen aus? Das Bild meiner Mutter, die an seinem ausgestreckten Arm erschlaffte, war mir Antwort genug. Darüber hinaus hatte er ein beeindruckendes schauspielerisches Talent, das jedenfalls wusste ich inzwischen.

Mit der vermutlich gebotenen Vorsicht und Angst, trat ich dennoch auf die Tür zu. Ich musste diese Chance nutzen, selbst wenn ich ihm damit womöglich in die Falle ging.

Die Tür schwang genauso lautlos auf wie meine Zimmertür. Ich schlich in den unbeleuchteten Raum und zuckte verdammt heftig zusammen, als sich der kleine Baum in der Ecke bewegte und mich zu sich winkte. Im Grunde hätte ich mit der Anwesenheit eines Kobolds rechnen können, sogar müssen. Wo Licht war, musste auch einer von ihnen sein. Verdammt, das bedeutete, in meinem Zimmer war auch einer. Gruselig.

Dennoch folgte ich der Aufforderung und trat zu dem Bäumchen in der Zimmerecke. Mein Atem ging stoßweise, dann hörte ich es plötzlich: Stimmen und sie waren erstaunlich klar. Forschend betrachtete ich die Wand und fand schließlich auf Höhe der Fußleiste ein Belüftungsgitter in der Wand.

So leise ich konnte, kniete ich mich davor und versuchte, flacher zu atmen, damit ich besser lauschen konnte.

»Was nun, Herr?«

Schritte, ausholend und stramm. »Der Plan geht zu gut auf«, murrte Vanir, doch seine Stimme hatte an Sanftheit verloren. Mochte es das Gitter sein oder die Wahrheit, er klang nun viel schärfer.

»Ihr lasst sie also nicht gehen?«

»Auf keinen Fall. Was ist das überhaupt für eine Frage? Ich habe nur diese eine Chance, Keylam in die Finger zu bekommen und ihn an mich zu binden. Er wird kommen, er liebt sie, dieser Narr. Wenn er wüsste, wie leicht sie zu blenden ist, würde er sich das vielleicht noch mal überlegen.«

»Ihr seid einfach ein Meister darin, die richtigen Worte zu finden, Herr.«

»Spar dir das Geschleime, dafür bin ich heute nicht in der Stimmung.«

»Ja, Herr.«

Ein stetiges ›Klock, Klock‹ erklang, als würde er mit etwas gedankenverloren auf die Tischplatte klopfen.

»Ich frage mich die ganze Zeit, ob sie als Lockvogel nicht verschwendet ist«, murmelte er und ich war überrascht, dass ich ihn dennoch verstehen konnte.

»Ihr werdet wie immer die richtige Wahl treffen, Herr.«

Wow, Schleim und Schleimiger waren kaum auseinanderzuhalten.

»Natürlich«, knurrte Vanir. »So oder so muss ich sie noch hinhalten. Es dauert seine Zeit, bis der Bengel den Bann gelöst hat. Aber er wird es tun, denn das ist seine einzige Chance, diese ... sie eben zu befreien.«

»Herr, Ihr zögert doch nicht?«

Ein unverständliches Murmeln erklang, dann wieder Schritte. »Ich zögere nie«, zischte Vanir. »Ich bedenke nur alles ganz genau. Das ist ein Unterschied und sie ist ... ein Rätsel. Ich mag keine Rätsel. Unklarheiten sind nicht vorgesehen.«

»Natürlich, Herr. Das würde ich nie infrage stellen.«

»Aber?«, hakte Vanir harsch nach.

»Kein ›Aber‹, Herr«, beeilte sich einer der beiden zu sagen. Der andere vermutlich, er hatte allerdings durchaus ein ›Aber‹.

»Es wird seinen Grund geben, weshalb Keylam sie auserwählt hat. Der Junge hat Eure Erziehung genossen und ist Euch jahrelang entwischt. Er ist verdammt klug und pfiffig. Ich möchte lediglich zu bedenken geben, dass es mir unwahrscheinlich erscheint, dass seine Wahl dann ausgerechnet auf ein einfältiges Mädchen fällt.«

»Guter Punkt. Nun, dann müssen wir die Dinge beschleunigen. Du wirst sie bewachen, während ich dem Bengel die Botschaft zukommen lasse, dass er sich besser beeilt, wenn er sie in einem Stück zurückwill. Das sollte Antrieb genug sein und ich habe genug Vertrauen aufgebaut, dass ich sie einen weiteren Tag problemlos hinhalten kann.«

»Gut, Herr.«

Also doch! So schnell ich es geräuschlos hinbekam, erhob ich mich und eilte aus dem Zimmer. Allerdings nicht, ohne dankbar meine Hand auf den Kobold neben mir zu legen. Das Gespräch neigte sich dem Ende zu und ich musste zusehen, dass ich auf mein Zimmer kam, ehe einer von ihnen bemerken konnte, dass ich noch gar nicht da war. Vanir hatte recht, das beschleunigte die Dinge.

Jetzt musste ich mir nur noch überlegen, wie ich meinem Wachhund entkommen konnte, während Vanir sich auf den Weg irgendwohin machte. Aber vielleicht konnten die Kobolde mir auch dabei behilflich sein, denn die Kerlchen waren eindeutig keine Fans des Tyrannen. Lächelnd schlenderte ich durch den Flur vor meinem Zimmer und trat dann ein.

»Tja, Vanir. Du bist nicht der Einzige, der eine Maske tragen kann.«

»Es freut mich, dass du nicht so eine Närrin bist, wie du bisher gewirkt hast.«

Ich fuhr fürchterlich zusammen und Entsetzen schnürte mir die Brust zu, als mir klar wurde, dass ich nicht allein in meinem Zimmer war.

Forschungsbericht Keylam Warren

Mainz, 02. Oktober 2017

Hinweis 17: Legenden der Althea
Gefunden in einer alten Kapelle im Taunus
Erste Sichtung, erste Legende, die ggf. einen Nutzen haben könnte.

Im Grunde kann ich kaum glauben, dass ich inzwischen so verzweifelt bin, dass ich mich ernsthaft mit Legenden auseinandersetze, aber Papa war immer der Auffassung, dass in jeder traditionell überlieferten Geschichte, und somit auch in Legenden, ein Kern Wahrheit steckt, eine Botschaft, die über die Zeit durch Storytelling überlagert wurde. Daher analysiere ich nun die Legenden in dem kleinen Büchlein, das einer Bibel ähnlich von den Althea geheiligt wird. Beinahe jede und jeder Althea hat eine Ausgabe, die er oder sie mit sich herumträgt. Das Buch, das ich gefunden habe, war recht abgegriffen und sah aus, als wäre es häufig genutzt worden. Die ersten drei Legenden kommen Schöpfungsgeschichten gleich und enthalten keinerlei Information, die in die Richtung geht, in der ich suche, die vierte allerdings spricht von einem Umstand, der, sollte er einen wahren Kern enthalten, tatsächlich nützlich werden könnte im Kampf gegen Vanir.

    Die Legende besagt, dass man einen Wunsch, eine Bitte oder eine Frage an Anicor richten kann, wenn man reinen Herzens und reiner Seele zum Herzen von Anicor geht, in das Wasser tritt und sein Anliegen vorträgt. Es sind mehrere kleine Geschichten, die alle dasselbe erzählen, nur, dass manche eine Frage haben, die sie beantwortet brauchen, andere eine Bitte an Anicor richten und wieder andere einen Wunsch formulieren, wobei mir im Grunde nicht ganz klar ist, worin der Unterschied zwischen einer Bitte und einem Wunsch liegt. Allein deshalb halte ich das im Grunde für Mumpitz. Aber ich habe gerade sonst keine anderen Spuren, die ich verfolgen kann, und wer weiß, vielleicht steckt ja wirklich ein wahrer Kern darin. Es wäre wirklich schön, wenn die große Mutter mir aktiv in meinem Kampf gegen Vanir helfen könnte.

Das Licht ging an und erhellte den Raum. Dort vorne, neben dem Bett stand ein Bergelf.

Freund oder Feind?

Mein Herz raste. Fieberhaft sah ich mich nach etwas um, mit dem ich mich notfalls verteidigen konnte. Dann endlich übernahm mein Verstand, rang die impulsive Reaktion nieder und ich straffte die Schultern. Die einzige Waffe, die ich zu führen wusste, besaß ich doch schon längst. »Wer bist du?«

Der Bergelf kniff die steinigen Augenlider zusammen und marschierte dann zwei zornige Schritte auf mich zu. »Das geht dich einen verdammten Dreck an.«

Demonstrativ zog ich die Augenbrauen hoch. »Du bist in meinem Zimmer. Ich finde schon, dass mich das was angeht.«

»Dein Zimmer? Dass ich nicht lache. Bist du ihm wirklich dermaßen auf den Leim gegangen?«, motzte der Bergelf und kleine Kiesel rieselten ihm von den Armen, als er sie beim Reden gestikulierend hochhob.

Das klang jetzt eher nach Gleichgesinntem. Dennoch blieb ich vorsichtig. »Du bist wohl kein Fan von Vanir?«

Ein tiefes Grollen erklang und vibrierte in meiner Brust. Es war ein derart drohendes Geräusch, dass ich Mühe hatte, nicht automatisch zurückzuweichen.

»Im Grunde ist das keine Antwort«, bemerkte ich gekonnt unbeeindruckt, auch wenn mein Herz raste.

Der Bergelf trat noch einen Schritt auf mich zu und funkelte mich voller Zorn und Abscheu an. »Der Mann, dem du so bereitwillig zuhörst, dessen vergiftete Worte du aufsaugst wie ein Schwamm, tötet unsere große Mutter. Stück für Stück saugt er sie aus. Das hier …« Er hob seinen Arm und zeigte auf eine ausgehöhlte Stelle, aus der sich gerade wieder ein Kiesel löste. »… ist der beste Beweis dafür, denn wir alle sterben mit unserer Mutter.«

»Und die Ursache für das Sterben siehst du in Vanirs Machtnutzung?«, hakte ich nach.

Er presste mit einem knirschenden Geräusch die steinernen Lippen zusammen und wich zurück.

Ich lächelte verstehend. »Gut, jetzt also hast du es auch geschafft, deine Emotionen zu beherrschen. Dann fangen wir noch mal von vorne an. Was treibt dich in mein Zimmer?«

Der Bergelf musterte mich einen langen Augenblick. Ich konnte quasi dabei zusehen, wie er die Gedanken in seinem Kopf wälzte, um eine Entscheidung zu treffen. Schließlich sanken seine Schultern herab. »Verzweiflung und ein Versprechen.«

»Ich glaube das musst du mir erklären.«

»Nein, muss ich nicht. Alles, was du wissen musst, ist, dass ich versuche, Keylam zu retten. Dazu musst du aber dringend aus Anicor verschwinden und irgendwie zu ihm zurück. Meine Möglichkeiten sind begrenzt. Ich kann dich nur aus dem Schloss bringen, danach bist du auf dich gestellt. Er hat noch Freunde in den Eisbergen, aber das ist verdammt weit bis dahin. Du könntest dein Glück also im Laetus versuchen, die Kobolde sind dir eindeutig wohlgesonnen.«

Ich runzelte die Stirn, wägte ab, was ich tun sollte. Er war eindeutig nicht bereit, mir zu vertrauen und ich war es umgekehrt ebenso wenig. Aber wir beide wollten dasselbe, mich aus dem Schloss bringen. Und da mir die Zeit knapp wurde, hatte ich eigentlich auch keine, das hier nicht anzunehmen. »Gib mir irgendwas«, bat ich verzweifelt wünschend, dass ich ihm trauen konnte.

Sein Blick wurde traurig. »Meine Schwester war Keylams Kinderfrau und meine Mutter hat ihn nach der großen Flucht immer wieder ins Schloss geschleust. Beide sind für ihre Treue ihm gegenüber in den Tod gegangen.«

»Zwei gute Gründe, ihn zu hassen.«

Er schnaubte auf. »Stimmt wohl.« Resigniert ließ er die Schultern sinken. »Ich habe mich allerdings lieber dafür entschieden ihren Kampf fortzuführen und ihrem Tod eine Bedeutung zu verleihen.«

Ich nickte einmal fest. Im Grunde half mir das überhaupt nicht weiter, aber eigentlich konnte auch nicht jeder in diesem Schloss ein dermaßen guter Manipulator wie Vanir sein, oder? Wow, ich wünschte mir wirklich verzweifelt, ihm trauen zu können, so sehr wie ich mich an diesen winzigen Strohhalm klammerte.

»Du, du kommst mit?«

»Sieht so aus.« Im Grunde konnte ich das selbst nicht ganz glauben.

»Wieso?«

Meine Augenbrauen schnellten in die Höhe. »Haben wir dafür wirklich Zeit?«

»Schon. Er bricht gerade erst auf. Wir müssen noch eine knappe halbe Stunde warten, bevor ich dich hier rausbringen kann. Ehrlich, ich dachte, ich bräuchte länger, um dich zu überzeugen.« Seine erstaunte, offene Art war irgendwie süß und auch etwas tapsig. Da erst fiel mir auf, wie jugendlich seine Züge wirkten.

»Wieso ich mitkomme?«, brachte ich ihn zu seiner Frage zurück und hörte selbst, wie meine Stimme einen sanfteren Ton annahm. »Weil ich Keylam beschützen will und hier alles erfahren habe, was ich wissen musste.«

»Wirklich? Du weißt, warum du am Herz von Anicor Weiß schimmerst?«, fragte er neugierig.

Ich schmunzelte überrascht. »Du bist ja gut informiert.«

In einer geschmeichelten und doch auch leicht verlegenen Geste senkte er das Kinn und lächelte.

»Nein, das habe ich nicht herausgefunden.«

Sein Kopf ruckte hoch, unverblümte Überraschung glitzerte in seinen Augen. »Aber ich dachte, das wäre das Wichtigste für dich.«

Ich spürte meine Züge weich werden und ihn sanft mustern. »Das wäre es wohl, wenn unsere Welt nicht im Sterben läge und ein unsterblicher Magier nicht gerade den Mann bedrohen würde, den ich beginne zu lieben.«

Waschechte Freude erhellte sein Gesicht und er wurde gefühlt drei Zentimeter größer. »Du liebst ihn?« Wie er sich gerade gab, wie er sich bewegte und so offen seine Gefühle zeigte, erinnerte er mich an einen tobenden Welpen.

»Ich glaube schon«, räumte ich leise lachend ein und spürte meine Wangen erglühen. Wenn ich an den immer perfekt gekleideten Mann dachte, dessen inneres Wesen offensichtlich lieber einen coolen Mantel mit aufgestelltem Kragen und blaue T-Shirts trug, wurde mir warm ums Herz. Ich sehnte mich nach ihm, seiner Nähe, seinen Neckereien, den Gesprächen mit ihm und verdammt, ja, auch ziemlich nach seinem gestählten Körper und diesen wundervollen Lippen. Ich fragte mich, ob die ganzen Muskeln vielleicht ganz bewusst aufgebaut worden waren. Wenn er immer schon geplant hatte, seine Bestimmung zu erfüllen, wozu dann den Körper stählen? So wie ich Keylam einschätzte, hatte er einen Plan A, B, C und einen Notfallplan D. Sicher trainierte er schon eine halbe Ewigkeit, damit er vorbereitet war, sollte seine Forschung etwas ergeben.

»Und weil du ihn liebst, ist dir egal, was du bist?«, hakte er nach.

»Mir ist nicht egal, was ich bin. Ich glaube nur nicht, dass das gerade die dringendste Frage ist. Wichtiger wäre doch, wie wir das Sterben unserer großen Mutter aufhalten, findest du nicht?«

Er nickte eifrig. »Vanir ist schuld.«

»Weil er böse ist, oder hast du einen echten Anhaltspunkt dafür?«

Er furchte die Stirn und beugte sich verschwörerisch vor. »Ich weiß nur, dass jedes Mal, wenn er einen großen Zauber wirkt, aus seinem ganz persönlichen und immer weggeschlossenen Grimoire, ein neuer Morpher auftaucht.«

»Wie kannst du dir da so sicher sein?«

»Der Widerstand zählt sie. Ich stehe in ständigem Kontakt mit ihnen und so ist es ihnen aufgefallen. Dank mir wissen sie das jetzt.« Der Kerl warf sich regelrecht in die Brust und nickte stolz.

Seine Worte zogen den Bruchteil einer Erinnerung zurück an die Oberfläche, etwas, das mir nur unterbewusst aufgefallen war. Als Vanir am Herz von Anicor seine Macht benutzt hatte, war der Boden unter seinen Füßen, also vor allem die Pflanzen, schwarz geworden und hatten sich erst in ihrer Form verändert, ehe sie ganz zerfallen waren. Das passte doch zu dem, was dieser Bergelfjunge gerade erzählt hatte. Aber dann war es vor allem Vanirs Macht, die Anicor schadete, oder nicht?

Einklang, alles war hier immer im Einklang. Wenn er unsterblich wurde durch seine Gabe, musste die Energie dafür ja irgendwoher kommen. Er hatte jahrhundertelang von unserer großen Mutter genommen und die Morpher waren offensichtlich der Preis dafür. Aber dann könnte alles ein Ende haben, wenn wir es irgendwie schafften, Vanirs Gabe zu bannen oder zu blockieren. Ich musste Keylam fragen, ob das möglich war.

Sofern ich rechtzeitig zu ihm kam.

Plötzlich packte mich die Ungeduld und ich tapste von einem Fuß auf den anderen. »Wann können wir los?«

Der Bergelf schloss die Augen und schien zu lauschen. Dann schüttelte er den Kopf. »Vanir verlässt gerade erst den Hof. Es dauert jetzt noch ein bisschen, bis er seine Brücke erschaffen hat. Dann können wir los.«

Fragen, so viele Fragen. Woher wusste er das? Hatte er gerade mental mit einem anderen Kind Anicors kommuniziert? Ging das einfach so, oder brauchte man dafür eine bestimmte Gabe? Doch keine einzige davon stellte ich. Stattdessen ging ich zum Kleiderschrank, zog ihn auf und durchsuchte die Stücke darin. Ich war dabei, mich auf eine Flucht zu begeben, von der ich weder wusste, wie lange sie dauern, noch wohin sie mich führen würde, auch wenn ich längst wusste, was meine erste Station sein würde. So oder so brauchte ich besser passende Kleidung und etwas Warmes zum Drüberziehen, sollten mir wirklich nur die Eisberge bleiben.

Der Bergelfenjunge führte mich zielsicher und ohne irgendwelche Zwischenfälle durch dunkle Flure und Gänge, bis er mich an einer überraschend kleinen Tür im Mauerwerk verabschiedete. Sie führte direkt durch die Außenmauer zu einer Treppe, die sich den gesamten Berg hinabwand. Er erklärte mir noch, dass ich mich am Abzweig links halten musste, damit ich hinunter ins Tal kam, denn rechts ginge es zum Herzen von Anicor und da wolle ich wohl eher nicht hin, denn Vanir hätte einen Zauber darauf gelegt, sodass er immer erfuhr, wenn jemand sich dem See näherte.

Wie gerne hätte ich dem Jungen gedankt und seinen Namen erfahren, aber irgendwie passte das weder zur Stimmung zwischen uns, noch hatten wir die Zeit, einander weiter anzunähern. Sollten wir das hier alles irgendwie bewältigen, nahm ich mir vor, sowohl den Dank als auch das bessere Kennenlernen nachzuholen. Für den Moment dankte ich ihm im Stillen und entschuldigte mich, als ich an der Abzweigung die Stufen nach rechts hinunterging.

Vanir hatte mir unglaublich viel gegeben. Ich war mir nicht sicher, ob ihm das so bewusst war. Beinahe alles, was er gesagt hatte, war wahr gewesen. Nur seine Rhetorik hatte dabei einen Eindruck entstehen lassen, der nicht stimmte. Aber die reinen Fakten, die stimmten mit ziemlicher Sicherheit schon. Keylams Gabe war der Gegenpol zu Vanirs, das bedeutete er konnte dem Mann vermutlich als einziger wirklich gefährlich werden.

Aber für den Moment noch viel wichtiger: Vanir und Anicor waren Widersacher. Und das bedeutete, dass meine beste Chance, hier herauszukommen und Keylam vor einer Entscheidung basierend auf Fehlinformationen zu bewahren, die große Mutter war. Und auch wenn sie alle davon ausgingen, dass Anicor sich niemals einmischte, sah ich das definitiv anders. Als ich dort unter der Wasseroberfläche gewesen war, hatte jemand ganz direkt zu mir gesprochen und mich gewarnt. Das musste sie gewesen sein. Auch bei Keylam hatte sie eingegriffen, mehr als einmal sogar und beide Male ganz direkt. Anicor mischte sich sehr wohl ein, zumindest jetzt, da die Lage so ernst war.

Nach so vielen Stufen, dass mir die Knie schmerzten und die Oberschenkel brannten, kam ich endlich in der blasenartigen Höhle an. Kurz hielt ich inne, legte mir einen klaren Plan zurecht und holte noch mal tief Luft. Wenn Vanir erfuhr, dass ich hier war, war mein Zeitfenster sehr klein und einfach alles hing davon ab, dass Anicor mir half.

»Bitte«, flüsterte ich in die Dunkelheit der Nacht. »Bitte sei da und hilf mir. Ich habe nur dich. Du bist die Einzige, die mir helfen kann, ihn zu retten. Also *bitte*.«

Entschieden ballte ich die Fäuste, sog ein letztes Mal tief die Luft in die Lunge und blies sie wieder aus, wobei ich die Augen schloss und in Konzentration versank. Eine Frage, eine Bitte. Rein, bitten, raus. So einfach, komplett effizient.

Ich schlug die Augen auf, massierte meine bereits müden Oberschenkel und knurrte: »Los, los, los!«

Ich flog regelrecht die Stufen hinab, war trittsicherer, als ich bei diesen Lichtverhältnissen angenommen hätte, doch je tiefer ich kam, desto heller wurde es. Der gesamte See schimmerte in diesem wunderschönen Türkis und erhellte die Welt um sich mit diffusem Licht. Es hätte atemberaubend sein können, wenn ich Zeit gehabt hätte, den Anblick zu genießen. So allerdings rannte ich nur, warf lediglich hin und wieder einen Blick voraus, sonst war er auf die nächsten Stufen geheftet, um ja nicht zu fallen.

Ich gewann dermaßen an Tempo, dass ich bald zwei Stufen auf einmal nahm, und Mühe hatte, nicht vollends vorwärts zu kippen und einfach zu fallen. Mindestens doppelt so schnell wie bei meinem ersten Besuch hier war ich unten am See, zögerte keine Sekunde, sprang auf einen der großen Steine am Ufer und vollendete die Bewegung in einem kraftvollen Kopfsprung.

Als ich in das Wasser eintauchte, umfing mich dieselbe sanfte Stille wie beim ersten Mal. Angekommen, ich war zu Hause angekommen. Dieses Gefühl war überwältigend und spülte für einen Augenblick alle Dringlichkeit und Effizienz davon. Ganz kurz nur genoss ich, dann holte mein Bewusstsein auf und fokussierte mich wieder auf meine Aufgabe. Natürlich wollte ich so gerne wissen, was ich war. Das war die eine Frage, die ich stellen wollte. Aber das ging nicht. Ich brauchte meine Frage, meine Bitte für etwas anderes. Ich brauchte sie für ihn, für Keylam. *Bitte, große Mutter, bitte hilf mir, zu ihm zurückzukehren und ihn zu warnen. Wie komme ich in die Welt der Menschen, zurück zu Keylam Warren?*

Schweigen. Da war nichts als Stille.

Die Luft ging mir langsam aus. Ich musste meinen Tauchgang beenden und zurück zur Oberfläche. Enttäuschung fraß sich durch meine Eingeweide. Wie konnte sie jetzt schweigen? Das war ... Damit hatte ich absolut nicht gerechnet. Natürlich hatte ich die Möglichkeit in Erwägung gezogen, doch das ergab absolut keinen Sinn.

Ich brach durch die Oberfläche und schnappte nach Luft. Mit stetigen Bewegungen hielt ich mich in der Schwebe und wischte mir die nassen Haare aus dem Gesicht.

»Hallo, Tochter.«

Ich starrte auf die kreisrunden Wellen, die direkt vor mir auf der Wasseroberfläche entstanden, doch ein Körper war weit und breit nicht zu sehen, in keiner Form.

»Anicor?«

»Ja, mein Kind.«

»Ich ... ähm, hast du meine Frage oder besser Bitte gehört?« Mann, fühlte sich das seltsam an, mit der Leere zu sprechen.

»Das habe ich und ich werde dir helfen. Aber zunächst musst du erfahren, wer du bist.«

Wer, nicht was. Jeder Muskel in meinem Körper spannte sich an.

»Du hast beinahe alle Puzzleteile, Tochter. Ich kann sie nicht für dich zusammensetzen, das musst du selbst tun. Aber ich kann dich darauf hinweisen, dass ein Sachverhalt, dem du derzeit keine hohe Bedeutung beimisst, im Grunde das Allerwichtigste ist.«

Fieberhaft versuchte ich, ihren Worten zu folgen. Wovon zur Hölle sprach sie? Alles in mir war derart angespannt und auf Keylam fokussiert, dass ich keinen klaren Gedanken fassen konnte, jedenfalls keinen außerhalb der Denkmuster, für die ich mich entschieden hatte.

»Weißes Licht, Liv, ist die Summe aller anderen existierenden Farben.«

»Das weiß ich«, platzte ich heraus.

»Er kommt«, warnte sie mich und im nächsten Moment durchströmte mich pure Kraft und Energie. So lebendig hatte ich mich noch nie gefühlt. »Flieh! Er wird die Puzzleteile auch zusammensetzen. Also geh und erfülle dein Schicksal, Tochter.«

Eine Welle trug mich ans entgegengesetzte Ufer, wo auf einer steinernen Fläche die mir inzwischen so vertrauten Symbole in weißem Licht geschrieben worden waren. Die Welle setzte mich in der Mitte des Kreises ab als weiße Nebelschwaden aus dem Boden hochwaberten und mich einschlossen.

»Nein!«, schrie Vanir vom anderen Ufer. »Du Miststück nimmst sie mir nicht weg!«

Vanir kniete sich hin, legte eine Hand auf den Boden und streckte die andere in meine Richtung. Ein Schwall karmesinroten Lichts brach daraus hervor und flog direkt auf mich zu. Der weißschimmernde Nebel schloss sich als dichte Wand vor meinem Gesicht. Die Atmosphäre um mich veränderte sich, wurde kühler und gespickt mit dem Geruch von Büchern und Stadt. Mir war bis jetzt nicht bewusst gewesen, wie klar und sauber die Luft in Anicor war, doch jetzt roch ich den Kontrast deutlich.

Der Nebel sank zu Boden und löste sich auf, gab die Sicht frei auf zahllose Menschen, die fassungslos zu mir starrten, in der Bewegung eingefroren zwischen den so vertrauten Bücherregalen des Verkaufsraums.

Vorsichtig und tropfnass erhob ich mich. Langsam ließ ich den Blick schweifen. Einige Gesichter kannte ich, die rothaarige Yvi, die beiden übereifrigen Jungs Simon und Leon. Und sie alle waren bewaffnet mit, anders konnte ich es nicht sagen, mittelalterlichen Waffen. Bögen hingen über Schultern, Pfeile ragten aus Köchern, die entweder noch in der Hand gehalten wurden oder bereits auf Rücken geschnallt waren. Schwerter hingen an Hüften und Armbrüste waren an Gürtel geschnallt.

»Liv?«, erklang die eine Stimme, die ich mir so sehr erhoffte, hinter mir. Ich wirbelte herum und warf mich auch schon vorwärts in seine gerade noch rechtzeitig geöffneten Arme.

»Liv«, seufzte er und presste mich an sich. »Du bist wirklich hier?« Ungläubigkeit schlug mir entgegen, als er leicht einknickte.

Sofort trat ich zurück und sah hinab auf das theoretisch gebrochene Bein, doch er stand recht sicher darauf und der Knochen schob sich auch eindeutig nicht mehr durch sein Fleisch. Alles war da, wo es hingehörte. »Geht es dir gut?«

Seine Hände umfassten vorsichtig mein Gesicht und hoben es an. Mit feuchten Augen und so viel Erleichterung, dass ich sie beinahe greifen konnte, hauchte er: »Jetzt schon.«

Im nächsten Moment lagen seine Lippen auf meinen und ich vergaß alles und jeden um uns herum. Ebenso erleichtert und glücklich wie Keylam. Als unsere Körper sich perfekt aneinanderschmiegten und seine Wärme mich einhüllte, wusste ich, dass ich mich längst in ihn verliebt hatte, in seinen scharfen Verstand, seinen Humor und sein gutes Herz. Er zog mich auf eine Weise an, gegen die ich mich nicht wehren konnte, selbst wenn ich es gewollt hätte. Er gehörte zu mir und ich zu ihm. Das hier, das war richtig, ohne irgendeine Einschränkung und unabhängig von der drohenden Zukunft. Gerade jetzt, genau hier, war ich ich, auf eine Weise, die es irrelevant machte, wer oder was ich war, wie unsere Vergangenheit oder auch unsere Zukunft aussah. Ich war vollkommen, ich war glücklich und erfüllt. Ja, verdammt, ich liebte ihn und wusste mit jeder seiner zärtlichen Berührungen und seiner bedingungslosen Hingabe, dass auch er mich liebte. Keine Zweifel, nicht einmal ein Körnchen davon.

»Einen Moment«, knurrte Zack und ich spürte etwas Kaltes an der empfindlichen Haut meines Halses, während Keylam auch schon von mir weggerissen wurde.

»Was soll das? Spinnst du, Zack?«

Keylam wandte sich im anscheinend recht festen Griff von Simon und Leon.

Ich wagte es nur, meine Augen zu bewegen, und war froh drum, als ich seitlich den Blick auf ein Schwert erhaschte. Heilige Scheiße, Zack hielt ein Schwert an meine Kehle.

Automatisch hob ich die Hände und sprach so leise, dass sich mein Hals dabei nur wenig bewegte. »Jetzt ganz ruhig. Bitte nichts Unüberlegtes tun. Ich bin sicher, wir können das klären.«

Ausgerechnet Taylor trat in mein Blickfeld und musterte mich wachsam. In ihren Zügen fand ich kein Anzeichen unserer Freundschaft, nur Argwohn. Dreck, verdammter. Wenn nicht einmal sie auf meiner Seite war.

»Ihr lasst mich sofort los und du senkst dieses verdammte Schwert«, befahl Keylam. Ja, er befahl es. Da war so viel Autorität in seiner Stimme, dass sogar ich gehorchen wollte. Zack zuckte zusammen, rührte sich aber nicht. Die beiden jungen Männer sahen aus, als hätten sie Angst vor Keylam, doch auch sie folgten dem Befehl nicht.

»Zack!« Alles an diesem einen Wort war eine Mahnung.

Ich sah, wie die Härchen auf Zacks Armen sich aufstellten.

Die Stille im Raum war zum Greifen und die Luft so dick, dass ich sie hätte schneiden können.

Mit gesenkter Stimme, die angsteinflößend war, anders konnte man das nicht sagen, drohte Keylam. »Ich bin jetzt wieder stärker als du, Zack. Zwing mich nicht, dich mit Taten daran zu erinnern.«

Das Schwert sank sofort herab, doch Zack trat lediglich einen Schritt zurück und hielt es immer noch in meine Richtung erhoben. »Sie hat einiges zu erklären und deine Gefühle dürfen dir da nicht im Weg stehen.«

Simon und Leon gaben Keylam ebenso schnell frei, wie Zack die Klinge von meiner Kehle genommen hatte, und im Gegensatz zu Zack sahen sie zu, dass sie möglichst viel Abstand zu einem offensichtlich brodelnden Keylam bekamen. Etwas war anders an ihm und damit meinte ich nicht die hochgekrempelten Hemdsärmel oder die beiden oberen Knöpfe, die tatsächlich geöffnet waren. Er ... strahlte etwas aus, etwas unglaublich Mächtiges, und es schmeckte für mich blauviolett. Mann, drehte ich hier gerade durch? Das musste die Panik oder Anspannung sein. Farben schmeckten doch nicht!

Keylam sah mich an und ich erkannte so viel Sehnsucht in seinem Blick, dass ich sofort zu ihm eilen und sie stillen wollte. Doch er schob lediglich eine Hand in die Hosentasche und griff mit der anderen nach der goldenen Taschenuhr in seiner Weste. »Erklär mir bitte, was du meinst.«

»Fangen wir damit an, wie im Namen der großen Mutter sie eine Brücke erschaffen konnte, die sie dann auch noch direkt hierhergebracht hat?«

Keylams Augen weiteten sich und zum ersten Mal wandte er seinen Blick von mir ab. Er sah erst zu Zack und dann auf den Boden hinter mir. »Das ist unmöglich«, hauchte er.

»Ganz genau. Herzlich Glückwunsch, jetzt hast du es auch.«

»Kann, ähm. Könnte mich mal jemand gedanklich abholen, bitte. Was ist das Problem?«

Keylams Mundwinkel zuckte. Er entspannte sich sichtlich und trat auf mich zu.

»Key!«, ermahnte Zack ihn, doch er ignorierte ihn vollkommen, trat ganz dicht vor mich und strich mit den Fingerspitzen über meine Wange.

»Du hast eine Brücke erschaffen.«

»Habe ich nicht.«

Er nickte. »Es sieht aber so aus.«

»Wieso?«, hauchte ich.

»Weil der Nebel weiß war.«

Es ratterte in mir. Diese verdammte Farbe, irgendwie schien das der rote Faden durch mein Leben zu sein. Haha, witzig. Was sollte ich denn jetzt sagen? Ich hatte keine Ahnung, ob alle hier hören durften, was ich darauf antworten würde. Informationen waren die wichtigste

Währung in einem Krieg und wir waren irgendwie in einen mit Vanir hineingeschlittert, daran bestand für mich kein Zweifel.

»Kann ich offen sprechen. Also wirklich vollkommen offen?«

Keylams Blick wurde wachsam. Er hob den Kopf, sah sich einmal ausgiebig und in Ruhe um, dann wandte er sich wieder an mich und nickte. »Sie alle sind meiner Bitte gefolgt, sich aufzumachen und dich zu retten. Sie hätten allein für meinen Wunsch ihr Leben riskiert. Also ja, du kannst offen sprechen.«

Ich verschlang haltsuchend meine Finger mit seinen und war erleichtert, als er meine Hand drückte.

»Anicor. Sie hat die Brücke geschaffen, um mich vor Vanir zu retten. Na ja, eigentlich um dich vor Vanir zu retten, aber das eine führte irgendwie zum anderen, deshalb —« Ich brach ab, als mir das Gemurmel um mich herum auffiel und mir klar wurde, dass Keylam zu einer Salzsäule erstarrt vor mir stand.

»Was ist?«

»Die große Mutter greift nicht ein. Nie, jedenfalls nicht direkt«, erklärte Taylor mir verhalten.

Ich schnaubte. »Ausgerechnet du sagst das?«

Meine beste Freundin auf Bewährung riss die Augen auf.

»Mama hat ihm geglaubt, als er uns erzählt hat, wie Anicor schon einmal eingegriffen hat«, schleuderte ich ihr wütend an den Kopf. »Du bist meine beste Freundin, gerade du solltest mir ja wohl glauben. Wenn irgendjemand sonst meine Worte anzweifeln würde, meinetwegen, aber du? Klär mal für dich deine Loyalitäten, Taylor!«

Sie schluckte schwer. Und schwieg.

»Zu ihrer Verteidigung, glühende Käfer, die Keylam vom Abgrund zurückschubsen, sind noch mal eine andere Hausnummer als eine Nebelbrücke zu erschaffen«, bemerkte Zack.

»Kann ja sein, aber wie soll ich denn bitte eine Nebelbrücke erschaffen, hä? Ich habe weder Magie noch die geringste Ahnung, wie das überhaupt geht.«

»Man könnte es dir beigebracht haben«, bemerkte Miran, der blasse, hochgewachsene Mann aus dem Buchclub, der neben Yvi getreten war.

»Und wer?«, schnaubte ich ungläubig.

»Vanir zum Beispiel«, schlug Zack vor. »Hey, ich will dich gar nicht anklagen, aber ich weiß, was für ein begnadeter Rhetoriker er ist. Es hat ewig gedauert, bis das Volk erkannt hat, dass er ein Narzisst ist, der unsere Welt ausblutet und über Leichen geht. Und du hast das alles nicht miterlebt. Es würde einfach zu ihm passen, über dich an Keylam zu kommen.«

Wütend stemmte ich die Hände in die Seiten und funkelte ihn an. »Er hat vor meinen Augen meine Mutter getötet. Für wie beschränkt und einfältig hältst du mich?«

Zack zuckte zusammen und das Schwert sank zu Boden. Seufzend gab ich die Angriffshaltung auf und rieb mir eine Schläfe. »Ganz Unrecht hast du ja nicht. Er hat genau das versucht«, räumte ich ein.

Keylam versteifte sich und ich wandte mich wieder an ihn, sah ihm in die Augen und erzählte ihm, welche Rolle ich gespielt hatte, um an so viele Informationen wie möglich zu kommen und zugleich einen Fluchtweg zu finden. Als ich geendet hatte und nur die Details ausgelassen hatte, die Vanirs Handeln zu rechtfertigen schienen, nahm ich mir fest vor, das nachzuholen, sobald die Runde nicht mehr ganz so groß war. Ja, er vertraute ihnen, aber sie kannten mich nicht und könnten das alles in den falschen Hals bekommen. Dennoch nagte das schlechte Gewissen an mir, dass ich Keylam dadurch Informationen vorenthielt. Besonders, da er mich mit so viel Anerkennung und Stolz betrachtete.

»Mein kleines Wunder«, hauchte er und lehnte sich vor, um erneut seine Lippen auf meine zu legen und jede Sorge wegfegte.

Diesmal hielt niemand uns auf, als wir einander umschlangen, auch wenn ich Zack murmeln hörte: »Dann glauben wir ihr wohl. Ich schick dann mal die Leute weg, die brauchen wir ja offensichtlich nicht.«

Ich lächelte erheitert an Keylams Lippen und er lachte leise, ehe er mich auf eine Weise küsste, die mich beinahe vergessen ließ zu atmen.

Das Feuer des Verlangens loderte in mir auf, als mir klar wurde, dass wir allein waren, und das war der Moment, in dem ich mich von ihm schob. Schwer atmend legte ich eine Hand auf seine Brust und sah zu ihm auf. »Du glaubst nicht, wie gerne ich einfach hier stehen und dich küssen würde, eigentlich sogar viel mehr machen würde.« Ich schluckte schwer, um das aufkeimende Verlangen zu bezwingen, das mit aller Macht gegen meinen bremsenden Verstand aufbegehrte. »Allerdings habe ich eine Aufgabe von Anicor bekommen. Sie war sehr kryptisch, aber wenn ich es richtig verstanden habe, muss ich herausfinden, warum ich weiß schimmere, sie hat das Wort Schicksal benutzt. Etwas sagt mir, dass ich in diesem ganzen Chaos vielleicht eine größere Rolle spiele, als der Lockvogel für dich zu sein, damit du Vanir in die Falle gehst.«

Forschungsbericht Keylam Warren

Mainz, 05. Oktober 2017

Hinweis 17: Legenden der Althea
Gefunden in einer alten Kapelle im Taunus
Zweite Sichtung, weitere Legende, die ggf. einen Nutzen haben könnte.

Diesmal habe ich das Gefühl, wirklich auf etwas gestoßen zu sein, das helfen könnte, ich weiß nur noch nicht wie ich es umsetzen kann.

In dieser Legende geht es um die Macht von Einheit und Verbundenheit, was zu den Althea passt. Aber diese Legende beschreibt so detailliert, wie diese Macht zustande kommt, dass es mich ernsthaft wundern würde, wenn darin nicht eine Art Anleitung steckt.

Zu den (möglichen) Fakten:

Der Farbkreis Anicors ist aus drei Ringen aufgebaut. Außen die neun Mischfarben, eins weiter drinnen die drei Primärfarben und noch eins weiter drinnen ein weißer Ring. Laut dieser Beschreibung bringt die Verbindung aller Farben eines Kreises von innen nach außen die größte Macht. Das würde bedeuten, dass eine Vereinigung aller neun Stammesfarben mächtiger wäre als Anicor selbst. Das kann ich mir zwar nur schwer vorstellen, aber so ist die Quintessenz dieser Geschichte. In diesem Beispiel wird ein Vertreter von Blau durch die Verbindung aller neun Mischfarben gefesselt und von seiner Macht so weit getrennt, dass er sie nicht mehr gegen seine Angreifer nutzen kann.

Ich weiß noch nicht genau, wie, aber vielleicht würde so eine Vereinigung aller neun Farben auch gegen Vanir bestehen können, auch wenn er als Magier selbst einer dieser Farben angehört. Aber wieso sollte es nicht auch so funktionieren? Jedenfalls werde ich es im Hinterkopf behalten.

Allerdings hat diese Vereinigung natürlich ihren Preis. In Legenden hat so was immer seinen Preis. Das macht es bedeutend schwerer, Kandidaten zu finden, die bereit wären, das mal mit mir auszuprobieren.

Forscherfrage: Wie schaffe ich es, je einen Vertreter oder eine Vertreterin aus jedem Stamm dazu zu bringen, sich zu vereinen?

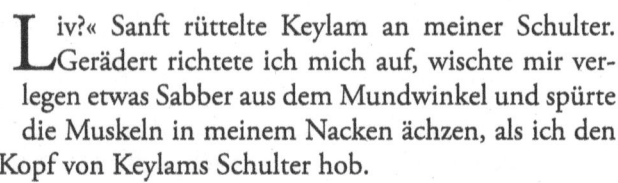

Liv?« Sanft rüttelte Keylam an meiner Schulter. Gerädert richtete ich mich auf, wischte mir verlegen etwas Sabber aus dem Mundwinkel und spürte die Muskeln in meinem Nacken ächzen, als ich den Kopf von Keylams Schulter hob.

»Wir sind da«, bemerkte er.

Wie von selbst wanderte mein Blick nach draußen. Das Haus meiner Eltern lag zwischen den ganzen Nadelbäumen am Rand des Ortes und sah so idyllisch und gepflegt aus wie immer. Automatisch erwartete ich, dass Mama aus der Tür trat, um uns zu begrüßen. Doch die weiße Tür rührte sich nicht.

Tränen stiegen in meinen Augen auf. Sie würde nie wieder herauskommen und mich mit offenen Armen begrüßen. Der Schmerz kam, aber überwältigte mich nicht mehr vollkommen. War ich ein eiskaltes Miststück, dass ich nur zwei Tage nach ihrem Tod irgendwie klarkam? War es gesund oder eher komplett krank, dass eine einzige Nacht des Zulassens von Trauer, Verlustschmerz und all der anderen Gefühle genügte, damit ich akzeptieren konnte? Ich wusste es nicht und im Grunde spielte es keine Rolle. Ob es krank und gesund war, zählte eigentlich nicht. Es war schlicht ich, ohne Wertung oder Beurteilung, einfach ein Teil meines Wesens und wenn ich das akzeptieren könnte, würde ich einen Schritt weiter sein, das wusste ich.

»Brauchst du noch einen Moment?«

»Nein.«

Entschieden zog ich am Griff und stieß die Autotür auf. Voller widerstreitender Gefühle lief ich über den knirschenden Kies der Auffahrt und hörte hinter mir Keylam den Taxifahrer bezahlen. Die Tür wurde zugeschlagen, als ich vor den zwei Stufen hinauf zur Veranda stehen blieb und lauschte, wie Keylam zu mir aufschloss, während das Taxi wieder zurück auf die Straße fuhr.

Seine Hand glitt in meine, dann erst erklomm ich die Stufen und drückte auf die kalte und so vertraute Messingklingel. Das fröhliche Geläut ging mir direkt unter die Haut. Es schrie so sehr das Wesen der Frau hinaus, die ich jahrelang Mama genannt hatte, und war zugleich zu gesetzt für die Frau, die sie in Anicor gewesen war, wilder, jugendlicher, leidenschaftlicher. Aber beide Versionen von ihr liebten mich uneingeschränkt.

Mir schnürte sich die Brust zu, als eilige Schritte auf das Verstummen des Geläuts folgten und schon im nächsten Moment riss Papa die Tür auf. Ungebremst trat er hinaus und zog mich an sich.

»Mein Schatz«, schluchzte er in meine Halsbeuge und hielt mich, so fest er konnte. Nun rannen die Tränen doch noch einmal meine Wangen hinab. Ich schlang meine Arme um ihn und hielt ihn fest, zum Teil, um ihn zu trösten, zum Teil aber auch, um Halt in seiner Stärke zu finden.

»Mama«, schluchzte ich.

»Ich weiß«, hauchte er tränenerstickt und drückte mich noch ein bisschen fester. »Ich weiß.«

So standen wir eine Weile da, hielten einander fest in stummer Einigkeit, trauerten gemeinsam und fanden im anderen Trost.

Irgendwann war es genug. Irgendwann tat es nicht mehr so weh. Er führte mich hinein, den schmerzlich vertrauten Flur entlang ins gemütliche Wohnzimmer, in dem zum ersten Mal keine einzige Seele zu finden war. Dieses Haus war das Echo ihres Lebens und ich vermochte mir nicht vorzustellen, wie es für Papa sein musste, hier zu sein. Ohne sie.

»Wo?« Ich schluckte an dem Kloß in meinem Hals vorbei. »Wo habt ihr sie begraben?«

»Deine Mutter wollte kein Grab. Ihr Wunsch war, dass ich ihre Asche über die Erde eines Ortes streue, den ich mit ihr verbinde, den ich aber so oft ich will besuchen oder auch meiden kann.«

Ich lächelte. Das war so typisch sie. Auf diese Weise gab sie Papa die Freiheit, so zu trauern und Abschied zu nehmen, wie er es brauchte. Auch wenn es mich ein wenig überraschte, dass sie nicht die üblichen Bestattungsriten der Kinder Anicors wählte. Kam das vielleicht daher, dass sie sich in einen menschlichen Mann verliebt hatte?

»Und welchen Ort hast du gewählt?«

»Den Aussichtspunkt auf unserer Wandertour, weißt du, was ich meine? Mit der Bank und dem kleinen Ahornbaum.«

Ich lächelte. »Das ist ein guter Ort.«

Er nickte und führte mich zu einem der Sofas.

»Wann willst du es machen?«

Er zog schuldbewusst den Kopf ein. »Ich bin gerade zurückgekommen. Ich habe schon … Der Anruf, dass du wieder da bist, kam in dem Moment, als ich die Asche gerade verstreut hatte. Ich konnte gar nichts für dich tun, musste mich darauf verlassen, dass Keylam einen Weg findet, dich zu befreien. Und ich konnte nicht nur so rumsitzen, mit ihrer Asche auf dem Tisch. Das …«

»Schon gut, Papa. Das verstehe ich.«, beeilte ich mich zu sagen. Auch wenn ich ein wenig verletzt war, dass er es ohne mich gemacht hatte, konnte ich natürlich rein sachlich nachvollziehen, wie es dazu gekommen war. Ich sagte nicht mehr, weil ich erst einmal meine Gefühle bewältigen musste. Papa jetzt zu verletzen oder ihm Schuldgefühle einzureden, war wirklich das letzte, was ich wollte. Und ich war sicher, wenn ich die Enttäuschung erst bezwungen hatte, konnte ich auch emotional realisieren, dass ich mich immer noch verabschieden konnte, dass es im Grunde keinen Unterschied machte und schon gar nicht für sie.

»Danke«, hauchte er mit bebender Lippe, dann hob er den Blick zu Keylam. »Und auch dir habe ich zu danken. Du hast sie mir zurückgebracht.«

»Habe ich nicht«, widersprach er sofort, legte seinen Arm um mich und drückte mich an sich. »Sie hat sich selbst zurückgebracht.«

Papas Augen weiteten sich. »Das musst du mir erklären«, bat er mich und so erzählte ich ihm, was passiert war, und begriff mit jedem weiteren Wort, dass Papa alles über Anicor wusste, über die Welt, das Schloss und Vanir. Mama musste ihm von allem erzählt haben und so ging ich immer mehr ins Detail und berichtete sogar von der Aufgabe, die Anicor mir aufgetragen hatte.

Sei es, weil er endlich einen Weg sah mitzumischen und nicht nur ein unbeteiligter Zuschauer zu sein, oder weil er die Ablenkung brauchte, er stürzte sich auf Anicors Worte.

»Weißes Licht ist die Summe aller Farben«, murmelte er und tippte sich ans Kinn. Unruhig erhob er sich und schritt durch den Raum, den Kopf nachdenklich gesenkt und die Hände im Rücken verschränkt.

»Habt ihr in den Chroniken von Anicor nicht Aufzeichnungen über die Stämme?«, fragte Papa Keylam.

»Alle, die ich habe, habe ich schon durchsucht.«

»Hast du?«, fragte ich erstaunt.

»Meinen Bann zu lösen, beinhaltete eine gewisse Wartezeit, bis der Zauber verflog und alles war organisiert. Untätig herumzusitzen und zu warten, war unmöglich, also habe ich mich auf die Suche nach einer Antwort auf diesen weißen Schimmer gemacht.«

Ich sprang auf die Beine. »Du hast deinen Bann gelöst?«, kreischte ich entsetzt.

»Ja?«

»Aber dann kann er dich doch finden. Überall. Wieso hast du sie weggeschickt. Wir müssen uns bereitmachen. Wir –«

Keylam packte meine Hände und zog mich zu sich, bis ich mit meinen Knien zwischen seinen stand. »Ganz ruhig. Nur wenn ich meine Gabe auch einsetze, kann er mich aufspüren. Davon hast du mich glücklicherweise gerade noch abgehalten, also alles gut. Für den Moment hat sich nichts verändert.«

»Sicher?« Eigentlich fragte ich nur, um mich selbst zu beruhigen, doch das eindeutige, wenn auch winzige Zögern vor seinem ›Ja‹ beruhigte mich ganz und gar nicht.

»Keylam!«, drohte ich und stemmte die Hände in die Seiten.

»Ich weiß es nicht. Den genauen Zauber kenne ich nicht. Aber bevor ich den Bann ausgesprochen habe, haben seine Anhänger mich immer nur dann aufgespürt, wenn ich zuvor meine Gabe genutzt hatte. Deshalb habe ich auch so lange gewartet, den Bann überhaupt zu sprechen.«

Abwägend schürzte ich die Lippen. »Ich fände es trotzdem besser, wenn du nicht allein und ungeschützt unterwegs bist.«

»In Ordnung. Ich rufe Zack an und sein Rudel wird uns beschützen, wenn wir zurück sind.«

»Und bis dahin?«

Keylam blieb mir die Antwort schuldig. Hin und hergerissen zwischen dem Wunsch Mama zu besuchen und Abschied zu nehmen und Keylam so schnell wie möglich zum Schutz des Rudels zu brin-

gen, sah ich auf zu Papa. Die Lebenden waren wichtiger als die Toten.
»Es tut mir leid, ich –«

Er hob Einhalt gebietend die Hand. »Das verstehe ich, alles gut. Aber vorher möchte ich, dass du dir etwas ansiehst. Ich habe eine vage Idee, was Anicor gemeint haben könnte. Dazu müssen wir allerdings zu der Kapelle auf dem Sandplacken. Das ist nicht weit, wir brauchen vielleicht zwanzig Minuten. Ich fahre uns.«

Unschlüssig sah ich zu Keylam, der bereits aufstand. »Nein. Du musst zu Zack. Ich – Scheiße«, fluchte ich. »Bitte, fahr schon vor zu Zack und dem Rudel. Ich könnte dir im Kampf kein bisschen helfen, wenn er dich doch finden kann.«

»Ehrlich Liv, die Wahrscheinlichkeit ist sehr gering.«

»Aber eben nicht null. Jede Sekunde ohne jemanden, der dich wenigstens ein bisschen verteidigen kann, ist eine zu viel.«

»Hey«, sagte er sanft und nahm meine Hand, um sie beruhigend zu streicheln. »Ich habe meine Gabe zurück. Ich bin nicht wehrlos. Der beste Schutz, den ich habe, bin ich selbst.«

Mich zerriss es innerlich. Das Bedürfnis, ihn zu beschützen, und das gleichzeitige Unvermögen, genau das zu tun, machten mich entscheidungsunfähig.

»Schon gut«, beruhigte er mich. »Wenn es dir hilft, fahre ich schon vor zu Zack.«

Es war für mich, nur für mich, damit ich die Sicherheit bekam, nach der ich lechzte, eine vermutlich vorgegaukelte Sicherheit. Und ich sah ihm an der Nasenspitze an, dass er mich begleiten wollte.

Seufzend knickte ich ein. »Nein. Du kommst mit und wir beeilen uns eben, direkt danach nach Mainz zu kommen.«

»Ich fahre euch«, versprach Papa sofort, der sich vorher aus dem Disput herausgehalten hatte.

»Danke«, sagte Keylam und schon waren wir wieder auf dem Sprung. Draußen auf dem Kies hob ich den Blick zu dem Hügel hinter dem Haus. Da oben ruhte sie, verbunden mit der Erde. Der Abschied musste warten und ich betete inständig, dass ich noch die Gelegenheit dazu bekam, denn dann hätten wir einen Weg gefunden, Vanir aufzuhalten.

Der Gedanke erinnerte mich an meine Überlegungen im Nebelschloss. »Sag mal, könntest du seine Gabe irgendwie bannen, wie du deine gebannt hast?«

Keyalm lächelte, als Papa gerade vorfuhr. »Leider nein. Ein Bannzauber kann nur selbst gesprochen werden. Der Gebannte kann das nur freiwillig tun, jedenfalls habe ich keinen anderen Bannzauber gefunden und ich habe etwa vier Jahre nach einem gesucht.«

Seufzend rieb ich mir die Stirn, ehe ich die Beifahrertür aufzog. »Hätte ich mir eigentlich denken können, dass du auf diese Idee längst selbst gekommen bist.«

»Schon gut«, meinte er, mit der geöffneten Rücksitztür zwischen uns. »Lieber, wir bedenken die Dinge doppelt, als etwas unerwähnt zu lassen, weil man glaubt, der andere hätte es schon bedacht.«

»Auch wieder wahr«, räumte ich ein und glitt auf den Sitz neben Papa. An ihn gerichtet bat ich: »So, dann weih uns mal in deine vage Idee ein.«

»Es geht um Farbenlehre, um die Farbzugehörigkeit der Stämme und den Hinweis, den Anicor gegeben hat. Ich bin ziemlich sicher, dass in dieser Kapelle ein Deckengemälde existiert, dass all das aufgreift, und ich könnte schwören, dass ich Weiß da auch gesehen habe.«

Mit in den Nacken gelegtem Kopf stand ich unter dem Fresco und dankte dem Schicksal für Papas annähernd fotografisches Gedächtnis. Er behauptete zwar immer, das wäre Blödsinn, aber ich kannte keinen, der sich so gut an bildliche Details erinnerte, selbst wenn er einen Ort schon zehn Jahre nicht mehr besucht hatte, wie diese kleine Kapelle, die gar nicht mehr genutzt wurde.

»Es ist alles da«, hauchte Keylam, »und noch viel mehr.«

Kreisrund in die Kuppel gemalt war der Farbkreis der Farbenlehre. Die Mischfarben im äußeren Ring, einen Ring weiter innen die Primärfarben und in der Mitte ein Dachfenster, um das herum ein leicht zu übersehender, etwa drei Zentimeter dicker, blütenweißer Ring gemalt worden war. Feine Linien verbanden die Felder der Mischfarben mit den Primärfarben, aus denen sie entsprangen und eins weiter nach innen führte ein ganzes Speichenrad aus Fäden zu dem weißen Ring. Erst bei genauer Betrachtung fiel auf, dass die Linien zum weißen Ring jene von den äußeren Mischfarben waren, nur auf der anderen Seite der Primärfarben weitergezogen. Auf den ersten Blick sah es so aus, als führten einfach nur mehrere Linien von jeder Primärfarbe zum weißen Ring, aber es waren genau neun Linien in perfekter Flur zum äußeren Ring. *Weißes Licht ist die Summe aller Farben.*

»Was soll das sein?«, fragte mein Papa Keylam. »In dem roten Feld?«

»Ich bin mir nicht sicher. Es sieht aus wie ein Mann mit Umhang und einem großen Stab.«

»Gibt es einen roten Stamm? Anjali hat nie einen erwähnt.«

Keylam schüttelte den Kopf. »Nicht, dass ich wüsste.«

Hatte er es nicht mitbekommen? »Vanir schimmert rot«, erinnerte ich ihn.

Die beiden Männer fuhren zu mir herum. »Ich dachte ich hätte mich getäuscht«, murmelte Keylam.

»Hast du nicht.«

Ich trat zwischen sie und zeigte auf das rote Feld. »Das ist ein Druide. Vanirs Stamm, der nach dem großen Krieg nach und nach ausgestorben ist, weil Vanir ihn unfruchtbar gemacht hat. Das da im Blauen, das sind Nymphen, der erste Stamm, der ausstarb. Und diese Katzengestalt im Gelben muss der Stamm der Siam sein. Ich habe mich die ganze Zeit gefragt, wie die wohl aussahen. Jetzt habe ich meine Antwort, denke ich.«

Keylam starrte mich entgeistert an.

Ich zuckte mit den Schultern. »Alles, was Vanir mir gesagt hat, konnte er mit Beweisen untermauern. Nur das auf der Metaebene, die Motive und Beweggründe, seine Ziele, das war bewusst falsch hingestellt.«

»Du glaubst wirklich, dass er dir so viele Informationen einfach gegeben hat?«

Ich deutete suggestiv an die Decke über uns. »Du nicht?«

Er staunte sichtlich. »Offensichtlich schon.«

»Er muss dich gnadenlos unterschätzt haben«, meinte Papa stolz. »Da hast du ihn ja ordentlich hinters Licht geführt, dass er wirklich dachte, du könntest ihm Mamas Tod einfach so durchgehen lassen.«

Ich lächelte gequält. Das war wirklich das Schwerste von allem gewesen. Sein massiv anderes Verhalten hatte es mir leichter gemacht, die beiden Versionen von ihm zu trennen und in den Hintergrund zu schieben, was er getan hatte. Doch es hatte viele Moment gegeben, in denen ich ihm am liebsten die Augen ausgekratzt hätte.

»Zurück zu Anicors Hinweis«, verlangte ich und verdrängte, wie ich mich diesem Monster gegenüber verhalten hatte, wie bewusst ich jeden wütenden, zweifelnden und verachtenden Gedanken niedergerungen hatte, um authentisch zu wirken.

»Weiß ist die Summe aller anderen Farben«, wiederholte Keylam.

»Weißes Licht«, korrigierte Papa ihn.

»Ja. Ja.«

»Das ist ein Unterschied. Mischst du die Farbpigmente, entsteht Schwarz. Nur wenn du farbiges Licht mischst, entsteht als Summe Weiß.«

»Das ist es!«, rief ich aus.

»Hä? Was?«, fragte Papa verdattert, während Keylam mich nur erwartungsvoll musterte.

»Geht man davon aus, dass das innere Wesen, also die Stammeszugehörigkeit als farbiger LICHTschimmer um einen herum erscheint, wenn man in den See tritt, dann wäre das Erscheinen von weißem Licht …« Ich ließ den Satz unvollendet, damit sie dem Gedanken folgen konnten.

»Die Summe aller anderen Farben«, murmelte Papa.

»Willst du sagen, wenn du in See trittst, erstrahlen alle Stammesfarben und deshalb sieht es weiß aus?«

»Ja?«, meinte ich unsicher. »Es klingt logisch, oder?«

»Schon«, räumte Keylam ein. »Aber was bedeutet das?«

Ein Blick in Papas erstarrte Gesichtszüge und ich wusste, er hatte zumindest eine Ahnung, was das bedeuten konnte.

»Denk es selbst zu Ende, Schätzchen. Wer ist alle Stämme zugleich? Wer vereint jeden Stamm in sich?«

»Anicor«, flüsterte Keylam.

Ich riss die Augen auf. »Willst du sagen, ich bin … Was willst du sagen?«

»Wir konnten nie herausfinden, wo du hergekommen bist. Du hast kein einziges Wort gesprochen, als müsstest du erst lernen, dich auszudrücken. Obwohl du mindestens sieben warst, hattest du keinerlei Erinnerungen an die Zeit vor der großen Flucht, du hattest nicht einmal einen Namen. Liv, du bist Anicor oder zumindest ein Teil von ihr.«

»Sie hat mich Tochter genannt«, flüsterte ich fassungslos.

Stille senkte sich über uns und ein jeder musste erst einmal verarbeiten, was genau das nun bedeutete. Wie groß die Tragweite dieser Erkenntnis war. Ich prüfte diesen Gedanken aus allen Richtungen und musste laut aussprechen, was in mir arbeitete, um Schritt zu halten und das Chaos zu sortieren.

»Anicor stirbt ... wie ich.«

»Ja«, bestätigte Papa. »Sie braucht die Symbiose mit all ihren Kindern. Mit allen Stämmen.«

Mein Kopf ruckte hoch. Der eine Moment, in dem es mir wirklich gut gegangen ist, war, als Keylam den Maskierungszauber gewirkt hatte, wofür er aus jedem Stamm einen Vertreter gebraucht hatte, weshalb Mama bei meinem ersten Besuch in Anicor nicht hatte mitkommen können, sie war als Vertreterin der Althea geblieben, um die Nebelbrücke vor Vanir zu verbergen. In diesem Kreis aus je einem Stammmitglied hatte ich mich am gesündesten gefühlt. Dort hatte ich mein Hoch erlebt. Scheiße, das passte. Und wann immer ich mit mehreren von ihnen unterwegs gewesen war, mit Keylam, Zack, Taylor und Mama, hatte ich mich einigermaßen gut gefühlt. Nur wenn ein einziger bei mir war, Taylor auf der Treppe zur U-Bahn, Keylam allein in der Buchhandlung und der Kobold allein mit mir in diesem Zimmer im Schloss. Da hatte ich das Bewusstsein verloren. Am dreckigsten war es mir ergangen, als ich Urlaub gehabt und allein daheim in meinem Bett gelegen hatte. Das alles passte perfekt. So verdammt perfekt.

»Was denkst du?«, fragte Papa vorsichtig nach.

»Dass es passt.«

»Findest du?«, fragte Keylam. Ich nickte und teilte meine Erkenntnis mit ihnen.

Es war Papa, der mich mit seinem strahlenden Gesicht überraschte. »Weißt du, was das bedeutet?«

Ich runzelte die Stirn.

»Du wirst nicht sterben. Du brauchst nur die Nähe aller oder wenigstens einiger Stämme.«

Ich lachte zynisch auf. »Deshalb ist alles erst so richtig losgegangen, als ich mich von eurer vermeintlichen Religion losgesagt habe.«

Papa lächelte matt. »Schon, ja.«

Ich schüttelte den Kopf, ungläubig darüber, nach so langer Zeit eine Lösung gefunden zu haben, ein Heilmittel, nicht bloß eine Therapie. Das bedeutete meine Rettung. Ich würde Leben, ich hatte eine Zukunft.

»Das ist toll«, flüsterte Keylam und trat voll Erleichterung und Zuneigung im Blick zu mir. Er griff meine Hände, drückte sie und küsste mich zärtlich.

Ich hatte eine Zukunft, aber was war mit ihm?

»Deine Interpretation der Prophezeiung passt für mich nicht ganz«, platzte ich heraus.

»Was?«

»Ich, Anicor sagte, ich müsse die Puzzleteile zusammensetzen, das wäre jetzt entscheidend. Wäre es nur um meine Gesundheit gegangen, wäre es doch scheißegal, dass ich das jetzt begreife. Ich solle mein Schicksal erfüllen, sagte sie, und dazu musste ich begreifen, was ich bin oder wer. Wie man es nimmt. Ich bin sie oder ihre Tochter oder so. Und irgendwas muss das mit der Prophezeiung zu tun haben. Wäre deine Interpretation richtig, wäre das alles doch irrelevant. Ergo, du musst falsch liegen und ich glaube sogar zu wissen, an welchem Punkt.«

Seine Augen weiteten sich.

»Das können wir auch auf der Fahrt nach Mainz klären«, entschied Papa und ich war einmal mehr dankbar für seinen wachen Verstand und sein zurückhaltendes Wesen, das ihm ermöglichte, in einer Situation zurückzutreten und zu beobachten, wie ich, die immer vorpreschte, es nicht vermochte. So sah er die größeren Zusammenhänge immer vor mir und er hatte recht, wir konnten auf der Fahrt weitergrübeln.

Gesagt, getan, wir saßen flink wieder in Papas Auto, allerdings nicht, ohne dass ich einige Fotos mit meinem Handy von der Deckenmalerei geschossen hatte. Wer wusste schon, ob ich nicht noch mal was nachschauen musste.

Ich berichtete von meinen Gedanken und davon, dass ich nichts an dieser Prophezeiung wirklich eindeutig fand. Wir waren uns schnell einig, dass Keylam der Hüter war und Vanir der alte Zauberer, zumal Keylam mir erzählte, dass in älteren Chroniken Warrens als Zauberer beschrieben worden waren. Gemeinsam fügten wir Teil an Teil, allerdings mussten uns Puzzleteile fehlen, denn zu einer echten Lösung kamen wir nicht. Die Seele konnte eine zweite Person sein oder doch Keylams Seele. Aber eine Seele, die einen Körper verließ, musste noch keinen Tod bedeuten. Was war überhaupt eine Seele? Und so verloren wir uns in Spekulationen und philosophischen Fragen und kamen nicht voran.

Papa setzte uns an der Buchhandlung ab, weil Keylam mit mir seine Aufzeichnungen durchgehen wollte. Zack hatten wir auf dem Weg angerufen und er würde mit einigen anderen Wölfen kommen.

»Bestellst du schon mal die Pizza?«, fragte Keylam, während ich meine Jacke auszog und am Tresen verstaute, nachdem wir uns von Papa verabschiedet hatten. »Zacks Wölfe fressen mir sonst noch meine Bücher auf, wenn die nichts zu beißen bekommen.«

»Klar«, meinte ich, zückte mein Handy und öffnete die Lieferando-App.

»Ich suche oben schon mal meine Aufzeichnungen raus.«

»Alles klar. Ich komme gleich nach.«

Während ich die Restaurants durchscrollte und schließlich meine Lieblingspizzeria fand, hörte ich Keylams Schritte auf der gusseisernen Treppe. Ich wählte gerade diverse Pizzen aus und schob sie in den Warenkorb, als die Welt um mich herum explodierte.

Forschungsbericht Keylam Warren

Mainz, 21. November 2018

Notiz 29

Ich habe beschlossen, dass ein Buchladen die perfekte Tarnung ist. Das *Booklight* ist Tarnung, Treffpunkt und zugleich Bibliothek für all die Informationen, die ich sammle. Wo könnte ich die gestohlenen Bücher besser vor Spionen Vanirs verstecken als zwischen hunderten anderen Büchern?

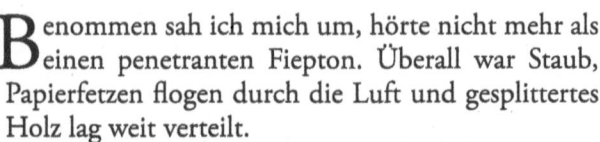

Benommen sah ich mich um, hörte nicht mehr als einen penetranten Fiepton. Überall war Staub, Papierfetzen flogen durch die Luft und gesplittertes Holz lag weit verteilt.

Orientierungslos packte ich das Erstbeste, was ich in die Finger bekam, und zog mich daran hoch. Erst im Stehen realisierte ich, dass ich hinter den Tresen gefallen war. Entsetzen kroch gemächlich meinen Rücken hinauf, während ich das ganze Ausmaß des Schadens aufnahm. Mein Blick glitt über Bücher, die aus ihren Regalen gerissen worden waren, zerfetzte Bücher, verkohlte Bücher und über allem lag ein feiner Film aus Holzsplittern und Papierfetzen, die noch immer zu Boden rieselten.

Meine Wahrnehmung führte mich zum Ursprung der Verwüstung, hinauf zur Empore, wo ein Teil des schmiedeeisernen Geländers einfach weggesprengt war, die Ränder des noch stehenden Stücks waren weggebogen und teilweise gerissen. Die Kraft, die für so eine Verwüstung nötig war, musste enorm sein. Und während mir noch klar wurde, dass ich gehört hatte, wie Keylam direkt vor der Explosion die Treppe hinaufgegangen war, stolperte ich schon vorwärts.

Der nervtötende Fiepton wurde mit jedem Schritt leiser und erste Geräusche drangen gedämpft zu mir vor. War das eine Stimme? Verdammt, das war viel zu leise, um es wirklich beurteilen zu können.

An der Wendeltreppe angekommen zögerte ich keine Sekunde, obwohl es vermutlich klug gewesen wäre, erst ihre Stabilität zu prüfen, doch statt innezuhalten wurde ich immer schneller, rannte bald die Stufen hinauf, zumindest so weit die enge Windung der schwarzen Metallstufen es zuließ.

Oben angekommen suchte ich mit Panik in der Brust die Fläche vor mir ab. Sofort musste ich husten. Der Staub, der hier in der Luft war, reizte meinen Rachen und so schnell wie ich atmete, hatte ich schon viel zu viel davon inhaliert. Der Husten wollte gar nicht mehr aufhören, doch wenigstens kam mein Gehör nun rascher zurück. Die Leseecke war komplett Geschichte, an ihrer Stelle war der Boden schwarz versengt und an manchen Teppichresten stiegen noch feine Rauchfähnchen in die Luft. Mir fiel das Muster auf, der verbrannte Teil des Teppichs hatte etwas von einer Schmetterlingsform, als hätte jemand in der Mitte einen schwarzen Farbbeutel explodieren lassen und zwei

Seiten abgeschirmt, sodass die gesamte Farbe nur in zwei Himmelsrichtungen gespritzt war, das allerdings mit ordentlich Wumms.

In dem Holz- und Bücherhaufen, der ehemals das Sideboard hinter der Leseecke gewesen war, regte sich etwas. Eine Gestalt rappelte sich hoch und klopfte den Staub und die Splitter von seiner pechschwarzen Robe.

»Das kam unerwartet«, räumte Vanir ein und hob den Kopf. Seine Augen glühten und im nächsten Moment umschloss eine dünne rote Aura seinen gesamten Körper. Er verbreiterte den Stand, hob bereitmachend die Hände vor seine Brust und schenkte jemandem rechts von mir ein wölfisches Grinsen.

Im Augenwinkel machte ich eine Bewegung aus. Keylam! Er trat mit gesetzten Schritten aus dem Schatten eines Buchregals, vollkommen unversehrt und ein kuppelförmiges blauviolettes Schimmern hüllte ihn ein. Seine Züge sprachen von purer Entschlossenheit.

»Keine flotte Antwort, Neffe?«

Keylam strich mit einer Hand außen über die Westentasche, in der seine Taschenuhr verstaut war. Dann schob er die Hand in seine Hosentasche und lächelte derart überlegen, dass ich grinsen musste. Er war der stärkere? Jetzt wirklich?

»Ach, komm schon, so macht das keinen Spaß«, neckte Vanir und richtete sich auf, als hätten sie eine Ruhepause vereinbart, um das auszudiskutieren.

»Irgendwas?«, fragte Vanir wie ein verzweifelt nach Aufmerksamkeit suchendes Kind. Das war doch wieder eines seiner Spiele, unter Garantie. Ein unsterblicher Magier, der eine ganze Welt und ein ganzes Volk tyrannisierte, musste sich besser unter Kontrolle haben als das.

»Lass das!«, herrschte Keylam ihn an. »Du selbst hast mich ausgebildet. Spar dir also die Spielchen.«

»Wie du wünschst«, bemerkte Vanir mit plötzlich ganz anderer Stimme, kalt, höhnisch. Ich hätte sie kaum wiedererkannt, würde ich nicht genau sehen, wie er seine Lippen dazu bewegte.

»Es war Anicors Nebelbrücke, nicht wahr?«

»Kluger Junge. Aber das warst du immer. Sie ist keine Magierin und konnte die Nebelbrücke nicht mit diesem interessanten Zauber, den du ausgegraben hast, maskieren. Und auch wenn ich deinem kleinen Schatz nicht folgen konnte, weil dieses Miststück die Brücke sofort hinter der Kleinen abgebrochen hat, konnte ich doch ihr Echo aufspüren und herausfinden, wohin Anicor das Mädchen geschickt hat. Und siehe da, es war eine Buchhandlung, die überall deine Handschrift trug. Ich hätte mir ja denken können, dass du dieser Narretei deines Vaters folgst. Aber wann immer die Tenebris dich aufspürten, war es in diesem schnieken Outfit und wir haben eher auf Banker oder etwas in der Art getippt. Schließlich warst du schon immer ein Genie mit Zahlen, ich hätte erwartet, dass du etwas tun würdest, das dir liegt. Aber nein, du lebst den Traum deines Vaters. Eigentlich erbärmlich.«

»Bist du dann fertig?«, fragte Keylam derart emotionslos, dass ich ihn nicht wiedererkannte.

Unsicher, ob ich etwas sagen sollte oder es nicht klüger war, unbemerkt zu bleiben, versuchte ich fieberhaft herauszufinden, wie ich diese Situation beeinflussen konnte. Endlich kam mir ein Gedanke und ich suchte die Hosentaschen meiner Jeans nach meinem Handy ab. Innerlich fluchend wurde mir klar, dass ich es direkt vor der Explosion in Händen gehalten hatte und es jetzt sicher unter irgendwelchen Buchfetzen begraben lag. Also konnte ich Zack nicht schreiben, dass er sich beeilen musste.

»Wenn du so lieb fragst? Wie kommt es, dass du dich verteidigen kannst, das habe ich dir nie beigebracht.«

»Nein, hast du nicht. Ohne Zweifel Teil deines perfiden Plans, mich zu einer Waffe zu schmieden, die du nach Belieben einsetzen konntest, ohne mich je fürchten zu müssen, schließlich reichte ein einfacher Paralysezauber, um mich handlungsunfähig zu machen. So war ich nie eine Gefahr für dich.«

Vanir lächelte teuflisch. Dann hob er in tadelnder Geste den Finger. »Ts, Ts, sag ich ja, ein furchtbar scharfsinniger Junge. Vielleicht hätte ich dich doch töten sollen, als du das unwissende kleine Kind warst.«

»Das hättest du nie gemacht. Meine Macht war zu verlockend.«

Vanir warf seufzend die Hände hoch. »Ach ja, jeder hat so seine Laster.«

»Und jeder hat so seine Schwächen«, bemerkte Keylam ruhig und senkte mit wild entschlossenem Blick den Kopf. Ohne die geringste Vorwarnung flogen Lichtblitze durch die Luft. Es knisterte, meine Haut prickelte und mir wurde richtig warm. Über der bereits versengten Fläche knallte Energie aufeinander, erzeugte blauviolettes und rotes Leuchten und einen Lärm, dass ich mir die Ohren zuhalten musste.

Genauso plötzlich, wie es begonnen hatte, endete es. Ich senkte die Hände wieder und beobachtete die Männer.

»Das Überraschungsmoment ist nur beim allerersten Schlag auf deiner Seite, Junge. Ich habe dich besser unterrichtet. Es zweimal auf dieselbe Art zu versuchen, das ist wirklich einfallslos.« Vanir trat vor, schnippte sich etwas vom schwarzen Ärmel und verschränkte dann die Arme vor der Brust. »Du hast recht, jeder hat seine Schwächen.«

Schneller als ich auch nur hätte reagieren können, stand Keylam vor mir und schon schlug ein heftiger Druck in seinen Schild ein. Er rutschte trotz scheinbar festem Stand zurück und prallte gegen mich. Gerade noch so konnte ich das Geländer packen, sonst wäre ich einfach rückwärts die Treppe runtergefallen. Keylam wirbelte zu mir herum, packte mich und zog mich zurück auf die Beine. »Geht es?«

»Ja«, brachte ich atemlos heraus. »Alles gut.«

Vanir schüttelte erheitert den Kopf. »Ihr zwei. Das ist so ironisch. Vertraut einander beinahe blind, obwohl ihr das nicht solltet.«

»Billig«, schalt Keylam ihn.

»Ach ja? Hast du ihr denn gesagt, was sie ist? Du hast es längst erkannt, nicht wahr?« Er lehnte sich zur Seite und sah mich an Keylam vorbei an. »Hat er dir gesagt, was du bist? Was das bedeutet, für dich und vor allem für ihn?«

Vanirs Augen blitzten begierig auf und ich wich automatisch einen Schritt zurück.

»Du meinst wohl eher für dich«, knurrte Keylam.

»Hm, ja«, räumte er erheitert ein. »Das natürlich auch.«

Ich versuchte, dem Gespräch zu folgen. Wirklich, aber alles, woran ich denken konnte, war, dass das vielleicht schon wieder ein Trick war. »Was bin ich denn?«

Ich rechnete Keylam hoch an, dass er nicht zusammenzuckte oder mir gar einen irritierten Blick zuwarf. Das einzige Anzeichen für seine Überraschung war ein winziges Erstarren, was dank seiner stehenden Position kaum auffiel.

Vanir kniff die Augen zusammen, musterte mich abschätzend, ehe er antwortete: »Seine größte Schwäche!«

Dunkelheit ergoss sich über den Raum und ich hatte nicht die geringste Chance, irgendetwas zu sehen. Schläge erklangen, hinter mir vibrierte etwas und Hitze schwappte gegen meinen Rücken. Wieder knisterte die Luft um mich herum und mir wurde richtig warm. Ohne die Dunkelheit hätte ich es nicht bemerkt, doch an meinen Fingerspitzen sprühten Funken, rote, blauviolette und weiße. Gebannt starrte ich darauf, nur um im nächsten Moment schnell die Fäuste zu ballen und sie hinter meinem Rücken zu verstecken. Vanir durfte das nicht sehen. Es konnte kein Zufall sein, dass die Farben der Funken den drei Energien entsprachen, die gerade hier im Raum waren, und ebenso wenig konnte es Zufall sein, dass es jetzt passierte, während die beiden Magier gegeneinander kämpften. Ich fühlte mich exakt so wie bei ihrem ersten Schlagabtausch an Zaubern. Die Wärme, das Knistern, die aufgeladene Atmosphäre. Irgendetwas hatte sich verändert, in mir. Sei es wegen meines Besuchs in Anicor oder meinem Erlebnis in diesem See oder einfach, weil ich jetzt mehr über mich wusste, da war plötzlich etwas in mir, das ich zuvor nicht bemerkt hatte.

Die Dunkelheit schwand und gab ein erstaunliches Bild frei: Vanir auf dem Boden, halb liegend, halb auf einen Unterarm gestützt, den anderen erhoben gegen Keylam, der über ihm aufragte und einen gebündelten Strahl auf ein unsichtbares Schild niedergehen ließ, der einfach nicht abreißen wollte.

»Du bist in der Menschenwelt, alter Mann. Du hast dich dein Leben lang zu sehr auf deine individuelle Gabe verlassen und warst einfältig und arrogant genug, dich nie auf das hier vorzubereiten.«

Ich sah das Erkennen, das blanke Entsetzen, das folgte, dann warf Vanir einen letzten sehnsüchtigen Blick in meine Richtung, ehe er Keylam zwei Schritte zurückschleuderte, zu der Wand links von sich rannte und dort von rot waberndem Nebel verschluckt wurde und verschwand.

Ruhe senkte sich über den Raum, es war nicht mehr zu hören als keuchender Atem ... mein keuchender Atem. Keylam wirkte kaum angestrengt, stand einfach nur da und starrte auf die Stelle, an der Vanir verschwunden war. Mit langsamen Schritten ging er zu dem Kreis aus roten Symbolen und starrte darauf hinab.

»Die Brücke ist noch da?«, fragte ich überrascht, rappelte mich hoch und trat an Keyalms Seite.

»Ja.«

»Wieso? Du könntest ihm doch einfach folgen. Du bist ganz offensichtlich stärker als er.« Wie unglaublich das auch erscheinen mochte.

»Bin ich und bin es auch wieder nicht.«

»Wie meinst du das?«

Endlich riss Keylam den Blick von den glühenden Symbolen im Teppich los und sah mir direkt in die Augen, während er meine Hand ergriff und mich näher an sich zog, als hätte er Sorge mich sonst zu verlieren. »Der Kern unserer Energie ist ähnlich stark, den entscheidenden Unterschied macht da ein gutes Training und ich habe trainiert, seit ich wusste, dass es auf einen Kampf mit ihm hinausläuft. Deshalb bin ich ihm hier überlegen.«

»Hier? In der Menschenwelt?«

Er nickte. »Nur weiß er das jetzt auch und wird sich nie wieder auf diesen Kampf mit mir einlassen. Der einzige Ort, an dem er sich mir jetzt noch stellen wird, ist in Anicor.«

»Wieso, was ist dort anders?«

Keylam musterte mich nachdenklich. »Vanirs Gabe ist das Energienehmen. Er kann Anicors Energie anzapfen und dadurch seine vermehren. Der Energiekern unserer Mutter ist ... gigantisch. In Anicor, mit Zugang zu ihrer Macht, ist Vanir unbesiegbar.«

Ich schluckte schwer und hielt seinem Blick stand. Bemüht, diese Information aufzunehmen und zu verarbeiten, versuchte ich die blanke Panik, um ihn in den Hintergrund zu schieben. Er hatte recht, jetzt, da Vanir wusste, dass er Keylam in der Menschenwelt nicht besiegen konnte, würde dieser Mistkerl sich nie wieder auf diesen Kampf einlassen. Das gerade eben war die einzige Chance gewesen, ihn zu besiegen. Und ich hatte nur danebengestanden und überhaupt nichts getan. Ich war so nutzlos, das war ja nicht auszuhalten. »Er wird dich zu sich locken«, hauchte ich begreifend und spürte die Angst meine Kehle zuschnüren.

Doch Keylam schüttelte den Kopf. »Das hat er gar nicht nötig. Er kontrolliert die Welt, hat ungehinderten Zugang zu ihrer Macht und alle Zeit, die man sich nur vorstellen kann. Ich bin derjenige, der ihn weghaben will, nicht umgekehrt. Sein Interesse liegt gerade ganz woanders.«

»Und wo?«

»Du, Liv. Er will dich haben.«

»Mich?«, kiekste ich und starrte irritiert in Keylams blaue Augen, in denen echte Angst lauerte.

»Du bist Anicor oder wenigstens ein Teil von ihr und besitzt daher ihre Energie. Du bist wie ein portabler Energiespeicher. Er wird dich haben wollen, denn du bist potentiell ein Machtverstärker in dieser Welt. Solltest du ihm Zugang zu unserer Mutter hier verschaffen können, ist er endlich in der Lage, seinen großen Feldzug zu vollenden.«

»Seinen großen Feldzug?«

»Die Vernichtung aller, die ihm nicht die Treue schwören.«

»Aber das geht nicht und das weiß er. Es würde ein riesiges Ungleichgewicht entstehen.«

Keylam lachte humorlos auf. »Das weiß er und es ist ihm egal. Außerdem gibt es Gerüchte, dass er die Besinnungslager umfunktioniert hat und dort Kinder Anicors ... züchtet, um den Verlust jener zu kompensieren, die geflohen sind.«

Mir wurde schlecht bei dieser Vorstellung. »Denkst du, das könnte funktionieren? Dass er ... auf diese Weise Anicors Energiekern quasi wieder auflädt?«

»Theoretisch ja, aber praktisch nicht. Es gibt die dunklen Wesen und immer mehr Teile der großen Mutter sterben. Unsere Energiekerne sind auch erschöpflich, wieso sollte das bei unserer großen Mutter anders sein. Ich glaube sogar, dass ihre Energie zur Neige geht, da sie ihre Akkus nicht aufladen kann, solange die Kinder Anicors sich hauptsächlich in der Menschenwelt aufhalten. Die gefallenen Kinder Anicors, die zu dieser Dunkelheit werden, sind für mich ein deutliches Symptom. Also entweder klappt sein Vorhaben nicht, oder es liegt daran, dass ihm Stämme fehlen. Soweit ich weiß, sind weder Althea noch Wölfe in Anicor zurückgeblieben.«

Es ratterte in mir. So viele Informationen, so viele Zusammenhänge, so viele Kettenglieder, die aneinanderhingen. Mama hatte es mir längst erklärt: Alles in Anicor ist miteinander verbunden. Man konnte nicht an einem Kettenglied rütteln, ohne die gesamte

Kette in Aufruhr zu versetzen. Eine Erkenntnis jagte die nächste, ein Zusammenhang nach dem anderen fand sich und endlich hatte ich das Gefühl, klar zu sehen. Alles lief auf eine schlichte Tatsache hinaus: Vanir musste weg, entweder durch Entmachtung oder Tod. So oder so mussten wir ihn vom Zugriff auf Anicors Energie abschneiden. Das war das oberste, nein, das einzige Ziel. Alles andere würde sich als Kettenreaktion darauf automatisch fügen. Selbst die Morpher, sofern meine Beobachtungen und Rückschlüsse richtig waren, denn die Lebewesen unter seinen Füßen waren erst schwarz und formverändernd geworden und schließlich zerfallen, als Vanir seine Macht am See genutzt hatte. Er war die Ursache für die Morpher, da war ich mir inzwischen sicher. Sein Abziehen von Anicors Macht aus ihrem Kern veränderte Anicors Kinder.

»Und jetzt?«, fragte ich Keylam und fühlte mich richtig mies. Ich hatte längst entschieden, was jetzt kam, was einfach kommen musste. Die Frage war nur dazu gedacht abzuschätzen, wie ich ihn manipulieren musste, damit sich alles fügte, wie es sich fügen musste.

Keylam ließ den Blick schweifen und seine Miene wurde traurig. »Jetzt versuchen wir erst einmal, hier aufzuräumen. Ich habe noch keine Idee, wie wir ihn auch in Anicor besiegen könnten. Deshalb hat es jetzt erst mal oberste Priorität, dich seinem Zugriff zu entziehen. Dafür habe ich die ein oder andere Idee, das Buch mit den entsprechenden Zaubersprüchen … ist hier irgendwo«, gestand er mit ausholender Geste, die das gesamte grässliche Chaos um uns herum umfasste.

Ich seufzte vernehmlich auf. »Dann packen wir es mal an.«

Keylam lächelte, trat ganz nah zu mir und legte eine Hand an meine Wange. »Ich werde *alles* tun, um dich zu beschützen«, hauchte er und legte einen federleichten Kuss auf meine Lippen, der nach bittersüßem Abschied schmeckte. Dann lehnte er seine Stirn an meine und murmelte mit geschlossenen Augen. »Anicor hatte eine Aufgabe für mich, die Bestimmung meines Namens und dann schickt sie mir dich. Ich denke, jetzt ist klar, was meine Aufgabe ist, wozu ich immer gedacht war und weshalb sie mich nicht hat eher sterben lassen.«

Er hob den Kopf, sah mir tief in die Augen und verschlang unsere Finger miteinander. »Dass ich mich dabei in dich verliebe, hatte sie vermutlich nicht geplant.« Er lächelte matt.

Ich wusste nicht, was ich darauf antworten sollte. Mein Gewissen brüllte mich an, schalt mich eine Verräterin. Dennoch waren meine Gefühle dieselben und sie waren vollkommen echt und ehrlich. Daher schwieg ich, verkniff mir jedes Wort, das vielleicht gelogen wäre, reckte mich zu ihm hoch und küsste ihn. In jede Berührung legte ich all das, was in mir war, die Liebe, die auch in mir gewachsen war, die Zuneigung, die Begeisterung für sein Wesen, den Stolz, den ich für seine Handlungen und seine Selbstlosigkeit empfand und die Sehnsucht nach seinem Körper, seinen Berührungen und seinen Küssen.

Unsere Lippen schlossen und öffneten sich, während der Kuss leidenschaftlicher wurde. Meine Hände fuhren um ihn herum, streichelten seinen Rücken und glitten immer tiefer. Ein raues Knurren entrang sich seiner Kehle, ein Laut puren Begehrens.

»Was ist denn hier passiert?«, entfuhr es Zack. Wir lösten uns voneinander und sahen hinab in den verwüsteten Verkaufsraum, wo Zack und sechs weitere Männer standen.

»Irgendwann bring ich diesen Wolf um«, beschwerte ich mich und entließ Keylam ganz aus meinen Armen, der leise gluckste.

»Wir hatten Besuch. Vanir war hier.«

Nachdem Keylam Zack alles erzählt hatte, machten wir uns gemeinsam ans Aufräumen, wobei die Männer viel eher miteinander diskutierten, was nun die nächsten Schritte sein sollten, wohingegen ich mich unauffällig entfernte und mich zum Tresen und meinem verschütteten Handy vorarbeitete. Es dauerte eine halbe Ewigkeit, bis ich es endlich unter einer zerrissenen Ausgabe von Rebecca Yarros *Iron Flame* fand, das ein Kunde bestellt hatte und morgen vermutlich abholen wollen würde. Verstohlen blickte ich mich über die Schulter um und war froh um den abschirmenden Tresen, als ich eine schnelle Nachricht an Taylor tippte:

Liv:
Ich brauche deine Hilfe. Es ist dringend. Keylam darf nichts erfahren.

Forschungsbericht Keylam Warren

Mainz, 01. Dezember 2016

Notiz 15: das kollektive Gedächtnis der Kobolde

Ich hänge fest und finde keine weiteren Hinweise. Deshalb denke ich ernsthaft darüber nach, doch noch mal einen Versuch zu wagen, ins Nebelschloss einzubrechen. Das wäre natürlich Irrsinn, das weiß ich, aber durch diese Überlegung kam mir der Gedanken, dass ich bei meinem nächsten obligatorischen Besuch in Anicor mal den Laetus aufsuchen könnte. Kobolde haben ein kollektives Gedächtnis, auf das sie alle jederzeit zugreifen können. Darin muss Wissen liegen, das sonst bereits verloren gegangen ist. Wenn ich eines dieser sehr eigenwilligen Wesen dazu bekomme, Kontakt mit mir aufzunehmen, könnte ich bei meinen Forschungen auf einen Fundus an Informationen zugreifen, der unermesslich ist und Fakten enthalten *muss*, die mir nützlich sein können.

Nachtrag: Diese Hoffnung muss ich streichen. Auch nach inzwischen einem halben Jahr konnte ich keinen Kobold dazu überreden, mich an sich heranzulassen, geschweige denn, mir auch nur einen Tropfen Wissen aus ihrem endlosen See davon zu geben.

»Das ist immer noch eine richtig miese Idee«, beharrte Taylor zum gefühlt hundertsten Mal.

Ich sagte gar nichts dazu, sondern fuhr fort, die Symbole in den feuchten Erdboden einzuritzen. Ihr immer wieder zu sagen, dass ich das anders sah, sparte ich mir inzwischen. Als ich das letzte Zeichen vollendet hatte, drehte ich mich zu ihr um und packte eindringlich ihre Oberarme.

»Du gehst nicht zu Keylam!«

Meine Freundin presste die Lippen aufeinander.

»Taylor!«

Trotzig funkelte sie mich an. »Ich bin deine Freundin und als solche muss ich dir sagen dürfen, dass du gerade Scheiße baust. Wenn du recht hast mit allem, was du mir heute Nacht erzählt hast, darfst du Vanir unter gar keinen Umständen in die Hände fallen.«

»Das weiß ich doch.«

»Denn würde er dich gefangen nehmen, würde er herkommen und Keylam töten. Puff, einfach so, und alles wäre deine Schuld«, fuhr sie unerbittlich fort.

»Charmant«, ätzte ich und ließ ihre Arme los.

»Schlichte Fakten.«

»Ein Horrorszenario.«

»Mag sein, aber ein durchaus mögliches.«

Dagegen konnte ich jetzt nichts mehr sagen. Ich musterte sie abwägend. »Wieso hast du mir dann geholfen? Wieso ihn hergebracht?«, fragte ich und deutete auf Dayan, den Jungen, den ich bei meinem letzten Besuch bei Mama kennengelernt hatte und der ein Penhaligan war. Er stand abseits zwischen zwei Bäumen und telefonierte gerade mit seinem Familienoberhaupt.

»Weil ich deine Freundin bin und dich als solche unterstütze, selbst wenn ich glaube, dass du Scheiße baust.«

Ich zögerte. Das war auch meine Definition einer wahren Freundin. Allerdings ging es hier um Leben und Tod ... »Wenn du wirklich nicht glaubst, dass mein Plan gelingen kann, und du denkst, dass ich am Ende seine Sklavin und Keylam tot sein wird, wäre es wohl eher deine Pflicht, mich vor mir selbst zu beschützen, oder nicht?«

Taylor presste so fest ihre Lippen zusammen, dass es schmerzhaft aussah. »Ja. Aber du hast sehr deutlich gemacht, dass du mir die Male, in denen ich über deinen Kopf hinweg entschieden habe, nicht so leicht vergibst. Ich stecke also in einer miesen Zwickmühle.«

Dem konnte ich kaum widersprechen. Ich nahm es ihr immer noch übel, dass sie nie auch nur versucht hatte, mir zu sagen, dass es eine andere Welt gab, zu der ich ebenso gehörte wie sie und alle anderen, die wir kannten.

»Wie hast du es überhaupt geschafft, dass er dich aus den Augen lässt. Wenn ihm doch klar ist, dass Vanir dich will, müsste er dich beschützen wollen«, schlug Taylor einen anderen Weg ein.

»Ich habe ihm gesagt, dass ich mich von Mama verabschieden will, dass ich dich mitnehme und Papa noch einige Penhaligan angerufen und eingeladen hat, damit wir einen Schutz haben.«

»Du hast ihn eiskalt angelogen?«

Ich schluckte schwer. Diese schlichte Tatsache traf mehr als jedes anderer ihrer Worte zuvor. »Ja.«

»Weil du weißt, dass er dich nie hätte gehen lassen! Das Ganze ist ein Himmelfahrtskommando, mit dem du einfach alle in Gefahr bringst.«

»Nein!«, fuhr ich sie entschieden an und baute mich vor ihr auf. »Ich bin ein Teil von Anicor, sie hat mich ... erschaffen oder so. Verstehst du nicht, Taylor, ich bin zu einem Zweck *gemacht* worden. Ich habe eine Aufgabe und jetzt, da ich endlich die meisten Puzzleteile zusammengesetzt habe, habe ich eine Ahnung, was genau das ist.«

»Ach, und du glaubst, den Lockvogel zu spielen und Vanir zu Keylam in die Menschenwelt zu bringen, ist diese Aufgabe?«

»Wieso denn nicht? Ich bin es, die er begehrt, ich bin das Einzige, was ihn dazu bringen kann, seine sichere Position zu verlassen, eben weil ich ein Teil von Anicor bin. Mich zu besitzen, ist zu verführerisch für ihn und seine Machtgier und seinen Kontrollzwang. Ich wurde für diesen Moment geschaffen, dafür, ihn herzulocken, damit Keylam ihn besiegen kann.«

»Das klingt ja alles ganz wundervoll. Aber laut Prophezeiung muss jemand sterben.«

»Stimmt doch gar nicht. Nirgendwo steht, dass jemand sterben muss. Der Hüter muss lediglich sein Herz geben. Keylam ist der Hüter und er hat mir sein Herz gegeben. Außerdem ist diese Interpretation mit dem Sterben von vorneherein sinnlos. Welche Mutter opfert bitte eines ihrer Kinder? Das ist doch Schwachsinn. Meine Interpretation ist ebenso möglich und meiner Ansicht nach viel wahrscheinlicher und jetzt gehe ich nach Anicor und du siehst zu, dass du Keylam vorbereitest, ohne ihm zu verraten, wo ich bin, klar?«

Taylor mahlte mit ihrem Kiefer. Dann nickte sie einmal fest.

In diesem Moment trat Dayan Penhaligan zu uns, schob das Handy in die Hosentasche und musterte mich interessiert. »Also ich bin noch mal alles mit Elisabeth durchgegangen, sie unterstützt deinen Plan und hat mich ermuntert, dich durch den Zauber zu leiten. Sie gibt aber zu bedenken, dass du keine Magierin bist und es vermutlich nicht klappt. Für diesen Fall habe ich mir gleich das Okay abgeholt, dich zu begleiten.«

Ich starrten den Jungen, der höchstens fünfzehn Jahre alt sein konnte, an. Alles in mir schrie ihm zu sagen, dass er sich diese Option B sonst wohin stecken konnte, dass ich ganz sicher nicht das Leben eines Kindes aufs Spiel setzen würde, andererseits sagte alles an ihm, dass er lange kein Kind mehr war. Ich wusste, wie es war, wenn Erwachsene glaubte man wäre noch nicht bereit und für einen Entscheidungen trafen, das war ungerecht und ätzend. Außerdem wäre er in diesem Fall meine letzte Hoffnung.

Mit diesem Dilemma musste ich mich zum Glück nur auseinandersetzen, wenn Plan A scheiterte. Daher trat ich in den Kreis der Symbole hielt die Handflächen nach oben meine Hände an den Seiten und sah zu Dayan. »So?«

Er nickte. »Und jetzt die Worte denken und die Hände auf die Brust legen.«

Aperta pontis nebula.

Ich schloss die Handflächen, die augenblicklich kribbelte, übereinander und legte sie auf mein Herz. Das scharfe Brennen kam, wie Dayan es beschrieben hatte. Beim allerersten Rufen einer Nebelbrücke brannten sich die Symbole in die Haut des Magiers auf dessen Brust ein. Das passierte nur, wenn der Zauber die dargebotene Energie akzeptierte, daher freute ich mich über den Schmerz so sehr, wie noch nie in meinem Leben. Ich öffnete die Augen und sah dabei zu, wie eine

Mischung aus blauviolettem und weißem Nebel aus den gemalten Symbolen aufstieg. Ehe die Wand sich ganz aufbaute, sah ich darüber hinweg in das vollkommen faszinierte und staunende Gesicht Dayans und dann trafen Taylors und mein Blick sich. Sie nickte einmal und gab mir damit die Sicherheit, dass sie sich an meinen Plan halten würde. Ich verstand es, das hier. Dass ich dazu in der Lage war, einen Zauber zu wirken, das zeigte ihr, dass ich zumindest mit einem Teil meiner Interpretation recht hatte. Jetzt war nur die Frage, lag ich auch beim Rest richtig?

Der Laetus war erfüllt von Geräuschen des Lebens. Laute, die mir unbekannt waren und doch von Vielfalt zeugten. Hier fühlte ich mich wohl, aber es war nicht zu vergleichen mit dem Gefühl am Herzen von Anicor.

Der Laetus war meine erste Station. Ich suchte Kobolde. Taylor hatte mir vorhin erklärt, dass dies ihr Stammgebiet war, sollten noch welche in Anicor sein, außer im Nebelschloss natürlich, dann hier. Das war der schwer abzusehende Part meines Vorhabens. Ich hatte keine Ahnung, wie lange ich brauchen würde, um einen Kobold zu finden, und dann würde sich auch erst noch herausstellen, ob mein Eindruck, dass diese Kerlchen irgendwie in Kontakt miteinander standen, stimmte.

Taylor jedenfalls würde jetzt Keylam anrufen und ihn bitten, zu der Kapelle auf dem Sandplacken zu kommen. Eine Stunde musste ich also mindestens verbrauchen, bis ich zum Herz von Anicor ging. Dieses Brückenerschaffen war schon praktisch. So würde ich für den Weg, den wir in gut drei Tagen zurückgelegt hatten, nur Momente brauchen, zumindest, sofern ich auch dazu in der Lage war, wovon ich nach gerade eben aber ausging. Plan B war, zur Not wieder zurück in die Menschenwelt zu reisen und von dort aus eine weitere Nebelbrücke direkt zum Herzen zu erschaffen.

Aber Dayan hatte es mir erklärt, den Unterschied zwischen Nebelbrücken und normalen Brücken, die innerhalb von Anicor geöffnet wurden. Das eine Mal knüpfte man ein Band zwischen zwei Welten, weshalb man in dem Sinne zwei Anker erschuf, Brückenpfeiler, wenn man so wollte. Das waren die Symbole, die ich in die Erde geritzt hatte, und dieselben erschienen auch hier auf dem grünüberwucherten Boden. Solange ich diese Pfeiler nicht einriss, war die Brücke offen und jeder mit der passenden Energie, also der passenden Farbzugehörigkeit konnte die Brücke nutzen. Ich dachte an die Brücke, die Keylam erschaffen hatte, daran, dass die Symbole auf dem Boden jeweils grau geschimmert hatten. Das war die Besonderheit des Warrengeschlechts, sie konnten farblose Brücken erschaffen. Der Nebel dagegen war blauviolett gewesen, er war aus Keylams Energie heraus entstanden und quasi der Preis für das Öffnen dieser Verbindung gewesen.

Innerhalb Anicors dagegen reichte das Symbol auf meiner Brust aus, da zahllose Verbindungen hier bereits existierten, auf die ich in dem Sinne nur aufspringen musste.

Rechts von mir bewegte sich plötzlich ein kleiner Baum und ich schrie erschrocken auf, bremste mich aber sofort wieder und lachte. »Entschuldige.«

Der Kobold entfaltete sich komplett, sein Gesicht erschien und er blinzelte mich neugierig aus schwarzen Augen an. Die Züge wirkten freundlich und die wippenden Blätter erinnerten an einen wuscheligen Lockenkopf.

Wir sahen einander an.

Das war's. Nach und nach irritierte es mich, dass das Wesen mich unverwandt ansah, seine Mimik in keiner Weise änderte, aber auch kein Wort sagte.

Irgendwann wurde mir klar, dass kein Kobold je ein Wort zu mir gesagt hatte.

»Ihr könnt gar nicht reden, oder?«

Das leise Rascheln der Blätter deutet ich als ›Nein‹, auch wenn der Stamm, in dem das Gesicht lag, sich nicht bewegte. Es sah fremdartig aus, wie statt des Kopfes sich quasi die Haare schüttelten, doch ich hatte das Gefühl, es zu verstehen.

»Gut, dann rede eben ich. Wir bekommen das schon hin. Kannst du Kontakt zu den Kobolden im Schloss aufnehmen?«

Die langen Blätter rollten sich einmal auf und entlockten mir damit ein kleines Lachen.

»War das ein ›Ja‹?«

Erneut rollten die Blätter sich ein und ich schmunzelte. Intuitiv streckte ich die Hand aus und berührte den Stamm in einer zärtlichen Geste, ich mochte das Kerlchen jetzt schon.

Kaum dass meine Finger die erstaunlich glatte Oberfläche berührten, explodierte in mir ein Funken, der bis in meine Fingerspitzen strahlte. Als hätte ich ein Tor geöffnet, spürte ich den Kobold wie eine zweite Präsenz in meinem Geist. Atemlos stand ich da, berührte den Stamm und konnte mich nicht rühren, so sehr versank ich in meinem Verstand, neben dem nun ein zweiter existierte, ein schimmernder, reiner und wunderschöner. Auf meiner Zunge schmeckte ich Gelb-Orange und war dermaßen überwältigt von all den Eindrücken, die so fremd und unglaublich waren, dass ich beinahe übersehen hätte, dass sie sich tief im Innern richtig und vertraut anfühlten.

Etwas in mir verschob sich, in der Art, wie ich mich selbst sah und ich spürte, Beschützerinstinkt, Selbstaufgabe und reine unendliche Liebe. Etwas in mir war von einem Kind zu einer Mutter geworden. Sie war ich, ich war sie. Die Mutter aller Kinder Anicors. Und ich hatte sie irgendwie hereingelassen. Sie ermöglichte mir, den Kobold zu sehen, wahrhaft zu sehen, und gab mir Sinne, die über normales Hören hinausgingen. Doch ihr Erscheinen in mir nahm jeglichen Raum ein. Ich brachte es gerade nicht fertig, weiter meinem Plan zu folgen und mit dem Kobold zu interagieren.

›Hallo, Liv‹

Ich schluckte und war erstaunt über die Klarheit der Stimme. Wie war das möglich, ich war nicht im See?

›Es ist möglich, weil du und ich ein und dieselbe sind. Du bist ein Teil von mir in einem Körper, der handeln kann. Es war eine letzte verzweifelte Tat, meine Seele abzuspalten und sie in diesen Körper zu pflanzen. Du musstest ein Kind sein, sonst hätten die Althea dich nicht mitgenommen, dir nicht getraut. Das war der Preis, den ich zahlen musste, du würdest noch eine ganze Weile brauchen, ehe du deine Bestimmung erfüllen konntest.‹

»Wie geht das?«, hauchte ich.

›Dass ich mit dir spreche? Deine Mutter hat es dir immer wieder gesagt. Alles hier ist miteinander verbunden und alles ist mit mir verbunden. Der Kobold hat für uns seine Verbindung geöffnet.‹

»Wieso kannst du nicht einfach so mit mir sprechen wie am See?«

›Weil du dort direkt mit mir verbunden bist. Der Grund des Sees ist mein Energiekern. Das Wasser trägt den Schall lediglich.‹

Wieder rutschte ein Puzzleteil an seine Stelle: »Deshalb hat er sein Schloss dort erbaut, richtig? Damit er so direkten Zugriff auf dich wie möglich hat.«

›Ja.‹

Meine Lippe bebte, meine Finger zitterten. »Habe ich recht? Kann ich auf jede Stammesenergie zugreifen? Weil ich die Summe aller bin?«

›Ja.‹ Ich meinte, ein stolzes Lächeln in ihrer Stimme zu hören.

»Dann kann mein Plan gelingen.«

›Kann er. Nur wird er leider zu nichts führen.‹

Ich erstarrte. Enttäuschung flutete meinen Körper. »Aber wieso?«

›Weil es nur auf eine Weise gelingen kann. Semona hat meinen Kindern verraten, wie.‹

»Die Prophezeiung«, hauchte ich und hatte alle Mühe, die aufkeimende Panik niederzuringen.

›Ja.‹

»Keylam«, flüsterte ich erstickt.

›Nein, meine Liebe. O nein. Du hast es längst erkannt. Eine Mutter würde ihre Kinder niemals opfern, nie. Schon gar nicht eines mit so einer reinen Seele und so einem guten, selbstlosen Herzen.‹

Hoffnung brüllte auf, jubilierte in mir und erleichtert lachte ich auf, wischte die Tränen aus den Augenwinkeln, die sich hineingestohlen hatten, und fragte: »Was bedeutet die Prophezeiung dann?«

›Du hast alle Puzzleteile und den Verstand, sie zusammenzusetzen, Liv.‹

Mein Unterbewusstsein war schneller, ich spürte es, denn alles in mir zog sich zusammen, wurde unfassbar still und hielt den Atem an.

»Geboren im Schatten des Tyrannen, mit der einen unvergleichlichen Macht gesegnet, die der alte Zauberer gleichermaßen fürchtet und begehrt … unvergleichliche Macht, bezieht sich auf deine Macht, nicht darauf, dass Keylam so stark ist.«

›Er ist stark, ja. Aber andere vor ihm waren auch stark, stärker sogar. Es gibt nur eine unvergleichliche Macht.‹

»Deine«, flüsterte ich und wusste, dass ich recht hatte. Es war ihre Macht, die Vanir mehr als alles andere begehrte, weil sie ihn zum mächtigsten Mann machte und ihm Unsterblichkeit schenkte.

»... wird der Hüter sein Herz geben, damit ist Keylam gemeint und es beschreibt lediglich das Wann. Die Prophezeiung erfüllt sich dann, wenn der Hüter, wenn Keylam sein Herz gibt und das hat er getan, er hat es mir gegeben.«

›Ja.‹

»... und die Seele den Körper verlassen. Die Seele ... deine Seele. Deine Seele ist gemeint«, begriff ich. »Ich bin gemeint. Du hast gerade gesagt, ich bin deine Seele in diesem Körper.«

›*Ja.*‹ bestätigte sie und diesmal schwang Trauer in ihrer Stimme mit. Ich war ihre Seele. Ihre Seele war in mir und sie musste diesen Körper verlassen. Mein Gott. »Ich muss sterben«, hauchte ich.

Ihr Schweigen war Antwort genug.

»Dies ist der Preis, um Anicor zu retten. Dies muss geschehen und der Tyrann wird fallen.«

Stille senkte sich über den Wald. Sie alle verstummten in dem Moment, in dem sich endlich alles ineinanderfügte, als würde jedes Lebewesen, jeder Teil unserer Welt spüren, dass es so weit war, dass nun alle Akteure ihren Platz eingenommen hatten und das Ende nahte.

»Ich hätte es wissen müssen. Im Grunde wusste ich es. Welche Mutter würde ihr Kind opfern? Eine Mutter, eine wahre Mutter, würde jederzeit selbst in die Klinge springen, um ihre Kinder zu retten«, flüsterte ich und fühlte sowohl den bitteren Schmerz darüber, was es mich kosten würde, als auch die selige Zufriedenheit, dass ich sie damit alle retten würde, meine Kinder. Ich konnte nicht sagen, wo meine Gefühle begannen oder ihre aufhörten. Müßig wahrscheinlich auch, wenn ich doch nicht mehr war als ihre Seele in einem Körper. Gab es mich, gab es Liv überhaupt?

›*Dich gibt es. Du warst zu hundert Prozent ich, als ich dich in seinem Schatten dort unten am See erschaffen habe. Aber alles seither, was du erlebt hast, wie du es erlebt hast, was du fühlst, denkst und glaubst, das bist du, der Teil von dir, der nur dir gehört. Du hast gelebt und bist dadurch du geworden.*‹

Irgendwie wollte mich diese Vorstellung beruhigen. Es war, wie ich es schon ein paarmal hier gedacht hatte: Mein gesamtes Leben hatte mich auf diesen Moment vorbereitet. Ich hatte Jahre damit zugebracht zu akzeptieren, dass ich sterben musste, es jetzt für alle zu tun, die ich liebte, sie alle damit zu retten und noch tausende mehr, machte es fast noch leichter.

»Also gut, was muss ich tun. Es geht nicht darum, einfach nur zu sterben, oder? Dann hättest du mir nicht so viel Macht mitgeben müssen, richtig?«

Ihr Lächeln stahl sich auf meine Lippen und zum ersten Mal sprach sie nicht in Rätseln und gab mir nicht nur Puzzleteile, die ich zusammensetzen musste. Diesmal war sie sehr deutlich.

Forschungsbericht Keylam Warren

Mainz, 18. Januar 2017

Zwischengedanken

Ich bin heute 20 Jahre alt geworden, der entscheidende Geburtstag im Leben eines Magiers. Mein Vater hat mir früh davon erzählt, von unseren Pflichten und Rechten und dem, was sich ab unserem 20. Geburtstag alles verändert.

Eigentlich sollte ich heute einen Mentor bekommen. Dieser sollte mir unsere Lehren beibringen und mich dabei begleiten, meinen Platz in der Gesellschaft zu finden. Er sollte mich verschiedenen Magierinnen vorstellen, die nach Gabenregister eine gute Mutter für etwaige Kinder abgeben würde, und mir all meine Fragen beantworten, so ich denn welche hätte.

Nichts davon wird heute passieren oder auch nur in den nächsten Jahren. Ich bin allein. Bis auf Zack habe ich niemanden. Ich spüre es nicht oft, die Einsamkeit meines Lebens, aber heute …

Ich vermisse sie. Sie alle. Besonders meinen Vater, der mich so viel gelehrt hat, ohne dass ich es bewusst wahrgenommen hätte. Wenn er noch hier wäre, hätte er bestimmt längst die Antworten gefunden, die mir nicht einfallen wollen. Mir ist nichts von ihm geblieben, außer dieses Forschungstagebuch, das ich führe, wie er es mich gelehrt hat, und die goldene Taschenuhr, die er so verzaubert hat, dass ich sie in die Menschenwelt mitnehmen konnte. In seinem Gedenken führe ich dieses Forschungstagebuch, auch wenn ich an manchen Tagen das Gefühl habe, dass das alles völlig vergebens ist.

Und ganz im Sinne meiner Mutter versuche ich, das Positive an alledem zu sehen: Wenigstens wird mir kein Pool an möglichen Heiratskandidatinnen vorgeführt und ich kann selbst hinausgehen und die Liebe finden.

Ein trauriger Hoffnungsschimmer angesichts der Tatsache, dass ich dank dieser verdammten Prophezeiung niemals heiraten werde. Und angesichts dieser Tatsache wäre es auch schlicht nicht fair, eine Beziehung zu führen, auch wenn Zack mich immer wieder dazu drängt, es doch mal zu versuchen. Ich glaube, er macht sich Sorgen um mich. An seiner Stelle ginge es mir genauso. Manchmal habe ich das Gefühl, dass er, nach allem, was passiert ist, tatsächlich auf eine Zukunft für mich hofft, und wenn schon nicht das, dann wenigstens ein erfülltes Leben. Nur weiß ich beim besten Willen nicht, wie ich losgehen und glücklich werden soll, wenn das Schicksal einer gesamten Welt von mir abhängt.

Meine Brust kribbelte noch von der Brücke, die ich gerade vom Laetus hierhergenommen hatte. Es war so einfach gewesen, wie Dayan es beschrieben hatte.

Ich hätte nie gedacht, dass ich meinen Todestag so genau kennen würde, dass ich ihm erhobenen Hauptes und sogar glücklich begegnen würde. Ob es Anicor in mir war oder wirklich ich es war, die so empfand, konnte ich nicht sagen. Vielleicht waren wir uns in diesem Punkt auch schlicht vollkommen einig.

Lächelnd fühlte ich mit meinen nackten Füßen die weichen Farngräser unter meinen Sohlen. Sie kitzelten zwischen meinen Zehen und winzige elektrische Schläge zuckten permanent von ihnen aus in meine Sohlen.

Gemächlich schlenderte ich am Ufer entlang und nahm diesen magischen Ort in mich auf. Ein wirklich schöner Platz, um zu sterben. Ich legte den Kopf in den Nacken und sog die reine blütenduftgeschwängerte Luft in mich ein, schmeckte den Farben und Energien all der kleinen Wesen um mich herum nach, lauschte ihren einzigartigen Gesängen und war zu Hause.

»Du kommst also freiwillig.«

Lächelnd lief ich weiter, würdigte ihn keines Blickes, sondern betrachtete die winzigen Kiesel zwischen den grünen Gewächsen hier am Übergang zum Ufer. »Scheint so.«

»Du kannst es unmöglich schon wissen«, murmelte er nachdenklich, als hätte ich zum ersten Mal etwas vollkommen Unerwartetes getan und das mochte sogar stimmen.

»Das kommt auf das ES an«, bemerkte ich entspannt und streichelte auf meinem Weg ums Ufer herum über ausladende Blätter, hob Blütenkelche an, um an ihnen zu riechen, und lächelte den fliegenden Mischgestalten aus Schmetterling und Libelle zu, die meine Nähe zu suchen schienen.

»Ich habe ihn. Ihr habt offenbar nicht bedacht, dass ich ja nun wusste, wo er war. Mit ausreichend meiner treuen Tenebris und dem richtigen Druckmittel, war es gar nicht so schwer.«

Nun sah ich doch auf, zu Vanir herüber, der auf der letzten Stufe der langen Treppe stand und mich aus zusammengekniffenen Augen fixierte.

Ich wusste sofort, von wem er sprach, und hatte nun Mühe, meine Ruhe aufrechtzuerhalten, doch für meinen Plan, Anicors Plan, musste ich ruhig bleiben. Ich atmete bewusst und fragte zwar interessiert, aber auch einen Hauch unbeteiligt: »Dem richtigen Druckmittel?«

»Das Leben seines besten Freundes.«

Schmerz drang durch die wohlige Zufriedenheit, ließ mich innehalten. »Hast du Zack getötet?«, wollte ich rundheraus wissen.

Er schnaubte. »Was wäre das dann noch für ein Druckmittel? Nein, in einem ersten Angriff haben meine Tenebris den Wolf überwältigt und ihn ins Nebelschloss gebracht. Keyalm folgte kurz darauf beinahe widerstandslos.«

»Ah«, machte ich und schob unauffällig einen Fuß rückwärts in den See. Ich verband mich mit ihr und sendete durch die Fußsohle, die auf dem Ufer stand, eine gelborangene Welle aus. Unbemerkt, unter ihm hindurch. Ich konnte mir das Lächeln nicht verkneifen. Er ahnte nicht einmal, dass er es zu weit getrieben hatte. Eine ganze Welt, ein ganzes Volk gegen sich aufzubringen, das war noch keinem Herrscher gut bekommen. Sie brauchten lediglich einen flammenden Stern der Hoffnung, um sich zu erheben, und das hatte Anicor gewusst. Ich zweifelte keine Sekunde daran, dass die Kobolde oben im Schloss meinen Ruf erhalten und Keylam, Zack und wer wusste schon, wen noch, befreien würden.

»Du bist viel zu ruhig«, murmelte er und doch hörte ich es, obwohl der Großteil meiner Konzentration auf dem Gesuch an die Kobolde oben im Schloss lag.

»Mag sein.«

Wachsam sah er sich um. Was auch immer er suchte, er würde nichts finden.

»Wieso?«, verlangte er schließlich, zu erfahren, und zugleich formte sich ein Schild wie eine zweite Haut rotschimmernd um ihn herum. Ich hatte mich schon gefragt, woher dieses rote Schimmern bei seinem Angriff im *Booklight* gekommen war, immerhin sollte die

Farbzugehörigkeit doch nur hier im See leuchten. Jetzt, nach Anicors Ausführungen und Erklärungen, schien es so offensichtlich.

»Weil ich genau da bin, wo ich sein sollte.«

»Das ergibt keinen Sinn.«

Ich lächelte. »Für dich nicht, nein.« Diesmal trat ich einen eindeutigen Schritt zurück, ließ das kühle Türkis meine Knöchel umfließen und hob die Hände. »Na, dann komm mal her und hol mich.«

Er zögerte, schaute sich erneut suchend um, verdickte seinen Schild und trat dann von der letzten Stufe auf mich zu.

So, wie sie es mir erklärt hatte, zog ich meinen eigenen Schild hoch. Die weißschimmernde Energiebarriere fühlte sich wie ein Kitzeln auf der Haut an. Zugleich wärmte mich die Energie und schenkte mir das Gefühl von Sicherheit. Es war im Grunde ganz schön.

Jetzt kam der heikle Moment, es war entscheidend, ihn nicht zu verschrecken, mich ihm aber auch nicht auszuliefern. Es würde ein Tanz werden. Einer, für den ich weniger Zeit hatte als gedacht, wenn ich die Punkte oben auf der Treppe am Berghang, die sich rasend auf uns zubewegten, richtig deutete. Wenn Keylam die Geduld verlor, würde er sicher auf niemanden warten und eine Brücke direkt hier herunter nehmen. Das war das Letzte, was ich gebrauchen konnte. Nicht nur, dass Vanir dann ein perfektes Druckmittel gegen mich hatte, ihn zu sehen, würde es mir unendlich schwer machen zu tun, wofür ich hergekommen war, wofür ich erschaffen worden war.

Ein erster Magieschlag knallte auf meinen Schild und ließ weiße Funken fliegen. Die Luft vibrierte, erhitzte sich und der erste Lichtpunkt in mir erglomm, ein roter. Ich konnte mir das zufriedene Grinsen kaum verkneifen. Anicors Plan war so simpel und die ersten Bauteile fügten sich bereits perfekt ein, reibungsloser, als selbst sie es sich ersonnen hatte.

Innerlich verfluchte ich mich, dass ich die Kobolde nicht gebeten hatte, sie erst zu befreien, wenn ich hier fertig war. Den zeitlichen Druck, der plötzlich auf mir lastete, hatte ich mir selbst eingebrockt. Wunderbar. Ich musste mich beeilen, sonst würden diejenigen, die ich liebte, doch noch mit hineingezogen werden.

Statt ihn also durch einen halbherzigen Kampf abzulenken, wie Anicor es vorgeschlagen hatte, sandte ich jetzt schon Wellen aller Farben aus, rief ihre Kinder und trat einen Schritt auf Vanir zu, der daraufhin innehielt. Ich flehte stumm, dass er auch diesen, nun viel intensiveren Ruf, nicht bemerkt hatte.

»Was spielst du hier?«

Ich hielt erschrocken die Luft an. Hatte er es doch wahrgenommen? Schnell tackerte ich mir ein Lächeln ins Gesicht und tat, als wäre nichts gewesen. »Ich spiele nicht.«

Seine Kiefer arbeiteten und er schleuderte weitere Zauber auf mich zu, was ich kaum wahrnahm, weil aus dem Boden heraus Farben gegen meinen Schild prallten als Antwort auf meinen Ruf. Die pure Erleichterung durchströmte mich. Er hatte gar nichts mitbekommen und die ersten Farbfunken glitten bereits an ihre Plätze, während er sinnlose Zauber auf mich abfeuerte.

Die ersten Antworten der Kinder Anicors kamen einzeln, nacheinander, dann immer mehr, bis ich sie nicht mehr zählen konnte, und mein Schild in einem fort vibrierte. Nach und nach luden sich die Lichtpunkte in mir auf, bis auf Blauviolett hatte ich nun alle Farben beisammen. Es war klar, dass die Tenebris nicht antworteten, von ihnen würde ich den blauvioletten Funken des Magierstammes sicher nicht bekommen. Ich hatte auf die Penhaligan gehofft, wusste allerdings nicht, ob überhaupt noch einer von ihnen gerade in Anicor war. Würde es am Ende Keylam sein müssen, der meinem Ruf antworten musste, damit sich alles ineinanderfügte? Das wäre typisch die bittersüße Ironie des Lebens.

»Woher kannst du einen so starken Schild heraufbeschwören?«, verlangte Vanir zu erfahren.

Ich zuckte mit den Schultern. »Könnte Keylam es mich nicht gelehrt haben?«

Vanir musterte mich derart intensiv, dass er nicht bemerkte, wie hinter ihm plötzlich Keylam aus dem Nichts auftauchte. Das Aufflackern von Entsetzen in meinen Zügen, das ich nicht verhindern konnte, warnte ihn allerdings.

Der alte Zauberer wirbelte gerade noch herum, ehe der Hüter seinen Angriff vollenden konnte, wodurch Vanir haarscharf dem Zauber entging, indem er beiseite sprang, sich abrollte und behände wieder auf die Füße kam. Dabei orientierte er sich so, dass er uns beide im Blick hatte und wir ein Dreieck bildeten.

Keylams Blick glitt zu mir, die unausgesprochene Frage so deutlich in seinen Zügen zu lesen: *Was tust du hier?*

Statt einer Antwort schickte ich erneut den Ruf in den Boden, diesmal nur in blauviolett gefärbt und direkt in Keylams Richtung. Es dauerte ungefähr eine Sekunde, dann weiteten sich seine Augen in Ungläubigkeit.

»Vertrau mir«, bat ich, wodurch meine innere Ruhe einen Riss bekam. Er würde es anders verstehen, als ich es meinte, und es tat mir unendlich weh, ihn absichtlich zu einer Fehldeutung zu verleiten. Es würde ihn schwer treffen, wenn er am Ende begriff, dass er das letzte Puzzleteil zu meinem Tod beigetragen hatte. Es zerriss mir das Herz, ihm das antun zu müssen, um ihn letztlich zu retten. Ich tat genau das, was ich immer gehasst hatte, wenn andere es mir angetan hatten. Ich schützte ihn, indem ich den Preis allein zahlte.

Keylam nickte zögerlich und ich konnte dabei zusehen, wie er seine Energie zur Antwort sammelte. Im nächsten Moment allerdings wurden seine Arme von unsichtbaren Seilen an seinen Körper gefesselt, Lippen und Beine zusammengepresst und sein entsetztes Augenaufreißen, verriet mir endlich, wohin ich sehen musste.

Vanir kniete links von mir auf einem Bein, eine Hand auf den Boden gedrückt, die andere mit der Handfläche voran in Keylams Richtung gestreckt. Sein teuflisch triumphierender Blick lag auf dem anderen Magier.

»Was immer sie geplant hatte, danke, dass du aufgetaucht bist. So wird es ein Leichtes, sie davon abzubringen.«

»Lass ihn gehen!«, forderte ich, wobei ich das Zittern der blanken Angst nicht ganz aus meiner Stimme verbannen konnte.

Vanir lachte rau auf. »Wieso sollte ich?«, knurrte er und funkelte mich unter gesenkten Lidern böse an. Wie konnte ein Mann so konträre Masken tragen? Hier und jetzt war er der Bösewicht wie aus dem Bilderbuch, aber in seinem Schloss, mit mir in seiner Bibliothek, da hätte er mich fast überzeugt der tragische Held der Geschichte zu sein, der durch all die harten Entscheidungen und die Einsamkeit vom Weg abgekommen war.

Ich presste die Lippen aufeinander. Eine Antwort hatte ich nicht für ihn. Es gab kein ›Wenn, dann‹. Er würde heute seine Gabe verlieren und damit alle Macht und Unsterblichkeit. Zu drohen, ihn zu töten, falls er Keylam nicht gehen ließ, wäre auch vollkommen lächerlich, als ob ich dazu in der Lage wäre. Ich hatte eine miserable Verhandlungsgrundlage.

Vanir grinste. »So, und jetzt lässt du schön deinen Schild sinken und kommst zu mir, sonst ertränke ich deinen geliebten Bücherwurm im See.«

Wütend und ein wenig hilflos ballte ich die Fäuste, während ich fieberhaft darüber nachdachte, was ich tun konnte. Keylam stand zu einer Salzsäule erstarrt und komplett durch unsichtbare Seile gefesselt zu weit weg von mir, um an ihn heranzukommen. Anicor hatte mir nur das beigebracht, was ich für die Umsetzung ihres Plans gebraucht hatte, Angriff war dabei nicht vorgesehen gewesen und da ich davon ausgegangen war, dass Taylor Keylam und Zack gerade zu der Kapelle auf dem Sandplacken brachte, hatte ich nicht damit gerechnet, jemanden beschützen oder gar befreien zu müssen. Ich konnte nichts tun.

»Letzte Chance, mein Schatz.«

Mir lief es eiskalt den Nacken hinab. Wie er diesen Kosenamen aussprach, hatte etwas Manisch-Besitzergreifendes.

»Keine Chance.« Das war das Einzige, was ich wusste. Wenn ich den Schild senkte, war alles vorbei. Wenn er mich vom See wegbrachte oder gar herausfand, was ich gerade im Begriff war zu tun, würde er mich von Anicor abschneiden, da reichte es ja schon, mich in der Luft zu halten, wie er es mit meiner Mama genau hier getan hatte. Das durfte nicht passieren.

Mir schnürte sich die Kehle zu. Die einzige Chance, Keylam zu retten, war, Vanir so schnell wie möglich zu stürzen.

»Dann nicht«, säuselte er und im nächsten Moment flog Keylam in hohem Bogen durch die Luft, tauchte in der Mitte des Sees kopfüber in das Wasser und ging unter.

Mit angehaltenem Atem starrte ich auf den Punkt, an dem Keylam verschwunden war, doch die aufgewühlte Oberfläche glättete sich und kein Anzeichen weit und breit von ihm. Panik vernebelte mir den Verstand und ich handelte, ehe ich auch nur darüber hätte nachdenken können. Ich rannte los, hinein ins Türkis, sprang ab und tauchte unter. Das Wasser war so klar, dass ich Keylam sah, wie er am Grund des Sees saß und sich in seinen unsichtbaren Fesseln wand.

Mit kräftigen Zügen schwamm ich ihm entgegen, tief und immer tiefer hinein in das Herz von Anicor. Ich hatte meine Bitte bereits verbraucht, denn Anicor hatte mich zu Keylam zurückgebracht, damit ich ihn vor Vanir warnen konnte. Ich musste das hier allein schaffen und war plötzlich unendlich froh, dass ausgerechnet Schwimmen der Sport gewesen war, der mir so gelegen hatte, dass ich ihn bis zum Schluss weiter praktiziert hatte.

Mir wurde die Luft nicht einmal knapp, als ich endlich bei ihm ankam, wohingegen Keylam sich kaum noch wehrte und mich nicht einmal bemerkte. Ich umschlang seinen gesamten Körper, verschwendete keine Zeit damit, gegen die Fesseln anzukommen, und zerrte ihn mit mir geradewegs hinauf zur Oberfläche.

Keuchend schnappte ich nach Luft und hörte das feuchtgurgelnde Husten neben mir, das mir verriet, dass ich gerade noch rechtzeitig gewesen war. »Ich hätte nie gedacht, wie schön es klingt, wenn sich jemand die Seele aus dem Leib hustet«, bemerkte ich atemlos und hielt Keylam mit kräftigen Bewegungen meiner Beine über der Wasseroberfläche.

Er rang den Hustenreiz nieder, sah mir unverwandt in die Augen und die Andeutung eines Lächelns zupfte in seinen Mundwinkeln.

In diesem Moment peitschte die Wasseroberfläche um uns herum auf und ein weiterer Zauber schlug in Keylam ein, der sich nicht einmal wehren konnte. Es entsetzte mich, wie krass das Machtgefälle zwischen den beiden gekippt war, jetzt, da wir in Anicor waren und Vanir seine Gabe so uneingeschränkt nutzen konnte. So vor Augen geführt, dass selbst Keylam, der Vanir in der Menschenwelt deutlich überlegen war, nicht einmal den Funken einer Chance hatte, machte mir endlich klar, warum bisher niemand einen Versuch gewagt hatte, diesen Tyrannen zu stürzen.

Als sich plötzlich eine unsichtbare Hand um Keylams Hals zu legen schien, seine Augen hervortraten und seine Lippen den Hauch von Blau bekamen, sah ich panisch zwischen Keylam und Vanir hin und her. Der Wichser stand am Ufer einen Arm ausgestreckt und drückte mit seiner Hand aus der Ferne in einer eindeutigen Geste zu. Das Gesicht zu einer sadistisch befriedigten Maske verzerrt, reagierte ich instinktiv, versuchte das Einzige, was Anicor mich gelehrt hatte, und bemühte mich, meinen Schild um Keylam zu legen.

»Ja!«, schrie ich freudig, als Keylam vernehmlich nach Luft schnappte und sich sogar endlich wieder bewegen konnte. Er packte meine Hand wie ein Ertrinkender und sah mir tief in die Augen.

»Danke.«

»Gerne.« Ich strahlte glücklich und erleichtert, während ein Zauber nach dem nächsten gegen meinen Schild prallte. Vanir begann zu toben und die Einschläge wurden häufiger, kamen von verschiedenen Seiten und ich bekam Angst, dass ich das hier nicht ewig so weitertreiben konnte.

»Ich brauche einen Funken blauvioletter Energie«, bat ich Keylam eindringlich.

Er zögerte, sah mir forschend in die Augen und ich konnte es ihm nicht verdenken, sein Instinkt trog ihn keinesfalls. Er durfte nicht fragen. Stellte er die Frage, würde er sehen, dass ich womöglich log, oder die Wahrheit bereits vor einer Antwort in meinen Zügen lesen. Deshalb drückte ich schnell seine Hand und lächelte ihn ermunternd an. Noch eine Täuschung hin zu einem Fehlschluss. Ich hasste mich dafür.

Aber er folgte tatsächlich meiner Bitte, sendete einen kleinen Funken seiner Energie, der durch das Wasser geradewegs in meine Brust eindrang. Der letzte Lichtpunkt flackerte in mir auf, vollendete den Kreis um den roten Punkt in der Mitte und ich lächelte Keylam ein letztes Mal an, legte all die Liebe, die Achtung und den Respekt in diesen Blick, ehe ich die Worte lautlos formte, um Abschied zu nehmen.

Er begriff es. Das blanke Entsetzen sprach aus seinen Zügen, doch ich durfte mich nicht aufhalten lassen. Das hier war mein Schicksal und es würde auch ihn retten.

Ohne ihm die Zeit zu geben, mich aufzuhalten, schwamm ich in der mir inzwischen antrainierten hohen Geschwindigkeit ans Ufer und marschierte die letzten Schritte durchs immer seichter werdende Wasser entschlossen auf Vanir zu, der von meinem seltsamen Verhalten gebannt zu sein schien. Noch nicht ganz aus dem Wasser, hob ich die Hand, schickte den fesselnden Kreis aus Energietropfen aller vereinten Stämme

Anicors in die Handfläche, kniete am Ufer nieder und rammte sie auf den Boden. Die Energie floss als Fäden aus mir heraus, die sich in einem fort umeinander wanden, durch den Boden schossen und ihr Ziel jagten, die Energie, die zu dem roten Funken in ihrer Mitte passte.

Um Vanir herum brachen die neun Fäden aus der Erde hervor, wanden sich spiralförmig um ihn herum hinauf und zogen sich unisono fest.

Vanir schrie auf, zornentbrannt statt ängstlich. Er hatte es noch nicht begriffen. Während er sich wand und brüllte, erhob ich mich und schritt ruhig auf ihn zu, das Platschen hinter mir, das verriet, dass Keylam mir gefolgt war, ignorierte ich, so gut es ging. Ich wählte ausholende Schritte, damit er, der für den Moment noch einige Meter hinter mir war, nicht doch noch eingreifen konnte, und trat zu Vanir. »Und jetzt alter Zauberer, erfüllen wir Semonas Prophezeiung.«

Vanir erstarrte in dem Geflecht aus den neun Stammesfarben, sah fassungslos zu, wie ich meine Hände an seine Schläfen legte, und versuchte schließlich, in einem letzten Aufbäumen all seine Macht gegen die bindenden Fäden zu schleudern, doch das brachte ihm gar nichts. In dem Moment, in dem die Fäden aus meinem Schild herausgebrochen waren, hatte ich sie mit demselben ummantelt, ein Trick, den Anicor mir gezeigt hatte. Es war im Grunde ganz simpel, ich musste nur die Verbindung zu den Fäden halten und sie als Teil meines Körpers verstehen, dann umhüllte mein Schild auch sie.

»Liv«, hauchte Keylam und ich sah kurz über die Schulter zu dem Mann, den ich lieben gelernt hatte. Er griff nicht ein, was ich ihm hoch anrechnete, und zugleich tat es ein wenig weh. Der Bücher liebende Teil von mir hatte auf ein unerwartetes Happy End gehofft, auf einen Ausweg, den niemand hatte kommen sehen, und dass er in diesem Ausweg mein Held war.

»Lebe«, bat ich ihn und sagte dem bücherliebenden Teil meiner selbst, dass ich die Heldin der Geschichte war, nicht er. Ich war der unerwartete Ausweg für ihn. »Lebe und werde glücklich, bau unsere Heimat wieder auf und diesmal fände ich was Demokratisches ganz nett«, bemerkte ich.

Sein Kehlkopf hüpfte deutlich, als er schwer schluckte. Wie gerne hätte ich mehr Zeit, würde ihm mehr auf den Weg mitgeben, doch ich hatte begonnen und jetzt konnte ich nicht mehr aufhören. »Ich liebe dich und ich wünschte, wir hätten eine Zukunft miteinander gehabt. Aber ich danke dir für jeden Moment. Durch dich habe ich noch einmal wahrhaft gelebt. Ich durfte lieben und meine Heimat entdecken, erfahren, wer ich bin, und dass ich diejenigen retten kann, die ich liebe, alle. Mama hat daran geglaubt, du glaubst daran und jetzt bin ich an der Reihe. Ich erfülle meine Bestimmung. Also bitte, lebe. Tu mir den Gefallen. Nicht einfach nur stumpf weitermachen, sondern wirklich leben.«

Keylam rannen Tränen über die Wangen, er starrte mich stumm an, nickte jedoch. Ich sah, wie er die Hände ballte, und spürte seine Hilflosigkeit so deutlich, dass es mich schmerzte. Ich wollte zu ihm, seine Hand halten und ihm versprechen, dass alles gut werden würde. Aber so war das Leben nicht. Es wurde nicht einfach alles gut, dafür hatte aber alles seinen Preis. Und den Preis für die Freiheit unseres Volkes zahlte ich jetzt.

Mit der Berührung Vanirs hatte ich unsere Schilde durchstoßen und verband seither seinen Energiekern mit meinem, mit Anicors Seele. Ich war fast fertig, da flüsterte Keylam: »Verlass mich nicht.«

Schmerz durchfuhr mich, krallte sich in mein Herz und ich hatte das Gefühl zu zerreißen. »Ich will nicht, aber ich muss.«

»Nein«, hauchte er. »Wir finden einen anderen Weg.«

Ich schüttelte den Kopf. »Semona hat es prophezeit und du weißt wahrscheinlich besser als ich, dass das bedeutet, es gibt nur diesen einen Weg.«

»Liv«, flehte er in dem Moment, als der Prozess vollendet war.

»Leb wohl.«

Ich riss meinen Blick von ihm los und sah Vanir in die rotglühenden Augen. Ich bemerkte, dass die farbigen Fäden ihm einen Knebel in den Mund gelegt hatten, und erst jetzt wurde mir bewusst, dass er gar nicht in Keylams und meinen Abschied eingebrochen war. Ich lächelte und dankte Anicor, dass sie mir dieses Geschenk gemacht hatte, und dann ging ich den letzten Schritt, schnitt Anicors Seele in mir drin von allen lebenserhaltenden Adern in meinem Körper ab und schickte sie hinaus, zurück zu Anicor. Aus meiner Brust brach ein weißer Lichtstrahl heraus, bog mein Kreuz, sodass das Licht geradewegs nach oben in den Himmel strahlte. Ihm folgte eine wabernde glitzernde Wolke, die einen rot pulsierenden Stein fest umschloss.

Dieser Anblick erinnerte mich an etwas. So einen Stein hatte ich in Keylams Globus gesehen, nur war dieser blauviolett gewesen und ich begriff, dass Anicors Seele Vanirs Gabe mit sich nahm. Ich lächelte. Auch er war eines ihrer Kinder, auch ihn würde sie nicht töten, sie raubte ihm lediglich die Waffe, die ihn über alle anderen erhoben hatte.

Als die weiß glitzernde Wolke ganz aus meiner Brust hervorgetreten war, sank ich schlaff zu Boden, mir gegenüber tat Vanirs Körper das gleiche.

Im nächsten Moment kniete Keylam schon neben mir, nahm meine Hand und befingerte meinen Hals.

»Noch lebe ich«, hauchte ich matt.

»Dann wirst du auch –«

»Nein«, flüsterte ich und schüttelte schwer den Kopf. Ich spürte weder den Boden unter mir noch die Luft um mich herum. »In mir ist nichts mehr, nur Leere und Kälte.«

»Dann –«

»Sch«, bat ich, legte meinen Finger an seine Lippen, was mich gefühlt alle Kraft kostete, die ich noch hatte, und flüsterte. »Halt mich, bitte.«

Keylam traten erneut Tränen in die Augen. Er weinte und brachte mit bebender Unterlippe ein Nicken zustande. Leise schniefend neigte er sich herab und hauchte einen salzigfeuchten Kuss auf meine Lippen. »Für immer«, flüsterte er.

Ich lächelte verspielt. »Ist das nicht ein bisschen hoch gegriffen? Es können nur noch Minuten sein.«

Er lachte tränenerstickt auf und entlockte mir damit ein zufriedenes Lächeln. Dann trat Entschlossenheit in seinen Blick. Er sah über seine Schulter und dann wieder mich an. Er murmelte mehr zu sich selbst: »Deine Mutter hat daran geglaubt. Es ist also einen Versuch wert.«

»Was?«, hauchte ich, als er bereits seine Arme unter mich schob und mich an seine Brust gepresst hochhob.

»Eine Bitte, ein Wunsch, eine Frage. Ich habe in meinem gesamten Leben noch nie etwas vom Herzen von Anicor erbeten, und wenn ich einen Wunsch frei habe, dann weiß ich ganz genau, wofür ich den hergebe.«

»Keylam«, seufzte ich müde. Das war vergebens. Doch etwas am Rand meines Sichtfelds zog meine Aufmerksamkeit an und der Widerspruch erstarb mir auf den Lippen. Ich drehte leicht den Kopf, um besser sehen zu können. »Was –?«

Er nickte mit warmem Blick. »Sie sind alle gekommen.«

Das gesamte Ufer war inzwischen gefüllt mit Kindern Anicors, Vertreter und Vertreterinnen aller Stämme und wie es aussah, kamen immer mehr. Ich wusste nicht, wie sie es machten, ob sie Brücken nutzten oder sogar Nebelbrücken, aber brauchten sie dafür nicht Magier? Oder hatte Anicor ihre Finger im Spiel?

»Vanir?«, fragte ich, weil mir klar wurde, weshalb sie gekommen waren. Sie waren meinem Ruf gefolgt, der ja bloß dazu gedient hatte, Energiepunkte von allen Stämmen zu sammeln, wenn sie Antwort schickten. Dass tatsächlich welche kamen, war gar nicht geplant gewesen, jedenfalls nicht von mir. Wie auch? Wer hätte denn die Brücken öffnen sollen. Oder hatte ich das getan, mit meinem Ruf? Dass ich Brücken öffnen konnte, wusste ich ja inzwischen. Ich könnte theoretisch jede stammspezifische Gabe nutzen, wenn jemand mir zeigte, wie.

»Tot. Zu Asche zerfallen, kaum dass er auf dem Boden aufgeschlagen ist.«

Ich brauchte kurz, bis meine abgeschweiften Gedanken wieder aufschlossen, und staunte: »Wirklich?«. Damit hatte ich nicht gerechnet. Das alles hatte doch nur dazu gedient, ihm seine Gabe zu nehmen. An seine Lebensenergie waren wir doch überhaupt nicht rangegangen.

»Ich könnte mir vorstellen, dass seine Unsterblichkeit in dem Moment verpufft ist, als er seine Gabe nicht mehr hatte«, sinnierte Keylam und bewies einmal mehr, wie gut er meinen Gedankengängen folgen konnte. Es war erstaunlich, wie wir harmonierten, und das nach so kurzer Zeit. Wehmut erfüllte mich bei dem Gedanken, was hätte werden können, zu was wir hätten gemeinsam wachsen können. Vielleicht hätten wir eines Tages dieselbe empowernde und glückliche Beziehung geführt wie Mama und Papa. Vielleicht ...

Wasser platschte, als Keylam mit mir auf seinen Armen schnurstracks in den See marschierte. Ich schmiegte mich an seine Brust und nahm all seine Wärme dankend in mich auf, denn mir war inzwischen eiskalt. Ich spürte das kühle Wasser kaum, als Keylam mit mir tiefer hineinging und mein Körper schließlich ganz umhüllt war.

»Keylam?«

»Hm?«

»Es wird nicht klappen.«

»Wieso?«, verlangte er verzweifelt zu erfahren.

»Weil das zu einfach wäre. Der Wunsch ist viel zu groß.«

»Ich muss es versuchen«, brachte er erstickt hervor und wieder rollten Tränen über seine Wangen.

Ich lächelte, legte meine Hand an seine Brust und flüsterte: »In Ordnung.«

»Also gut. Anicor, ich bitte dich –«

»Du musst untertauchen«, belehrte ich ihn und er sah halb erheitert halb knurrig auf mich herab: »Du korrigierst mich bis zur letzten Sekunde, was?«

»Natürlich. Alles andere wäre doch langweilig und so fürchterlich pathetisch.« Matt lächelte ich und hatte Mühe, meine Augen offen zu halten. Mein Körper wurde müde, so unendlich und ich schaffte es kaum noch, diesen wundervollen Mann weiter anzusehen.

Mit einem alarmierten Blick auf mich tauchte Keylam unter, hielt meinen Körper mit seinen Händen weiterhin an der Wasseroberfläche und war so lange verschwunden, dass ich mich schon fragte, ob er noch mal auftauchen würde, ehe mich meine Kraft verließ.

Nach einer gefühlten Ewigkeit stieß er durch die Oberfläche, pustete das Wasser weg und zog mich wieder an seine Brust.

»Das war aber eine lange Bitte.«

Er zuckte mit den Schultern. »Ich dachte, es kann nicht schaden, sie zu wiederholen.«

»Nein, wohl nicht«, flüsterte ich und ließ den Kopf an seine Schulter sinken. Das war schön, seine Nähe, seine Wärme und seine Liebe noch einmal spüren zu können. Es war gut so. Wir hatten gewonnen und das Volk kehrte bereits zurück. Mein Leben fühlte sich da wie ein vertretbarer Preis an. Und ich hatte es tatsächlich geschafft. Jetzt war ich sogar dankbar, dass Keylam hier war und ich ihn noch ein letztes Mal spüren durfte.

Wir schwiegen eine Zeit lang, warteten, wenn auch auf unterschiedliche Dinge. Irgendwann sanken seine Schultern herab. »Es wird nichts passieren, oder?«

Ich schüttelte kraftlos den Kopf, kämpfte meine Augenlider noch einmal hoch, nahm jedes Detail von ihm in mich auf, konservierte das Glück mit ihm, die Liebe und die Zufriedenheit. »Es ist okay«, flüsterte ich.

Er sah verzweifelt und voller Verlustschmerz zu mir herab. »Ist es nicht«, brachte er mit brüchiger Stimme heraus.

»Das war immer mein Schicksal, daran konnte keiner von uns etwas ändern«, erinnerte ich ihn.

»Ich scheiß auf das Schicksal.«

Ein leises Lachen entkam meinen trockenen Lippen. Dann spürte ich es und flüsterte: »Ich liebe dich.« Und dann schloss ich meine Augen ein letztes Mal.

Forschungsbericht Keylam Warren

Mainz, 24. März 2013

Notiz 8: Anicor

Die große Mutter ist eine Bezeichnung für das, was unsere Welt ist. Dabei ist nicht eindeutig klar, inwiefern all die Verbindungen der Kinder Anicors, ihrer Kernenergie und all der kleineren Lebewesen unserer Welt ein großes Ganzes ergeben, das zugleich Planet, unsere große Mutter und Partner in der Verbindung mit uns ist.

Ich denke, genau das, diese diffuse Komplexität der Sache, ist der Grund, weshalb Anicor in vielen Quellen als Frau dargestellt wird, als selbstständiges Wesen, das denken, fühlen und handeln kann. Dabei ist dies das Einzige, was ich über unsere große Mutter weiß: Sie ist körperlos.

Nur bleibt für mich die Frage, kann sie nicht vielleicht trotzdem denken, fühlen und indirekt – durch ihre Kinder – handeln?

Blinzelnd öffnete ich die Augen, sah mich um und fand mich in einem weißen Raum wieder: weißer Boden, weiße Sphäre, wenn ich auch nicht in der Lage war Wände auszumachen.

»Hallo, Liv.«

Ich sah auf, stand auch schon auf meinen Beinen und vor mir erschien eine rundliche Frau, nicht jung und auch nicht alt, voller Lebensfreude funkelten ihre wachen goldenen Augen und zugleich fielen ihre Schultern schwer nach vorne wie von einer jahrelangen Last gebeugt.

»Anicor?«

Sie lächelte. »Jedenfalls das, was du mit mir verbindest, wir sind in deinem Geist, nicht in meinem.«

»Ist … das hier irgendein Übergangsraum? Ich meine, ich bin tot, oder?«

Wieder dieses sanfte Lächeln. »Ja«, bestätigte sie, ergriff meine Hand und führte mich vorwärts. Vor uns lichtete sich der weiße Nebel und gab den Blick auf den See frei, in dem Keylam die leblose Hülle festhielt, die zurückgeblieben war, und stumm weinte. Er drückte meinen Körper fest an sich, sein Gesicht in meiner Halsbeuge vergraben und stumme Schluchzer ließen seine Schultern beben. Der Anblick brach mir das Herz und ich ertrug ihn keinen weiteren Moment. Schnell wandte ich den Blick ab und versuchte, den Schmerz niederzuringen.

Um den See herum standen inzwischen so viele, dass ich sie nicht mehr zählen konnte, und es kamen immer mehr.

»Und nein«, sagte Anicor neben mir, als würde sie einen Satz beenden.

Ich brauchte eine gefühlte Äone, bis ihre Worte zu mir durchdrangen. Dann fuhr ich zu ihr herum. »Wie bitte?«

Ein Schmunzeln zupfte an ihren Mundwinkeln. »Es hat schon immer gegolten, wer reinen Herzens und reiner Seele zu meinem See kommt, hineintritt und die Welt hinter sich lässt, um einen Wunsch, eine Frage oder eine Bitte an mich zu richten, der wird erhört.«

»Jetzt im Ernst?«

Sie lachte, faltete die Arme übereinander und sah hinüber zu der Szene vor uns.

Also sterbe ich nicht?«

»Das wird sich noch zeigen. Ich konnte nicht mehr tun, als dich am Gehen zu hindern, dich, dein Wesen für eine kurze Weile hier zu halten, zwischen dem, was auf dich wartet, und dem, was hinter dir liegt.«

Ich starrte sie an. Begriff nach und nach. Wütend schnaubte ich auf. »Deshalb hasse ich den ganzen Scheiß mit Prophezeiungen und Gottheiten oder was auch immer du darstellst. Wieso kann nicht mal jemand Tacheles reden, einfache und klare Anweisungen. Tu dies, dann passiert jenes, entscheide dich hierfür, dann erhältst du das und das. Ganz einfach. Aber nein, alles rund um Schicksal muss natürlich ein gigantisches Rätsel sein.«

»Es muss schwer sein, es muss etwas kosten. Sonst wären diese kleinen Wunder nichts mehr wert, sie wären nichts Seltenes und nichts Besonderes«, bemerkte sie mit gesetzter Stimme und ich hatte das Gefühl, belehrt worden zu sein. Was ja im Grunde auch so war.

»Aber wie soll er drauf kommen, dass er irgendetwas tun muss? Und was überhaupt? Oder muss ich was tun?«

Anicor lächelte wieder, sah mich kurz an und meinte dann: »Er hat alles getan, was er konnte. Du hast alles getan, was du konntest. Jetzt ist es an ihnen.« Sie führte ihren Arm in großer Geste halbkreisförmig vor sich entlang und umfasste all die Kinder Anicors, die meinem Ruf gefolgt waren, und prompt fragte ich mich, ob Anicor mich vielleicht ein wenig im Dunkeln gelassen hatte bei der Anleitung, wie ich Vanir besiegen konnte. Vielleicht hatte sie sehr wohl geplant, dass sie alle hierherkommen würden und nicht bloß einen Funken ihrer Energie als Antwort schickten.

Dann begriff ich, was sie mir gesagt hatte, und warf ihr einen Dein-Ernst-Blick zu, während ich die Lippen verzog und einen Arm in die Seite stemmte.

Anicors Augen blitzten erheitert auf. »Du darfst ruhig etwas mehr Vertrauen in dein Volk haben.«

»Aber woher sollen sie denn wissen —« Ich brach ab und hielt angespannt den Atem an, als ein Kobold in das türkisblaue Wasser trat, zu Keylam watete und ihm eine Hand auf die Schulter legte. Er schimmerte gelborange, was irgendwie schön aussah.

Keylam hob den Kopf, sah den Kobold an und brachte den Tränenstrom zum Versiegen. Er sah hinab auf den schmalen Ast, den der Kobold auf Keylams Schulter gelegt hatte, und ich bemerkte erst durch diesen Blick, dass die Luft um den Ast nicht nur gelborange war, sondern auch pulsierte.

»Wissen findet man an den seltsamsten Orten, Liv. Nicht alle Stämme vergessen so leichtfertig wie die Magier. Einige konservieren ihr Wissen in Legenden wie die Althea, andere haben ein kollektives Gedächtnis, auf das sie in besonderen Situationen zugreifen können, wie die Kobolde.«

Nach und nach, in einer stummen Prozession sammelten sich am Ufer die Mitglieder der neun Stämme zusammen, das wilde bunte Chaos ordnete sich und jede Ansammlung nahm einen von sich in ihre Mitte. Sie alle berührten sich gegenseitig, schufen ein gigantisches Netz, das ein Stammesmitglied als Zentrum hatte. So standen sie, eine ganze Zeit lang und wie auf ein Signal ließen all die hunderten Wesen ihr Arme sinken und das eine zentrale Mitglied betrat den See.

Der Kobold an Keylams Seite machte Platz, als die neun Vertreter und Vertreterinnen sich kreisrund um Keylam und meinen leblosen Körper aufstellten, sich an den Händen fassten und den Kopf in den Nacken legten.

Anicor lächelte. »Ich sagte doch, hab ein wenig Vertrauen.«

Pulsierende Energie wühlte die Wasseroberfläche innerhalb des Kreises auf und nur dort. Sie färbte das Wasser in den neun Mischfarben und umschloss meinen einstigen Körper.

»Es ist Zeit für unseren Abschied.«

Hoffnung explodierte in mir. »Ich ... Ich werde leben?«

Ihr Blick wurde warm. Sie hob eine ihrer Hände und streichelte meine Wange. »Das wirst du, aber nur hier. Deine Lebensessenz wird aus ihren Energiekernen gespeist. Diese neun bringen für dich das Opfer, dass auch sie für immer an diese Welt gebunden sein werden und nie wieder Zugriff auf ihre Stammgabe haben werden.«

»Was?«, entfuhr es mir entsetzt. Das wollte ich nicht. Das war –

»Alles hat seinen Preis«, erinnerte sie mich. »Aber meine Kinder zahlen ihn gerne für die Frau, die sie gerettet hat und ihre Welt noch mit dazu. Nimm es an, es ist ein Geschenk. Ein Geschenk meiner Kinder an dich, an dich und Keylam. Ihr, denen so ein hartes Schicksal auferlegt worden ist, seid zu keinem Moment davor geflohen, habt euch eurer Verantwortung gestellt und wart bereit, den allerhöchsten Preis zu zahlen. Das hier habt ihr verdient, Liv. Nimm es einfach an.«

Langsam, sehr langsam nickte ich. Es fiel mir unendlich schwer, dieses Geschenk anzunehmen, aber ich wollte so sehr leben, wollte so sehr eine Zukunft mit Keylam haben, und sie schenkten aus freien Stücken, es wäre im Grunde respektlos, dieses Opfer nicht zu würdigen und es abzulehnen.

Die Welt um mich herum verschwamm, Dunkelheit umfing mich und ich bekam nicht einmal mehr die Gelegenheit, mich bei Anicor zu bedanken. Doch dieses Gefühl verpuffte, als ich kühles Nass um meinen Bauch und meine Beine fließen spürte. Als Nächstes wurde ich mir der warmen Arme bewusst, die meinen Körper in der Schwebe hielten. Ich roch, ich hörte, ich fühlte.

Freudige Euphorie keimte in mir auf, ließ mich die Augen aufreißen und dann sah ich das allerschönste und beste auf dieser Welt: Keylams strahlend blaue Augen, die vor ungläubiger Freude strahlen, in einem Gesicht mit getrockneten Tränenspuren auf den Wangen und Ringen unter den Augen. Es war perfekt, weil es rau, authentisch und voller Glück war.

»Mein kleines Wunder.« Er legte seine Stirn an meine. »Für immer«, hauchte er und küsste mich voller Inbrunst. Ich grinste an seinen Lippen, natürlich bekräftigte er jetzt sein Versprechen von vorhin. Nur hatte es diesmal die gewichtige Bedeutung, die es zu diesem Zeitpunkt nicht gehabt hatte.

Das Lächeln ging schnell unter in der zärtlichen Zuneigung, mit der Keylam mich wieder im Leben begrüßte, und dann brach um uns herum ein tosender Jubel aus, der auch uns beide schnell ansteckte.

Es war vorbei. Vanir war besiegt, Anicor befreit und die Heimat so vieler zurückgewonnen. Wir würden eine neue Welt aufbauen, eine neue Ära einläuten und ganz plötzlich hatte ich ein Leben vor mir, ein hoffentlich langes und erfülltes Leben. Ich grinste und küsste Keylam noch einmal voller Liebe. Wir hatten eine Zukunft.

Forschungsbericht Keylam Warren

Mainz, 30. Juli 2023

Letzter Eintrag:

Ich schließe heute mein Forschungstagebuch. Nach fast zwölf Jahren, die ich diese Sammlung meiner Aufzeichnungen führe, habe ich mein Ziel erreicht, wenn auch auf vollkommen andere Weise, als ich es je vermutet hätte.

Es ist zwei Wochen her, dass die letzte Prophezeiung der Semona in Erfüllung ging, dass ich die Liebe meines Lebens verlor und dann wiederbekam und wir Vanir für immer besiegt haben.

Es bricht bereits eine neue Ära an, Abgeordnete aller Stämme treffen sich in einem Übergangsrat und denken über die Zukunft Anicors nach, über die Art, wie wir regiert werden wollen, wie wir den Frieden sichern, wie wir mit Wissen umgehen wollen, wann und wo wir den Wiederaufbau beginnen und wie wir die gefallenen Kinder Anicors anständig dabei begleiten können zurück in ihr Leben zu finden.

Natürlich lag Liv mal wieder richtig. Die zu Dunkelheit gewordenen Kinder Anicors verwandelten sich in dem Moment zurück, als die Symbiose zwischen unserer großen Mutter und all ihren Kindern wieder ins Gleichgewicht rückte. Seit wir so zahlreich zurückgekehrt sind, sind die gefallenen Kinder wieder sie selbst. Allerdings zeigen sie Symptome eines Entzugs, als wären sie zuvor Süchtige gewesen, deshalb beratschlagen die Abgeordneten auch, wie mit ihnen umgegangen wird, wobei ich das Gefühl habe, dass die Althea dazu schon klare Vorstellungen haben und diese längst umsetzen und nicht erst auf ein Okay des Übergangsrates warten.

Alles fügt sich, die Last meines gesamten Lebens ist auf einen Schlag von meinen Schultern gefallen, meine Aufgabe ist erfüllt. Die Penhaligan haben vorgeschlagen, dass ich im zukünftigen demokratischen System, auf das sich alle bereits grundlegend geeinigt haben, den

Stamm der Magier vertreten soll. Es ist schön, diese Wertschätzung zu erfahren, aber mir schwebt eine ruhige Zukunft vor, in der ich nicht mehr Verantwortung trage, als ich sie für mich und meine Partnerin habe. Ich wünsche mir Ruhe, keine Aufgaben, schlicht Pause, um das Leben kennenzulernen und es genießen zu können. Wer immer diese Rolle einnimmt, wird eine Mammutaufgabe zu bewältigen haben, denn die Geschlechter der Penhaligan und der Tenebris standen sich beinahe vierzehn Jahre als Feinde in diesem Krieg gegenüber. Den Stamm der Magier wieder zu einen, wird meiner Meinung nach die größte Herausforderung der nahen Zukunft.

Ich habe mich derweil mit einer Lösung für Livs derzeit einziges Problem beschäftigt, wie sie ihren Vater wiedersehen kann. Er als Mensch kann nicht nach Anicor und sie kann unsere Welt nicht mehr verlassen. Tatsächlich war es ihr Vergleich der Brückenpfeiler, der mich darauf brachte, dass der Kreis der Symbole auf dem Boden direkt mit Anicor verbunden ist. Und es funktioniert, solange Liv in diesem Kreis bleibt, können die zwei sich zumindest sehen und sich unterhalten.

Ich hätte nie gedacht, dass ich je einen letzten Eintrag schreiben würde, bin nie davon ausgegangen, dass ich nach der Erfüllung der Prophezeiung noch leben würde, um dies zu tun. Und jetzt kann ich mein Forschungstagebuch schließen mit zwei einfachen und so weltbewegenden Wahrheiten, dass ich noch einige Zeit brauchen werde, ehe ich sie wirklich begreifen kann.

Ich habe eine Zukunft.

Ich bin glücklich, dank der wundervollsten Frau, die ich glücklicherweise kennenlernen durfte.

Ende

Nachwort

Liebe:r Leser:in,

ich danke dir, dass du Anicor eine Chance gegeben hast, und hoffe, dass du eintauchen und ein paar schöne Lesestunden genießen konntest. Inzwischen ist es für mich Tradition, ein kleines Nachwort zu schreiben, in dem ich den wichtigsten Personen danke, die mich auf meinem Weg mit Anicor begleitet haben, aber auch, um dir ein paar Hintergrundinformationen zu der Geschichte zu geben.
Wie du sicher mitbekommen hast, beginnt die Geschichte in Mainz, quasi bei mir zu Hause um die Ecke. Die Straße, in der das *Booklight* liegt, ist nur einen Steinwurf entfernt und der winzige Hinweis mit der »roten Straße« ist ein Easter Egg für alle Mainzer. Mainz hat nämlich zweifarbige Straßenschilder. Straßen, die auf den Rhein zuführen, haben rote Straßenschilder, jene, die parallel verlaufen, haben dagegen blaue Straßenschilder.

Ich liebe es, solche kleinen Details in meine Geschichten einzubauen, am häufigsten aber bei den Namen meiner Protagonist:innen. Du hast es sicher bemerkt, Keylam wird übersetzt mit »Hüter der Seele« und bei Liv ist die Seele Anicors in einen ›menschlichen‹ Körper eingeschlossen. Außerdem bedeutet Liv »Leben«, was ebenso gewollt ist, da Liv Anicors letzter verzweifelter Versuch ist, zu überleben und ihre Kinder zu retten.

Aber auch der Name Anicor selbst ist ganz bewusst gewählt. Er ist eine Kombination aus den lateinischen Worten Cordis (Herz) und Anima (Seele). Hier gibt es gleich zwei Gründe dafür, zum einen ist das die perfekte Ergänzung zur Prophezeiung und zum anderen nimmt in Anicor ja jeder die Gestalt an, die er oder sie in ihrem Innern wahrhaft ist.

Ich hoffe so, dass Anicor dir Freude bereiten konnte. Für mich war die Geschichte ein einziges Hochgefühl. Ich bin nur so mit Liv durch die Etappen geflogen, habe kaum gestrauchelt oder innehalten müssen.

Es war, als wäre die Geschichte schon immer in mir gewesen und hätte nur darauf gewartet, dass ich sie endlich einmal herauslasse. Und deshalb ist die erste Person, der ich von Herzen danke, Astrid, *mother of the dragons* und der unfassbar tollste Mensch, den ich kenne. Astrid ist eine Verlegerin, der keine andere Person, die ich in der Buchblase kennenlernen durfte, das Wasser reichen kann. So viel Herzblut, so viel anscheinend unerschöpfliche Energie, so viel Ehrlichkeit, Authentizität und Verständnis. Ich danke dir hinauf bis zum Drachenmond und zurück. Danke, dass du an mich und Anicor glaubst, danke, dass du mir die Freiheiten lässt, die ich so dringend gebraucht habe, und danke, dass du einen meiner Träume wahr werden lässt: Ein Fantasybuch im Drachenmondverlag zu veröffentlichen.

Direkt danach kommt Josi, mit der ich auf der Heimfahrt vom letzten Sommerfest im Drachennest eine vage Idee einer kränkelnden Protagonistin, die komplett lost ist, aber ihren Kampfgeist nicht verliert, durchgesprochen habe. Dank dir ist auf einer einzigen Autofahrt aus einer groben Idee ein Buch geworden. Nun sind wir hier, nur ein Jahr später, und Anicor erblickt das Licht der Bücherwelt.

Außerdem möchte ich Stephan für das coole Lektorat danken. Du hast mich zugleich aufgebaut wie auch herausgefordert und das hat unglaublich Spaß gemacht, danke.

Auch das Korrektorat hat tolle Arbeit geleistet, danke, liebe Lillith dafür.

Und was ist das für ein geniales Cover? Gefällt es dir auch so gut wie mir? Dafür möchte ich Christin von Giessel Design danken.

Eine weitere Person, die mir bei jedem meiner Bücher hilft, ist meine Mama, die kritischste und beste Testleserin überhaupt, die einfach jeden Logikfehler findet. Danke, dass du mich jedes Mal mit deiner ehrlichen Einschätzung und Meinung begleitest.

Außerdem möchte ich Francesca Peluso für diese tolle Karte danken, du solltest mal die katastrophalen Rohskizzen sehen, mit denen ich diese Künstlerin und Autorenkollegin füttere. Bei den Kunstwerken, die sie zaubert, würdest du nie drauf kommen, was für ein Gekrakel der Entwurf dafür war. ☺
Eine weitere Autorenkollegin, die in den letzten Monaten zu meinem Motivationscoach geworden ist, ist Laura Nick, danke dir für jedes Mutmachen und Aufbauen, jedes Anfeuern und Mitfeiern. Du ahnst nicht, wie sehr ich das brauche und wie dankbar ich dafür bin, dass du in meinem Leben bist.

Und nun danke ich dir, liebe:r Leser:in, dass du hier bist und meine Geschichte liest. Ohne dich würde es Anicor nicht geben, denn ohne euch Lesenden könnten wir Autor:innen so viel schreiben, wie wir wollten … zu Büchern mit solch schönem Gewand, würden unsere Geschichten sich sonst nie entwickeln.

Danke dir und bis zum nächsten Mal
Jessica Wismar

Jessica Wismar
Love me snowly
ISBN: 978-3-95991-712-4, Klappenbroschur, EUR 14,90

Urlaub im schneebedeckten Österreich ... so hatte sich Elina die Winterferien eigentlich nicht vorgestellt. Um einem ungebetenen Gast aus dem Weg zu gehen, schließt sie sich spontan einem Skitrip an. Abenteuer, Spaß und unbegrenzte Freiheit sind genau das, was Elina gerade braucht. Mitten im Schnee lernt sie neue Freunde kennen – und Noah. Attraktiver, als ihm – und ihr – guttut. Sie kommt ihm näher, als sie sollte, denn eine Beziehung ist das Letzte, was sie will. Doch während ihr Kopf das einsieht, scheint ihr Verstand irgendwo auf der Piste verloren gegangen zu sein. Und ihr Herz gleich mit! Als dann auch noch der Barmann Santino in ihr Leben tritt und Elina gefällt, was sie hinter seiner schroffen Fassade entdeckt, ist das Chaos perfekt.